»Nur eines ist gewiß: Hier sind wir immer gewesen, und hier werden wir bleiben, was auch geschieht, und auf die Stimmen des alten Meeres hören.«

Es ist das alte Meer des Odysseus, von dem ein Fischer in dem abgelegenen spanischen Dorf Farol spricht. In der Zeit um 1950 beginnt der Tourismus aus Nordeuropa die noch archaisch gebliebene Küstenregion der Costa Brava zu überfluten und uralte Strukturen hinwegzuschwemmen. Norman Lewis (geboren 1908), einer der großen Reiseschriftsteller, hat damals drei Sommer lang diesen ebenso mythischen wie dramatischen Kampf einer fast unversehrten Antike gegen die Neuzeit miterlebt, eine Auseinandersetzung, von der er nun, ein Menschenalter später, einen romanhaften Bericht gibt. Es ist die ebenso elegische wie elektrisierende Geschichte von dem Widerstand der armen Fischer gegen eine überbordende Freizeitgesellschaft, vom stolzen Aufbegehren gegen die Verwandlung des alten Meeres in eine Badeanstalt.

»Norman Lewis hat viele spannende Romane geschrieben. Man fragt sich, warum ihn in Deutschland niemand kennt.«

Hans Magnus Enzensberger

insel taschenbuch 2624

Norman Lewis

Die Stimmen des alten Meeres

Norman Lewis

Die Stimmen des alten Meeres

Roman

Aus dem Englischen
von Dieter Hildebrandt

Mit einem Vorwort
von Cees Nooteboom

Insel Verlag

insel taschenbuch 2624
Erste Auflage 2000

Hinweise zu dieser Ausgabe am Schluß des Bandes
Vertrieb durch den Suhrkamp Taschenbuch Verlag
Umschlag nach Entwürfen von Willy Fleckhaus
Satz: Libro, Kriftel
Druck: Nomos Verlagsgesellschaft, Baden-Baden
Printed in Germany

1 2 3 4 5 6 – 05 04 03 02 01 00

Vorwort

1954 war ich zum erstenmal in Spanien. Ich hatte kein Geld, ließ mich von Lastwagenfahrern und Handelsreisenden mitnehmen, übernachtete in *fondas*, sah die Soldaten mit den deutschen Helmen aus der Franco-Ära, ging in dunkle Bars, in denen gespaltene Schafsköpfe auf dem Tresen lagen, fuhr durch die versteinerte Landschaft der Meseta, wurde in spanische Häuser eingeladen, lernte am Ufer des Guadalquivir, daß man die kleinen Flußkrebse tötet, indem man ihnen das Rückgrat mitsamt dem Schwanzstück herausreißt, und erkannte, daß dies die andere Welt war, nach der ich mich gesehnt hatte, ohne sie mir vorstellen zu können, und daß diese Welt nur als Ganzes akzeptiert werden konnte und nicht nur zu einem Teil. Ich war arm, aber das Land war noch ärmer, und dadurch war ich wieder ein bißchen reich: Ich erinnere mich an eine Mahlzeit auf dem Balkon einer Pension an der Plaza Mayor in Salamanca, eine Mahlzeit, die gar nicht mehr aufzuhören schien, Omelett und Fleisch und Fisch, Brot aus einem Zurbarán-Gemälde und Wein aus einem Tonkrug, der sich fortwährend auf wundersame Weise vermehrte, während unter mir, auf dem großen Platz, die abendliche Menschenmenge redend und gestikulierend ihre rituellen Runden zog. Überfluß und Armut in einem, das war die eigenartige Mischung. Wein kostete nichts und ein Ei zwei Peseten, das weiß ich noch, weil ich vier kaufte und die Marktfrau viermal eine 2 untereinander schrieb, um sie danach zusammenzuzählen. Acht Jahre später bezahlte man für Vollpension auf meiner Insel – Übernachtung, Frühstück, zwei Mahlzeiten – noch immer nicht mehr als 140 Peseten. In Madrid ging ich täglich zur Lista de Correos (Schalter für postlagernde Sendungen), um zu fragen, ob die hundert Gulden, die meine Familie mir schicken wollte, angekommen waren – damit würde ich dann weiterfahren können.

Meine erste Reise führte mich nicht an die Ostküste, sonst hätte ich die Anzeichen des Verfalls vielleicht schon gesehen, von denen Norman Lewis in seinem Buch *Die Stimmen des alten Meeres* spricht. Sein Spanien ist acht Jahre älter, und das kommt einem wie die Prähistorie des meinen vor, das doch auch schon so weit zurückliegt, daß diese beiden Spanien nun in einer gemeinsamen Vorzeit verloren scheinen, uneinholbar und für immer entschwunden um eine Ecke der Zeit, eine Form von Fiktion. Das ist wohl der Grund dafür, weshalb sein Buch mich so berührt hat; der bittere Geschmack des endgültig Vergangenen, und gleichzeitig die Freude über das eigentlich Unvorstellbare, als habe er doch noch für ganz kurze Zeit, dafür aber sehr intensiv, im letzten europäischen Mittelalter gelebt. Er hat sein Buch vierzig Jahre später anhand von Aufzeichnungen geschrieben, und ich habe keine Veranlassung, ihm nicht zu glauben – ein englischer Schriftsteller, der damals auf die Vierzig zuging, der das Kriegsende in Süditalien erlebt hat und sich in einem vergessenen, isolierten katalanischen Dorf niederläßt, in dem die Fischer noch immer so leben, wie sie es schon seit Jahrhunderten tun, und wo er Fischer mit den Fischern wird, teilhat an Bräuchen, die aus Frazers *Der Goldene Zweig* zu stammen scheinen, wo er abhängig ist von den Launen und geheimen Gesetzen der See, von den Sardinen- und Thunfischschwärmen, die kommen oder nicht kommen, der keinen Fuß in die Kirche setzen darf, weil Männer das nun mal nicht tun, der Millimeter um Millimeter in die Geheimnisse der Katzenmenschen eingeweiht wird und damit in ihren ewigen Streit mit den Hundemenschen des Nachbardorfs, Menschen vom

Meer gegen Menschen vom Land, Fischer gegen Bauern, eine grausame und erregende *Chanson de geste*, die erst endet, als beide Parteien von einer dritten, der des Fortschritts, des Tourismus und der damit einhergehenden Vulgarität, vernichtet werden.

Ein episches Lied kommt nicht ohne Helden aus, und schon gar nicht ohne Heldinnen. Der Bürgermeister, die Großmutter, der Grundbesitzer, der Pfarrer, die Dorfhure, die so nicht heißen darf, die Ziegenhirtin, der *curandero*, der gut ist für alle Leiden und weiß, wann die Thunfische kommen, die Fischer mit ihren Beschwörungsritualen: Man weiß, daß sie nach dem Leben gezeichnet sind, doch es war ein Leben, das heute, im nachhinein betrachtet, mit seiner wilden Unwahrscheinlichkeit alle Aspekte einer grandiosen Dichtung besitzt, als könne es nicht wahr sein, daß Menschen irgendwann einmal, und noch vor gar nicht so langer Zeit, tatsächlich so an einem Ort gelebt haben, der inzwischen von einer anderen Ära ausradiert, unsichtbar gemacht worden ist, und wo die Armut zugleich mit dem Aberglauben und der Poesie ausgerottet wurde.
Hier hat sich ein Schriftsteller auf den Seiten seines eigenen Romans eingenistet, wo die Fischer einander nach dem Fischfang ihre Abenteuer in freien Versen erzählen, wer's nicht glaubt, läßt's sein. Er hat sich selbst völlig zurückgenommen, ist nur das Auge, das erzählt, was es sieht, und das ist eine hohe Kunst. Was die Leute von ihm denken, erzählt er nicht, er läßt es einen erraten. Denn wer ist dieser Außenstehende, der allmählich zu ihnen gehört, der wie die anderen von dem leben muß, was er fängt, der aber trotzdem, gerade in diesem Dorf, der Fremde gewesen sein muß, eine Hauptfigur in seinem eigenen Buch, jemand, über den er kaum spricht, der uns in seiner Zurückhaltung zu Voyeuren macht, zu unsichtbaren Zu-

schauern zwischen den Katzen am Hafen, Partei im Streit mit den Hundemenschen in diesem Theater, in dem der Rest der Welt nicht zu existieren scheint, als wäre es eine Enklave nicht nur im Raum, sondern auch in der Zeit. Hin und wieder taucht eine Gestalt aus der nicht vorstellbaren Außenwelt auf, wie zum Beispiel der Hauptmann der Guardia civil, doch meist scheint es, als schlösse eine Hecke diese beiden Dörfer ein, als hätte man den dort wohnenden Menschen erlaubt, ihr anachronistisches Leben fortzusetzen, bis eines Tages der Zauber gelöst wird. Der danach folgende Untergang vollzieht sich rasch, die Häuser, die Menschen, der Strand, alle haben sie teil an der gnadenlosen Metamorphose, wer jetzt noch einen Fuß in das Dorf der Katzenmenschen setzt, wird nichts mehr finden, worüber er sich wundern kann. Nur auf den Seiten dieses Buches existiert dieses Dorf noch; es ist von einem großen Schriftsteller mit jener Liebe geschrieben, die Heimweh heißt, Heimweh nach einem Ort in einer Zeit, die es nicht mehr gibt. Daher allein schon verwandelt sich dieses Buch mit jedem Tag, der vergeht, immer mehr in einen Roman, eine Fiktion, in der der Bürgermeister und die Großmutter, die Ziegenhirtin und der Admiral, der kein Admiral war, von Tag zu Tag ein wenig größer werden, mythische Gestalten, die es vielleicht einmal gegeben hat in einem Land und vielleicht auch nicht, das manchen Legenden zufolge irgendwann einmal irgendwo in Europa lag, einem Land, in dem Zauberer den Fischern erzählten, wann die Thunfische ins alte Meer zurückkommen würden, damit das Dorf nicht verhungern muß.

Cees Nooteboom

(Aus dem Niederländischen von Helga van Beuningen)

Die Stimmen des alten Meeres

Vorbemerkung

Nach drei Jahren Militärdienst in Übersee hielt ich in England Ausschau nach einer vertrauten Welt, fand aber nur Veränderung. Vielleicht war es die Suche nach einer versunkenen Zeit, die mich wieder nach Spanien zog, das ich in mancher Hinsicht besser kannte als mein eigenes Land – eine zweite Heimat für ein Wiedersehen. Hier, in einem Land, das sich in seine eigene nationale Tragödie verstrickt hatte, war, so vermutete ich, die Vergangenheit einbalsamiert und jeder äußere Einfluß ferngehalten worden. Es war eine Vermutung, die sich weitgehend bewahrheitete. Das Spanien, in das ich zurückkehrte, war noch erkennbar als das von Lorca, von Albéniz und de Falla, immer noch so nostalgisch rückwärts gewandt wie einst, immer noch großartig, immer noch ausgestattet mit all seinen alten Tugenden und Fehlern.

Nach einer vorhergehenden Erkundungsfahrt durch die ganze Halbinsel ließ ich mich in dem abgelegenen Fischerdorf Farol nieder – aus Gründen, von denen dieses Buch handelt. Ich hatte vom Arzt den Rat bekommen, ein möglichst aktives Leben zu führen; also besorgte ich mir eine Lizenz und wurde Gelegenheitsfischer; es war eine Tätigkeit, die nicht nur Energien verbrauchte, sondern mir auch Gelegenheit gab zu enger Gemeinschaft mit Männern, die sich von den Bräuchen der kelto-iberischen Vergangenheit noch nicht völlig gelöst hatten.

Am Ende meiner dritten Saison dort wurde es klar, daß es mit Spaniens geistiger und kultureller Isolation vorbei war, daß es überwältigt wurde von der Invasion des Geldes und der Freiheiten aus dem Norden. Spanien wurde zum meistbesuchten Touristenland der Welt, und während die Fremden hereinströmten, ging seine Identität verloren, und seine Lebensform änderte sich binnen eines einzigen Jahrzehnts mehr als im vorangegangenen Jahrhundert. Heute – 25 Jahre nach meiner ersten denkwürdigen Saison inmitten einer unverdorbenen Fischergemeinde – ist es so weit entfernt von Lorca wie der Romancero Gitano vom Spanien des Cid Campeador und der Reconquista.

Cómo le puedo decir? Esto es
seguro – aquí hemos estado siempre,
y aquí tenemos siempre que estar,
escuchando las voces del viejo mar.

(Auf die Frage, wieweit denn die
großen Veränderungen, die sich vollzogen hatten,
auch seine Zukunft betreffen könnten,
antwortete ein Fischer:
»Wer könnte das sagen? Nur eins
ist gewiß. Hier sind wir immer gewesen
und hier werden wir bleiben,
was immer geschieht, und auf die
Stimmen des alten Meeres hören.«)

Die erste Saison

1

Als ich in Farol zu bleiben beschloß, schenkte mir die Großmutter, der das Haus gehörte, eine Katze. »Nicht füttern«, sagte sie, »nur nicht drum kümmern. Sie kann im Schuppen schlafen und wird die Ratten vertreiben.« Farol war voller Katzen und wurde deshalb auch oft Pueblo de los Gatos genannt – »Katzendorf«. Es gab Hunderte davon, die in irgendwelchen Verschlägen lebten oder in den Höhlen des Hügels hinter dem Dorf. Es war eine häßliche Sorte, ausgemergelt, mit langen Beinen und kleinen, spitzen Köpfen. Über Tag bekam man sie kaum zu Gesicht, aber nach Einbruch der Dunkelheit waren sie überall. Von Don Alberto, dem einheimischen Großgrundbesitzer, der auch so etwas wie ein Lokalhistoriker war, wurde erzählt, daß er der Meinung war, sie seien schon immer dagewesen, ja daß er mit der phantastischen Theorie aufwartete – die sich wiederum auf einen antiken Reisebericht bezog –, daß sie in irgendeiner Verbindung mit den heiligen Katzen des alten Ägypten stünden. Wenn sie darauf zu sprechen kamen, tippten sich die Fischer von Farol an die Stirn und rollten die Augen vor Spott, wie um zu sagen: Was wird er uns als nächstes auftischen? Ihre Version war, daß die Katzen vor langer Zeit hergebracht worden waren, um den Dreck zu beseitigen, der anfiel, wenn sie den Fisch vor dem Abtransport an Ort und Stelle ausnahmen. In diesem Winkel der Welt fiel es niemandem ein, ein Haustier zu töten, so daß die Zahl der Katzen bald außer Kontrolle geriet. Wenn sie nicht um die Boote herum auf Beute ausgingen, jagten sie Eidechsen, Frösche und alles, was ihnen eßbar erschien, inklusive fettleibige Motten, die an Sommerabenden vom Oleander angelockt wurden, und die sie mit ihren Pfoten aus der Luft schnappten. Wann immer eine Katze zu alt oder zu krank wurde, als daß man sie noch beim Haus hätte haben wollen, steckte man sie in einen Sack, trug sie in den Korkwald und setzte sie dort aus. Die Leute, denen dieser Teil des Waldes gehörte, lebten in dem Dorf Sort, etwa fünf Kilometer entfernt. Sie hatten keine Katzen, sondern waren von fremden Hunden überlaufen, und da sie ebenfalls zu zimperlich zum Töten waren, brachten sie ihre unerwünschten Köter zur Küste, liehen sich ein Boot aus und ließen sie auf einer Insel, die nur etwa hundert Meter vor der Küste lag, an Hunger und Durst sterben.

Es stellte sich bald heraus, daß die Großmutter eine Person von außerordentlichem Einfluß und Ansehen im Dorf war. Alle häuslichen Belange des Lebens – zum großen Teil auch die finanziellen – unterlagen hier der Kontrolle der Frauen, die wiederum von der Großmutter »dominiert« wurden (um das hiesige Wort zu benutzen), ebenso wie die männlichen Bewohner von den fünf älteren Fischern dominiert wurden, die die Hauptanteile an den großen Booten besaßen. Dabei vollzog sich diese Dominanz eher unmerklich und indirekt und war eher eine Sache der Führungsrolle, die ihrer Erfahrung und Einsicht allgemein zugebilligt wurde.

Die Großmutter hatte sich einiges an Respekt aus Hochachtung vor ihrem Geld erworben, aber das meiste beruhte auf rein immateriellen Vorzügen. Sie war wuchtig, würdig und bewegte sich langsam, immer in Schwarz, mit dem Gesicht eines Borgia-Papstes, einer majestätischen Nase und einem trotzigen Kinn, an dem gelegentlich ein paar Stoppeln sprossen. Eine Muskelschwäche an einem

Lid hatte eins ihrer Augen halb geschlossen, so daß sie immerzu aussah, als blinzelte sie einen an. Ihre Stimme war heiser und eher verschwörerisch, obwohl sie in Momenten der Ungeduld auch schon in ein autoritäres Bellen ausbrechen konnte. Alles was sie sagte, war von unmittelbarer Überzeugungskraft, und die Dorfbewohner meinten, daß sie dazu neige, dem lieben Gott seine Entscheidungen abzunehmen; denn immer, wenn sich jemand in Zukunftsfragen ein kleines Hintertürchen für den Zweifel offenließ mit der frommen Formel: So Gott will, entschied sie die Sache hier und jetzt mit dem Ausruf »Sí que quiere!« – natürlich will er.

Es verstand sich also von selbst, daß sich die Großmutter in anderer Leute Familienprobleme einmischte. Sie gab Anweisungen für die Techniken der Familienplanung, sie befand über die Haushaltskassen neu vermählter Paare und entschied, wann sie daran denken konnten (wenn überhaupt), sich ein Kind zu leisten, und sie wartete mit den passenden Namen auf, wenn eins geboren wurde. Alle Namen für männliche Babies entnahm sie einem ihr gehörenden Buch über die Generäle der Historie, und das Dorf war voller kleiner Jungen, die Julio César, Carlos Magna (Karl der Große), Mambró (Marlborough) und Napoleón hießen. Und ein armes Kind war dazu verdammt, mit dem Namen Esprit de Cor (Esprit de Corps) durchs Leben zu gehen, weil der, wie jemand der Großmutter eingeredet hatte, der größte Feldherr von allen gewesen sei.

Darüber hinaus war die Großmutter eine Expertin der Kräuterkunde, und die Dörfler sparten sich Arzthonorare durch die Elixiere, die sie nach einem Blick auf Stuhl und Urin verordnete. »Mear claro y cagar duro« (Klare Pisse, harte Kacke) behauptete sie – einen Satz zitierend, der Lope de Vega zugeschrieben wird –, seien die Grundlage von Gesundheit und Wohlstand. Sie bot auch gelegentlich den Urin einer Frau an, die gerade entbunden hatte, was im Ort als Mittel gegen Konjunktivitis und gewisse Hautkrankheiten galt – obwohl es in einem Dorf mit einer der wohl niedrigsten Geburtsraten der Welt ziemlich selten war, daß man dafür eine Spenderin fand.

Mein Zimmer im Haus der Großmutter war verwinkelt und voller scharfer Kanten, mit einer Decke, die sich in vier Dreiecken zu einem Mittelpunkt emportürmte, und mit Giebelfenstern, die Fragmente von Licht und Schatten auf Wände und Fußboden warfen. In Farol war man heikel im Gebrauch von Farbe, so daß alles knallweiß war, und in diesem Raum wohnte man eher wie in einem Kristall, in dem die Großmutter, wenn sie auf der Szene erschien, wie eine schwarze geometrische Figur aussah.

In einer kleinen, abgeteilten Nische gab es einen Holzkohlenherd und in einer zweiten einen Fußboden aus Keramikfliesen. Dies war eine Besonderheit des Hauses, die Licht warf auf den von poetischen Phantastereien heimgesuchten Geist der Großmutter, denn die Fliesen – nach eigenem Entwurf hergestellt – zeigten Blumen auf einander umschlingenden Stengeln, die aus einem Loch in der Mitte herauswuchsen, neben dem ein kraftvolles Desinfektionsmittel in einem amphorenähnlichen Gefäß seinen Platz hatte.

Ich wurde hinaus in den Garten geführt, um ein anderes Merkmal meines Quartiers zu bewundern: drei Stränge Stacheldraht, die oben auf der Mauer ineinander verflochten waren; sie stammten von einer Rolle, die die Großmutter aus einer Laune heraus gekauft hatte. Jenseits der Mauer belagerten Distelfinken einen schützenden Wall von Sonnenblumen mit hängenden Köpfen, und durch die Stiele hindurch konnte ich den Strand sehen, wo glänzende, durchsichtige Kieselsteine zwischen den groben Kalksteinbrocken hervorleuchteten und eine Reihe von roten und gelben Fischerbooten auf der Seite lagen. Ich fragte nach dem Preis, und die Augen der Großmutter trübten sich vor Selbstprüfung. Sie ließ ihre Zunge, innerhalb der Lippen, sehr langsam im Uhrzeigersinn um ihre Zähne kreisen, und sagte dann, es seien fünf Peseten pro Tag. »Hier«, sagte sie, »werden Sie große Ruhe genießen.«

Das erwies sich als wahr, und das Quartier zu finden war ein ungeheurer Glückstreffer. Ich hatte die erste Woche in Farol – wohin mich sein Ruf als das abgelegenste Fischernest im Nordosten Spaniens gelockt hatte – in der Fonda verbracht, dem Dorfgasthof, und war dort hauptsächlich vor dem Gestank der Katzen geflohen. Die Fonda wurde von zwei scheuen, schweigsamen Brüdern betrieben, die ich nur bei den Mahlzeiten zu Gesicht bekam, wenn der eine oder der andere mir das Essen brachte, mit abgewandtem Kopf den Teller auf den Tisch knallte und wegschlurfte. Das Essen bestand immer aus Ölsardinen – ein Luxus an diesem Ort, wo Sardinen manchmal tonnenweise gefischt wurden – und hartgekochten Eiern. Die Brüder hielten sechzehn Katzen in ihrem Keller und hatten vier weitere in der Woche, bevor ich kam, im Korkwald ausgesetzt.

Mein Zimmer im Haus der Großmutter war bis wenige Tage vor meiner Ankunft von ihrer ältesten Tochter, ihrem Schwiegersohn und zwei kleinen Kindern bewohnt worden, die – wie man mir später erzählte – ungeheuer erleichtert gewesen waren, sich nach Jahren unter dem Regiment der Großmutter endlich aus dem Staube machen zu können. Es gab gut fünfzig solcher Häuser in Farol, die unregelmäßig und ohne Fluchtlinie in ein schmales Zickzack von Straßen hineingebaut waren, und noch ein paar zwängten sich dorthin, wo der Halbkreis aus dem massiven Felsgestein, der das Dorf nahezu einschloß, noch etwas Platz ließ. Weiter entfernt standen ein paar Landhäuser, die ursprünglich reichen Korkhändlern gehört hatten, die am Ende des vergangenen Jahrhunderts hier ihre Ferien verbrachten; diese Villen waren in verschiedenen Stadien des Verfalls und mit steinernen Familienwappen dekoriert, auf die ihre Besitzer keinen Anspruch hatten. Farol sorgte für die Grundbedürfnisse mit einer kleinen, verfallenen Kirche, einem Laden für Bootsbedarf, einem Fleischer, einem Kramladen für alle möglichen Sachen von Schnurrbartwichse bis zu harter, dunkler Schokolade, die man mit einem Hammer kleinschlagen mußte und die in einem Sack aufbewahrt wurde; außerdem gab es ein einziges Buch – Alonso Barros' »Achttausend Sprichwörter und Volksweisheiten« aus dem Jahr 1598 –, von dem fast jeder Haushalt ein Exemplar besaß und nach dem die Leute ihr Leben einrichteten. Es gab auch eine Bar, wo man einen dünnen, säuerlichen Wein vom Faß bekam, das Glas zu einer halben Peseta, oder einen Innocente genannten Flaschenwein, der laut Etikett kalmierende Vitamine enthielt. Das Bemerkenswerte an der Bar war die mumifizierte Leiche einer Seekuh, die von den Einheimischen »Seejungfrau« genannt wurde. Von diesem grotesk geflickten und reparierten Objekt mit seinen traurigen Glasaugen, den aufgenähten Lederbrüsten und dem Latz über den Genitalien hieß es, es könne seinen Gesichtsausdruck je nach Wetter verändern – nachdenklich, skeptisch oder bösartig –, und man konnte beobachten, daß Fremde, die vor den Schrecken der Fonda, wo sie halt übernachten mußten, in der Bar Zuflucht suchten, sich so setzten, daß sie vom Anblick dieser makabren Trophäe nicht gestört wurden.

An einem langen Tisch direkt unter der Seejungfrau trafen sich früh am Abend die wichtigsten Fischer, um die Ereignisse und Abenteuer des Tages zu bereden. Und das taten sie in Blankversen, denn obwohl die Leute von Farol nichts auf Musik, Malerei, ja auf jegliche Art von Kunst gaben, waren sie der Macht des Wortes vollkommen erlegen.

Katalanisch, ihre Alltagssprache, wurde bei diesen Sitzungen durchs Kastilische verdrängt, dessen Kadenzen den Fischern für poetischen Ausdruck geeigneter schienen. Die Männer von Farol horteten Wörter wie ihre Kinder die farbigen Kiesel am Strand. Ihr Versemachen schien spontan zu sein. War einer mit seinen Sprüchen zu Ende, fiel in die entstehende Pause der Nächste mit einer Eröffnungszeile ein, wartete auf ein Nicken oder Zustimmungsräuspern, um fortzufahren. Etwa so:

Ayer los chubascos me agarráron, pero hoy . . .
(Murmeln von »Sigue, sigue« – weiter, weiter)
La suerte me corrió.
Al amanecer visité la marea
Y viende que el día no llevaba malicia –
Cogí la barca, y me fuí –
Pa' dentro del mar, donde las grandes olas se movían.
(Sigue, sigue)
Y allí en la claridad del agua, solo aislado,
Ví tantos fantásmas vivaces,
No de los sin habla, que comen las almas,
Pero de los que cantan con voces dulces del alba.

(Gestern noch zerrten die Stürme an mir, doch heut
Winkte das Glück mir.
Ich besuchte die Dünung des Morgens
Und siehe, sie war ohne Fehl.
Und da nahm ich das Boot, fuhr hinaus

Auf die tiefe See, zu den riesigen wogenden Wellen.
Dort, in der Klarheit des Wassers, einsam, allein,
Erblickte ich lebende Geister,
Doch nicht die ohne Zungen, die Seelen verzehren,
Sondern die mit den süßen Gesängen der Frühe.)

Es war unstatthaft, diese Sitzungen zu belauschen, und undenkbar, sich beim Mitschreiben erwischen zu lassen, und wenn sich jemand wie ich, der nicht zu dem Kreis der Barden gehörte, näherte, kam der edle Fluß des Kastilischen zum Stillstand und wurde durch die ungegliederten Rhythmen des Katalanischen ersetzt. Aber diese Gewohnheit der Blankvers-Rede war den Männern so sehr in Fleisch und Blut übergegangen, daß sie sich gelegentlich auch in den profansten Diskussionen ereignete, und manchem Fischer fiel es schwer, dem rhythmischen Sprechen selbst dann zu entsagen, wenn er nur seinen Bootsbedarf kaufte oder in der Bar eine Runde ausgab.

Auch in einem Dorf, das so von der Aura des Demokratischen geprägt war und wo eine erträgliche und von allen geteilte Armut das Aufkommen von Statussüchtigen verhinderte, gab es natürlich neben der Großmutter noch ein paar Leute von Rang.

Das formelle Gemeindeoberhaupt, der Alkalde, ein Mann von außen, der dem Dorf aufgezwungen worden war, hatte für das, was er repräsentierte, fast Vergebung erlangt, indem er die Dorfbewohner überzeugte, daß er Nationalist nicht aus Neigung, sondern allein durch seinen Geburtsort, der auf nationalistisch besetztem Gebiet lag, geworden sei. Die Ladenbesitzer in Farol fungierten als Bankiers und lieferten den Winter über ihre Ware auf Kredit, mit der Aussicht auf den Sardinen- und Thunfischfang im Sommer, und sie genossen ebenfalls so etwas wie einen wenn auch mürrischen Respekt. Selbstverständlich, daß auch der Schlächter eine gewisse Macht besaß – wegen der knappen Fleischlieferungen, die über seine Theke gingen, mehr noch wegen des warmen Blutes aus frischgeschlachteten Tieren, das kranken Kindern verabreicht wurde. In einer Gemeinde, die sich so wenig auf Besitz verstand, erregte selbst mein unmittelbarer Nachbar Aufmerksamkeit, weil er durch die Heirat mit einer reichen Bauerntochter an ein paar Felder und Bäume gekommen war, die er nie zuvor gesehen hatte. Die fünf Senioren unter den Fischern wollten gehört werden, wenn irgendwie das Gemeinwohl des Dorfes zur Debatte stand, und Don Ignacio, der Pfarrer, war, wenn man ihn überhaupt zum Dorf rechnen wollte, im ganzen wohlgelitten, vor allem deshalb, weil er ganz offen mit seiner Mätresse gelebt und gelernt hatte, sich um seine eigenen Angelegenheiten zu kümmern.

Eine weitere Person von Wichtigkeit wäre von den meisten Fremden als Prostituierte angesehen worden, obwohl die Dörfler über eine solche Bezeichnung Überraschung empfunden oder wenigstens vorgetäuscht hätten. Sa Cordovesa, eine Erscheinung von graziler Schönheit und Anmut, war als Kind aus Andalusien nach Farol geflüchtet und unterhielt unter dem Deckmantel einer Billigschneiderei mehrere Affären, in Diskretion, ja mit Würde. Das Dorf hatte sich in dieser Angelegenheit, aus einer Art Selbstschutz, gewissermaßen Scheuklappen verordnet, um möglichst glimpflich mit dem Umstand fertig zu werden, daß die meisten Männer nicht damit rechnen konnten, vor dem dreißigsten Jahr eine Ehe einzugehen. Farol suchte sein Heil in Selbstbetrug und stattete Sa Cordovesa mit einer Art subjektiver Tugend aus. Sie hatte ein gutes Dutzend Verbündete – auch die Großmutter gehörte dazu –

und war in jedem Haus gern gesehen. Es dauerte nicht lange, bis ich herausfand, daß es in der Vergangenheit eine ganze Reihe von Sa Cordovesas gegeben hatte. Farol hatte ein soziales Problem auf seine eigene, verschwiegene Weise gelöst.

So also zeigte sich Farol, ein Ort, der mehr durch geheime menschliche Motive als durch die Gegebenheiten der Natur so weltabgewandt und, aufgrund seiner fortdauernden Isolation, ein Restposten vergangener Bräuche und Geisteshaltungen war. Das Leben hier war immer hart gewesen – nichts als die nackte Existenz –, und die Meinung war, daß es noch härter werden würde, weil es geheimnisvolle Veränderungen im Meer gebe, die die Fische in andere Gewässer trieben. Über die letzten Jahre hin war der Fang von Saison zu Saison geringer geworden, aber es gab Optimisten, die glaubten, daß der Rückgang nicht unbedingt unumkehrbar sei, und so erwartete man voller Hoffnung das Ende des Zyklus der mageren Jahre.

Die Fischer hatten nur Sinn für das Meer, kein Interesse an der Arbeit derer, die vom Lande lebten, und nicht die geringste Ahnung, daß nur ein paar Meilen weiter sich eine Katastrophe abzeichnete. Vier Kilometer von der Küste entfernt begann der Korkeichenwald – Hunderttausende majestätischer Bäume, die ihre Laubdecke ins Vorgebirge ausbreiteten und weiter hinauf über die Hänge bis hoch zu den niedrigen Gipfeln der Sierra. Der Reichtum durch Kork gehörte der Zeit vor der Erfindung des Metallverschlusses an, aber selbst jetzt, bei geringeren Verkaufszahlen und niedrigen Preisen, boten die Eichen noch ein Auskommen für Hunderte von Bauern, die Bäume besaßen und bewirtschafteten, Bauern aus Sort, dem Nachbardorf der Hunde, und aus vielen anderen Waldnestern.

Ein Jahr vor meiner Ankunft 1948 merkten die Leute in Sort zum erstenmal, daß mit den Bäumen was nicht stimmte, als das erste Frühjahrslaub die Farbe veränderte und zu welken begann. Die Kunde von der Sorge ihrer Nachbarn erreichte auch Farol, aber die Fischer zuckten nur mit der Schulter und fuhren fort, ihre Angelschnüre zu richten oder ihre Netze zu flicken. Es war ihnen unmöglich zu verstehen, daß ihr Schicksal auf irgendeine Weise mit dem von Bauern verknüpft sein sollte, mit denen sie so gut wie keinen Kontakt hatten und von denen sie durch gewaltige Unterschiede des Temperaments und der Tradition getrennt waren. Für die Fischer von Farol waren die Bauern von Sort eher die Bewohner eines fernen Planeten als die eines nur fünf Kilometer entfernten Dorfes, und sie taten sich schwer, an deren Schicksal teilzunehmen, ganz gleich, welches Unheil sie betroffen hatte.

2

Das Einleben in den Alltag des Dorfes wurde mir durch die Freundschaft erleichtert, die ich mit Sebastian, dem zweiten Schwiegersohn der Großmutter, schloß, der mit ihrer jungen Tochter Elvira verheiratet war; beide lebten in ihrem Haus. Sebastian hatte ein verwegenes und romantisches Aussehen, blitzende Augen und die Züge eines Freibeuters, aber seine auffallende Erscheinung war der Umriß eines eher zögerlichen und nachgiebigen Charakters, er stand völlig unter der Fuchtel der Großmutter und schmiedete unentwegt Pläne, wie er die Ketten brechen könnte, die sie ihm angelegt hatte.

Er war aus Figueras, seiner Heimatstadt, gekommen, um in Farol als Zimmermann zu arbeiten, und Großmutters Elvira, von seinem Aussehen betört, hatte ihn von ihrer Mutter zum Mann verlangt; die hatte denn auch ihre Einwilligung zu einer Ehe gegeben, die sonst nicht möglich gewesen wäre. Der staatlich fixierte Lohn für Sebastian betrug 21 Peseten pro Tag, und ohne die Unterstützung der Großmutter und die Überlassung eines möblierten Zimmers in ihrem Haus hätte Sebastian sechs oder sieben Jahre gebraucht, um die 10 000 Peseten zusammenzusparen, die ein Mann üblicherweise für die Heirat aufbringen mußte.

Elvira war eher häßlich – sie hatte die allzu männlichen Züge der Großmutter geerbt, wenn auch wenig von ihrer Intelligenz –, aber sie und Sebastian kamen ganz gut miteinander aus. Elvira war, was ihren Namen anging, gerade noch einmal davongekommen, denn in der Epoche, die dem Sturz der Monarchie folgte und in der die Spanier zum erstenmal etwas von Sozialismus mitbekamen, hatte die Großmutter sie zuerst Libertad (Freiheit) und dann Juana de Arco (Jeanne d'Arc) nennen wollen, aber selbst Don Ignacio – der es allen immer recht machen wollte – hatte sich verpflichtet gefühlt, diese Namen bei der Taufe zurückzuweisen. Der nicht allzu umgängliche Despotismus der Großmutter sorgte dafür, daß die Ehe zu ihren Bedingungen geführt wurde. Da die Fischer sich Kinder nicht leisten konnten, war es bei vielen von ihnen Usus, daß sie die Gelegenheiten, sie zu zeugen, also mit ihren Frauen zu schlafen, auf die Siestastunden, zwischen zwei und vier am Nachmittag, beschränkten, und Sebastian bekam Anweisung, sich an diese Sitte zu halten und im übrigen ein Bett auf der Veranda an der Rückseite des Hauses zu beziehen. Sie verlangte von ihm auch, in seiner Freizeit fischen zu lernen, um etwas dazuzuverdienen und sich so zu der finanziellen Unabhängigkeit emporzukämpfen, die er ja selbst erstrebte. Er tat das auch, wenngleich er aus Mangel an Erfahrung und Geschicklichkeit diese Kunst nur in ihrer primitivsten Form ausüben konnte.

Der Umstand, daß Sebastian und ich beide *forasteros*, Fremde, waren (wobei es keinen Unterschied machte, ob wir aus Barcelona oder aus England kamen), brachte uns zusammen. Er hatte immerhin schon einen Fuß in der Tür und hielt sie für mich offen, aber trotz der vier Jahre im Haus der Großmutter war er noch immer nicht als Einheimischer akzeptiert. Jeden Abend, wenn er seine Arbeit beendet hatte, nahm er ein Boot und fischte Tintenfische, die er dann für ein, zwei Peseten an die Großmutter verkaufte. Nur wenn er mehr als einen fing – etwa jeden dritten Tag – durfte er das übrige Geld für sich behalten. Sein Problem war, daß er nicht gleichzeitig das Boot steuern und fischen konnte und daß kein Fischer – er meinte, aus Aberglauben – mit ihm hinausfahren wollte.

Wir saßen in der Bar des Alkalden unter dem verzweifelten Glotzen der Seejungfrau, die Münder verzogen vom sauren Wein, der die Zähne nach einem einzigen Glas verfärbte, und erörterten ein Projekt, das ihm eingefallen war. »Wie lange bleibst du bei uns?« fragte er.

»So lange das Geld reicht.« Ich erklärte ihm die geltenden Währungsbeschränkungen. »Einen Monat. Vielleicht zwei. Hängt von den Umständen ab.«

»Du könntest mit mir fischen gehen. Zusammen könnten wir jeden Abend fünf oder sechs Calamares fangen. Die Großmutter könnte deinen Anteil kaufen oder ihn dir für die Miete gutschreiben.«

Ich sagte ihm, daß ich auf keinen Fall den Fischern ins Handwerk pfuschen wollte.

»Du störst die überhaupt nicht«, sagte er. »Keiner fischt Calamares. Ist zu langweilig.«

»Es liegt mir sehr daran, mit diesen Leuten gut auszukommen«, beharrte ich.

»Kein Problem«, sagte er. »Du mußt nur zwei Dinge beachten. Trag keine Lederschuhe – erst recht nicht im Boot – und steh nicht am Strand rum, wenn die Boote reinkommen. Wenn sie nämlich nichts gefangen haben, sagen sie, du hast ihnen den Fang vermasselt. Wenn sie dich mögen, werden sie dich bitten, ihnen beim Raufziehen der Boote zu helfen. Wenn das passiert, bist du akzeptiert.«

Bei unserer ersten Calamares-Expedition setzten wir Sebastians leckes Vier-Meter-Dingi kurz nach fünf Uhr ins Wasser, ruderten dann eine Stunde an der Küste entlang, um jede mögliche Interessenkollision mit den Fischern zu vermeiden. Wie stets in diesem tiefen klaren Wasser über dem Fels war das Meer ein poliertes Gefunkel aus dunklen, aber glänzenden Farben, die keinerlei Blau enthielten. Hinter jedem Klippenvorsprung gab es den Blick auf eine neue Bizarrerie von zerklüfteten Riffs und Felsspitzen, von Höhlen, die das Wasser einschlürften, von Gesteinsschichtungen, die verkantet und verdreht waren wie früher die Karamelbonbons. Brocken von kolossalen Ausmaßen waren überall von den Klippen gefallen, und wir irrten durch ihr Labyrinth in einem Wasser, das eine wogende, muskulöse Lebendigkeit hatte, bis wir zu einer Bucht kamen, wo die seichten Stellen von einer solchen Transparenz waren, daß wir die Wasserpflanzen unter uns sehen konnten, Wedel, fächerartige Blütenblätter und wehende Federn wie in einem William-Morris-Muster. Dies sollte unser Fischgrund sein.

Das Werkzeug, das bei dieser am wenigsten kreativen Art des Fischens benutzt wurde, war eine Falle, die aus einer runden Grundplatte von glänzendem Metall bestand, aus der mehrere halbmeterlange krumme Haken herausragten. Das Gerät wurde an einer Leine heruntergelassen, bis es den Boden berührte und dann, nach ein paar Sekunden, hochgerissen. Es gab keinen Köder. Wenn ein Calamar in der Nähe war, wurde er durch das glänzende Metall angelockt und an einer oder mehreren Tentakeln gefangen. Indem wir das Boot mit einer Hand steuerten und mit der anderen die Falle rauf und runter ließen, kämmten wir das schmale Dreieck des Wassers am Ende des kleinen Bekkens ab, bis sich der Schatten einer Klippe wie ein Vorhang über das Wasser senkte und unseren Fischzug beendete. Wir ruderten zum Dorf zurück – mit sechs kleinen Calamares, von denen ich zwei und Sebastian vier gefangen hatte. Die Großmutter nahm sie ungerührt in Empfang, bewies aber doch eine sachte Billigung, indem sie das Abendessen aus Reis und Zwiebeln, das zwei Peseten kostete, mit einem kleinen Stück eines ziemlich grätigen

Fisches anreicherte. Und dann schenkte sie mir noch einen seltenen Seestern und einen Knoten aus fossiliertem Holz und zeigte mir, wo ich das an die Wand hängen müßte, damit es effektvollen Schatten werfe. Eine weitere Gabe war ein Glaskrug voller durchsichtiger Kiesel in den Farben grün und gelb, wie man sie zu Tausenden am Strand fand. »Damit es hier etwas wohnlicher aussieht«, meinte sie dazu.

Von diesem ersten kleinen Erfolg beflügelt, fuhren wir ein paar Wochen lang, soweit es das Wetter zuließ, jeden Abend hinaus. Allmählich erhöhte sich unser durchschnittlicher Fang; nicht so sehr, weil wir erfahrener im Umgang mit der Falle waren, denn eigentlich war ihre Handhabung keine Kunst; sondern weil wir uns immer besser auf die Lebensweise der Calamares verstanden und darauf, wo und wann man sie am ehesten fand. In der ersten Woche verdoppelten wir unseren Fang, so daß die Großmutter bereit war, meine Zimmer- und Verpflegungskosten zu halbieren. So weit so gut. Aber Sebastian und ich begannen uns zu überlegen, wie wir unseren Fischhandel ausweiten könnten.

Es verstand sich von selbst, daß wir die Großmutter um Rat fragten, aber sie hatte nicht viel mehr anzubieten als das Nachbeten kommerzieller Gemeinplätze.

»Bringt mir nichts anderes an als noblen Fisch«, sagte sie. *Noble* war im dörflichen Sprachgebrauch das Lieblingsadjektiv für Hochachtung – *indecente* meinte das Gegenteil. »Ich kaufe keinen Fisch«, fuhr sie fort, »der indezent aussieht, wie zum Beispiel alle Sorten Aale.« Pause für einen Wink mit dem Zeigefinger. »Ebensowenig interessieren mich Fische mit Stacheln oder giftigen Dornen, wie Rochen und Seespinnen, im Gegenteil, und ich will auch nichts mit dem Zeug zu tun haben, das sich von Abfällen oder allem möglichen Dreck ernährt. Oktopusse haben hier nichts zu suchen, außer in Notzeiten.«

Wir hofften auf irgendeinen hilfreichen Hinweis, aber es kam keiner. »Was das Fischen angeht«, sagte die Großmutter, »was erwartet ihr da von mir? Seht zu, wie es die anderen machen, und macht es ihnen auf gescheite Art nach.«

Wir studierten die Experten, doch ohne Erfolg. An drei Abenden mit der Schnur, wobei wir den vom Nachbarn spendierten Köder reichlich einsetzten, fingen wir nur einen seltsam schnurrbärtigen Dornhai, den uns die Großmutter aber aus Gründen der »Indezenz« nicht abnahm. Ein weiterer Versuch der Diversifikation war noch erfolgloser: Wir borgten ein kleines Netz, legten es, wie man uns gesagt hatte, um die Basis eines überspülten Felsens, fingen aber nicht nur keinen Fisch, sondern ruinierten auch noch das Netz. So kamen wir aufs mühselige Geschäft mit den Calamares und seinem kleinen, aber regelmäßigen Ertrag zurück und wurden schließlich so gut darin, daß wir den Durchschnittsfang der ersten Tage regelmäßig verdoppelten und die Großmutter keine Miete mehr nahm.

In dieser Weise machten wir, ohne irgendwelche Abenteuer, weiter, bis Sebastian vorschlug, wir sollten Tauchermasken und eine Harpunenflinte benutzen, die der Dorfmechaniker nach einer Illustration, die er irgendwo gefunden hatte, anfertigte. Seltsamerweise war das Bild in einer Zeitschrift mit religiösen Themen erschienen; es zeigte einen Japaner beim Harpunieren eines Fisches und sollte einen Artikel über das Leben und wundersame Wirken des Seligen Egideo von Neapel illustrieren. Es war die Spezialität dieses heiligen Mannes (dessen Ruhm mir zufällig geläufig war, weil ich jüngst erst ein Jahr in dieser Stadt verbracht hatte), immer neue eßbare Fischsorten für den Markt zu entdecken, was denn auch an siebenundzwanzig verschiedenen Stellen der Ufficio Prova des Vatikans dokumentiert ist.

Wie die meisten Mittelmeerbewohner, die ihr Leben in enger Verbindung mit dem Meer verbringen, konnte Sebastian nicht schwimmen und wurde nervös und zappelig, wenn das Wasser ihm bis zur Brust ging. Und nur, weil er von Bauern oder Handwerkern abstammte, konnte er überhaupt in Erwägung ziehen, tauchen zu lernen und unter Wasser zu fischen. In meinen drei Sommern an dieser Küste habe ich nie einen richtigen Fischer erlebt oder auch nur von einem gehört, der sich auf so etwas eingelassen hätte. Irgendein elementarer Widerwille hielt sie von solchen Erkundungen (und Übertretungen, wie sie es nannten) der Geheimnisse des Meeres ab. »Das Meer«, sagte ein Fischer in der Bar des Alkalden, »ist, wie ich glaube, der Vater und die Mutter, von dem wir alle abstammen, und muß deshalb mit allem Respekt behandelt werden.« Es ist bezeichnend, daß im Spanischen das Meer sowohl *el* mar wie *la* mar heißen kann, männlich oder weiblich, also auf grandiose und einzigartige Weise unisexuell ist, oberhalb und jenseits aller Schöpfung.

Für unsere Versuche mit Maske und Harpune suchten wir eine geschützte Stelle aus, wo der felsige Meeresboden sich in einer Reihe breiter, flacher Stufen senkte und so für eine Folge terrassenartig verschiedener Tiefen sorgte, von etwa einem Meter bis zu vielleicht sechzehn. Sebastian bekämpfte seine Panik, setzte die Maske auf, nahm die Waffe und begann, an den flachen Stellen herumzuwaten. Er steckte seinen Kopf unter Wasser, suchte sich unter den glänzend gestreiften oder gepunkteten Lippfischen, die zwischen den Pflanzen herumwieselten, einen aus, stach mit dem Dreizack seiner Harpune zu und spießte schließlich einen kleinen Fisch auf.

Nach ein paar Minuten ließ ich ihn allein, um mich im tieferen Wasser umzusehen. Aus verschiedenen technischen Gründen konnten die Fischer ihre Netze an dieser

Stelle nicht auswerfen, und als ich weiterschwamm, tat sich mir eine neue und ganz außergewöhnliche Unterwasserwelt auf, ein versunkenes Reservat, das wohl seit Tausenden von Jahren unverändert geblieben war.

Alles auf dieser durchsonnten Szene, jede Form und Farbe, war frisch. Es war ein Panorama des von der See ausgehöhlten und polierten Grundgesteins, das allenthalben überwuchert war von scharlachroten und ockerfarbenen Algen, mit Bergrücken, mit Dschungeln aus Meerespflanzen und wimmelnden Fischpopulationen. Von den Vögeln abgesehen, spielt sich ja das sichtbare Leben unserer Welt vor allem auf ihrer Oberfläche ab. Hier sorgte nun eine schier grenzenlose Schichtung für ein dichtes Unterwassergewimmel von Fischen aller Größen, von hin- und herschießenden bunten Punkten bis zu enormen stierköpfigen Ungetümen, die in verschiedenen Tiefen siedelten, sich ernährten, langsam und nachdenklich zirkulierten, und sich mit einem sanften Kräuseln der Flosse oder einem Schlenker des Schwanzes hoben oder senkten.

Manche dieser Fische kannte ich und wußte ihren hier gebräuchlichen Namen, aber viele waren mir unbekannt. Die meisten ließen sich von meiner Gegenwart nicht stören, aber einige trieb die Neugier doch zu näherer Inspektion heran –, und eine vereinzelte *Servia* – ein großer Hochseefisch in ständiger Bewegung – umkreiste mich mehrmals, ehe er davontrieb. Die Fische, die man so zu sehen bekam, waren gesättigt mit Farbe, die aber im Moment ihres Todes sofort verblich. Bis zu vier Pfund schwere *Escorvais* präsentierten sich geradezu heraldisch in statischen Familienverbänden außerhalb der Höhlen, in denen sie lebten; sie glühten in einem roten Schimmer, als wenn sie tatsächlich Licht ausstrahlten; aber von all dem war nichts mehr übrig, wenn sie erst – schlaff und befleckt – das Messer des Fischhändlers erreicht hatten.

Ich schwamm in Richtung auf seichteres Wasser zurück und passierte Perlenvorhänge und Kettenpanzer aus Fisch; Fisch, der wie Sand und Silber war; Fisch, der wie Lorcas kleine Springmesser glitzerte; Fisch, der im Schwarm einheitliche Leuchtsignale abgab, mal an, mal aus, wie ein Reklameschild, während sich in gemeinsamem Impuls die Richtung der Körper zum Licht veränderte. Als der Meeresboden höher und näher kam und sich deutlicher abhob, konnte ich die kleinen zappelnden Bewegungen von Krabben, Krustazeen und Mollusken in ihren Spalten erkennen. Eine Muräne schlüpfte um ein Winziges aus ihrem Felsriß hervor, um mich mit ihrem blödsinnigen Blick anzustarren, und eine Barbenfamilie, die sich, da unbelästigt, sogar mit Menschen zu vertragen schien, wendete, um mich ins flache Wasser zu begleiten.

Während ich auf Tauchstation war, hatte Sebastian, noch immer ängstlich und unsicher auf den Beinen, bis zu den Achselhöhlen im Wasser, ein Dutzend Lippfische gefangen und an einem Drahtgeflecht aufgehängt, das er um seine Hüfte befestigt hatte. Im Boot waren sie dann nicht viel mehr als ein paar knappe Handvoll, aber für Sebastian waren sie wie das Versprechen einer besseren Zukunft.

Ich erzählte ihm von dem großen Fisch, den ich gesehen hatte.

»Wie groß?«

Ich hatte mir schon die Großspurigkeit der Fischer zugelegt. »So groß wie ein Maulesel. Soll dir dein Freund eine bessere Harpune machen, und dann schnappen wir uns ein paar.«

»Ich werde mit ihm reden«, sagte Sebastian. »Scheint, als ob ich doch noch schwimmen lernen muß.«

3

Die Großmutter rückte mit einem Vorschlag raus. Im Katzendorf war es üblich, den gefliesten Fußboden der Zimmer jeden Morgen naß aufzuwischen. Ich hatte das nicht getan, und sie machte mir klar, unsere Abmachung bedeute nicht, daß sie das tun würde. Sie empfahl mir deshalb eine Frau namens Carmela, die jeden Tag eine Stunde kommen würde, um zu wischen und aufzuräumen. Für zwei Peseten.

Carmela war ebenfalls eine der kuriosen Gestalten. Sie war als Flüchtling aus dem tiefen Süden gekommen, hatte Ärger mit der Polizei gehabt und gab vor, für ein krankes Kind sorgen zu müssen, das niemand je gesehen hatte, für das sie aber ständig Essen schnorrte. Carmela erwies sich als Fünfzigerin, schielend, mit strähnigem grauen Haar, und immerzu in ein fadenscheiniges, formloses Ausgehkleid mit Rüschen gekleidet. Sie kam an, schrubbte den Boden mit Eifer, polierte das Gefäß mit den kostbaren Steinen, packte die Katze im Genick und warf sie auf die Straße, bat um eine Kruste, die vom Vortag übriggeblieben war, wickelte sie in ein schmuddeliges Tuch, stopfte es vorn in ihr Kleid, und ging. Doch ehe sie verschwand, bot sie mir an, ein Kaninchen zu beschaffen, oder Teile davon, was, nach allem was ich von ihr gehört hatte, nur heißen konnte, daß es irgendwie aus privaten Beständen im Korkwald gewildert war. Ich beriet mich mit Sebastian darüber, und wir kamen überein, daß wir uns jeder eine Hälfte leisten könnten. So hielten wir es denn.

Zwei Tage später kam Carmela mit dem Kaninchen an, das sie der Länge nach durchtrennte, und Sebastian und ich zahlten ihr jeder acht Peseten. Es ergab sich, daß zu unserem Handel diesmal auch die Zubereitung gehörte, und während sie das Kaninchen in Stücke schnitt, wurde ich ins Dorf geschickt, um eine irdene Kasserole, eine Handvoll Holzkohle und einen Eßlöffel Olivenöl – das vom Schwarzmarkt stammte – einzukaufen. Obwohl keine Einheimische, war sie in Sachen Farbe so pingelig wie ein Katzendörfler, und die Kasserole wurde von ihr mit der Begründung zurückgewiesen, sie sei zu braun, und mußte umgetauscht werden. Erst später ging mir auf, daß diese Gänge hin und her zum Laden wohl Teil eines Mystifikationsprozesses waren, eine Art Kartentrick, durch den das Kleinzeug des Bratens weggezaubert wurde; denn als die Kocherei über einem winzigen Holzkohlenfeuer auf dem Balkon fertig war, konnte man vom Kaninchen kaum noch was entdecken.

Carmela war rechthaberisch, diktatorisch und wortkarg, und wenn sie überhaupt sprach, kam sie zur Sache. Bei dieser Gelegenheit erwähnte sie, daß sie mit jeder weiteren Woche tiefer und tiefer in den Wald hinein müsse, um Kaninchen zu fangen. Das hänge, meinte sie, mit dem schwindenden Laubdach zusammen. Vergangenes Jahr habe eine Menge Eichen überhaupt kein Blattwerk hervorgebracht, und dieses schattenlose, entlaubte Gebiet weite sich aus. Der Kern ihrer Bemerkungen war, daß, wer Kaninchen essen wolle, dies jetzt tun müsse. Wenn es nämlich so weitergehe, werde es nächstes Jahr um diese Zeit überhaupt keine Kaninchen mehr geben.

Juan, der im Haus nebenan wohnte, war der einzige Mann in Farol, der wenigstens ein gewisses Interesse am Schicksal der Eichen hätte haben müssen, denn Francesca, seine Frau, hatte fünfzig Bäume als Mitgift in dieses sonst mitgiftfreie Dorf gebracht, und weitere siebzig waren nach dem Tod ihres Vaters als Erbe auf sie übergegangen. Sie war eine lebhafte, etwas hochtrabende, intelligente Frau, die zu allen Gelegenheiten ein Seidenkleid trug und in hochhackigen Schuhen herumstolzierte, bis die Großmutter, in ihrer taktvollen Art, sie darauf hinwies, daß alle Sachen aus Leder im Dorf tabu waren. Bei späterem Anlaß, und in meiner Gegenwart, stellte die Großmutter sie, scheinbar im Spaß, wegen ihrer Kleidung zur Rede: »Ich scheiß auf Gott!« sagte die Großmutter (es war der mildeste katalanische Fluch, und aus ihrem Mund eine Seltenheit); »Warum versteifst du dich auf diese Farben?«

Francesca erwiderte mit dem triumphierenden Lächeln der Jugend. »Um Aufmerksamkeit zu erregen«, sagte sie. »Wenn ich älter bin – sagen wir fünfunddreißig – gehe ich zu grau und braun über, und mit Fünfzig bin und bleibe ich bei Schwarz, so wahr mir Gott helfe. Das Eisen schmieden, solange es heiß ist. Wer sieht sich schon nach einer alten Frau um?«

Ihr hagerer, aber imposanter junger Ehemann, der immer einen prophetischen Spruch auf der Zunge zu haben schien, sagte, er fühle sich befleckt von einem so erworbenen Besitz. Er hatte die Besichtigung der Bäume und der paar Stücke unfruchtbaren Landes, die dazugehörten, bisher aufgeschoben, obwohl er seine Frau begleitete, wenn sie ganz in der Nähe auf Pilzsuche ging; von der kehrten sie dann mit ganzen Körben voll der berühmten *amanita caesarea* zurück, die mehr als einer römischen Kaiserin dazu gedient hatten, ihre Männer zu vergiften.

Francesca gab zu, daß die Bäume krank waren, darunter auch die Hälfte ihrer eigenen. Sie machte sich Sorgen, falls die Einnahmen durch den Kork ausblieben, aber viel mehr bekümmerte sie der Umstand, daß es im letzten Herbst nur halb so viele Pilze wie sonst gegeben hatte. Wie die Kaninchen brauchten auch die Pilze Schutz und Schatten. Sort war ein Dorf von Männern, die ihr Leben lang mit Bäumen zu tun gehabt hatten und alles, was man nur wissen kann, über Korkeichen wußten; und diese Männer waren der Meinung, daß Sort eine Tragödie bevorstehe. 1947 hatten die Eichen in ganz Südeuropa durch einen Einfall von Raupen der Wintermotte gelitten; sie waren just an dem Tag geschlüpft, an dem auch die ersten Blattknospen hervorkamen (ein Zusammentreffen, das sich nur ungefähr zweimal in einem Jahrhundert ereignet). Die meisten Eichen erholten sich schließlich von diesem Laubschaden, aber in den Wäldern der Pyrenäen wurden viele der auf diese Weise geschwächten Bäume von einer Viruskrankheit befallen, an der sie dann eingingen. Juan und die übrigen Fischer zeigten kein Mitgefühl. Es war ihre feste Überzeugung, daß jeder Bauer eine Schachtel mit Tausend-Peseta-Scheinen unter dem Fußboden vergraben habe. »Denen geht es doch niemals schlecht«, war das allgemeine Urteil. »Sollen sie doch von ihrem Fett leben.«

Die ersten Anzeichen einer Notzeit in Sort waren, daß die Hunde dort noch weniger als sonst zu fressen bekamen, verwegener bei ihren Beutezügen wurden und sie bis aufs Faroler Gebiet ausdehnten, wo sie nicht nur hier und da eine Katze zu fangen und zu verschlingen verstanden, was ihnen niemand übelnahm, sondern gelegentlich auch ein Huhn, was ein schweres und unverzeihliches Vergehen war.

Während die Katzen von Farol von den Menschen nichts als ihre Gegenwart und Gesellschaft brauchten, konnten die Hunde von Sort nicht allein für ihr Futter sorgen. Ihre Aufgabe war, im Wald Wild zu fangen, und sie wurden dafür mit den Häuten, den Köpfen und den Füßen der Kaninchen belohnt, die sie anbrachten. Sonst blieb ihnen nur das bißchen an Fleischresten, die sie irgendwo im Dorf aufstöberten, oder die seltenen kannibalischen Gelage, wenn einer der ihren durch Unfall oder Krankheit umgekommen war.

Anders als die Menschen in Sort, die Individualisten waren, ließen die von Farol, die ja beim Fischfang schon immer gemeinsame Sache gemacht hatten, keine Gelegenheit aus, im Team zu arbeiten. In beiden Dörfern halfen die Frauen bei der Versorgung aus, indem sie Hühner hielten. In Sort wurden sie nachts in Käfige gesperrt, die man an Bäume hängte, damit sie außer Reichweite der Hunde oder auch des einen oder anderen Fuchses waren, der sich ab und zu ins Dorf wagte. In Farol, wo diese Art der Sicherung weniger nötig war, hatte man ein gemeinsames Hühnergehege gebaut, hauptsächlich zum Nutzen der Alten und Kranken. Eine Woche nach meiner Ankunft gelang es einem Rudel ausgehungerter Hunde aus Sort, dort einzubrechen und viele der Hühner wegzuschleifen.

Das war ein nicht wiedergutzumachender Schaden. Sort wies die Verantwortung dafür zurück. Ein Bauer aus dem Hundedorf, der mit einer Karrenladung Gemüse nach Farol gekommen war, um sie dort gegen Fisch zu tauschen, wurde in der Bar des Alkalden angegangen, was denn nun passieren solle. Seine Antwort war: »Woher wollt ihr wissen, daß es unsere Hunde waren? Sieht doch einer wie der andere aus.«

Die Fischer, die einen Hang zu improvisierten Zusammenkünften hatten, hielten auf der Stelle eine ab und sagten dem Mann anschließend, er könne sein Gemüse wieder mitnehmen. Bei einem zweiten Treffen wurden Gegenmaßnahmen beschlossen. Denn wenn die Leute von Sort nicht bereit wären, ihren Hundebestand zu verringern, so die Meinung der Fischer, müsse man selbst etwas dagegen tun. Aber wie? Die Vorstellung war undenkbar, daß irgend jemand eine Axt oder Keule genommen und einen Hund einfach so erschlagen hätte; und die Idee, Rattengift zu benutzen, ging ihnen gegen den Strich. Die Lösung war schließlich, ein paar getrocknete Seeschwämme zu beschaffen, sie in Olivenöl zu braten und ihnen so einen für Hunde unwiderstehlichen Geschmack zu verleihen. Als die Hunde sich ein paar Tage später von der Hühnervöllerei erholt hatten, wurden die Schwämme am Rande des Dorfes ausgelegt. Es war ein althergebrachtes Mittel, und erfolgreich wie stets. Die Hunde stopften sich mit den trockenen Schwämmen voll, die durch die Magensäfte aufquollen und schließlich die Mägen platzen ließ. Ein Hund, der zu spät auf der Szene erschienen war, um an dem tödlichen Mahl teilzunehmen, wurde eingefangen, dann, als traditionelle Geste von Hohn und Verachtung, kastriert und mit einem schwarzen Band um den Hals heimgeschickt. Das schwarze Band symbolisierte Feigheit.

Danach hielten die Leute von Sort ihre Hunde unter Kontrolle, indem sie sie an schwere Holzbalken ketteten, die sie auf Schritt und Tritt hinter sich herzerren mußten. Von diesem Zeitpunkt an ging es mit der Beziehung zwischen Sort und Farol – die nie mehr als eine wachsame Neutralität gewesen war – bergab, und beide Gemeinden hatten unter dem Verlust des Nachbarschaftsmarktes für ihre Produkte zu leiden.

4

Die tiefer werdende Kluft zwischen dem Katzen- und dem Hundedorf zeigte sich auf vielerlei Weise. Zunächst einmal hörten die Bewohner von Sort auf, Fisch zu essen, und die aus Farol – die keinen Ackerbau trieben – mußten ohne Gemüse auskommen. Einige wenige wohlhabende Bauern in Sort waren immer noch auf eine friedliche Lösung erpicht und nahmen es auf sich, an einem Samstagabend nach Farol zu fahren, um mit den Fischern ins Gespräch zu kommen, die sie in der Bar des Alkalden zu treffen hofften.

Der Zeitpunkt war aber schlecht gewählt, denn sie gerieten mitten in das Finale eines Wettstreits um die wirkungsvollste Blankvers-Fassung einer dramatischen Episode im Fischerleben. Die Stimmung in und außerhalb der Bar war die einer leidenschaftlichen Versunkenheit. Niemand trank, aber gelegentlich benetzte eine Träne ein leeres Glas, und die Bauern, die unbehaglich in ihrer Ecke herumzappelten, wurden übersehen. Ihre Laune ernüchterte sich von vorsichtigem Optimismus zu angestrengter Geduld; aber als dann endlich der Junge, den der Alkalde beschäftigte, zu ihnen kam, um ihre Bestellung aufzunehmen, waren sie schon streitlustig. Sie bestellten *Palo* – eine lokale trübe Art Sherry, die mehr nach Lakritze als nach Wein schmeckte –, aber der Alkalde, der den Wettstreit leitete und über den Sieger entschied, kam mit vielen Entschuldigungen zu ihnen, um zu sagen, daß sein Faß leer sei. Die Bauern erhoben sich, stapften wie über gepflügtes

Land zur Tür, spuckten auf die Schwelle und gingen davon.

Die Reaktion in Sort vollzog sich am nächsten Tag in Gestalt einer Sperre, die quer über einen Fußpfad errichtet wurde, den die Fischer als Abkürzung zur Hauptstraße benutzten. Als Folge eines Zwistes zwischen zwei Familien hatte sich da ein Wegerecht etabliert, als ein Leichenzug, der das Haupt des einen Hauses zu Grabe trug, plötzlich die Richtung änderte und quer über das Land des Feindes schritt – wodurch nach unverbrüchlicher Sitte das Land zerschnitten war. Die Entscheidung des Alkalden von Sort war nun die, daß das Recht, diesen Weg zu benutzen, immer nur den Einwohnern von Sort zugestanden habe und Außenstehende wie die Katzenleute das althergebrachte Recht verletzt hätten, indem sie sich ebenfalls des Privilegs bedienten. Das war für die Fischer in der Tat ein Schlag, weil es bedeutete, daß in Zukunft die schweren Fischkisten einen Kilometer weiter geschleppt werden mußten, ehe man sie auf den Lastwagen verladen konnte, der sie in die Stadt brachte.

Die Leute von Sort waren nominell Christen, die von Farol nicht mal das, da die Sitte keinem männlichen Mitglied der Fischergemeinde erlaubte, die Messe zu besuchen. Wenn sie Beistand brauchten, ob geistlich oder weltlich, nahmen beide Dörfer Zuflucht zum selben Hellseher, dem Curandero von Ripoll. Der Curandero schlichtete Streitigkeiten aller Art, bei den Bauern besonders solche um Erbschaftsangelegenheiten. Er versorgte die Frauen mit Verhütungsmitteln, die aus Schwämmen gemacht waren, und wenn seine Ankunft mit der überaus wichtigen Thunfisch-Saison zusammenfiel, begleitete er die Boote aufs Meer hinaus, »erschnüffelte« die Fischschwärme und zeigte den Fischern, wo sie ihre Angeln auswerfen mußten.

Im Katzendorf kam nun doch die Ansicht auf, daß, wollte man je wieder Zwiebeln, Gurken oder Eierkürbis essen, man sich mit Sort irgendwie verständigen müsse; und man verfiel auf die Idee, daß der Curandero, wenn er schon bei Familienkonflikten so erfolgreich schlichtete, als Mittler zwischen den beiden Gemeinden ebenfalls gute Dienste tun könne.

Ein kleines Problem war, daß, obwohl von diesem Mann immer als vom Curandero von Ripoll gesprochen wurde, niemand je seinen wirklichen Namen erfahren hatte, geschweige denn eine Adresse, unter der man ihn hätte erreichen können, wenn er überhaupt eine hatte. Die Thunfisch-Saison stand jetzt bevor, und man vermutete, daß er sich schon in einem der Küstendörfer eingefunden hatte; also legten die Leute von Farol Geld zusammen, damit einer der Ihren losziehen und ihn suchen könne. Ein paar Tage später war er zurück mit der Nachricht, daß der Curandero auf dem Wege sei.

Die Tatsache, daß ich durch Sebastian auch vertraulicher Informationen gewürdigt wurde, war ein ermutigendes Zeichen für meinen ständig sich verbessernden Status im Dorf. Fremder zu sein war ein Nachteil, aber der wurde mit jeder Woche, da mein Gesicht bekannter wurde, geringer. Allerdings mußte ich darauf achten, mich den einheimischen Vorurteilen anzupassen. »Nimm den Hut ab, wenn du an der Kirche vorbeigehst«, sagte Sebastian, »aber geh nicht rein. Bleib weg von der Bar, wenn die Polizei drin ist. Versuche nicht, einen Fischer zu einem Glas einzuladen. Warte, bis sie dich zuerst einladen.« Es gab so viele alltägliche Fettnäpfchen, so viele kleine Dinge, die man hätte falsch machen können und unbedingt vermeiden mußte. Und ich arbeitete vorsichtig und versuchsweise daran, eines Tages meine erhoffte völlige Aufnahme in die Gemeinschaft des Dorfes zu erlangen, indem ich nie einen

Schritt unternahm, ohne vorher Sebastian oder die Großmutter um Rat gefragt zu haben.

Der Curandero erschien an jenem Tag, der hier das Fest der Erhabenen Jungfrau heißt (und sonst als Mariä Himmelfahrt bekannt ist); an dem die Bauern in den Dörfern und Flecken des Landesinneren ihre Arbeit einmal ruhen ließen, ihren steifen Sonntagsstaat anlegten, Freßkörbe packten und herunter an den Strand kamen. Eine einsame Küste wurde für einen Tag in eine lebhafte verwandelt: Mit Kindern, die sich Mühe gaben, Burgen in den groben spröden Sand zu bauen, während ihre Eltern ratlos in zentimetertiefem Wasser herumstakten und sich dabei ein bißchen von den mineralischen Segnungen erhofften, die dem Wasser zugeschrieben wurden; mit Picknickern, die sich trotz der dauernden Belästigung durch beutegierige Katzen zu amüsieren versuchten.

Bei so lebhaftem Strandbetrieb gingen Ereignisse, die sonst Aufmerksamkeit erregt hätten, eher unbemerkt vor sich. Als der Curandero mit einem Ruderboot eintraf, war nur eine kleine Gruppe von Fischern zum Empfang versammelt. Jeder der Männer hatte einen Hut auf, auch wenn einige der Hüte nur geliehen waren. Als der Curandero aus dem Boot stieg, gingen alle Hüte hoch. Der Curandero lächelte und nickte. Er hatte ein rundes, jungenhaftes Gesicht mit rosigen Backen und blauen Augen. Er trug, nach Art eines Ferienreisenden, ein Jackett aus Wildlederimitation und ein Haarnetz, das Narben an seinem Schädel verbergen sollte, dazu Polster, wie die Kopfhörer eines Telefonisten, an beiden Ohren. Vor ein, zwei Jahren hatte der Priester von Llobregat ihn wegen Kondomschmuggels aus Frankreich angezeigt und wohl auch mitgemacht, als ihn die Polizei fürchterlich zusammenschlug; dabei waren ihm beide Trommelfelle geplatzt und seine Nieren irreparabel geschädigt worden.

Wie eine Art Läufer waren Matten ausgelegt, die vom Boot durch den Sand zu einer Überdachung führten, die man in einer guten Stunde schlecht und recht aus Bambusstäben und Palmwedeln zusammengeschustert hatte. Hier traf der Curandero die verschiedenen Familien, die das Privileg beanspruchten, ihn in ihren Häusern zu beherbergen. Man reichte ihm ein Glas des einheimischen essigsauren Weins, mit einer Goldmünze auf dem Boden. Die hielt er einen Moment lang im Mund, ehe er sie in seine Tasche praktizierte. Dann wurden Tisch und Stuhl hereingebracht, und er wurde zu einer Mahlzeit aus Safran-Reis gebeten, während die wichtigen Männer, Hut in der Hand und befangen lächelnd, im Hintergrund standen. Kinder wurden hereingebracht, damit er ihnen über den Kopf streichelte, aber die Frauen hielten sich fern.

Nach dem Empfang wurde der humpelnde Curandero zum ersten Haus geführt, in dem er wohnen sollte. Viel mehr war fürs erste dann nicht von ihm zu sehen, da ihm daran lag, der Polizei nicht unter die Augen zu kommen; zu gern hätte die nach einer Gelegenheit gesucht, ihm eine zweite Tracht Prügel zu verabreichen. Die Fischer erklärten ihm die Schwierigkeiten, die in ihren Beziehungen zu Sort aufgetreten waren, und der Curandero sagte, er wolle alles tun, um die Angelegenheit auf freundschaftliche Art zu erledigen. Die drei Tage, die er in Farol zubrachte, waren dem Austeilen von Kräutermedizin, dem Stellen von Horoskopen – von denen die Fischer nicht genug bekommen konnten –, vor allem aber all den Angelegenheiten gewidmet, die mit Ehefragen und Familienplanung zu tun hatten. In dieser Hinsicht übertraf seine Autorität die der Großmutter, die ihm für die Dauer seines Besuchs den Vorrang lassen mußte.

In vielen Gegenden mediterraner Armut – einer Armut, mit der ich vertraut geworden war – sind Großfamilien das

Gegebene; und es ist eine stolze, obwohl nahezu normale Leistung für eine Frau, schon mit 35 Jahren zehn Kinder zur Welt gebracht zu haben. Dahinter steckte das wirtschaftliche Kalkül, daß Kinder in einer Stadt mit ihren unendlichen Gelegenheiten zu niedriger, auch niedrig bezahlter Arbeit eine Versicherung gegen wirtschaftliches Elend sind, und vom Alter von acht Jahren an arbeiten viele von ihnen, um zum Haushalt kleine Summen beizusteuern.

In einem verarmten Fischerdorf ist das Meer der einzige Arbeitgeber, und die Ressourcen, die es bietet, sind eng begrenzt. In Neapel kann ein Haushalt mit fünfzehn Kindern eine Art Vorzeigefamilie sein. In Farol, wo viele Familien freiwillig kinderlos blieben, waren Ein-Kind-Ehen das Normale, und Kinderzahlen über zwei waren selten und beklagenswert. Die Katzenleute hielten ihre Familien klein, indem sie Eheschließungen bis spät in die Zwanzig hinauszögerten, indem sie sexuelle Enthaltsamkeit übten – viele Paare schliefen nur selten im selben Bett –, und indem sie sich der Mittel des Curandero bedienten. Jedesmal, wenn er kam, nahm er sich Zeit für die Jagd nach der kleinen, dichtfaserigen örtlichen Abart von Schwämmen, die er aus ziemlich flachem Wasser herausfischte, reinigte, in Form schnitt und dann einzeln mit einer prophylaktischen Salbe tränkte, die aus Schweineschmalz mit gestoßenem Schierling bestand.

Die Schwämme waren in ein paar Tagen gesammelt, präpariert und verteilt; aber ehe der Curandero seine Aufmerksamkeit der Schlichtung des Konflikts mit Sort zuwenden konnte, mußte er sich erst noch einer anderen kleinen diplomatischen Mission widmen.

Farol war gerade erst der Gegenwart und der wertvollen Dienste von Sa Cordovesa beraubt worden, die ich so oft neben ihrer Tür hatte sitzen sehen; den Blick gesenkt, saß sie so sittsam und gefaßt über ihrer Näherei wie eine Madonna. Sie war von einem Admiral abgeschleppt worden, dessen Name, wie er sagte, Hirsch bedeutete und der die Gegend bei einer Küsten-Inspektion besuchte. Der Admiral blieb nur eine Nacht in der Fonda, erblickte Sa Cordovesa am nächsten Morgen, machte ihr am frühen Nachmittag einen Heiratsantrag und nahm sie im Abendbus mit.

Durch die glücklichsten Umstände war kurz vor Sa Cordovesas Abgang ein anderes schönes Mädchen ins Dorf gekommen, und die Fischer fragten den Curandero, ob man sie zum Bleiben überreden solle. Diese junge Dame war unter dem Namen Maria Cabritas bekannt, weil sie in Sort, wo sie geboren und aufgewachsen war, Ziegen gehütet hatte. Maria war eine Schönheit vom Range eines Filmstars mit allerschönstem Blondhaar, das ihr Gesicht in zarten Löckchen umrahmte, und mit gewaltigen unschuldigen Augen. Sie war an ein französisches Modeheft geraten, nach dem sie die Kleider kopierte, die sie trug, wenn sie ihren Ziegen durch Büsche und Gestrüpp hinterherrannte. In Sort hatte man sie vor den Alkalden gebracht mit dem Vorwurf der Unmoral – worauf Gefängnis stand –, aber der Alkalde, der ein Herz für sie hatte, übergab sie nicht der Polizei, sondern hieß sie und ihre Mutter den Ort zu verlasssen und woanders hinzuziehen. Also waren sie nach Farol hinübergekommen, wo man ihnen erlaubte, sich provisorisch in einem der verfallenen Häuser einzuquartieren, die den weggezogenen Kork-Familien gehörten und an deren Instandsetzung Sebastian in den letzten paar Jahren mitgearbeitet hatte.

Die Fischer wollten nun vom Curandero wissen, ob er es für ratsam hielt, daß man Maria Cabritas und ihrer Mutter zureden sollte, sich für dauernd hier einzurichten. Im Hinterkopf hatten sie dabei natürlich die Hoffnung, daß

Maria dazu gebracht werden könnte, Sa Cordovesas Rolle zu übernehmen; aber Sebastian berichtete, daß sie ein wenig besorgt waren über die extreme Helligkeit ihres Haares und ihrer Haut – in dieser Ecke der Welt wahrlich eine Seltenheit –, die von einigen so gedeutet wurde, als sei sie vom bösen Blick besessen. Der Curandero traf sich mit dem Mädchen, stellte ihr Horoskop und kam mit einem begeisterten Befund zurück.

Also war es beschlossene Sache, und wenn Maria, nach der neuen Pariser Mode gekleidet und mit dem Modeheft unter dem Arm, mit ihren Ziegen auf den Klippenstreifen oberhalb des Dorfes zum Weiden ging, folgte ihr in gehörigem Abstand der eine oder andere Bewunderer, obwohl bisher noch keinem die leiseste Ermutigung zuteil geworden war, die einen Verehrer hätte animieren können, auch nur ein hoffnungsvolles Wort an sie zu richten.

Nachdem er die Alltagsprobleme des Katzendorfes erledigt hatte, zog der Curandero nach Sort, wo, wie stets, eine ganze Reihe von Streitigkeiten seiner Schlichtung harrten. Allgemein galt, daß je reicher die Familien, um so bitterer und ausdauernder ihre Zwiste waren, besonders, wenn es mehrere Kinder gab, die sich um ein Erbteil stritten. Diese Fehden konnten bis zu absurder Dauer getrieben werden, und der Curandero hatte in Farol von einem Fall berichtet, wo ein großes Bauernhaus der traditionellen Bauweise so aufgeteilt worden war, daß ein Sohn den Zugang zur Treppe versperrte und so die Miterben, seine Geschwister, zwang, ihre Schlafzimmer über Leitern zu erreichen.

Die Todesfälle eines Jahres hatten eine ganze Zahl von Erbschaftsstreitigkeiten gezeitigt. In jedem Fall war das

Erbe (nach endlosem Gezänk und gegenseitigen Beschuldigungen) in theoretisch gleiche Teile dividiert worden, und der Curandero saß nun unter einem Baum, die Hunde an ihren Balken wütend um ihn herum, und hielt Strohhalme verdeckt in der Hand; die einzelnen Erben mußten dann jeweils einen ziehen, dessen Länge über ihren Anteil entscheiden sollte. Nach außen hin hätte nichts fairer oder demokratischer sein können, aber allerlei Machenschaften hinter den Kulissen ließen die Prozedur oft zur Farce werden. In diesem Jahr sah sich der Curandero den Beschwerden einer kleinen Schar von Erben gegenüber, die sich darüber aufregten, daß man sie auf irgendeine Art um ihren gerechten Anteil am Erbe beschummelt hätte. Als er später den Katzenleuten gratulierte, weil sie sich von der Geißel des Besitzes losgesagt hätten, erwähnte der Curandero, daß nach seiner Beobachtung immer die Söhne in einer Familie den Löwenanteil an jeglicher Hinterlassenschaft einheimsten und daß, was immer auch an Land den Töchtern schließlich übrigblieb, meist irgendein Manko hatte oder keinen Zugang zu Wasser.

Das allerdringendste Problem für die Hunde-Gemeinde war das der Korkeichen. Der jüngste Versuch, dem Übel Einhalt zu gebieten, das, durch welche Krankheit oder unheilvolle Einwirkung auch immer, dem Wald den Garaus zu machen schien, hatte sich in Form einer großangelegten religiösen Zeremonie unter freiem Himmel abgespielt, einer Mixtur aus Exorzismus und Fürbitte, die von ihrem eigenen Priester unter Mitwirkung dreier Geistlicher aus anderen Gemeinden mit allem Drum und Dran, mit Heiligenbildern und -fahnen und allem, was sie nur aufbieten konnten, gehalten wurde. Es formierte sich eine von der Geistlichkeit angeführte Prozession, von Meßdienern begleitet, die Weihrauchfäßchen schwenkten. Hier, wie in anderen Gegenden Spaniens, galt es als unehrenhaft, bei

Prozessionen Fahnen zu tragen; so etwas konnte zur Absage von Verlobungen führen oder zu dem Verdacht, so einer sei gehörnt worden*. Daher wurden für diese Aufgabe nur Männer genommen, die nichts mehr zu befürchten hatten; und zwei von ihnen brachen, auf dem Weg bergan, unter der Last der Standarten zusammen, einer sogar mit einem Herzanfall.

Der Vorfall rief bei den Atheisten von Farol viel Spott hervor, und der Curandero zeigte sich entsetzt, als er davon hörte. Er tat zunächst so, als habe er jegliches Interesse an der Sache verloren, sagte den Dorfleuten, er wolle sich nicht einmischen, und empfahl ihnen abzuwarten, ob die Kirche nicht doch noch ein Wunder bewirken werde. Aber dann ließ er sich doch erweichen und meinte, er wolle tun was er könne. Wegen seiner alten Verletzungen konnte er nur mit Mühe gehen und mußte in einem Stuhl zu der Stelle am Rande des Korkeichenwaldes getragen werden, die der Schrein der Heiligen Ágata genannt wurde. Er sagte ganz offen, er könne ihnen wegen der Rettung der Bäume nicht viel Hoffnung machen, aber er versicherte den Dörflern, daß er ihnen wenigstens reinen Wein einschenken werde, was das Schicksal für sie bereit hielte, so oder so.

Der Schrein der Heiligen Ágata war Schauplatz einer trüben Fiesta lokalen Brauchs, die von den Hundeleuten alljährlich am 3. Mai abgehalten wurde. Der Schrein war eine kleine steinerne Ruine in einem Feld, das umzäunt war, um die Ziegen abzuhalten; und die ganze Fiesta bestand darin, daß die Leute dort hoch gingen, zwölfmal um das Feld trotteten – die Männer in die eine, die Frauen in

* Anda, que no te quiero,	(Geh weg, ich liebe dich nicht mehr;
Porque llevaste	Denn du trugst
El día de San Marcos	Am Tag von St. Markus
El estandarte.	Die Standarte.)

(Ein altes Lied aus La Solana in La Mancha)

die andere Richtung –, dann die Brote aßen, die sie mitgebracht hatten und wieder heimgingen. Als nun die Gruppe um den Curandero beim ersten Baum, kurz vor dem Schrein, anlangte, wollte er dort niedergesetzt werden. Er humpelte um den Baum, schnüffelte am Stamm, brach einen Zweig ab und besah ihn sich, und zerrieb dann ein vorzeitig verwelktes Blatt zwischen Daumen und Zeigefinger. Sein Gebaren war schweigsam und abweisend, und die Leute hatten das Gefühl, er sei immer noch verstimmt wegen der Sache mit der Prozession. Sie hatten gedacht, der Curandero werde bei der Ankunft am Schrein irgendeine Handlung vollziehen. Sie wären beruhigt gewcsen, wenn sie hätten zusehen können, wie ihm Schaum vor dem Mund stand oder er in Trance fiel und dann eine befriedigende Lösung des Dilemmas verkündete; und wenn er den Sherry, den sie mitgebracht hatten, als eine Art Trankopfer in den Boden gegossen hätte. Alles, was der Curandero tat, war, daß er seinen Kopf in den Steinstumpf steckte, während die kleine Gruppe der Dorfleute daneben stand und mit den Händen rang. Danach sagte er: »Der Geist ist fort. Laßt uns zurückkehren.« Und damit war die Angelegenheit beendet.

Danach waren die Dorfbewohner viel zu niedergeschlagen, um dem Curandero zu widersprechen, als er ihnen sagte, sie sollten doch – da sie wegen der kommenden dunklen Jahre ohnehin auf jede nur mögliche Hilfe der Leute aus Farol angewiesen seien – lieber wieder ihren Frieden machen, so lange es noch ging. Das Ergebnis war, daß die Hundeleute die Sperre wieder aufhoben, die den Fischern die Abkürzung durch ihr Land verwehrte, und umgekehrt luden die Katzenleute ihre Nachbarn zur jährlichen Fiesta in Farol ein, die im September stattfinden sollte. Auch dies war eine überaus öde Angelegenheit, zu der das offenbar sinnlose Ritual gehörte, daß sich Dorfbewohner und Fremde unterhakten und drei- oder viermal die Dorfstraße auf und ab stolzierten – ein Vorgang, dem der unvermeidliche Verzehr ranziger Butterbrote folgte.

Nachdem diese Angelegenheiten bereinigt waren, konnte der Curandero seine Gaben endlich den wichtigeren Prozeduren der Vorbereitung des großen alljährlichen Thunfischzugs widmen, von dem schließlich die kargen Vermögen und der zweifelhafte Wohlstand Farols so entscheidend abhingen.

Es stellte sich heraus, daß der Fischzug wahrscheinlich einige Tage später als geplant vor sich gehen müsse. Der Curandero beobachtete die Richtung und den Wechsel des Windes, wurde mit einem Boot hinausgefahren, um die Temperatur der Strömungen zu prüfen, arbeitete eine astrologische Sternkarte aus, befragte die Tarotkarten und verkündete schließlich, daß es eine weitere Woche dauern werde, ehe die Schwärme diesen Ausläufer des Meeres erreichen würden.

Der Aufschub sorgte für Beunruhigung. Wir näherten uns dem Ende des August, und keiner konnte sich eines Jahres erinnern, wo der Thunfisch nicht schon am Monatsanfang dagewesen wäre. Fünf Jahre hintereinander hatte Farol sich schon mit der Kalamität des Ausbleibens der Sardinenschwärme im Frühjahr immer aufs neue abfinden müssen, und der Gedanke griff um sich, daß man sie wohl nie mehr zu sehen bekommen werde. Ja, man erinnerte sich, daß das Schicksal beim allerletzten Sardinenfang den Farolern sogar einen besonders bösen Streich gespielt und um den größten Teil des Ertrages gebracht hatte. Die Fischer versicherten einander, daß nichts gutgehen könne, wenn kurz vor einem Ereignis ein Fuchs im Dorf gesichtet wurde. Das war unter allen bösen Vorzeichen das gefürchtetste. Es geschah nämlich, daß die Sardinen in Millionenschwärmen auftauchten – aber am Karfreitag, einem Tag, für den die Regierung absolute Arbeitsruhe verfügt hatte. An jenem Tag, sagte Sebastian, hätte jeder nur mit einem Eimer in der Hand zum Ufer zu gehen brauchen, ihn einzutauchen und ihn voll mit Fischen wieder herauszuheben. Bis zum Samstag waren die Schwärme dünner geworden und weitergewandert, und ein mäßiger Fang mußte dann per Schiff nach Palamós verfrachtet werden, wo er, weil der Fisch zu verderben drohte, am Montag zu weniger als einem Viertel des erwarteten Preises versteigert werden mußte.

In den mageren Jahren, die folgten, wurde das Leben in Farol, so frisch und blankgeputzt es auch aussah, zu einer Frage des geplanten *Über*lebens. Selbst wenn es Fische gab, so hatten die Fischer nun zunehmend unter dem natürlichen Verschleiß ihres Geräts zu leiden. Die Boote waren während des Kriegs an Land gezogen worden und vergammelt, und seither war es nicht möglich gewesen, Angelzeug zu kaufen. Die Netze gingen kaputt, und die meisten Boote verbrachten etliche Wochen in jeder Saison zu Reparaturzwecken außerhalb des Wassers. Die Fischer waren jetzt kaum besser dran als ihre Vorgänger im Mittelalter, weil die Motoren für die großen Boote in den letzten Jahren einem Prozeß der Ausschlachtung unterworfen gewesen waren, bis Ventile und Kolben und Kurbelwellen aufgebraucht waren und nur noch ein Boot mit einem Motor übrigblieb, der immer noch lief, wenn auch stotternd und anfällig.

Nun war es der unausgesprochene Gedanke in fast allen Köpfen, was denn aus ihnen werden sollte, wenn auch noch der Thunfisch wegblieb. Keiner hatte mehr bares Geld, und die Fischer lebten seit sechs Monaten auf Pump. Die Ladenbesitzer, der Alkalde, der weiter Wein ausschenkte, und die Männer, die Haken, Schnüre, Kalfatermaterialien, Firnis, Karbid für die Acetylenlampen, Öl und

Petroleum verkauften – sie alle waren selber schwer in der Kreide bei ihren eigenen Lieferanten und sahen dem Ruin entgegen, wenn die Fischer zur Aufgabe gezwungen waren. Dies war ein Dorf unter dem Schatten des Todes.

Während Farol wartete, bedeckte der Curandero seine Karten mit Diagrammen vom Lauf der Sterne, mit Würfelschnitten, Parabeln und mystischen Strahlen, und die Fischer machten sich aufgeregt an die letzten Handgriffe für ihre Zurüstungen. Ich setzte meine geduldige Kampagne für die volle Aufnahme in die Fischergemeinschaft fort, indem ich mich auf leise und unaufdringliche Weise nützlich machte und immer zur Stelle war, wo es ein Boot auf den Strand zu ziehen gab oder ein leckes auszuschöpfen. Solche Hilfe wurde als selbstverständlich angesehen – niemandem in Farol wurde je für etwas gedankt –, aber ich wurde nun doch manchmal in der Bar von einer Runde eingeladen mitzutrinken. Mein Spanisch war einigermaßen flüssig, und mein Nachbar Juan half mir beim Katalanischen, stellte ein Vokabular von Fischerei-Begriffen zusammen und listete an die sechzig Sorten Fisch mit Namen auf. Das Problem bestand darin, daß die spanischen Wörter für fast alles anders waren als die des katalanischen Dialekts hier in der Gegend und wiederum anders als das Katalanisch, das in der Stadt gesprochen wurde.

Juan fischte mit der Palangre, der hiesigen Version der Paternoster-Angelschnur. Es war ein großer dorfgesellschaftlicher Durchbruch gewesen, als er mich eines Abends auf die beiläufigste Art einlud mitzukommen, und danach half ich ihm, so oft ich nur konnte – was mich unweigerlich eine ganze Nacht Schlaf kostete. Alonso de

Barros *»Sprichwörter und Volksweisheiten«* – die Bibel solcher abgelegenen Orte, in der sowohl praktischer wie moralischer Rat für alle Lebenslagen von der Nymphomanie bis zur Fußfäule bei Schafen erteilt wird – beurteilt gleich an drei Stellen das Fischen mit der Angelschnur skeptisch gegenüber dem Netzfang. »Der Mann, der mit dem Haken fischt, ißt mehr als er fängt«, sagt Barros; und das ist immer noch die Meinung der meisten Fischer überall am Mittelmeer. Aber das Netzfischen verlangt meist gemeinsamen Einsatz, während die Angel mehr das Gerät für nachdenkliche und einzelgängerische Naturen ist, wie Juan eine war.

Sein Boot hatte sechzehn Schnüre, höchst penibel in flachen Körben zusammengerollt, jede Schnur mit 39 bis 47 Haken bestückt, also insgesamt mit fast tausend Haken. Die Vorbereitungen waren endlos. Wenn es frische Sardinen gab, waren sie der beste Köder; aber Sardinen gab es eben derzeit so gut wie nicht. Einsiedlerkrebse waren ein guter Ersatz, doch sie zu fangen war eine Unternehmung für sich, denn man konnte sie nur meilenweit draußen auf See fischen. Vor dem eigentlichen Fischzug wurden viele kleine, für die Krebse geeignete Hummereimer in große Tiefe hinabgelassen. Die Haken zu beködern nahm uns von 2 bis 4 Uhr nachts in Anspruch, woraufhin wir hinausfuhren und die sechzehn Angeln auswarfen, die dann nach drei oder vier Stunden wieder eingeholt wurden. Bei unserer ersten Expedition mit den Palangren fing Juan 42 Fische und verkaufte sie für 60 Peseten. Ich nahm ihm nichts ab, wofür er, wie ich wußte, dankbar war, obwohl ich mich hütete, ihn das merken zu lassen. Er war froh, mich dabeizuhaben, weil ich ziemlich ruhig blieb, und er erwähnte, daß die meisten Fischer dauernd Poesie von sich gäben, was ihm auf die Nerven ging. Als einmal die Rede auf die Korkeichen kam, erzählte er mir, daß er und Francesca jede Hoffnung auf weitere Einnahmen aus Sort aufgegeben hätten, und von da an erwartete er, so arm wie alle anderen Fischer auch zu werden.

Juan machte mich danach mit einem der älteren Fischer namens Simon bekannt, der gewählt war, eines der Boote beim Thunfischfang zu »dominieren«. Simon hatte als Junge die schreckliche Katastrophe des Monstersturms vom 11. Januar 1922 mitgemacht, der plötzlich aus heiterem und ruhigem Himmel hereingebrochen war und dem Hunderte von Fischern entlang der ganzen spanischen Küste zum Opfer gefallen waren. Er war einer der drei Überlebenden von den zwölf Mann aus Farol, die auf See waren, als der Sturm losbrach. Er wurde halbwegs nach Italien abgetrieben und, nahezu ohnmächtig und unfähig zu berichten, was ihm zugestoßen war, von einem italienischen Schiff mit Kurs auf Südamerika aufgegriffen, von wo er, zwei Monate später, heimkehrte als einer, der von den Toten auferstanden war. Seitdem glaubte man von ihm, er habe die Aura dessen, was die Araber *baraka* nennen – die Gabe des Glückbringens –, und man sah ihn selten ohne die Begleitung von ein oder zwei Gefährten, die sich so dicht wie möglich an ihn heranmachten in der Hoffnung, etwas von der heilbringenden Strömung aus seinem Körper abzukriegen.

Simon, eine ausgelaugte, aber imponierende Erscheinung, fragte mich nach meinen Gewohnheiten und Überzeugungen, wies mich auf die Regeln hin, die die Thunfischer zu beachten hätten, inklusive sexueller Enthaltsamkeit in der Nacht vorher, und auf die Verpflichtung zum trappistengleichen Schweigen bis zu dem Augenblick, da das eigentliche Fischen beginnen würde. Mit Juans Fürsprache schaffte ich es, die Prüfung zu bestehen, und Simon sagte, er wolle mit den anderen »Teilhabern« des Bootes sprechen und sehen, ob auch sie einverstanden wären.

»Trag bloß keinen Ledergürtel im Boot«, hatte mich Juan gewarnt und dazu eine Geschichte aus der Zeit seines Vaters erzählt; da hatte man einen Mann, der heimlich eine lederne Brieftasche bei sich trug, in der man einen bösen Zauber vermutete, über Bord geworfen und ertrinken lassen.

Stürme kamen im Winter fast jede Woche vor, manche davon mit ebensolcher Wucht wie die, die zur selben Jahreszeit die Atlantikküsten Nordeuropas heimsuchten. Im Sommer waren sie von kurzer Dauer, launisch und selten, aber in dieser Zeit des bangen Wartens kam doch einer auf und überrumpelte Farol.

Und traf auch einige der Fische ohne Vorwarnung. Große und besonders begehrte Arten wie der Seebarsch suchen ihre Nahrung bei schwerer See nah bei den Felsen, weil sie dann die reduzierte Sicht bei der Jagd nach kleinen Fischen begünstigt. Wie unvorsichtige Autofahrer im Nebel riskieren sie Unfälle, und oft betäuben oder töten sie sich selbst beim rasenden Zusammenprall mit den Felsen. Im Winter tragen solche Kollisionen gewissermaßen zum Freitisch der See bei, der sonst vor allem von den Fischen geliefert wird, die in Felsbecken gestrandet sind, und der Fischergemeinde zu einer Zeit, da regulärer Fang nicht möglich ist, zu einem Existenzminimum verhelfen. Plötzliches Fischsterben dieser Art ist im Sommer selten, obwohl es auch vorkommt. Sowie dieser besondere Sturm sich ausgetobt hatte, fuhren Sebastian und ich in seinem Boot hinaus zum normalen Harpunenfischen, und als wir ein geschütztes Becken zwischen den Felsen ansteuerten, fanden wir eine prächtige Zahnbrasse, die in seichtem Wasser tot auf dem Grund lag.

Die Zahnbrasse, eine Abart der Seebrasse, ist ein Fisch von außergewöhnlicher und auffallender Schönheit, groß und einzelgängerisch und bis zu 25 Pfund schwer, knapp hinter dem Kopf mit einem glühenden leuchtenden Purpurflecken betuscht – einem Lustre, das zu verlöschen beginnt, wenn er gefangen ist und vollkommen erloschen ist, wenn er ausgeweidet wird. Wenn man diesen Fisch beobachtet, wie er – immer langsam – durch den pudrigen Schimmer des tiefen Wassers driftet, fällt es schwer zu glauben, daß er nicht selber das Licht ausstrahlt, sondern es nur reflektiert. Zahnbrassen wurden niemals im Netz gefangen, und es gab nur einen jungen Fischer in Farol, der das beinah geheimnisvolle Geschick besaß, sie mit der Angel zu fangen. Der Fisch, auf den wir gestoßen waren, war ein eher kleiner für seine Art, von sieben oder acht Pfund, aber für uns eine tolle Belohnung, und ich holte ihn mit einem kurzen flachen Untertauchen und einem Harpunenstoß in den Wirbel aus nur etwa fünf Zentimeter Entfernung heraus.

Sebastian gab seinen Anteil der Großmutter, bei der er allmählich einen beträchtlichen Kredit aufbaute; aber da ich genug kleines Fischzeug für meine Tagesmiete gefangen hatte, ging meine Hälfte an Carmela. Sie akzeptierte dieses ansehnliche Stück Fisch mit der kleinsten möglichen Erweichung ihrer Miene steinerner Ungerührtheit und brachte es, wie üblich, verblüffenderweise fertig, es, bevor sie ging, irgendwo unsichtbar an ihrem Körper zu verstauen. Unter den Schichten von Herbheit und Mißtrauen muß sich dann doch irgendwo Dankbarkeit geregt haben, denn am nächsten Tag tauchte sie mit einer kleinen Schildkröte auf (von der ich nicht sicher war, ob es sich um eine Suppenschildkröte handelte), die sie mir unbedingt zum Mittagessen kochen wollte. Die Bedingung war allerdings, daß ich mich während der Vorbereitungen zu absentieren hätte, also ging ich hinüber zur Bar, trank einen *Palo* unter der ausgestopften Seejungfrau, und kehrte zurück. »Wenn Sie's gesehen hätten, eh's fertig war, hätten Sie womöglich Vorurteile bekommen«, sagte sie. »Alles Fleisch ist gut, nur manchmal muß man vergessen, wo es herkommt. Wenn wir in Alicante Hunger hatten, haben wir Hund gegessen, wenn's ging. Keine gute Idee, aber besser als Kaninchen. O ja, viel besser. Sie werden's essen und genießen.« Ich tat es.

Allmählich war die wahre Geschichte Carmelas herausgekommen. Zunächst einmal erfuhr ich, daß sie unter einer Art lockerer Polizeiaufsicht stand, und daß man sie oft damit ärgerte, indem man sie mitten in der Nacht aufschreckte und ihren Schuppen durchsuchte, oder sie zur Befragung zitierte. Wir aßen die Reste des Mahls auf, die köstlichen Medaillons aus weißem Fleisch mit Knoblauch und Majoran, die Schweinelendchen hätten sein können; und sie erzählte, wie es zu all dem gekommen war.

Bei Beginn des Bürgerkriegs war sie zu Besuch auf Ibiza gewesen, das zu der Zeit noch in der Hand der regulären Regierung war. Eines Sonntagnachmittags, als sie nach örtlicher Sitte an der Seepromenade entlangspazierte, wurde die Menge, in der sie sich befand, von italienischen Flugzeugen, die die nationalistischen Rebellen unterstützten, angegriffen. Alle dachten, sagte sie, die Flugzeuge gehörten zu uns, und sie und ihre Freunde und viele andere waren stehengeblieben, um zu winken und zu jubeln. Am Ende der Seepromenade legten sich die Flugzeuge in die Kurve, drehten und kamen im Tiefflug an und warfen Bomben. Das Ergebnis war Verwüstung, und Carmela wurde durch das Fenster eines Cafés geschleudert, zusammen mit dem kopflosen Körper einer Freundin. Sie selbst war mit leichten Verletzungen davongekommen.

Am nächsten Tag wurden einige faschistische Sympathisanten, die schon im Gefängnis saßen, an die Wand gestellt und erschossen. Jeder, der dem Schauspiel zusehen wollte, konnte kommen, und auch Carmela war hingegangen. Sie beschrieb die Episode in ihrer trockenen Art und sagte, das Exekutionskommando habe genau auf die Augen der Hinzurichtenden gezielt. Jedenfalls war Carmelas Anwesenheit bemerkt worden, und seit die Nationalisten am Ruder waren, stand sie unter ständigem Verdacht.

5

Am 1. September sagte der Curandero den Fischern, seine Berechnungen seien abgeschlossen und sie sollten ihre Köder für den Fischzug bereithalten, der am nächsten Tag beginnen werde. Thunfisch wurde mit einer Art von Sandaal, Sonso genannt, als lebendem Köder gefischt. In Farol glaubte man, daß Sonsos nur in dem rauhen, muschelbewehrten Sand in der unmittelbaren Nachbarschaft des Dorfes existierten, und es gab eine Theorie, daß deren Vorkommen hier in der tiefen Vergangenheit der Grund für die Ansiedlung des Dorfes just an dieser Stelle gewesen sei. Für den Vorrat an diesem wichtigen Hilfsmittel war Farol auf den Sachverstand einer einzigen Familie angewiesen. Es hieß, daß es nur zwei andere Fischer in der Provinz gebe, die noch Sonsos zu fangen wüßten, und sie mußten dann weite Strecken nach Farol zurücklegen, wenn hier Sonsos gebraucht wurden. Das Köderfischen vollzog sich mit einem eigenen Ritual, das selbst für die Fischer, die es praktizierten, unerklärlich war. Mehrere Boote, alle unter der Anleitung des Spezialisten, fegten den Meeresboden mit flachen Netzen ab, und der Brauch forderte es, daß während des ganzen Vorgangs die Fischer eine gewaltige Schreiorgie veranstalteten, indem einer nach dem anderen sich seiner Fähigkeiten auf dem Gebiet des Fischfangs und des Beischlafs rühmte und die anderen mit einem Chor von Spott und Verwünschungen dagegenhielten.

Ich durfte nicht mit hinaus, konnte aber am Uferrand

stehen und der ganzen Geschichte zusehen. Es war ein Morgen von lastender Ruhe, die See ein bißchen diesig, wie Glas, das man behaucht hat, die Kiele der Boote schnitten sauber durchs Wasser und hinterließen ein funkelndes Getröpfel. Die Rufe der Fischer mit ihrem gespielten Zorn und Hohngelächter pflanzten sich auf der Membran der Wasseroberfläche fort, und die Schmutzigkeit ihrer rituellen Beschimpfung läuterte sich in der extremen Reinheit der Umgebung.

Durch einen unglücklichen Zufall hatte sich eine spanische Urlauberfamilie, die höchst dürftig in der Fonda logierte und speiste, ausgerechnet diesen Tag für einen Bootsausflug erkoren. Die Touristen waren nun in diese Szene hineingestümpert und hatten sogar eins der Netze durcheinandergebracht. Mit den schrecklichsten Verwünschungen wurden sie davongetrieben – obwohl die Fischer am nächsten Tag Abbitte leisteten, indem sie den Leuten etwas Fisch zum Geschenk machten.

An dem Abend badeten alle Männer und schrubbten sich sorgfältig mit grüner Schmierseife. Die meisten von ihnen gingen danach gleich ins Bett, um sich vor schädlichen Einflüssen zu schützen.

Am Morgen waren wir am Ufer, ganz still, jegliche Kommunikation auf Gesten beschränkt. Simon war bereits am Bug des Bootes, das er führte, und Juan und ich kletterten schweigend hinein. Wir waren zu fünft, ich nahm einen der Riemen. Es war eine »alte See«, eine langsam sich hebende Dünung nach einem entfernten Sturm, der sich erschöpft hatte, und eine niedrige zerfasernde Federwolke am Horizont war keine Bedrohung. Die Männer waren schmallippig, mit dünnem, gequältem Lächeln, wie Gefangene, die ihr Urteil erwarten, und ich bemerkte, daß einer zitterte. Wir tauchten unsere Riemen mit großer Behutsamkeit ins Wasser, um Spritzer zu vermeiden, denn der Thunfisch galt als besonders hellhörig. Bei den Fischern hieß es: Man muß an ihn herankriechen. Aber selbst wenn wir den Schwarm fanden, würde es uns an Ausrüstung fehlen. Es fehlte an allem, an Angelschnüren, selbst an Haken. Wenn eine Schnur riss, ging, zusammen mit dem Fisch, auch ein wertvoller und unersetzbarer Thunfisch-Haken verloren.

Das Boot mit dem Curandero führte die kleine Flotte aus sieben Schiffen an. Der Curandero trug sein Haarnetz, seine Ohrenschützer und seine Wasserstiefel, aber mit Rücksicht auf den abergläubischen Horror der Fischer vor allem, was nach Leder aussah, hatte er sein Jackett aus falschem Wildleder zurückgelassen. Einer der Männer aus seinem Boot berichtete mir später, daß er seine Augen geschlossen hielt und die Boote nur mit dem Geruchssinn zu den Thunfischen führte. Waren sie erst einmal im Boot, so sagte er selbst, könne er sie nicht mehr riechen.

Die geheimnisvolle Intuition der Natur schien völlig im Gleichklang mit dem, was nun passierte. Meeräschen, im flachen Gewässer die großen Aas- und Unratfresser, pfeilten sich dicht unter der Oberfläche und verfolgten die Boote, und große kreischende Möwen – die man kaum je sah an dieser Küste – waren aus der Höhe gestürzt und schwebten dicht über unseren Köpfen. Weit zurück am Strand, der, so wollte es der Brauch, jetzt menschenleer hätte sein sollen, erschien ein einsamer Reiter, den man als *guardia civil* ausmachen konnte. Sein kleines, dunkles Profil rief eine ungute Stimmung hervor. Ein Polizist zu Pferde konnte nur ein Offizier sein, und was wollte ein Mann von solchem Rang und solcher Macht in einem völlig unwichtigen Fischerdorf wie Farol?

Der Curandero hob seine Hand, und wir hörten auf zu rudern. Im Wasser war nichts zu sehen als die kreisenden Meeräschen, aber der Curandero blies in seine Muschel, erzeugte eine dumpfes und melancholisches Geheul als

Signal zum Beginn des Fischens. In jedem Boot gab es eine Lage von sechs Zentimetern Sand, und darüber sechs Zentimeter Wasser. Die Sonsos, die man in Leinwandsäcken zu den Booten geschafft hatte, waren ins Wasser geschüttet worden, und die Lebendigen, die *vivos* – die man als Köder für die Haken benutzen wollte –, hatten sich sofort in den Sand eingegraben, aus dem ihre kleinen, wachsamen Köpfe herausragten. Andere, denen die Kraft zum Eingraben fehlte, schwammen irgendwie lethargisch im Wasser obenauf, und meine Kumpane griffen sich ganze Händevoll davon und warfen sie, so weit sie nur konnten, in alle Richtungen ins Meer hinaus. Wir hörten schweigend zu, wie der Köder aufs Wasser platschte, dann beköderten die Fischer ihre Haken mit den lebenden Sonsos, dabei den unteren Teil des Körpers durchstechend, und warfen die Angeln aus.

Der Fisch biß sofort, und im Boot folgte ein gewaltiger Aufschrei. Es war unmöglich, die Schnüre festzuhalten, ehe die ersten Versuche des Thunfischs, zu entkommen und zu überleben, matter geworden waren, und die dicke Nylonschnur auf den Korkspulen, die frei an den Dollborden lagen, lief in großen peitschenden Stößen ab, zehn Meter auf einmal und im Bruchteil einer Sekunde, wobei die Spulen auf und ab sprangen und sich in der Luft drehten.

Der Thunfisch ist der schnellste Fisch des Meeres, der, so heißt es, beim Kontakt mit dem Haken in seinem ersten Freiheitsdrang bis zu hundert Stundenkilometer erreicht, und die Fischer machten gar keinen Versuch sie zu halten, ehe sie nicht die äußerste Tiefe ihrer ungeheuren Tauchstürze erreicht hatten. Wir hatten drei Schnüre ausgeworfen, und drei Fische hatten angebissen. Der Fisch hatte den Grund erreicht, und die Männer nahmen die Schnüre und hielten sie fest, die Gesichter im Schmerz verzerrt, als nun die Schnur in ihre Hände schnitt, alte Wunden aufriß, und das Blut zu fließen begann.

Fast im selben Moment hatten auch alle anderen Boote Fische am Haken, und es gab ein großes Durcheinander, weil einige der kleinen Boote in alle Richtungen weggezogen wurden, einige sogar wie Blätter in einem Whirlpool rotierten und sich die beim Thunfischfang übliche sichelförmige Formation aufgelöst hatte. Zu diesem Wirrwarr kam hinzu, daß sich die Schnüre verhedderten, verkreuzten und auf extravagante Art verknoteten, als sich die Fische wanden und drehten, unter den Booten hindurchschossen und sie, mit dem Nachlassen ihrer ersten panischen Kraft, immer dichter an der Oberfläche umkreisten. Jetzt konnte man sie sehen: große gleitende metallische Formen, die seltsam leblos wirkten, obwohl sie immer noch große Reserven an Kraft besaßen.

In unserem Boot spielte sich eine Art von konfusem Ballett ab, dem Simon, der »Dominator«, hätte Einhalt gebieten müssen, wäre er nicht durch den Kampf mit einem monströsen Fisch abgelenkt gewesen. Die schwierigste und wichtigste Aufgabe war es, von Zeit zu Zeit den Abflußstopfen herauszuziehen, so daß frisches Wasser hereinfließen und die Sonsos beleben konnte, worauf der Mann, dem diese dringende Pflicht oblag, den Stopfen wieder einsetzen und Wasser schöpfen sollte. Aber der Mann, der dies hätte tun sollen, hatte einen Fisch an der Leine und konnte ihn nicht ins Boot ziehen. Pablo war derjenige gewesen, der gezittert hatte, und nun war er am Rand der Tränen.

Ich holte die Schnur mit ihm zusammen ein, und meine Hände bluteten auch. »Es steht zuviel auf dem Spiel«, sagte er. »Wenn ich Fisch fange, kann ich heiraten, und wenn nicht, ist es aus.« Ich übernahm seine Angel, und er kümmerte sich um die Sonsos. Drei von uns zogen jetzt Seite an Seite, das Boot stark geneigt, und man konnte die Fische sehen, wie sie, etwa zehn Meter entfernt, ganz stillhielten, ihr Silber eingerahmt vom Blau. Es war, als ob wir mit unseren blutigen Händen Drachen hoch am Himmel steigen ließen.

Ganz unerwartet gaben die Fische auf, wie Spielzeug mit Uhrwerk, das abgelaufen war. Ich zog Pablos Fisch direkt längsseits, und Simon spießte ihn durch die zähe Haut über dem Rückgrat auf, riß ihn mit einem Ruck empor und mit einem Schwung übers Dollbord, uns alle dabei mit schwarzrotem, gerinnendem Blut bespritzend, ehe er ihn mit einem Krachen auf die Planken des Bootes fallen ließ. Da lag es, ein wenig überzeugend gefertigtes Objekt aus billig wirkendem Zinkblech mit durchscheinendem Messing, mit geraden, gefurchten Linien, die von der Ecke des Maules ausfächerten, wo sich der Haken zwischen Auge und Backe festgesetzt hatte. Eine nachlassende mechanische Nachwirkung öffnete und schloß noch drei- oder viermal den Mund, dann bewegte sich nichts mehr.

Die Fische kamen jetzt einer nach dem anderen ins Boot, und weil an die Prozeduren von frischem Wasser und Ausschöpfen nicht mehr zu denken war, konnte man die Sonsos vor lauter Blut nicht mehr sehen; doch jetzt konnte man nichts mehr tun, sagten die Fischer, denn dieses mit Blut gesättigte Wasser auszuschöpfen, hätte die Fische verscheucht. Die Männer fischten also mit dem, was sie so gerade an Ködern fanden, weiter. Konfusion und Rage steigerten sich, ein Riemen war gebrochen, eine kostbare, hoffnungslos verhedderte Schnur mußte gekappt werden, bei Simon war ein Finger halb abgetrennt, und ein anderer hatte eine Rippe gebrochen.

Plötzlich lichtete sich der Schwarm, unser Geschrei erstarb, bis wir, übers Wasser hin, die Wortfetzen von den anderen Booten hören konnten, und dann erst erstarb auch das. Der Curandero blies wieder in sein Muschelhorn zum Zeichen, daß das Fischen beendet war. Es war nicht gut und brachte Unglück, wenn man den Fang fortgesetzt hätte, bis auch der letzte Fisch am Haken gewesen wäre. Der Fisch mußte »mit Hoffnung versehen bleiben«. Die restlichen Sonsos, dazu noch ein Sack voller Bogas, die man zu diesem Zweck mitgebracht hatte, wurden in die See gekippt – eine Art Wiedergutmachung –, die Boote fuhren zurück und hinterließen ein Spitzenhütchen aus Seemöwen, die sich auf dem Wasser, dort wo wir gefischt hatten, niederließen. Es war ein guter Fang gewesen, der die Männer physisch ausgelaugt hatte und sie nun vor Erleichterung ein wenig sentimental werden ließ, und der eine oder andere rieb sich die Augen mit den blutigen Lappen, mit denen er zuvor die Haken vor dem nächsten Beködern abgewischt hatte.

Als wir wieder am Strand waren, war der einsame Reiter verschwunden und mit ihm die Drohung seiner Gegenwart, und nun war es an den Dorfbewohnern, denen der Curandero mit einem weiteren Tuten aus seinem Muschelhorn den guten Fang verkündet hatte, sich am Strandufer zu versammeln. Unser Boot lag so tief unter der üppigen Last, daß Simon es bei schwerer See nie nach Hause gebracht hätte. Wir hatten 32 Fische, von denen neun auf Juans Konto kamen – jeder zwischen dreißig und fünfzig Pfund schwer –, sein Rekordfang. Der Fisch mußte nun so schnell wie möglich verkauft werden. Diese kaufmännische Transaktion war für die Großmutter eine Nummer zu groß, und es wartete schon ein Aufkäufer aus Frankreich mit getönter Brille und Tartanhemd. Er kam mit der entmutigenden Nachricht, daß während der letzten zwei Tage überall an der Küste der Thunfischfang in vollem Gang gewesen sei und den Markt zu überschwemmen drohe. Am Anfang der Woche hätte einer von Juans 50-Pfund-Fischen in der Konservenfabrik 500 Peseten gebracht. Jetzt war der Preis auf 150 Peseten runter und würde wohl noch mehr fallen. Der Lastwagen des Mannes war an der Kreuzung von Querweg und Hauptstraße geparkt, und die Fischer rollten ihren Fang auf Schubkarren und Handwagen dorthin. Der Käufer und sein Assistent wogen den Fisch, dann nahm der Käufer ein gewaltiges Bündel 1000-Peseten-Scheine heraus und bezahlte damit. Der Betrag, den jeder Fischer bekam, reichte aus, um seine aufgelaufenen Schulden zu bezahlen. Von dem, was übrigblieb, würden die Familienväter wie stets für Frauen und Kinder neue Kleidung bester Qualität kaufen. Von da an würden sie pekuniär wieder bei Null anfangen, und die Läden und der Mann für den Bootsbedarf würden aufs neue anzuschreiben beginnen.

Sie waren Optimisten, und plötzlich war jeder der Männer im Katzendorf sicher, daß im nächsten Frühjahr auch die Sardinen wieder auftauchen würden.

6

Der Polizeihauptmann, der den Thunfischfang vom Strand aus beobachtet hatte, war auf seiner alljährlichen Inspektionstour in der Gegend, die seinem Kommando unterstand, und er ritt tänzelnd hin und her auf einem schönen Pferd mit geschwungenem Hals, wehender Mähne und unglaublich feinen Fesseln. Er trug einen Lacklederhut aus dem Anfang des letzten Jahrhunderts, und sein Gesicht darunter sah klassisch, aber irgendwie unirdisch aus – das eines Zentauren. Überall von seiner Uniform, den blanken Stiefeln und seinen silbernen Sternen blitzten bei diesem tänzelnden Hin und Her gestirnte Reflexe auf. Am Morgen nach der großen Thunfisch-Unternehmung gab es ein hartes, befehlendes Bummern an meiner Tür – und da stand er.

Er trat ein, nahm seine rehledernen Handschuhe ab, setzte sich auf den unbequemen Stuhl, wie man ihn hier fertigt, langte nach meinem Paß und begann dessen Daten mit grober, aber sorgfältiger Schrift in eine schwarze Lederkladde mit Goldschnitt einzutragen. Er sprach ein rauhes, aber fließendes Kastilisch, als gebildeter Mann die Konjunktive stark betonend. Wenn eine klassische Statue gesprochen hätte, dann mit dieser marmornen Resonanz seiner Stimme. Was ich hier machte, fragte er, und ich sagte ihm, ich machte Ferien.

An so einem Ort? Er schaute durchs Fenster auf den leeren Strand. Die Fischer schliefen noch die Erschöpfung des vergangenen Tages aus; sie hatten die Boote aus dem

Wasser gezogen und sich davongemacht, ohne sich um den Schmuddelkram zu kümmern. Eine Anzahl Katzen, wie räudige kleine graue Tiger, taten, was sie konnten, um damit aufzuräumen.

»Es ist ruhig hier«, sagte ich zu ihm, »und das mag ich.«

»Warum mögen Sie es ruhig?«

»Ich hab genug vom Menschengedränge. Es gibt keine Ablenkungen hier.«

»Nein«, sagte der Hauptmann, »es gibt keine Ablenkungen hier. Niemand der nicht muß, kommt in einen Ort wie diesen. Ich jedenfalls nicht. Das Meer hat für mich keinen Reiz. Sie müssen nicht glauben, daß dies hier Spanien ist.«

»Tu ich auch nicht.«

»Ich kann Ihnen bessere Orte für einen Urlaub nennen. Orte, wo auch was los ist. Die Menschen hier sind nicht mal richtige Spanier. Wie lange gedenken Sie zu bleiben?«

»So lange ich kann.«

Der Polizeioffizier nahm seine Handschuhe auf und zog sie an, dabei sorgfältig die Finger feststreifend. »Ich habe Sie gestern in einem der Boote gesehen. Es ist nicht gestattet, jemanden mitzunehmen, der nicht Mitglied einer registrierten Mannschaft ist.«

»Tut mir leid. Wußte ich nicht.«

»Ihr Visum gilt noch für einen Monat. Wenn Sie sich hier aufhalten wollen, müssen sie die Gesetze beachten. Wenn es abläuft, haben Sie das Land zu verlassen. Wenn Sie wiederkommen wollen, würde ich mir einen anderen Ort suchen.«

Der Alkalde von Sort hatte dem Hauptmann ein leeres Haus zur Verfügung gestellt und ihm jemanden geschickt, der sich um ihn kümmern sollte; und später am Tag tauchte die Frau in Farol auf und wollte Fisch für sein Abendessen besorgen. Man sagte ihr, es seien keine Boote rausgefahren, was stimmte; was sie aber bei ihrer Rückkehr nach Sort so darstellte, daß es nach knallharter Verweigerung des Einkaufs klang. Der Hauptmann, so war in Farol zu hören, war in Wut geraten.

Es stellte sich heraus, daß dieser Mann sehr religiös war. Kaum etwas von dem, was in beiden Dörfern privat erzählt wurde, war nicht bald darauf Gegenstand des öffentlichen Klatsches, und es schien, daß die alte Frau, die dem Pfarrer den Haushalt führte, beim Besuch des Hauptmanns im Hintergrund gelauscht und sich das Gespräch genauestens gemerkt hatte, was sie dann Carmela erzählte, die es mir weitersagte.

Seine Frage war, wie es denn um den Kirchenbesuch der Dörfer bestellt sei. Der Pfarrer sagte: »Sie sind nicht allzu fromm in diesem Teil der Welt. Jedenfalls nicht nach außen hin.«

»Aber Sie haben doch sicher eine Art Gemeinde?«

»Der Alkalde, der Ladenbesitzer und seine Frau kommen fast jeden Sonntag, der Ortsschreiber läßt sich ab und zu sehen.«

»Und das ist alles?«

»Im allgemeinen ja. Leute, die zur Beichte gehen, erregen den Argwohn ihrer Nachbarn. Sie müßten ja wohl Verbrechen begangen haben, wenn sie die Beichte nötig haben.«

»Begreifen die denn nicht, daß wir alle in Sünde geboren sind?«

»Das kommt hier einfach nicht an. Als ich gepredigt habe, daß wir alle verirrte Schafe sind, sind sie mir aus der

Kirche rausgelaufen. Für die Fischerleute ist das wie eine Art von Tabu. Sie meinen es nicht böse, aber sie dulden keine Bemerkung über religiöse Dinge, es sei denn blasphemisch.«

Der Hauptmann schüttelte verwundert den Kopf. »Und was steckt dahinter?«

»Viele Leute in diesen Dörfern sind richtige Heiden. Die Inquisition hat noch vor zweihundert Jahren Expeditionen die Küste rauf und runter geschickt. Es hat nicht viel genützt.«

»Verehren sie denn irgendwas?«

»Vermutlich die Sonne, aber mehr beiläufig. Wenigstens habe ich einen Fischer mal sagen hören, dafür habe er eine wirkliche Verehrung.«

»Und dies ist ein christliches Land!« sagte der Hauptmann.

»Im Hinterland, mag sein«, sagte Don Ignacio. »So einigermaßen.«

Der Hauptmann erzählte dem Pfarrer, daß er selber gern ein Kirchenmann geworden wäre und – immer nach Auskunft der Haushälterin – ganz wild schien auf die Erörterung allgemeiner religiöser Themen. Die alte Frau sagte Carmela, sie kenne ihren Herrn gut genug um zu wissen, daß wenige Themen ihn mehr langweilten; das einzige, worüber er wirklich gern redete, sei die Archäologie, von der aber der Hauptmann nichts verstand oder nichts hielt.

Der Hauptmann fand die Verhältnisse in Sort ganz in Ordnung, und einer der Gründe, weshalb er sein Quartier hier genommen hatte, war ein Zeitungsartikel darüber, wie die Dorfbewohner der FAI widerstanden hatten. Die Anarchisten waren überall durch die Dörfer gezogen, hatten die hölzernen Heiligen geplündert und verbrannt – aber die Hundeleute hatten ihren Heiligen vergraben und erst nach dem Sieg der Nationalisten wieder hervorgeholt. Es war eine Episode, für die die Katzendörfler nichts als Verachtung übrig hatten.

Bei seiner Voreingenommenheit für Sort suchte der Hauptmann sich mit seinen Gastgebern gutzustellen, und bei gewissen offiziellen Pflichten, die zu erfüllen waren, ließ er fünfe gerade sein. Bei zwei Gelegenheiten, eine elf und die andere sechzehn Jahre zurückliegend, waren Morde vorgekommen; und in beiden Fällen hatte man den Verdacht, daß Frauen ihre Männer in ausgetrocknete Brunnen hinabgestürzt hätten – der ›Schlußstrich‹, wie solche häuslichen Todesfälle hier in der Gegend scherzhaft genannt wurden. Diese Morde waren nie aufgeklärt worden, und da in der Zwischenzeit die eine Verdächtige gestorben und die andere ausgewandert war, verkündete der Hauptmann die Entscheidung, die Untersuchungen zu beenden und die Akte zu schließen.

In Farol zeigte er sich weniger entgegenkommend. Auch hier wieder ging es um Ermittlungen wegen eines rätselhaften Verschwindens. Es ging um einen Mann aus dem Ort, der in den Tagen des Kriegsendes plötzlich wie vom Erdboden verschwunden war, just als die heranrückenden Nationalistischen Truppen im Begriff waren, das Dorf zu stürmen. Der fragliche junge Mann lebte auf ziemlich großem Fuß in einem pompösen Haus außerhalb des Dorfes. Das war seit Jahren verlassen und nun dem Verfall preisgegeben. Er gab sich für den illegitimen Sohn aus einer herzoglichen Familie aus und erzählte herum, man habe ihn mit beträchtlichen Summen ausgestattet, er lebe aber so zurückgezogen, weil man ihm gedroht habe, die Unterstützung auszusetzen, wenn er Ärger mache. Mein Eindruck, den ich von den Fischern bekam, war, daß sie ihn für nicht ganz richtig im Kopf hielten und daß er sich allgemein unbeliebt gemacht hatte in einer Zeit, in der man nicht gut daran tat, es mit dem lieben Nächsten zu verderben. Er zog Aufmerksamkeit auf sich just in Tagen, als Zurückhaltung angebracht war; und durch seine affige Großspurigkeit verdarb er es mit Menschen, die wenig Grund hatten, die Reichen zu lieben.

Der Hauptmann sprach mit dem Alkalden von Farol und gab ihm sechs Monate um herauszufinden, was aus dem Mann geworden war; sonst werde er seinen Posten verlieren. Er machte deutlich, daß ihm Farol ein verhaßter Ort war. Seine letzte Amtshandlung war, zu den Fischerbooten hinabzugehen und deren Namen zu überprüfen, die, wie er sagte, ihm alle widerwärtig waren. Besonderen Anstoß nahm er an der heidnischen ›Afrodite‹ und war irritiert von ›La Dudosa‹ (›Die Zweiflerin‹ – zweifelnd woran?), ›Una Grande Liebre‹ (›Ein großer Hase‹ – soll das ein Scherz sein?) und ›Inteligencia‹ (Glauben, nicht Intelligenz, verlangen wir von den Spaniern). Die Bootseigner wurden zusammengerufen und angewiesen, die Namen zu überpinseln und durch die von Heiligen zu ersetzen. Der Mann, der sein Boot ›Ein großer Hase‹ benannt hatte, wurde eine halbe Stunde wegen verborgener Anspielungen ins Gebet genommen, aber der Hauptmann kriegte nichts aus ihm heraus und kam zum Schluß, er müsse verrückt sein. Der Hauptmann untersuchte auch die Registriernummern der Boote. Ungerade Zahlen bedeuteten Glück, gerade Unglück und wurden daher ausgelassen; also wurden Nummern mit besonders vielen Dreien und Siebenen in sein Buch eingetragen, damit sie in der Comandanciá de la marina geändert würden: Solchem Aberglauben sollte abgeholfen werden.

Simon wurde gefragt, was die Schlangenlinien am Bug seines Bootes bedeuten sollten.

»Sie stellen Wellen dar, leicht formalisiert.«

»Meiner Meinung nach verstößt das gegen die Bestimmungen. Mach sie lieber weg«, sagte der Hauptmann. Er rief einen anderen Fischer zu sich: »Und welchem Zweck sollen diese Augen an deinem Boot dienen?«

»Wir betrachten es als Zeichen gegen Unheil. Zur Abwehr, sozusagen.«

»Der böse Blick, wie du ihn nennst, existiert nicht«, sagte der Hauptmann. »Das Böse steckt im Herzen der Menschen. Übermal das! Und gleich auch noch das ›Santurce‹. So einen Heiligen gibt es nicht. Mach ›San Faustino‹ daraus.«

Der Polizeihauptmann machte schließlich seinen tänzelnden Abgang auf dem schönen Pferd und wurde für dieses Jahr nicht mehr gesehen. Farol kam wieder einigermaßen zur Ruhe. Kaum war er außer Sichtweite, wagte sich der Curandero aus der Farolschen Abart einer Priesterhöhle hervor, und schon stand ein Boot bereit, um ihn zu seinem nächsten Bestimmungsort zu bringen. Man erzählte mir, daß der Fischer, der sein Boot ›Ein großer Hase‹ zu nennen gewagt hatte, mit knapper Not davongekommen war und nur, weil der Hauptmann das gefährliche Wortspiel mit dem Namen nicht kapiert hatte. Der Wahlspruch der Nationalisten war *España – una, grande, libre* (Spanien – einig, groß, frei) gewesen, und man hatte die republikanischen Gefangenen, die gegen Kriegsende in den Lagern festsaßen, gezwungen, dies immer wieder zu rufen, oft stundenlang, bis sie sich angewöhnten, der Prozedur eine Spritze Spott zu injizieren, indem sie das *libre* in *liebre* verwandelten, so daß der Ausruf nun besagte – »Spanien – ein großer Hase«. In diesem Teil der Welt galt der Hase als das widerwärtigste Tier, mit homosexuellen Neigungen und anfällig für die Syphilis.

Ich ließ mir die Warnung des Hauptmanns gesagt sein

und bewarb mich um eine Fischer-Lizenz, hielt mich aus den großen, registrierten Booten heraus, aber ging mit Sebastian und Juan weiterhin auf Fang, weil ihre Boote von der Vorschrift nicht betroffen waren. Ich machte sogar Fortschritte beim Fischen mit Rute und Schnur weit draußen, und fing auf diese Weise gelegentlich einen Fisch, der selbst den Ansprüchen der Großmutter genügte.

Mein Ansehen im Dorf verbesserte sich stetig, bis eines Tages der Alkalde eine schöne Ruine von einem Stuhl zu meinem persönlichen Gebrauch außen vor seine Bar stellte und auf diese Weise deutlich machte, daß mein Status als Einheimischer akzeptiert war. Dabei hatte geholfen, daß ich die Regeln strikt befolgte und mich, wo immer möglich, nützlich machte, und zwar nicht nur bei den Fischern, sondern auch, womit ich nicht gerechnet hatte, bei den Frauen und den Ladeninhabern in Angelegenheiten der »Buchführung«. Denn wenn auch Geoffrey von Ipswich im 13. Jahrhundert die Arithmetik in England nach seinem Besuch in Barcelona eingeführt hatte, so war doch nur ein kleiner Teil der katalanischen Landbevölkerung in der Lage, zu addieren, geschweige denn zu multiplizieren oder dividieren. Das hieß, daß ich dauernd gefragt war und wurde, vor allem im Hauptladen, wo eine Frau fünf oder sechs Artikel eingekauft haben mochte – jeder womöglich sowohl Centavos wie Pesetas kostend –, während der Inhaber hinter seiner Theke auf und ab wandelte, sich am Ohr kratzte und ratlos den Kopf schüttelte, ehe er sich an die Riesenaufgabe des Zusammenrechnens machte.

Mittlerweise machte ich auch Streifzüge über die nähere Umgebung von Farol hinaus. Einer hatte eine Siedlung von Köhlern zum Ziel, die ein eigenbrötlerisches, geheimnisvolles Leben im Korkwald führten. Zum erstenmal begriff ich das Ausmaß, das Drama, das Unheil dessen, was mit den Eichen passiert war. Wir stiegen die Hügel empor durch eine einst kraftvolle Landschaft, die jetzt fragil und schwächlich geworden war. Tausende von Bäumen, die früher eine kompakte Masse auf den Hängen gebildet hatten, schienen jetzt dahinzuwelken, und die einstigen dichten Grüntöne waren rauchigem Braun und dem Lavendelgrau des Todes gewichen.

Sebastian und ich trafen eine Gruppe von Köhlern bei ihrem Lager in unmittelbarer Nähe eines riesigen Haufens von Grassoden an, die dazu dienten, das Holz mit dem glimmenden Feuer darunter zu bedecken. Sie hockten da mit ihren Weinflaschen in Reichweite. Die Gemeinde war wegen des Brennmaterials so abhängig von ihnen, daß sie, was die Entlohnung für ihre Dienste anging, ihre eigenen Regeln aufstellen konnten. Jeder Landbesitzer, der Köhler anheuerte, war gezwungen, pro Kopf und Tag für zwei Liter Wein und anderthalb Kilo Brot zu sorgen. Wenn das Feuer erst in Gang gekommen war, hatten die Köhler zwölf Stunden lang so gut wie nichts mehr zu tun, und die meiste Zeit über waren sie betrunken. Sie blinzelten uns ein bißchen irritiert an und sahen dann weg – ein höchst merkwürdiges Völkchen, von mongoloidem Äußeren, beinah haarlos, und mit einer Sprache, von der niemand sonst ein Wort verstand. Der Verlust der Baumbesitzer war ihr Gewinn, und es standen ihnen große Zeiten bevor, da es von nun an kaum noch Mangel an Holz geben würde.

Wir machten auch Besuche bei dem einen oder anderen der größeren Bauern in der Gegend um Sort; und ich erfuhr von ihnen ein bißchen mehr über ihr Leben. Anders als die viel ärmeren Fischer, die mit der Hoffnung auf riesige Fänge lebten, wenn nicht nächste Woche, so doch in der übernächsten, waren Bauern von Pessimismus gebeizt – so tief durchtränkt, so geradezu eingefleischt –, daß sie immerzu auf Jahrmärkte gingen und Porzellansachen mit zynischen Sprüchen kauften, als Erinnerung an die unangenehmen Dinge in ihrem Leben, mit denen sie, da es kein Entrinnen gab, nun eben mal zu leben lernen mußten. Dieser Haltung lag wohl der Umstand zugrunde, daß man bei der Bewirtschaftung des Bodens nie auf eine Glückssträhne hoffen konnte. Schlechtes Wetter konnte einen ruinieren, aber gutes Wetter brachte einem höchstens einen kleinen, absehbaren Gewinn. Die Bauern waren, anders als die Fischer, auf alle möglichen Glücksspiele und Wetten aus. Sie waren zudem von Langeweile geplagt, die häufig in Schwermut überging. Sebastian und ich besuchten einen Mann, der plötzlich seinen Freunden verkündete, er habe genug vom Leben. Er hatte für einen Bauern seines Standes ein ganz gutes Auskommen, war hoch anerkannt und litt keinerlei Mangel, aber alles, was er sagen konnte war: »Das Leben ödet mich an.« Er stand auf, gab uns die Hand, bot uns was zu trinken an, setzte sich wieder und lächelte geistesabwesend. Wir fragten ihn ein paar höfliche Fragen, und er beantwortete sie verständig genug, aber er hatte uns nichts zu sagen. Als wir draußen waren, sagte Sebastian: »Wie ihn gibt's viele. Bald hört er auf zu essen, und das ist dann das Ende.«

7

Der größte Teil des Landes in der Umgebung des Dorfes gehörte einem reaktionären Aristokraten, der als Don Alberto bekannt war. Don Alberto war ein Liebhaber all dessen, was vergangen war, und um in sein Haus zu gelangen, mußte man sich einer außerordentlichen Farce unterziehen. Es gab an seiner Tür weder Klingel noch Klopfer, und Besucher mußten einfach dastehen und mit lauter Stimme »Ave María purísima« rufen, was einem alten Brauch in diesem Landesteil entsprach, aber von niemandem außer Don Alberto praktiziert wurde. Daraufhin schob eine Alte in Schwarz die Riegel beiseite und öffnete die Tür. Diese Frau war Don Albertos schöne Geliebte gewesen, als beide jung waren und noch in Madrid lebten, und sie bei Hofe vorgestellt und von einem Hofmaler porträtiert worden war.

Wir saßen in einem riesigen, grabesdunklen Raum auf drei Stühlen, die das einzige Mobiliar waren, und nippten an Don Albertos trübem *Rancio* – Palo, der im Faß gereift und dicker, ungesünder und bitterer ist als der frische Wein. Don Alberto kam auf sein Lieblingsthema – die Großartigkeit der guten alten Zeit. Er war ein großer, unglaublich hagerer Mann, der sich ein wenig ächzend bewegte; kahlköpfig, mit einem Flaum weißen Haares hinter jedem Ohr, und mit seltsam begeisterten Augen. Zum Zeichen seines lebenslangen Müßiggangs trug er normalerweise immer einen Pyjama mit besonders breiten Streifen, wie die eines Häftlings der Teufelsinsel; dazu ein ausladendes und schlaffes Barett. Sein Englisch, das er von einem schottischen Kindermädchen gelernt hatte, war ausgezeichnet, und er las nichts als die alten Lateiner und Todesanzeigen. Selbst das Klima habe sich radikal geändert, sagte er. Er erinnerte sich einer Kindheit, die im Frühling und Herbst von sanftem Regen erfrischt wurde, der kaum je aufhören wollte; und der Geruch der Feuchte, sagte er, sei noch immer in seinen Nüstern. Jetzt sei die Tyrannei der Sonne noch krasser als die der Politiker. »Das Ausbleiben des Regens«, sagte Don Alberto, »ist an der Hälfte unserer Probleme schuld. Dies Land wird nie mehr sein, was es war.«

Don Alberto war ein Spanier, geschnitzt aus dem Holz eines Don Quijote, hochfahrend und romantisch, voller Verrücktheit und vollkommen anspruchslos. Die Bauern, wenn sie menschliche Charaktere bezeichneten, gaben einem Mann nie den nebulösen Beinamen »gut«. Ein gestandener, zäher, erfolgreicher Bauer, einer, den man zum Muster nahm, war *concreto* – solide. Don Alberto wäre als *noble* eingestuft worden, wenn er nicht auch eine etwas komische Figur abgegeben hätte. In Gelddingen konnte ihn jeder reinlegen, und das minderte in ihren Augen sein Ansehen. Bei den örtlichen Pachtvereinbarungen war es Usus, daß der Pächter ein Drittel, der Landbesitzer zwei Drittel des Ertrages bekam; aber in Don Albertos Fall war es umgekehrt, und zwar nicht aus Großzügigkeit, sondern weil Streiten unter seiner Würde war.

Meine erste Begegnung mit Don Alberto fand im Haus des Pfarrers von Farol, Don Ignacio, statt, der mich eingeladen hatte, weil Don Alberto eine Autorität in Sachen örtlicher Bräuche war, wofür ich mich, wie er wußte, interessierte. Don Ignacio war ebenfalls ein gebildeter Mann, der sehr gut Englisch sprach und der wie Don Alberto der Gegenwart den Rücken gekehrt hatte. Er hatte die Angewohnheit, sich, wann immer möglich, zu archäologischen Ausgrabungen in einer Römersiedlung bei Ampurias aufzumachen. Dann heftete er eine Notiz an die Kirche, er sei an einer Mandelentzündung erkrankt und müsse das Bett hüten.

Don Ignacios Haus war kahl und klaustrophobisch wie das von Don Alberto, und sein ungemütlicher Haushalt wurde von einer alten Frau geführt, die das Ebenbild derer war, die den alten Landbesitzer versorgte. Sie setzte ihm einen Brei aus dem widerlich aussehenden Araña-Fisch vor, den weder die Fischer noch ihre Familien je anrührten. Dieses grauhaarige, schlampige alte Geschöpf wurde allgemein – wie im Falle des Don Alberto – für seine frühere Geliebte gehalten, und wenn der Pfarrer überhaupt irgendein Ansehen besaß, dann gründete es sich auf diese Vermutung oder Tatsache.

Als ich ankam, strichen überall um das Haus des Don Ignacio Katzen, und ihre Augen leuchteten in der Dunkelheit. Einige von ihnen taumelten umher, offensichtlich betrunken; denn obwohl der Priester, wie ortsüblich, sie nicht fütterte, stellte er ihnen doch ab und zu ein Schälchen *Rancio* hin. Damit sie ihr Dasein besser ertragen, meinte er. »Es muß schrecklich sein ohne Seele.«

Unvermeidlich, daß die beiden Männer auf ihr Lieblingsthema kamen – den Niedergang der modernen Zeit. Don Alberto gab die Schuld zum einen dem Kino, das den Armen die Gottlosigkeit und den Luxus der Reichen vorführte, und zum anderen dem überhand nehmenden Konsum von Tomaten – die eben erst in die hiesige Landwirtschaft eingeführt worden waren –, weil sie die Fruchtbarkeit minderten und die Geburtenrate senkten. Er fragte sich, ob dahinter nicht eine Verschwörung steckte mit dem Ziel, die Familien zu verkleinern und am Ende den Einfluß feudaler Landbesitzer seines Schlages zu zerstören, indem man sie ihrer Arbeitskräfte beraubte.

Don Ignacio nahm in dieser Sache einen liberalen Standpunkt ein. Er wisse von immerhin zwanzig Paaren in Farol, die schon seit Jahren heiraten wollten und es nicht tun könnten, weil sie die 10 000 Peseten nicht zusammenbrächten, die als das Minimum für die Gründung einer Ehe galten.

Das mit dem Geld leuchtete Don Alberto nicht ein. Er erinnerte sich an Zeiten, als die Leute noch schlechter dran waren; als Landbesitzer den Appetit ihrer Tagelöhner dadurch gezügelt hatten, daß sie Erde in ihr Brot buken. Wenn er noch immer einen Pinienzweig mit in den Teig tue, so nur, weil sie sich an den Geschmack gewöhnt hätten. Ehen seien doch früher in Dörfern wie Farol auf der Basis völliger Armut geschlossen worden. Was denn daran falsch gewesen sei? War es nicht ausgemacht, daß die Armen reineren Herzens sind als die Reichen? Waren denn Jesus und seine Jünger nicht arme Leute?

Dem Pfarrer war bei dieser Wendung des Gesprächs nicht ganz wohl, er gab aber zu, daß die Reichen heutzutage eine ziemlich unmoralische Bande seien. Allesamt Schieber, sagte Don Alberto, und der Pfarrer gab ihm recht. Ja, dies war eine Nation von Schiebern geworden.

Don Ignacio wandte sich an Don Alberto um den Rat des Kundigen. Was er denn tun könne, um die jährliche Fiesta etwas zu beleben, die in gut zwei Wochen fällig war? Beide Männer waren sich einig, daß das eine durch und durch lustlose Angelegenheit sei; und wenn man schon die Leute von Sort dazu einladen wolle, sollten sie auch das Gefühl haben, es werde ihnen Spaß machen.

Don Albertos Versuch, die Mittsommernachts-Fiesta in Sort, die sogenannte Verbena von San Juan, wiederzubeleben, war nicht gerade ein Erfolg gewesen. Er hatte bei seinen Forschungen herausgefunden, daß es noch vor etwa fünfzig Jahren einen Brauch gegeben hatte, bei dem die

Dorfjungen die Mädchen jagten, indem sie ihre Beine mit Bündeln aus brennendem Reisig peitschten. Genau wie im Fall anderer Riten zur selben Zeit, bei denen Jungen und Mädchen barfuß über glühende Asche stapften, hatte es auch hier den mysteriösen Umstand gegeben, daß niemand je verletzt wurde. Das wiedererstandene Festival von Sort war in dieser Hinsicht weniger bemerkenswert, weil der Zauber versagte und einige der Mädchen leicht versengt wurden. »Irgendwas ging schief«, gab Don Alberto zu. »Wir haben den Glauben verloren. Wir glauben nicht mehr wie früher an uns selbst.« Aber so langweilig beide Männer auch die Farol-Fiesta in ihrer gegenwärtigen Form fanden, so waren sie beide überzeugt, daß es keinen Grund gab, sie nicht doch zu einem Erfolg zu machen. Sie waren voller Ideen.

»Feuerwerk«, sagte Don Alberto. »Das ist doch was, das die Menge anzieht.«

»Ich denke, Sie haben recht. Wenn wir sowas herholen könnten und rechtzeitig die Genehmigung bekommen«, stimmte Don Ignacio zu. »Eine Prozession mit Festwagen, mit Verkleidungen, mit Preisen für das beste Kostüm; Laterna magica, kostenloser Weinausschank, Tanz auf der Straße.«

»Ein Zirkus, das wäre das Richtige. Clowns, eine dicke Frau. Eine Todeswand. Freier Eintritt für die Kinder. Da hat gerade bei Ampurias, wo ich eine Villa aus dem 3. Jahrhundert freilege, ein kleiner Zirkus aufgemacht. Ich könnte ja mal mit denen sprechen.«

»Das wäre schön«, sagte Don Alberto. »So eine Fiesta, wie wir sie hier noch nie erlebt haben.«

Als ich später am Tag Sebastian von diesen Plänen erzählte, lachte er nur: »Die sind verrückt, alle beide. Du wirst schon sehen, was passiert, wenn's soweit ist.«

8

Wenn man sich näher mit der Geschichte von Katzen- und Hundedorf befaßte, stieß man auf erstaunliche Tatsachen. Die Orte unterschieden sich geradezu dramatisch in allen Aspekten von Atmosphäre und Charakter, aber sie waren in ihrer Lebensart auch völlig abgesondert vom Gemeinwesen jenes Spaniens, das sie umgab und von dem sie so wenig wußten. Die Bewohner beider Dörfer waren sich dieser Absonderung bewußt, aber als einzige Erklärung hatten sie dafür nur die landschaftliche Abgeschiedenheit am Ende einer gewundenen und an Abgründen vorbeiführenden Schotterstraße, die im Winter oft genug unpassierbar war.

Was ihnen nicht aufgegangen zu sein schien, war – wie Don Alberto unumwunden zugab –, daß diese Isolation keineswegs zufällig war, sondern das Werk seiner Familie in Komplizenschaft mit drei großen Korkbesitzerfamilien, von denen zwei jetzt verschwunden waren, und die als ihr Denkmal drei große verfallende Landhäuser am Rande Farols zurückgelassen hatten.

Alle diese dynastischen Vermögen hatten ihren Ursprung im frühen 19. Jahrhundert, als sieben korkverarbeitende Fabriken mit frischgeschältem Kork, der sogar bis aus Portugal kam, versorgt wurden. Die Korken, in Millionenzahl gefertigt, wurden nach Frankreich exportiert – die beste Sorte, von den einheimischen Bäumen, ins Champagnergebiet. Dann beendete die Erfindung des Metallverschlusses diese Epoche, fast über Nacht.

Don Alberto und, bei anderer Gelegenheit, Don Ignacio, sprach von einer kleinen feudalen Enklave, die man zur Schaffung einer gefügigen Arbeitskraft abgekapselt hatte, um die Leute vor allen störenden Einflüssen zu schützen. Die grauenhafte Straße, die keinen Brückenbau über die reißenden Bergbäche erlaubte, hielt alle Reisenden fern, ein paar Wetterfeste und Abenteurer ausgenommen. Als die örtlichen Behörden, um Ausbesserungsarbeiten vorzunehmen, Haufen von Straßenbaumaterial anlieferten, wurden die auf Geheiß der Kork-Barone weggeschippt, und als – nur wenige Jahre vor Ausbruch des Krieges – sich die Bauern von Sort zusammentaten, um eine gefährliche Kurve zu erweitern, wurde mit Dynamit ein Erdrutsch ausgelöst, der dieser Arbeit ein Ende machte.

Don Alberto de Soto besaß, wie seine Familie vor ihm, neun Zehntel des bebaubaren Ackerlandes, und die Kork-Barone besaßen die Berge, aber Don Alberto sagte, daß früher, zur Zeit seines Vaters und Großvaters, der Fehler gemacht worden sei, den Tagelöhnern für besonders treue Dienste kleine Parzellen Land zu verkaufen und damit eine Art aufmüpfiger und unzuverlässiger Mittelklasse zu schaffen, und die Kork-Familien hätten denselben Fehler mit unprofitabel erscheinenden Bäumen gemacht. Im übrigen habe das alte Feudalsystem, das, wie er behauptete, sich sowohl auf ideologische wie wirtschaftliche Faktoren gründete, ganz gut durchgehalten. Die Leute verlangten nach fester Führung und begrenztem Horizont, sagte er, besonders in einem Land mit chronischer Neigung zur Zwietracht.

Das kleine Imperium, das von den vier Familien beherrscht wurde, war patriarchalisch, womöglich despotisch. Don Albertos Ur-Urgroßvater, der Begründer des Familienvermögens, mochte Erde ins Brot gebacken haben, aber immerhin gab es reichlich Brot, und auf seinen Ländereien verhungerte niemand, während in anderen Gegenden damals viele Leute umkamen. Er teilte Zulagen für große Familien aus, holte sich von der Sierra de Gredos einen früheren Banditen, der für Ordnung sorgen sollte; und als einer der Tagelöhner diesen Mann umbrachte, sorgte er dafür, daß der öffentlich garottiert wurde, und gab seinen Arbeitern einen Tag frei, damit sie der Zeremonie zusehen konnten.

Das System vor dem Krieg war noch weitgehend das von früher gewesen. Die Republik hatte Parteien und politische Gruppierungen wie Pilze hervorschießen lassen – den Oberen von Sort und Farol allesamt ein Greuel –, und die Funktionäre und Propagandisten waren gewarnt worden, sich nicht blicken zu lassen, wenn sie nicht Prügel beziehen wollten. Als der übliche Lohn für einen Landarbeiter 6 Peseten pro Tag betrug, konnte Don Alberto immer noch nur 5 bezahlen, aber er war andererseits unter seinesgleichen eine Ausnahme, weil er Kranken oder den Alten eine minimale Hilfe zukommen ließ. Alles, was Don Alberto tat, glaubte er, aufrichtig, zum Wohl seiner Leute zu tun.

Die Zukunft sah er natürlich pessimistisch. Vermöge eines Spareifers, der immer wieder einen Duro (5 Peseten der alten Währung) gespart, zusammengekratzt, beiseitegelegt hatte, hatten die Tagelöhner, die sein Ur-Urgroßvater eingestellt hatte, soviel Kapital erübrigt, um ihr eigenes Klassensystem zu organisieren. An der Spitze standen einige birnengestaltige Männer mit langen Fingernägeln – weil sie nicht mehr arbeiten mußten –, die an die hundert Korkeichen besaßen und auf einigen hundert Morgen Akkerland Paprika, Kohl und Mais anbauten. Und am Fuß dieser Pyramide gab es den Maultiertreiber, der, weil »selbständig«, für die Hälfte des vom Staat festgelegten Minimums arbeitete, aber seinen Maulesel so abgerichtet hatte, daß der seine Äpfel immer vor der Tür der Kneipe fallen ließ, wofür sein Besitzer zweimal täglich ein Glas Wein bekam.

Der Beinah-Zusammenbruch der Kork-Industrie, der die jungen Männer zwang, anderswo Arbeit zu suchen oder auszuwandern, hatte mit zu dem geführt, was Don Alberto den beklagenswerten Stand der Dinge nannte.

Und doch war noch nicht alles verloren. Denn etwa ein Jahr vor meiner Ankunft hatte der Erbe der einzigen noch überlebenden Korkfirma in der Gegend, ein vor Energie geradezu berstender junger Mann, einen überseeischen Markt für erstklassigen Kork erschlossen, eine Anzahl angeschlagener Korkunternehmen für ein Butterbrot aufgekauft und war nun auf dem Weg zur Gründung eines neuen Korkimperiums. Aus Sentimentalität hatte er die Renovierung des alten Hauses in Sort in Auftrag gegeben mit der Absicht, dort, wann immer er in der Gegend war, sein Hauptquartier aufzuschlagen. Es war dieses Projekt, an dem Sebastian und einige Zimmerleute arbeiteten, und die Instandsetzung war nahezu abgeschlossen. Puig de Mont, der neue Korkmagnat, hatte vor, Ende des Monats zur Feier des fertigen Baus anzureisen, und man hoffte, daß sein Besuch mit der Fiesta am 23. zusammenfiele. Don Albertos Traum, seine innige Hoffnung war, daß dieses Ereignis alles zugleich bedeuten möchte: die Wiedergeburt der Industrie, die Wiedereröffnung der Fabriken in modernisierter Form, die Heimholung so vieler hoffnungsvoller junger Männer aus ungeordneten und ziellosen Existenzen und die Restauration wenigstens eines Anscheins von einstigem Anstand.

Don Alberto erwähnte auch seine Absicht – obwohl er sie nicht an die große Glocke hängen wollte –, eine Kapelle zu engagieren, um den Retter der Gegend auf gebührende

Weise willkommen zu heißen. Wenn er aus dem Auto stieg, das ihn herbringen würde, sollte die Kapelle spielen: »Seht, er kommt, der Friedensfürst«. Was auch in der spanischen Fassung Sinn machte.

9

In jedem Jahr rechnete man mit zwei *pescas grandes* – großen Fischzügen. Der erste und wichtigste war der Sardinenfang im März, dem – wenn der Ertrag zufriedenstellend war – eine Anzahl lang hinausgeschobener Hochzeiten folgte. Die fanden in der Kirche statt, in einer Umgebung also, gegen die der Fischer-Bräutigam eine starke abergläubische Abneigung hatte, was gelegentlich zu kuriosen Szenen führte. Voll mit Schnaps, wankend und schwankend, auf der einen Seite von der Schwiegermutter, auf der anderen von seiner Zukünftigen gestützt, wurde so einer bis kurz vor die Kirchentür geführt, woraufhin sich die Männer der Hochzeitsgesellschaft mit letzten Ermutigungsrufen umwandten und weggingen, so daß nur ein paar ausgemergelte alte Weiblein für den Kirchgang übrigblieben.

Don Ignacio, dem das Heikle der Prozedur sehr wohl bewußt war, wickelte die Trauung kurz und schmerzlos ab und war, anders als der Pfarrer von Sort, verständnisvoll genug, nicht darauf zu bestehen, die Messe schon vor der Trauzeremonie zu halten. Der von Sort hatte schon mal Paare weggeschickt, deren Response er als unbefriedigend empfand, wobei er in einem Fall dem Bräutigam vorgeworfen hatte, er habe Beschwörungen und Abwehrformeln in seinen Bart geflüstert. Wenn Don Ignacio mit einem Paar fertig war, ließ er es abrupt stehen, ohne dem Bräutigam auch nur die Hand zu geben, und drehte sich rasch um, damit er nicht sah, wie der nach alter Sitte in den

Wind spuckte. Normalerweise ging das Paar dann zum Haus der Schwiegermutter zurück, wo es in vielen Fällen auch wohnen blieb. Wegen des Sardinen-Segens im März wurden die meisten Kinder in Farol im Zeichen des Schützen, im Dezember, geboren.

Seit mehreren Jahren hatte die *pesca grande* nicht mehr stattgefunden, und das jährliche Einkommen des Dorfes war um ein Drittel gesunken. Die zweite *pesca grande*, der Thunfischfang, hatte auch nur mäßigen Erfolg gehabt und zu zwei Hochzeiten geführt; und die letzte Hoffnung auf ein doch noch ergiebiges Jahr lag auf der *pesca minor*, dem kleinen Fang, den die Sardinenschwärme des Herbstes lieferten, die immer ziemlich pünktlich auftauchten. Die ersten Schwärme wurden am 16. September gemeldet – im ersten Viertel des Mondes, zu einer Zeit, da unerklärlicherweise immer nur wenige Fische gefangen worden waren. Die Männer des Dorfes verkauften in eigener Regie 51 Kisten für 59 Peseten das Stück – zu einem unglaublich niedrigen Preis, da eine Kiste Sardinen um diese Jahreszeit 250 Peseten hätte bringen sollen. Die Fischer argwöhnten, daß sie Opfer eines von einer *gente comprada* manipulierten Marktes geworden seien – kleinen Ganoven, die wie Fliegen in dieser höchst günstigen Umgebung ausgebrütet wurden. Da es sich aber um eine eher improvisierte Transaktion handelte, fand sich niemand im Dorf mit hinreichenden Rechenkünsten, der ihnen die Summe, die ihnen aus dem Verkauf zustand, hätte ausrechnen können, und ich mußte hinzugezogen werden.

Von da an wurden immer wieder kleinere Mengen Sardinen gefangen. Ich fuhr mit Juan hinaus, wir fischten eine ganze Nacht und kamen mit weniger als einer Kiste voll zurück. Für diese kleinen und sporadischen Fänge gab es keinen Markt, und das meiste davon wurde im Dorf verzehrt oder gegen Gemüse eingetauscht. Die Faroler Methode, Sardinen zuzubereiten, war einigermaßen ungewöhnlich. Sie wurden gesalzen, vier Tage an einem kühlen Ort aufbewahrt und dann gegrillt.

Um diese Zeit machte Sort seinen Wein. Die Trauben wurden immer am 20. September gelesen, und Don Alberto lud mich ein, am nächsten Tag beim Traubentreten zu helfen. Ort der Handlung war ein Zimmer in einem der Häuser des Dorfes, in dem ein gewaltiges Faß stand. Die Trauben wurden etwa einen halben Meter hoch in den Bottich geschüttet, und die Männer – während die Frauen draußen auf der Straße bleiben mußten – marschierten rein, zogen ihre Alpargatas (Hanfschuhe mit Bindfadensohlen) aus, rollten die Hosen hoch, und das Treten begann. An Hygiene wurden keine Zugeständnisse gemacht. Die glänzenden purpurroten Trauben, die laut Don Alberto römischer Provenienz waren, kamen meist voller Staub und mit Blättern an den Stielen ins Faß, und über allem lag ein durchdringender Gestank von den Alpargatas, die auf dem Boden verstreut waren.

Derweil drängten sich zwei Männer mit schwarz-weißgefleckten Hemden durch die Schar der Frauen auf der Straße und begannen, aufeinander loszuhauen und wilde Schreie auszustoßen, während ein dritter, ähnlich gekleideter Mann auf einer Pfeife blies. Das war auch eins von Don Albertos Revivals, und die Dörfler fanden es absurd. Don Alberto sagte, wegen seiner Arthritis könne er beim Traubentreten nicht mitmachen, aber er beaufsichtigte es. Er saß dabei auf seinem alten Zweitakt-Motorrad der Marke Levis und sah aus wie eine Gottesanbeterin. Der Alkalde, der früher Ziegenhirt gewesen war und nicht lesen und schreiben konnte, war auch da, und der Pfarrer von Sort, ein finsterer, unrasierter Fanatiker, der bei seinen Gemeindemitgliedern verhaßt war, lauerte drohend im Hintergrund. Aus Farol war niemand dabei.

Nachdem wir etwa eine halbe Stunde in dem Bottich herumgetrottet waren, wurde die zermatschte Masse ausgeschaufelt und kam in etliche große Fässer, wo sie drei Tage lang gären sollte. Danach wurde der Traubenmost durchgeseiht und in eine Anzahl kleinerer Fässer umgefüllt, die man vorher mit heißem Wein ausgewaschen hatte. Sowie jedes Faß randvoll war, wurde eine Maus hineingehalten, untergetaucht, bis sie tot war, und wieder herausgezogen. Schließlich wurde ein Zweig vom Rebstock in jedes Faß getan, um dem ganzen ein essigartiges Aroma zu verleihen – ähnlich wie der Bäcker einen bitteren Zweig in seinen Teig tat. Ursprünglich hatte dies den Sinn, den Landarbeitern, die davon tranken, den Geschmack daran zu vergällen, aber die Rezeptur erfüllte längst nicht mehr ihren Zweck, da alle Weintrinker am Ort, Don Alberto inbegriffen, dieses Aroma liebgewonnen hatten.

Der Wein mußte dann bis zum 11. November gären, und am St. Martinstag wurden die Fässer verspundet. Von da an konnte man ihn trinken. In diesem Jahr hatte Don Alberto eine Weinprobe nach altem Brauch geplant, der vorsah, daß die Bauern, angetan mit Kniehosen, Gamaschen und strumpfartigen Mützen, mit Pfeifen und Trommeln aufspielen sollten. Die Näherinnen waren schon am Werk, um diese Trachten anzufertigen, die man nach einer Illustration aus einem alten Seifenkalender kopiert hatte.

Nach dem Traubentreten wurden Don Alberto und ich ins Haus des Alkalden eingeladen, der im Krieg gute Geschäfte gemacht hatte und nicht mehr von den Ziegen abhängig war, aus Liebhaberei aber immer noch eine kleine Herde als Haustiere hielt. Die Ziegen waren im Zimmer neben dem, wo wir bewirtet wurden, untergebracht, und der Alkalde machte sich einen Spaß daraus, uns damit zu unterhalten, daß er die Tür öffnete und eine nach der anderen mit Namen hereinrief. Jede Ziege kam einzeln an, stakte zu uns heran, hielt uns eine Pfote hin und ging trippelnd wieder ab. Eine von ihnen machte kurz Halt, stellte die Hinterbeine auseinander und gab einen Strom Urin von sich, ehe sie verschwand. Das machte beiden Männern ziemliches Vergnügen, und Don Alberto war von der ganzen Darbietung entzückt. Noch vor kurzem hätte ich bei all dem nur den überwältigenden Gestank der Umgebung wahrgenommen, jetzt erregte er bei mir keinerlei Widerwillen, und ich nahm das als Zeichen für den Fortschritt, den ich in den letzten zwei Monaten gemacht hatte.

Es waren nur noch drei Tage bis zur Fiesta, und die von Don Alberto eingeladenen Fremden erschienen im Katzendorf und begannen, ein großes Zelt aufzubauen. Das war sein Zirkus, der sich aber als eine jener Wanderbühnen herausstellte, die immer noch da überlebten, wo kein Kino in der Nähe war – eine trübe und schäbige Schau, mit der sich alternde und unbegabte Schauspieler am Ende ihrer Laufbahn über Wasser hielten.

An der Stirnseite hing ein grelles Plakat mit Monstern und Teufeln und menschenverschlingenden Tigern und einem Mann in einem Ballon, und darunter die Aufschrift: »Palast der Illusionen. Eine spektakuläre Parade der Luxusklasse.« Die süße, traurige, seichte Musik des tiefen Südens kam den lieben langen Sommernachmittag durch die Zeltöffnung, und ältliche Schauspielerinnen, von den Jahren und der Sonne verwelkt, hingen in Filzpantoffeln, Kimonos und Badeanzügen von schrillstem Geschmack trostlos herum. Das blutrote Kassenhäuschen war über und über mit Anschlagszetteln von Vorstellungen bedeckt, die vor Jahren in irgendwelchen wichtigen Städten stattgefunden hatten, und ein Plakat mahnte: »Höchste Zeit!

Nicht mehr zögern! Die Vorführung beginnt in wenigen Minuten! Nur noch wenige Plätze frei!« Doch niemand ging zum Zelt, weil niemand in Farol einsah, daß man für eine Unterhaltung solcher Art vier Peseten hinlegen sollte. Man war auch dahintergekommen, daß die Leute Zigeuner waren, und man mißtraute Zigeunern und allem, was mit ihnen zu tun hatte. Diese Abneigung war irrational und Ausdruck eines nationalen Vorurteils, denn wahrscheinlich war nie einer aus dem Dorf einem Zigeuner begegnet; dennoch war sie tiefverwurzelt. Wenn Carmela eine Katze am Schwanz packte, sie um den Kopf wirbelte und dann durchs Fenster schleuderte, oder eine Maus zischend ins nächste Feuer warf, geschah es immer mit dem haßerfüllten Ausruf: »Gitano!«

Ich bat sie und die Großmutter, ihre Bedenken zu benennen, und es ergab sich das folgende:

1. Sie waren tückisch und unberechenbar.
2. Sie kleideten sich extravagant und gaben immerzu an.
3. Sie lebten am liebsten in Höhlen (was stimmte).
4. Kein Zigeuner würde je arbeiten, wenn er ein Mädchen fand, das für ihn auf den Strich ging. Und wenn er es gefunden hatte, würde er sein Leben schlafend oder Gitarre spielend verbringen.

Bei dieser Erkundigung stellte sich heraus, daß vieles von dem, was Ausländer als typisch Spanisch ansehen, wie etwa der Flamenco, den Katzenleuten verhaßt war, weil es von Zigeunern herstammte.

Ich war mit Juan und Sebastian in der Bar, als ein junger Mann vom Zelttheater mit seiner Gitarre hereinkam und *cante flamenco* zu singen begann. Das fuchste meine Freunde, und nach ein paar Augenblicken sagte Juan, fast unhörbar: »Soll der Teufel deine Seele ausscheißen.« Der Zigeuner hörte es, stand sofort auf und ging. Juan war selbst erschrocken über seinen Ausfall, ging dem Mann nach und hielt ihn an der Tür auf. Später sagte er, ihm sei nicht ganz wohl dabei, daß er, obwohl er sich schämte, keine Entschuldigung herausgebracht habe. Zuletzt fragte er den Mann: »Warum singst du so?«

»Um der Angst Angst zu machen«, sagte der Zigeuner.

So etwas ließ sich ein Spanier gern von einem Mann sagen, und Juan fing an, den anderen zu mögen.

»Wer hat die Verse dieser Copla geschrieben? Du?«

»Nein, ein Mann namens Lorca«, sagte der Zigeuner.

»Nun, ich mag's auch dann. Ist er aus deiner Gegend?«

»Aus der Nähe. Er ist tot.«

»Tut mir leid«, sagte Juan. »Hätte ihn gern mal gesprochen. Egal, komm, sag meinen Freunden guten Tag und trink einen mit.«

Am nächsten Tag, beim Fischeinkauf, berichtete Maria Cabritas der Großmutter einen betrüblichen Vorfall. Die Leute von Farol taten sich einiges darauf zugute, daß sie für die Alten und Bedürftigen sorgten, und zwar auf taktvolle und unaufdringliche Art. In dieser Jahreszeit fuhren die Boote kurz nach der Morgendämmerung hinaus, um die Netze für die Bogas auszulegen, einen Fisch von der doppelten Größe einer Sardine, der nur im frühen Tageslicht gefangen werden kann, wenn sich die Delphine, die ihnen dauernd nachstellen, zurückgezogen haben. Die Boote landeten meist gegen 8 Uhr mit ihrem Fang, und beim Blick aus meinem Fenster konnte ich oft zwei oder drei alte Damen sehen, alles Witwen, die sich in der Nähe des Ufers aufhielten. Die Fischer hatten ein System des Gebens entwickelt, das nicht nach Geben aussah und auf diese Weise, dem, der nahm, jeden Anflug einer Kränkung ersparte. Alle Tage ließ man ein paar Fische, als hätte man sie übersehen, in den Booten zurück. Wenn dann die Fischer den Rücken kehrten und sich scheinbar an ihrer Ausrüstung zu schaffen machten, gingen die Frauen an die Boote und holten sich so viele Fische heraus, wie sie in ihren Händen heimtragen konnten.

Maria Cabritas erzählte der Großmutter, wie sie an diesem Morgen mit ihren Ziegen die Abkürzung über den Strand genommen und dabei eine der Frauen vom Theater gesehen hatte, die bei den alten Damen stand und mit ihnen ging, als sie sich über den Fisch hermachten. Sie wickelte die Fische in ihren Schal, ging über den Strand zurück und setzte sich auf die Befestigungsmauer, um ihren Fund zu betrachten, und wurde in diesem Moment von den Katzen attackiert. Maria sagte, sie habe geschrien, um die Katzen zu verscheuchen, aber die seien überall an ihr herumgeklettert, hätten ihr die Fische aus den Händen gezerrt – und die Frau habe sich wieder auf die Mauer gesetzt und losgeweint.

Die Fischer waren äußerst bestürzt, als sie davon hörten. Einer meinte, die Schauspieler müßten ja wohl am Verhungern sein, aber wir wußten es nicht. Am Abend wurde eine Kiste Sardinen über den Strand getragen und knapp in die Zeltöffnung geschoben, und am nächsten Tag besuchten die meisten Frauen und Kinder die Vorstellung und amüsierten sich, so gut es ging. Es war auf einmal auch wieder die Rede davon, einige der Katzen loszuwerden, und der Dorftrottel bekam etwas Geld, um etwa fünfzig von ihnen einzufangen und im Wald auszusetzen. Es stellte sich heraus, daß er sie viel zu nah beim Dorf freigelassen hatte, denn in den nächsten Tagen waren sie – an ihren diversen Verkrüppelungen erkennbar – wieder am angestammten Platz.

Und dann kam der 29. September, der Tag der Fiesta. Don Alberto hatte inzwischen eingesehen, daß wenig oder nichts geschehen würde, um ihn zu einer freudigeren Angelegenheit als alle früheren zu machen. Niemand im

Katzendorf dachte daran, Fahnen herauszuhängen, und um keinen Preis und mit keiner Begründung waren sie mit der Verwendung von Konfetti einverstanden. Das äußerste war ihre widerstrebende Zustimmung zu etwas Feuerwerk am späten Abend. Er bekam eine Stimmung von »Was geht das Sie an?« zu spüren, obwohl das niemand auch nur in so viele Worte gefaßt hätte. Schließlich lebte er doch gar nicht hier.

Die Idee einer kostümierten Parade war mit ungläubigem Gelächter verworfen worden, und Fischer, die diesen Vorschlag mir gegenüber erwähnten, sagten: »Man hört zu und tut, als wäre man einverstanden. Mehr geht nicht. Vor allem: wo soll das Kostümzeug denn herkommen? Was ich anhab, trag ich schon seit drei Jahren.«

Wir gingen zum Alkalden, um die Frage des freien Weinausschanks mit ihm zu bereden.

»Wir müssen doch unsern Wein von Ihren Freunden oben an der Straße kaufen«, erklärte der Alkalde Don Alberto, »und was wir vom letzten Jahr übrig haben, ist sauer geworden. Ungenießbar.« Und der Tanz auf der Straße fiel gleich flach. »Warum nicht alles beim alten lassen?« sagte der Alkalde. »Sie finden doch niemand im Dorf, der auch nur Walzer kann.« Sein Rat an Don Alberto war, auch die Laterna magica zu vergessen, denn – vielleicht hatte er es noch nicht bemerkt – man hatte das alte Schlachthaus aus der Zeit, als man sich Fleisch noch leisten konnte, aufgemöbelt, Stühle reingestellt und zeigte da alle vierzehn Tage einen Film. Das hieß, daß niemand mehr was von einer Laterna magica wissen wollte.

Als Don Alberto auf sein Motorrad stieg und zum Strand hinunterknatterte, sah er, daß die Zigeuner ihr Zelt abgebaut hatten und ihre Sachen zur Abreise zusammenpackten. Ihr Chef sagte ihm, daß sie in den drei Tagen kaum über 200 Peseten eingenommen hätten, und er war –

wie es Zigeuner sind, wenn die Dinge für sie nicht gut laufen – bitter und voller Hohn, weil Don Alberto ihnen falsche Hoffnungen gemacht hatte.

Don Ignacio kam mit einem Vorschlag, und wir gingen zu ihm nach Haus, wo er uns eine Sammlung von allerlei Krimskrams aus seinen archäologischen Funden zeigte. Da gab es zahlreiche Stücke aus zerbrochener Keramik, Glasscherben, den Fuß eines römischen Abflußrohrs, das Fragment eines Kinderschädels und viele andere unbeschreibbare und unidentifizierbare Dinge mehr. Das einzige richtige und intakte Objekt beschrieb er mit ehrfurchtgedämpfter Stimme als ein Tintenfaß aus dem 3. Jahrhundert – er hielt es wie ein juwelenbesetztes Ei aus einer Kollektion des Zaren. Sein Plan war, aus diesen öden Objekten den Grundstock einer Ausstellung zu machen, die doch gewiß ganze Scharen begeisterter Besucher anlocken würde, die zwei Peseten Eintritt zahlen könnten – als Obolus für die Kirche. Als Don Alberto abwinkte, schlug der Pfarrer ein Programm mit einem der einheimischen Burschen vor, der Grillen und Ochsenfrösche imitieren konnte, auch das Schnauben und Jaulen, das die hungrigen Hunde von Sort immerzu von sich gaben, und das Kreischen der Katzen, wenn sie mit ihren Paarungspraktiken zugange waren. Don Alberto schüttelte auch dazu den Kopf, aber es fiel ihm ein, wie er einmal vor Jahren in Barcelona als Attraktion in einem Varieté einen Mann erlebt hatte, der einfache Melodien furzen konnte. Der sei aber vermutlich schon tot.

Alles, was von den anfänglichen Plänen zur Belebung des Tages übrigblieb, war die Kapelle, deren Mitglieder rechtzeitig am Morgen des 26. mit dem Bus eintrafen, angetan mit grauen Tuniken, die einst rot gewesen waren, gestickten Mützen und ausgerüstet mit Hörnern, Posaunen, einer einsamen Tuba und einer riesigen Trommel.

Ihr erster Auftritt – ganz unabhängig von der Fiesta-Verpflichtung – war zum Willkommen für den jungen Puig de Mont, der just an diesem Tag eintreffen und seine Familienvilla in Besitz nehmen sollte. Gewaltige Anstrengungen waren auf Drängen Don Albertos unternommen worden, um die gefährliche Straße nach Sort von größeren Hindernissen zu befreien und die tückischen Schlaglöcher auszufüllen, so daß ein gekonnt gesteuertes Auto das Dorf auch erreichen würde. Die Arbeiten am alten Haus waren erst wenige Stunden zuvor beendet worden, nachdem Sebastian und seine Kollegen die ganze Nacht im Schein von Fackeln letzte Hand angelegt hatten. Das Mittagsmahl sollte im Freien stattfinden, wozu man in der Straße, direkt vor der Haustür der Villa, eine Tischplatte aufgebockt hatte, und der Alkalde wartete nun in Gesellschaft der birnenförmigen alten Männer, die sich nach dem Grad ihrer Wichtigkeit aufgebaut hatten, auf das Eintreffen des Autos, um der Kapelle das Zeichen für ihren Einsatz zu geben.

Einen Augenblick später ging eine Welle der Erregung durch die Menge, als ein blankpolierter Mercedes mit aufgeklapptem Verdeck und zwei außenliegenden Auspuffrohren um die Ecke bog. Er hielt an, und Don Federico Puig de Montes stieg aus. Er klopfte den Staub von seinem grauen Flanellanzug, schüttelte reihum die Hände und wurde dann zu Tisch geführt. Die Kapelle legte mit »Seht, er kommt« los. Ein aus der nahen Stadt herbeigeholter Fotograf hielt ein Kästchen hoch, das einem Vogelkäfig ähnelte, mit einem Häufchen Magnesium obendrauf; als er das Pulver explodieren ließ, quietschten die Frauen vor Aufregung los und wurden zur Ruhe gezischt.

Die Kapelle galoppierte durch den *Friedensfürsten* und ließ dann den Triumphmarsch aus *Aida* folgen. Der große Mann setzte sich, und die Dorfoberen, jeder mit einem geborgten oder sonstwie beschafften schwarzen Hut, nahmen ihre Plätze ein. Der einen oder anderen wichtigen Frau hatte man gestattet, sich unauffällig im Hintergrund aufzuhalten, und am Ende der Straße standen zwei Mann der Guardia Civil; mit ihren umgehängten Gewehren und den Nackenschützern aus weißem Tuch, die hinten an ihren Kappen herunterhingen, sahen sie oberhalb der Hüfte wie zwei Sphingen aus.

Eine riesige Schüssel mit Ziegenfleisch, eingebettet in einen Berg von fetttriefendem Reis, wurde aufgetischt, und mehrere von Don Federicos Nebenmännern begannen eine Art Handgemenge, bei dem Reis in alle Richtungen flog, um die Ehre, ihm das Essen auf den Teller zu tun. Ich saß dem von den Honoratioren eingerahmten Ehrengast gegenüber, und es fiel mir plötzlich auf, daß alle diese Männer aus dem gleichen Holz geschnitzt waren. Don Alberto hätte nahezu der Zwillingsbruder des analphabetischen Alkalden sein können, und selbst die birnenförmigen Männer mit ihren extra langen Fingernägeln und den Mehrfachkinnen erschienen wie selbstzufriedene Mitglieder derselben Familie. Bei weiterem Nachdenken fiel mir auf, daß Don Alberto und Don Ignacio, der Pfarrer, vom Äußeren her fast nicht zu unterscheiden waren – Produkte einer strengen und dominanten Natur – und daß diese rassische Prägung stark genug war, die Klassengrenzen soweit zu überwinden, daß niemand, der sie nicht kannte, sich gewundert haben würde, wenn der skeletthagere Maultiertreiber auf dem Motorrad Don Albertos gehockt oder Don Alberto ein Maultier in Richtung Taverne angetrieben hätte, damit es seinen Dung pünktlich als Entgelt für seines Herren Glas Wein ablieferte.

Das Gesicht von Don Federico Puig de Mont stammte aus der Porträtgalerie einer anderen Welt und blieb in Erscheinung und Mimik von den übrigen völlig abgesondert, das eines Mannes, der einen anderen Weg gegangen war. In allem, was er tat, blieb er gemessen und von korrekter Kühle. Er kostete den fettigen Reis und nippte an dem trüben Wein, ohne eine Miene zu verziehen. Er ertrug auch das Gedröhn der Trompete, die ihm direkt ins Trommelfell blies, verriet kein Anzeichen von Widerwillen angesichts der Derbheit der Bauern, die damit eher ihre Befangenheit überspielen wollten, oder über das Rülpsen und Furzen, das um ihn herum laut wurde, und er akzeptierte mit einem Nicken der Dankbarkeit den Bissen Fleisch, den eine knorrige Hand ihm auf den Teller fallen ließ. Als ein Huhn gackernd auf einem Ende des Tisches landete und den verstreuten Reis aufzupicken begann, sah er nicht einmal auf. Er hatte sich dazu erzogen, mit jeder Situation fertig zu werden.

Als nächstes stand ein Gang zu den Bäumen auf dem Programm, aber vorher, kurz nachdem der feurige Anislikör ausgeschenkt worden war, legte Don Federicos Agent ihm einige Papiere vor. Der Agent war drei Tage vor seinem Besuch nach Sort geschickt worden, hatte einige Quadratmeilen Wald inspiziert, dies nun war sein Bericht. Don Federicos Brauen zogen sich zusammen, als er die Details in sich aufnahm, und als er damit fertig war, zückte er seinen Füller, schrieb eine Reihe Zahlen hin und machte ein paar einfache Additionen.

Wir zogen dann alle zur Besichtigung der Bäume los und schlugen ungefähr den Weg ein, den wenige Tage zuvor der Curandero gegangen war. Beim Blick ins erste Tal, dort, wo die Eichen begannen, zeigte sich die nackte Erde in der Farbe von Milchschokolade, die in einem Schaufenster der Sonne ausgesetzt und gebleicht worden war, von einem Webmuster aus dünnen schwarzen Zweigen bedeckt, deren letzte Blätter abgefallen waren. Es war ein Tag, an dem – wie aus einer regionalen atmosphärischen Laune, die mit der Windrichtung und der Luftfeuchtigkeit zu tun hatte –

der Himmel eher purpurfarben als blau erschien; und obwohl wir eine Meile vom Dorf entfernt waren, erreichten uns alle seine Geräusche wie das Schreien des Esels, die Rufe der Kinder beim Spielen, die normalerweise vom Laub gedämpft wurden, mit einer fast peinigenden Deutlichkeit.

Don Federico und sein Agent hielten sich nah beieinander, die übrige Dorfgesellschaft schien, wie aus einer gewissen Beklemmung, von ihnen abgerückt zu sein. Alle blieben stehen, als nun der Agent ein Messer aufklappte und ein Stück Kork aus einem der Bäume schnitt. Beide untersuchten es schweigend, und Don Federico schüttelte den Kopf.

Danach gingen wir wieder ins Dorf hinunter, und niemand wußte etwas zu sagen. Als wir den kleinen Platz erreichten, wo Don Federico sein Auto abgestellt hatte, schüttelten die Männer reihum die Hände, und Don Federico gab dem Alkalden einen Klaps auf die Schuler: »Nun, wir geben euch Bescheid.« Dann stiegen sie ins Auto, winkten aus dem Fenster und fuhren weg.

Don Alberto sagte zum Alkalden: »Ich nehme an, du weißt, was das zu bedeuten hat?«

»Ich kann es mir denken«, sagte der Alkalde.

»Er hat seine Meinung geändert und zieht sich zurück«, sagte Don Alberto. »Bis jetzt hatte ich immer noch gehofft, daß irgendwas von alldem hier gerettet werden könnte. Jetzt weiß ich, daß es nicht geht. Es gibt hier nichts mehr zu holen.«

»Wenn das stimmt, sind wir erledigt«, sagte der Alkalde.

Als Außenseiter – aber wie fast alle Männer von Farol auch – war ich vom Hauptereignis der Fiesta ausgeschlossen, das schon am frühen Morgen vor sich gegangen war, und als Außenseiter hätte ich nicht einmal davon wissen sollen. Die Fiesta insgesamt wurde allgemein Sa Cova – »Die Höhle« – genannt. Es gab da ein zentrales Geschehen, ein Mysterium, das im Dorf als Geheimnis gehütet wurde; davon im Alltagsgespräch zu reden, hätte Unglück bedeutet. Dieser geheimnisvolle Akt fand in einer Höhle statt, deren Vorhandensein man leugnete, falls ein Fremder mit peinlichen Fragen kam. Carmela hatte einige vage Andeutungen gemacht, daß hinter Sa Cova mehr stecke, als es den Anschein habe, wußte aber nichts Genaues, ebenso wie Sebastian, obwohl seine Frau ihm widerstrebend von der Geschichte erzählt hatte.

Elviras Geschichte war, daß jedes Jahr, zum Abschluß der Fiesta, eine »Kandidatin« unter den Dorfmädchen gewählt wurde, die im kommenden Jahr die Festivitäten anführen sollte. Die Auswahl wurde einstimmig getroffen, nur manchmal, wenn man sich nicht einigen konnte, mußte das Los entscheiden. Die Ernennung war eine Ehre für das Mädchen und brachte der ganzen Familie großes Ansehen. Sebastian sagte, seine Frau sei auf die ganze Prozedur sauer, weil sie nie auch nur als Kandidatin genannt worden war.

Die Erwählte, wie sie genannt wurde, war meist zwischen fünf und zehn Jahren alt, hübsch und intelligent (und wenn blond, dann um so besser). Von den übrigen Familien wurden die Patinnen benannt, die für die Ausstaffierung des Kindes bei der Fiesta aufzukommen hatten. Das ganze Jahr war eine Zeit der Privilegien und kleinen Aufmerksamkeiten. Es war Brauch, alle Frauen und Kinder von Farol für den 26. September mit neuen Kleidern auszustatten. Die Erwählte erschien ganz in Weiß wie zu einer

Erstkommunion und trug zu der Gelegenheit geliehene oder geschenkte billige Schmuckstücke. Am Morgen der Fiesta mußte sie einen kleinen, speziell für sie gebackenen Schokoladenkuchen essen.

Dann begann die Romería – die kurze Wallfahrt zur See. Das Mädchen und seine Mutter stiegen in ein Boot, welches von einem Mann gerudert werden mußte, der nicht der Vater war, und zusammen mit mehreren anderen Booten voller Frauen in ihren neuen Kleidern brach die Prozession zur Fahrt entlang der Küste auf. Die Boote wurden einige Meilen weit zu einer Höhle am Fuß einer Klippe gerudert, wo die Erwählte und ihr Gefolge von Frauen an Land gesetzt wurden und, während die Männer in den Booten warteten, in die Höhle hineingingen. Drinnen gab die Mutter dem Kind einen ganz leichten Klaps, worauf die Kleine tat, als ob sie weine – und das war schon alles. Wieder im Dorf, gab es dann ein großes Gedränge, um das Mädchen zu umarmen und zu küssen, diesmal waren die Männer nicht ausgeschlossen. Die Sache sei sinnlos, absolut sinnlos, sagte Sebastian, aber es war bei weitem das wichtigste Ereignis des Jahres für die Leute von Farol.

Eigentlich hätte noch nie ein Mann die Höhle betreten haben dürfen, aber Sebastian, der kein richtiger Einheimischer war, sah keinen Grund, warum das Verbot auch für ihn gelten sollte; und eines Tages, als die Küste leer war, hatte er sich dorthin aufgemacht. Es war ihm aufgefallen, daß wie in anderen Meereshöhlen das Wasser von großer Durchsichtigkeit und Leuchtkraft war und daß die Eingangskuppel der Höhle von einem seltsamen blauen Licht erfüllt war. Der felsige Untergrund, der aus dem Wasser emporstieg war sehr glatt, als wäre er über Jahrhunderte von unzähligen Füßen blankpoliert worden. Die Höhle selbst enthielt nichts als die Stummel einiger abgebrochener Stalagmiten, aber es gab rußige Markierungen an den Wänden, die möglicherweise von Lampenqualm herrührten, aber ein gewisses Muster erkennen ließen. Er sei, sagte er, plötzlich von einer Untergangsstimmung überfallen worden, wie in Gegenwart des Bösen. Er fügte hinzu: »Aber die Phantasie geht mit mir sowieso immer durch, und ich bin von Stimmungen abhängig.«

Die Hauptaufgabe der Dörfler, die nicht mit auf die Bootswallfahrt gingen, war, fürs Essen zu sorgen: Gerichte nach festgelegten Rezepten, wie sie von der Tradition verlangt wurden, viele davon ungenießbar für jemanden, der sie zum erstenmal probierte. Die Leute von Farol, in der Regel auf einfache und knappe Kost angewiesen, waren an Festtagen nicht allein freihändig im Umgang mit Gewürzen, sondern hatten auch die seltsame Angewohnheit, in fast alles Schokolade hineinzumengen – die nach Ansicht von Don Alberto ihre seefahrenden Vorfahren aus Mexiko mitgebracht haben müßten. Die Schokolade wurde von dem Ladenbesitzer in einem Leinwandsack aufbewahrt, der wegen der Ratten an einem Deckenbalken aufgehängt war. Sie muß atmen, sagte er. Wenn irgend jemand was davon wollte, nahm er ein Stück heraus und haute es mit dem Hammer klein. Nach vielen Jahren des Atmens waren die Poren der Oberfläche weiß geworden, aber die frisch zum Vorschein kommenden Schichten waren fast schwarz. Und ihr Geschmack war penetrant und bitter. Das extravaganteste aller Gerichte waren Calamares im eigenen Saft mit Schokolade und Safran. Ich verstand in diesem Moment auch, warum die Großmutter so erpicht darauf gewesen war, daß Sebastian und ich ihr alles an Fisch ablieferten, was wir nur fingen.

Wer keine Calamares hatte, mußte auf Fleisch zurückgreifen, das es in Farol selten und wenn, dann in schlechter Qualität, gab. Zur Feier dieses besonderen Tages hatten die Großhändler eine ganze Menge Innereien geliefert: Herzen, Leber, Lunge, Magen und Geschlechtsteile (letztere bei der Schlächtersfrau wortlos bestellt, mit der Geste eines Glöckners, der am Glockenseil zieht). Nicht wenige Familien setzten sich mit einem Eintopf zu Tisch, der *Asadura* genannt wurde und aus eben diesen Zutaten bestand, deren leicht widerliches Aroma durch reichliche Beigabe von Paprikaschoten maskiert wurde.

Für die wenigen Glücklichen, die vom Thunfisch-Geld noch ein bißchen was Bares übrig oder mehr Kredit als die anderen beim Schlächter hatten, gab es Geflügel und Kaninchen. Geflügel hieß meist: alte Suppenhühner. Das Fleisch wurde kränkelnden Kindern gegeben, ebenso wie Hühnerklein und Innereien. Der Kopf – ohne den Schnabel – und die Füße wurden in Untertassen auf der Theke ausgestellt, wie Reliquien auf einem Altar. Kaninchen waren rar und teuer geworden, und die Schlächtersfrau stellte die paar Exemplare, die sie zu bieten hatte, mit all ihrer einheimischen Kunstfertigkeit aus. Sie wurden wie Fahnen über die ganze Breite der Theke hin aufgehängt, die Läufe weit auseinander, damit man die kleinen Wimpel der Leber in jedem leeren Bauch sehen konnte; angstvolle Augen glubschten aus ihren Höhlen hervor,und in der Spitze jedes Ohres steckte eine winzige weiße Rosette. Es war eine staatliche Verordnung, die Kaninchen so, komplett mit erkennbaren Köpfen, anzubieten, um betrügerischen Handel mit Katzen zu vermeiden.

Ich war mit Carmela am Morgen, gleich nach Öffnung des Ladens, zum Schlächter gegangen, und wir hatten die Frau unter ihrer blutbeschmierten Schürze schon in voller Aufmachung für die Fiesta angetroffen: mit Haaren, deren

Locken frisch aus den Wicklern gerollt waren, mit Reihen von Perlenketten und einem neuen Seidenkleid. Sie war rosig und lebhaft mit einem kirschroten Schmollmund, und ihre dicken, wabbeligen Arme waren mit winzigsten zinnoberroten Punkten übersät, als ob ihre Haut mit ihrem Milieu korrespondierte. Carmela bat mich, nicht hinzusehen, als die Schlächtersfrau nun ihr Hackmesser nahm und aus dem undefinierbaren Tiergewebe auf der Theke hier ein Stückchen, dort ein Stückchen abzusäbeln begann. Als Carmela ihren Einkauf entgegennahm, der in einem Zeitungsblatt mit rein religiösen Nachrichten eingewickelt war, schmatzte es leise, und sie stieß ein »todo es bueno!« aus – alles ist gut, ihr häufig gebrauchter Spruch.

Am Tag von Sa Cova wurde keine schwere Arbeit verrichtet. Das große Mahl begann um 2 Uhr nachmittags und ging bis etwa halb vier, worauf die meisten zu Bett gingen. In der Siestazeit war alles möglich, und die sexausgehungerten Ehemänner tobten sich endlich einmal aus. Als ich, um ein Sodbrennen loszuwerden, an jenem Nachmittag zu einem flotten Spaziergang aufbrach, war es unmöglich, das eheliche Gerammel hinter den geschlossenen Fensterläden der sonst so stillen Straße zu überhören.

Gegen 5 Uhr kam wieder Leben auf. Die Dorfbewohner standen auf, wuschen sich, schütteten das Waschwasser aus dem Fenster, und kleideten sich dann mit großer Sorgfalt für die abendliche Promenade an, die beginnen sollte, wenn wenigstens die halbe Straße im Schatten lag. Man erhoffte sich für diesmal die größte Beteiligung seit den Vorkriegstagen, da es viele Kleider zu sehen geben würde, die nach Schnitten aus Maria Cabritas' Modeheft genäht worden waren.

Bei der Promenade am Sa Cova-Tag waren die Frauen, als die Hauptpersonen des Festes, von den Männern getrennt. Bei der Aufstellung standen die weiblichen Mitglieder der D'Escorreu-Familie, die die Erwählte dieses Jahres stellte, vornean, die neunjährige Marta, noch immer in Weiß, in der Mitte der Gruppe, flankiert von ihrer Mutter, ein paar Tanten und diversen Kusinen. Unmittelbar darauf folgte die Frau des Alkalden, groß wie auf Stelzen, in Begleitung ihrer beiden Schwestern. Als nächste kam die Großmutter, an jeder Seite eine ihrer unansehnlichen Töchter, die ältere Maria mit einem bockigen kleinen Mädchen, das unaufhörlich weinte und plärrte und an ihr zerrte. Dann waren die Ladenbesitzer an der Reihe, voran die Schlächtersfrau mit ihren beiden schweinshäutigen albernen Töchtern. Juans Frau Francesca ging zusammen mit Maria Cabritas, die nun in ihrer quasi-offiziellen Funktion bestätigt und fürs vorjährige Longchamps-Rennen angezogen war. Am Straßenrand sorgte eine Gruppe von Mädchen in Trauerkleidung für einen düsteren Gegensatz. Sie durften zusehen, aber nicht teilnehmen, und wegen der Unreinheit, die der Trauer zugeschrieben wurde, waren ihnen jegliche Freudenausbrüche versagt. Einige hatten durch Väter, Mütter und Geschwister einen solchen Überhang an Todesfällen, daß sie bis in ihre mittleren Jahre aus der schwarzen Kleidung nicht mehr herauskommen würden. Die Großmutter, die erst in diesem Monat ihre Trauerzeit beendet hatte, hatte sich in eine Art grauen Vorhang geworfen und dazu gesagt, wenn alles vorüber wäre, würde sie gern wieder ihr vertrautes Schwarz anziehen. Es war Sitte, daß Fremde sich unmittelbar nach den Frauen einreihten und vor den Fischern, von denen jeder ein neues Paar hellblauer Alpargatas und einen schwarzen Hut trug. Der Grund für diese Reihenfolge war der, daß die Fischer, wenn die Spitze des Zuges etwa zwanzig Meter vor der Kirche angekommen war, ohne weiteres ausscheren und draußen vor der Kirchentür warten konnten, bis die Frauen und die Fremden hineingegangen waren, um dort niederzuknien. All dieses Hin und Her vollzog sich mit der Gemessenheit eines Trauermarsches. Marta, die Erwählte, mußte für die gute halbe Stunde, die der Zug für den Hin- und Rückweg durchs Dorf brauchte, ein unerschütterliches Lächeln aufsetzen. Vom Beginn der Parade bis zum Schluß durfte niemand ein Sterbenswörtchen sagen, obwohl die Männer bei jedem Schritt ein tiefes Ächzen, wie ein Murren aus Erschöpfung, hören ließen.

Dies waren Augenblicke dankbarer Kapitulation vor der Unvernunft, und ein paar Leute waren nur deshalb von weither nach Farol gekommen. Drei Frauen und zwei Männer, die aus Farol stammten, aber eigentlich immer woanders gelebt hatten, hatten keine Mühe gescheut, für diesen großen Moment in ihren Geburtsort zurückzukehren. Eine Frau hatte zwanig Jahre in ärmlichen Verhältnissen in Argentinien gelebt und in den letzten drei nichts anderes gemacht, als für diese Reise zu sparen. Sie erzählte mir, sie habe sich in ihrem ganzen Leben nach nichts so gesehnt wie nach diesem halbstündigen Gang hin und zurück durch die Straßen von Farol am Tag von Sa Cova. Es war, wie Sebastian gesagt hatte, alles sinnlos. Niemand wußte oder hätte auch nur die leiseste Vermutung wagen können, was eigentlich dahintersteckte, und doch wurde ein sinnloser Brauch hartnäckig, ja leidenschaftlich befolgt, als wenn die Teilnehmer die Gelegenheit, die er ihnen bot, geradezu begierig ergriffen, eben um nicht weiter über den Sinn ihres Tuns nachdenken zu müssen.

Probleme gab es mit den Besuchern aus Sort, die in erster Linie Don Alberto zuliebe gekommen waren und, wenn auch etwas widerstrebend, um die Wiederaufnahme normaler diplomatischer Beziehungen zwischen beiden Gemeinden zu besiegeln. Sieben von ihnen kamen – und hatten Lederschuhe an. Die gesamte Sort-Abordnung war tief empört, als Don Alberto in letzter Minute damit herausrückte, daß die Feuerwerkskörper sich als feucht erwiesen hätten, daß es auch den versprochenen Zirkus nicht geben würde und keine Kostümparade, keine Preise, keinen Gratis-Wein – ja nicht einmal eine Kapelle; denn die Musiker hatten ihre Instrumente kaum bis zum ersten Haus des Dorfes geschleppt, als sie schon aufgehalten und gewarnt wurden: »Tut uns leid, keine Musik, bitte, hier und heute. Andermal gern, aber nicht jetzt.« Es nützte Don Alberto auch nichts, daß er zu erklären versuchte, wie absolut tabu das Tragen von Schuhen in Farol war. Denn wenn sie auch einem Zugereisten bei einem gelegentlichen Besuch oder auf der Durchreise nachgesehen wurden, konnte bei der Sa Cova-Promenade niemand mitmachen, der etwas anderes trug als Alpargatas mit Strippensohlen.

Wer sich aber ausschloß, beging eine grobe Kränkung. Die Fischer sprudelten geradezu über von wildem Eifer, ihre Gastfreundschaft zu demonstrieren, und boten den sieben Schuhträgern einheimische Alpargatas an, damit sie in der Parade mitgehen konnten; aber die Leute aus Sort hatten genug und beschlossen nach kurzer gereizter Erörterung untereinander, wieder zu gehen.

Mit diesem letzten empörten Wortwechsel und dem abwehrenden Winken der Arme kamen Don Albertos ungeschickte Versuche, den beiden Lagern doch noch eine friedliche Lösung aufzunötigen, zum Erliegen. Wer diese Konfrontation erlebte, diesen Konflikt zwischen den sturen, strebsamen und knauserigen Bauern, wie sie von der unfruchtbaren Landschaft von Sort hervorgebracht worden waren, und den lebhaften, aber fatalistischen Fischern, konnte kaum glauben daß es je wieder eine Gemeinsamkeit geben würde. Die Hundeleute gingen nach Hause, und die Katzenleute machten mit ihrer Fiesta weiter. Ich ging bei der Promenade zwischen ekstatischen und weinenden Frauen, die – obwohl jetzt wie Fremde behandelt – endlich in ihr Heimatdorf zurückgefunden hatten. Nach Einbruch der Dunkelheit wurde das Ganze im Schnellgang wiederholt – eine Zeitrafferversion der abendlichen Promenade mit viel Spaß und Lärm und etwas Klamauk.

Mehr war an der ganzen Sache nicht dran. Meine Freunde sagten, es sei eine erfolgreiche Sa Cova gewesen, und die Zeichen fürs nächste Jahr stünden gut. Die Ereignisse der nächsten paar Tage sollten ihnen unrecht geben.

10

In den Mittelmeerregionen gibt es, was das Klima anlangt, krasse Unterschiede. Während der Oktober in Italien noch für eine Reihe makelloser Tage sorgt, fällt mit diesem Monat an der spanischen Küste der ausgedehnte Sommer plötzlich in sich zusammen, und das Jahr ist vorüber. Was für die Fischer dann noch übrigbleibt, wenn der Wind sich beruhigt, der Regen aufhört und die Sonne noch einmal scheint, ist eine leblose Parodie des verlorenen Sommers. Die Strömungen des Meeres ändern die Richtung und werden kalt, die großen Fischschwärme wandern, wie die Zugvögel, nach Süden. Die Kameradschaft, die gemeinsamen Strapazen und Enttäuschungen der Männer, die auf den großen Booten zusammenarbeiten, sind beendet. In der toten Jahreszeit fährt einer vielleicht allein mit einem Boot hinaus oder hockt sich mit der Angel auf einen Felsen. Für die Fischer hat das Jahr nur sechs Monate und geht dann im Oktober in eine Art ereignisloser Auszeit über, aus der es erst im März wiedergeboren wird. Um das Ende der ersten Oktoberwoche werden die Boote auf die Rollen gesetzt und mit der Winsch auf den obersten Teil des Strandes gezogen, wo die Männer dann von Zeit zu Zeit an ihnen herumpüttjern, um sie für die kommende Saison instand zu setzen. Im übrigen pflegten die Fischer soviel Zeit zu verschlafen wie sie nur konnten, und brachten lange Stunden in den Bars damit zu, in leere Gläser zu starren. Das Versinken des Sommers ist hier noch einschneidender zu spüren als im Norden. Wie es mein

Nachbar Juan mit seiner Vorliebe für treffende Bilder sagte: »Im Winter ist dies der Friedhof für die Lebenden.«

In diesem Jahr wurde Farol von der Herbstattacke überrascht. Auf offener See wurden kleinere Sardinenschwärme noch bis um die Zeit von Sa Cova gesichtet, und die nun einzeln arbeitenden Fischer fingen immer ein paar mit dem Netz. Es war eine launische Saison gewesen, die die Fischer glauben machte, daß die Fischwanderung sich verzögert habe und größere Schwärme noch kommen könnten. Aus diesem Grund und weil das schöne Wetter anhielt, waren die großen Boote noch in Bereitschaft und nicht wie sonst in den ersten Tagen des Oktober in ihre Winterpositionen aufgebockt.

Die einzige Warnung, die es am ruhigen Morgen des 8. Oktober vor dem kommenden Unheil gab, war die rötliche eingetrübte Farbe des Himmels und das Anschwellen formloser gelblicher Wolken am Horizont. Um etwa 9 Uhr frischte der Wind mit Böen aus Nord auf, sprang auf scharfen Ost um und verstärkte sich zum Sturm. Ich stand an meinem Zimmerfenster im Haus der Großmutter, sah zu, wie die See kochte und sich weiß färbte, als eine gewaltige Wellenwand auf den Strand zurollte, mit einem kleinen Boot oben auf dem Kamm, wie ein Ball beim Wasserschießen auf einem Rummelplatz. Es blieb gerade noch Zeit, zwei der fünf großen Boote mit den Winschen in Sicherheit zu bringen, ehe große Klauen von Wasser die übrigen drei erfaßten, sie gegeneinander schmetterten und ihre Planken eindrückten. Die kaputten Boote waren, so schien es, nicht mehr zu reparieren, und die Fischer wußten, daß sie, auch wenn die Sardinen im März kämen, den größten Teil des Fangs nicht würden einbringen können.

Am 10. Oktober sprach sich herum, daß Marta D' Escorreu, die Erwählte, krank geworden sei. Das Dorf legte für ein Taxi zusammen, das sie zum Krankenhaus in Gerona brachte, wo man bei ihr eine Tuberkulose diagnostizierte und wo sie mindestens drei Monate würde bleiben müssen. Die eher abergläubischen unter den Fischern brachten diese Nachricht mit den anderen Mißlichkeiten in Verbindung und sahen für die Zukunft äußerst schwarz.

Don Alberto lud mich in sein düsteres Haus ein, wo wir über die Aussichten für Sort grübelten, die womöglich noch düsterer waren als die, denen sich Farol gegenüber sah. »Da gibt es kein Vertun«, sagte er, »wir werden Zeugen einer Katastrophe.« Er zeigte mir einen Brief, den er gerade bekommen hatte und aus dem hervorging, daß, wie befürchtet, Puig de Mont nicht zurückkehren werde. Nicht nur das, sagte Don Alberto, es komme noch schlimmer, denn er habe die Familienvilla an den übelsten Schwarzhändler der Gegend verkauft, und der werde in Kürze einziehen.

Die alte Frau, die einst die gefeierte Schönheit von Madrid gewesen war, kam mit zwei schmierigen Gläsern Rancio aus dem Dunkel. »Die Situation der Leute ist tragisch«, sagte Don Alberto. »Sie haben gar nichts mehr.«

»Steht es denn fest, daß keiner der Bäume überlebt?«

»Kein einziger.«

»Aber sie haben doch sicher noch andere Möglichkeiten?«

Don Alberto setzte mir auseinander, daß bis auf den Erlös der Rinde, die nicht viel brachte, aber immerhin etwas, den Dorfbewohnern nur die Kaninchen blieben, die sie in Fallen oder mit Hilfe der Hunde fingen, dann eine Vielfalt von Pilzen, Beeren und Nüssen, die sie im Herbst sammeln könnten, und die vielen großen und kleinen Vögel, die sie das ganze Jahr über in Schlingen fingen. Aber all dies war wiederum auf eine Umwelt angewiesen, die von gesunden Bäumen abhing.

»Wie steht es mit dem Getreide, das sie anbauen. Können sie nicht darauf zurückgreifen?«

Das Land, sagte Don Alberto, sei sehr schlecht. Die besten Stücke seien jetzt in der Hand von fünf oder sechs Familien. »Alles eine Folge des Erbschaftssystems«, sagte er. »Manche werden mit einer Brombeerhecke abgespeist und kommen nur noch mit einer Leiter in ihr Zimmer. Diesen dicken Männern hier am Ort gehört praktisch alles, was sich lohnt. Hier ist das Feudalsystem noch an der Tagesordnung.«

»Verzeihung, aber wenn ich nicht irre, sind Sie doch selbst ein Feudalherr, Don Alberto?«

»Nicht in meinem Herzen, absolut nicht. In meinem Herzen halte ich mich an die edle Philosophie des Anarchismus. Ich bin ein Opfer des Systems wie alle andern auch. Ich will Ihnen sagen, wie es sich mit dem Anarchismus verhält. Wir Anarchisten sind gegen die Einmischung des Staates. Wir könnten auf uns selbst aufpassen, unsere Häuser selber bauen, unsere Straßen, und unsern Kindern alles beibringen, was sie wissen müssen. Wozu brauchen wir den Staat? Nehmen Sie die beiden Polizisten, die ein Auge auf uns haben sollen. Die kann doch jeder kaufen, für den Preis von nur einer Zigarre pro Monat.«

Ich frage ihn, ob es nicht gut wäre, einige der großen Ländereien aufzuteilen?

»Es würde nicht das Geringste ändern«, sagte er. »Ja, es würde alles nur noch schlimmer machen. Angenommen, ich gebe etwas von meinem Land weg. Wer hätte dann, auf die eine oder andere Art, die Hand drauf? Raten Sie mal. Wir hätten noch schlimmere Unregelmäßigkeiten als jetzt.«

»Vielleicht haben Sie recht«, sagte ich.

»Lassen Sie's mich erklären. Ich betrachte mich selbst

als Treuhänder meines Landes für künftige Generationen. Sehen Sie mich an. Was esse ich? Was trinke ich? Was ziehe ich an? Was nehme ich diesen Leuten weg? Jeder nach seinen Bedürfnissen, und meine sind ganz gering.« Es hieß, daß Don Alberto im stillen Geld verschenke und in kritischen Zeiten von seinen Pächtern weniger Geld verlange, aber von seinem Land hätte er sich ebensowenig getrennt wie von seiner eigenen Haut.

Ich trank mein Glas aus, und mich schauderte vor der fauligen Herbheit des Rancio. Die Szenerie war wie aus einem ländlichen Interieur Zurbaráns: ein Raum, der von den Jahren und uraltem Rauch gebeizt war, mit Möbeln, die wie Belagerungsmaschinen aussahen, in der Ecke ein trogartiges Becken, wo sich Besucher die Füße waschen sollten, alte Schwalbennester an den Balken, deren Position von kleinen weißen Haufen Kot unten auf den Fliesen markiert wurden. Der prähistorische Geruch glimmender Holzkohle kam aus der offenen Küche und mit ihm der Hauch einer traurig-süßen Musik aus lang vergangener Zeit. Ich konnte die Alte vor einem großen Kessel sehen, wie sie sich über ein Grammophon beugte. Sie zog es auf und legte die Platte wieder auf, und einen Augenblick hörten wir einen zitternden Sopran mit der Arie »Die Veilchenverkäuferin« aus der alten spanischen Oper *La Violetera*.

> So wie der Lenz uns frisch erblüht
> Zu neuer Hoffnungsära,
> So kommt mit Blumen und neuem Lied
> Zu Ihnen die Violetera.

Don Alberto brachte mich zur Tür.

»Also werden Sie uns bald verlassen?«

»In wenigen Tagen schon. Aber wenn alles gutgeht, komme ich nächstes Jahr wieder.«

»*Si Dios quiere.*«

»*Si Dios quiere.*«

Mein Weg zurück nach Sort führte mich über sein Land. Die gebleichten Relikte des Herbstes lagen auf den Feldern, die die Farbe von Zinnblech hatten und überall bestückt waren mit den säbelzahnartigen Kelchen gewaltiger Disteln. Der Wind rauschte und rasselte durch die Blätter einiger Maisparzellen, der letzten Frucht des Jahres. Ein Hund kreuzte meinen Weg und zerrte einen Balken hinter sich her, Meter um Meter, hielt immer wieder erschöpft inne und setzte sich japsend auf die Hinterbacken. Am Eingang zum Dorf pflügte ein Mann mit einem Hakenpflug von der Art, wie man sie auch auf römischen Mosaiken findet. Es war eine sanfte und liebliche Szene.

Sebastian und ich gingen zum Meer hinunter. Es war unser letztes Zusammensein, ehe ich im Frühjahr wiederkommen würde, denn seine Beschäftigung im Dorf war mit der Arbeit an der Villa von Puig de Mont beendet, und er mußte sich um eine Anstellung als Maurergehilfe in Gerona bemühen, bis sich für ihn ein neues Projekt am Ort oder in der Umgebung fand.

Wir gingen einen Pfad entlang, der schließlich zu einer niedrigen Klippe hinabführte, von der aus wir einen besseren Blick auf das hatten, was wir zurückließen. Der Morgen war von einer platten Ruhe, erfüllt vom Duft der Strandkräuter und dem kiebigen Gezwitscher der Finken. Der Sturm hatte eine feste neue Linie von Seetang über den ganzen Strand gezogen und die Wintergrenze des von der See beanspruchten Territoriums markiert, und Kinder stocherten im groben Sand nach den bunten Glassteinen, die der Sturm freigelegt hatte. Wir beobachteten einen

Mann namens Pedro, der mit seinem Boot bis dicht an eine Stelle der See paddelte, wo durch die Bewegung von Fischen auf einem knapp überspülten Felsen eine zuckende Fläche sichtbar war. Dort, wo ein Schwarm zu sein schien, rief sein Raï einen wahren Kranz von Spritzern hervor, dennoch fing er nichts. Die Großmutter, jetzt nach der Fiesta wieder in Trauer, erschien wie eine ferne schwarze Pyramide, als sie neben einem gerade gelandeten Boot stand und im mageren Fang herumwühlte. Es war ein Zeichen der Zeit, daß die Witwen, die auf die hereinkommenden Boote warteten, sich jetzt mit ein, zwei Fischen zufriedengaben anstatt mit einer Handvoll, die im Sommer niemand vermißte.

Maria Cabritas, undurchdringlich lächelnd und elegant wie immer, kam mit ihren Ziegen auf einem tiefer gelegenen Pfad vorbei, und zwischen den Häusern hindurch erblickten wir kurz Don Ignacio, wie er mit einem länglichen Paket, das wohl seine Schaufel enthielt, zum Bus, der zweimal wöchentlich fuhr, eilte, um zu seinen archäologischen Grabungen zu fahren.

Was aber inmitten des Seepanoramas unsere Aufmerksamkeit vor allem in Anspruch nahm, war, beim Abstieg zum Strand, der Anblick dreier stämmiger junger Bauern aus Sort, die mit Angelruten von den Felsen aus fischten. Mehrere Fischer aus Farol hatten sie auch gesehen; von Zeit zu Zeit trieb einen von ihnen die Neugier dorthin, und er ging, als ob er etwas zu erledigen hätte, dicht an ihnen vorbei um zu sehen, was genau da im Gange war. Sebastian und ich gingen auf sie zu und fragten, ob sie Glück hätten, aber sie zogen nur Gesichter und sagten gar nichts. Sie hatten ihre Haken mit Strandschnecken beködert, und Sebastian sagte, sie sollten lieber Sonsos oder Stücke vom Octopus nehmen. Der Rat war gutgemeint, doch sie angelten mit ihren Ködern weiter, weil ihnen gar nichts anderes übrigblieb. Ich verstand um diese Zeit immerhin schon so viel vom Fischen, um zu wissen, daß sie an diesem Tag niemals etwas fangen würden.

Aber wie sah es damit in Zukunft aus? Selbst Bauern konnten sich in so etwas wie Fischer verwandeln, wenn es ihnen ernst war und sie es hartnäckig probierten. Die Konkurrenz von drei, dreißig oder dreihundert solcher Amateure würde die Berufsfischer von Farol nicht im mindesten stören; und doch war dies ein Anblick, der bei näherer Überlegung uns beiden Möglichkeiten vor Augen führte, von denen wir bis dahin nicht einmal geträumt hatten.

Die zweite Saison

1

Den Winter über blieb ich mit Sebastian in Kontakt, und in einem Brief schrieb er mir, daß er unerwartet aus Gerona zurückgeholt worden sei und eine Arbeit bei der Instandsetzung der beiden anderen Kork-Villen gefunden habe. In einem zweiten schrieb er, er brauche Urlaub, und da er wußte, daß ich mich ohnehin demnächst nach Süden aufmachen wollte, schlug er vor, daß wir uns in Port Bou, gleich hinter der spanischen Grenze, treffen und gemeinsam auf Hummerfang gehen sollten.

Seine Argumente klangen überzeugend. An der spanischen Küste gab niemand viel auf Hummer, wo sie im kalten Wasser der Jahreszeit jetzt reichlich vorkamen. Die Franzosen dagegen – das wußte ich – schätzten sie sehr, und eben wegen dieser Vorliebe waren an der französischen Mittelmeerküste praktisch keine mehr zu fangen. Er stellte sich das so vor, daß wir die Tiere mit der Hand fangen und dabei Tauchermasken tragen sollten. Ein Freund von ihm, hatte er mir geschrieben, hatte sie mit Hilfe eines Kastens mit Glasboden, durch den die Fischer den Meeresgrund absuchten, überall geortet. Für mich war dabei nichts zu verlieren, da ich ohnehin vorhatte, über Port Bou nach Spanien einzureisen. Wir wechselten noch ein paar Briefe, um Tag und Ort auszumachen, und Ende März, genau wie im vorigen Jahr, brachte mich ein Taxi vom Bahnhof in Cerbère zur Grenze, die theoretisch immer noch geschlossen war. Ich trug mein Gepäck hinüber und nahm dann ein spanisches Taxi nach Port Bou.

Sebastian wartete im Café de la Marina auf mich, wo sich einige der ersten französischen Nachkriegstouristen aufhielten, die auf Abenteuer in einem Land aus waren, das nach den Jahren der Isolation wieder zu einem Mysterium geworden war. (»Parole d'honneur. Ils sont comme les Arabes. Ils ne laissent pas les femmes sortir.«) Er war noch dünner als damals beim Abschied. Seinem Gesicht schien eine unauslöschliche Sorge eingeschrieben, und die Schwerarbeit in Gerona, wo er neun Stunden am Tag für 21 Peseten arbeiten mußte, hatte Schwielen an seinen Händen hinterlassen. Mit der Instandsetzung der Kork-Villen waren sie soweit fertig. Während man dort jetzt auf Installationsdinge wie Badewannen und Waschbecken wartete, hatte man ihm einen Monat unbezahlten Urlaub gegeben.

Er war verzweifelt darauf aus, in dieser Zeit etwas Geld zu verdienen, da er wegen eines Ultimatums der Großmutter in einer familiären Klemme steckte. Sie hatte ihm befohlen, bis Ende Mai ein Kind zu zeugen, und auch bereits Lieblingsnamen ausgesucht, Timburlán (Tamerlan) für einen Jungen und Cleopatra, falls es ein Mädchen würde. Bis zu diesem Zeitpunkt war Sebastian in all den Jahren seiner Ehe der alten Frau nie entgegengetreten. Auch jetzt fühlte er sich dazu nur aus einer Position der Stärke fähig – was hieß, daß er mit dem Auszug drohen konnte. Aber die Hälfte der Möbel in den Zimmern, die sie bewohnten, gehörte der Großmutter, und Sebastians Ersparnisse bis jetzt, die sich auf 700 Peseten beliefen, reichten nicht einmal aus, um ein gebrauchtes Bett zu kaufen. Er hoffte jetzt, mit der Hummerexpedition an die tausend Peseten zusammenzubekommen – eine Hoffnung, die mir aus jenem Stoff schien, aus dem die Träume sind.

Um sein winziges Kapital zu schonen, schlug ich vor, den Mietwagen zu bezahlen. Wir fanden einen betagten Simca, der buchstäblich von Bindfäden zusammengehalten wurde, dem eine Tür fehlte und der Räder von ungleicher Größe hatte; damit unternahmen wir eine vorsichtige Erkundung der Küste in Richtung Süden. Den ersten Halt machten wir in Grilén, mieteten ein Boot und fingen an der Punta Cap Ras mit dem Fischen an. Zu meiner großen Überraschung und zu Sebastians Erleichterung gab es da wirklich, wie er gesagt hatte, Krustazeen zuhauf. Es waren keine Hummer, sondern *escarmalans* – große Langusten von einer Art, die ich nie vorher gesehen hatte, die aber einem Hummer ähnlich sahen, nur ohne Scheren und mit einem klitzekleinen Kopf. Dies war ganz eindeutig ein Meerestier der Wintersaison. Zu unserem Entzücken konnten wir sie in großer Zahl in verstohlener Bewegung zwischen den Wedeln, Bändern und Rosetten des Seetangs im Wasser sehen, das hier nur etwa drei Meter tief war. Sebastian hatte inzwischen schwimmen gelernt und die alte Harpune mitgebracht, die ich ihm am Ende der vorigen Saison vermacht hatte. Wir hätten die *escarmalans* zu Hunderten aufspießen können, aber um sie zu verkaufen, mußten wir sie lebend fangen. Das war ein trickreiches und kniffliges Unterfangen, für das Handschuhe das wichtigste Utensil waren. Man mußte hinabtauchen und den *escarmalan* rasch packen, ehe er zwischen den Pflanzen oder unter einem Stein verschwinden konnte, und selbst dann noch versuchte er, sich durch heftige Schläge mit dem Schwanz zu befreien. Da der Panzer unten rasiermesserscharf gezackte Ränder hatte, waren aufgeschnittene Finger anfangs nicht zu vermeiden.

Das eigentliche Problem aber war die Kälte, die, schon über Wasser schlimm genug, mit jedem Tauchstoß tiefer desto ärger wurde. Auch die Sicht war schlecht. Die *escarmalans* waren ja da, aber durchs Tauchen verloren wir Zeit und mußten sie dann zwischen dem Grünzeug suchen. Länger als fünfzehn Minuten konnten wir es unmöglich im Wasser aushalten. Wir kletterten ins Boot, zogen unsere Pullover über, stürzten unseren Kaffee mit Kognac aus der Thermoskanne runter und warteten auf die Wiederbelebung des Kreislaufs. Die Sonne schien glänzend auf den Spiegel des Wassers, und die großen Vorsprünge und Spitzen der Felsen schwebten im Nebel über der See. Unter uns erwarteten die *escarmalans* unsere Rückkehr in die modrige und eisige Tiefe. Sebastian rechnete sich schon aus, daß er mit jedem Tauchsprung, der kaum eine Minute brauchte, den Lohn eines Tages verdiente. Wir sprangen wieder hinein, ächzend, um weiter mit blutenden, eiskalten Fingern nach den *escarmalans* zu schnappen, und sie ins Boot zu schleudern. Schließlich, als die Taubheit von unseren Gliedern schon in den Kopf überging, waren wir so fertig, daß wir uns fragten, ob wir uns nicht einen dauerhaften Schaden zugezogen hatten. Als ich mich in die Hüften zwickte, spürte ich nichts, beide hatten wir Schmerzen in den Gliedern und rasendes Kopfweh. Als ich Sebastian ansah, wie er zwischen den *escarmalans* herumstolperte, die, drei oder vier übereinander, auf dem Boden des Bootes durcheinanderkrabbelten, bemerkte ich den rosa-schattigen Umriß seiner Knochen durch die durchsichtige Haut hindurch. Wir ruderten zum nächsten Strand, machten aus Treibholz ein Feuer und kauerten uns daran, bis unser Gehirn wieder in Gang kam. Sebastian hatte es sogar sein Kastilisch verschlagen, und er bibberte immerzu »puta, son mort de fred« in seinem Lokalidiom vor sich hin, das mehr Italienisch als Spanisch war. Er sagte, nur der Gedanke an die Möbel, die er kaufen wollte, habe ihn durchhalten lassen. Zehn *escarmalans* – die Hälfte eines gebrauchten Bettes. Zehn dazu – ein Nachttisch und vielleicht ein aufgearbeiteter Stuhl. Fünfzehn – irgendeine Kommode, auch die wohl erst aufzumöbeln, also zwei *escarmalans* mehr für den Tischler am Ort, der das machen würde.

An diesem ersten Tag fingen wir 64 Stück. Bei den Fischern von Llansá durften wir sie in ihrem Vivero unterbringen, und wir bedankten uns, indem wir ihnen einige Exemplare überließen. Sie zeigten uns eine Fonda, wo wir für zwei Peseten pro Kopf jeder ein Zimmer bekamen, und der Wirt, einer jener brütenden, introvertierten Typen, die man oft in diesem Gewerbe antrifft, setzte uns Bohnen in Öl mit etwas hausgemachter Wurst vor, die so hart war, daß man sie mit einem Hammer hätte kleinhauen müssen. Nach dem zweiten oder dritten Bissen schlief Sebastian ein. Er stieß seinen Rancio um, der Kopf fiel auf den Tisch, und er begann zu schnarchen. Der Wirt nahm sein Essen weg, setzte sich an den Nebentisch, und aß es selber auf.

Wir blieben in dieser Fonda, während unsere Lebensgeister langsam wiederkehrten, den ganzen nächsten Tag und eine weitere Nacht und fuhren am übernächsten, nachdem die halbe männliche Bevölkerung, die auf der Straße war, unseren Simca angeschoben hatte, nach Puerta de la Selva weiter, wo wir wieder ein Boot mieteten und uns nach einigem Bedenken in die wilde und gefährliche, nach Norden hin gelegene Küste bis zum Kap Creus wagten. Wettervorhersagen waren damals unüblich; die Fischer sagten uns, daß sich das gute Wetter nach ihrer Erfahrung noch wenigstens einen Tag lang halten werde. Aber, setzten sie hinzu, man könne an dieser Küste nie ganz sicher sein, und es gäbe im Falle eines Sturms keinerlei Schutz.

Mit solcher Möglichkeit im Hinterkopf war es natürlich schwer, sich aufs Fischen einzustellen. Wir glitten am Fuß nackter Felsen vorbei, die mich mit ihrer Großartigkeit zu jeder anderen Zeit beeindruckt hätten, die aber, wie die Fischer gesagt hatten, keinerlei Einlaß und Rückzugsgelegenheit boten. Das Wasser hier war nicht nur neblig und kalt, sondern auch zu tief dort, wo der Meeresgrund ausreichend Pflanzen bot. Wir hielten ein paar Stunden durch, immer mit dem Blick zum Himmel, und hatten schließlich 28 *escarmalans* gefangen, ehe uns ein paar Wolkenfetzen zurück nach Puerto de la Selva trieben, wo wir kalt bis auf die Knochen und völlig erschöpft ankamen.

Am nächsten Tag gingen wir auf Nummer Sicher und hielten uns an die geschützteren Gewässer ums Kap D'en Poch, wo wir drei Tage verbrachten und uns in einer Fonda einquartierten, die von der in Llansa fast nicht zu unterscheiden war, bis hin zu den Bohnen und der harten Wurst. Inzwischen hatten wir – die im Vivéro von Llansa mitgezählt – 244 *escarmalans* gefangen, also fuhren wir nach Llansa zurück, wo unsere Fischerkumpels uns halfen, unsere Beute fachmännisch mit Seetang in Kisten zu verpakken, ehe wir sie nach Port Bou transportierten.

In Spanien gab es keinen Markt dafür, aber die Franzosen waren, wie vermutet, wild darauf, und der Skipper eines Bootes aus Banyuls warf nur einen Blick auf das, was wir zu bieten hatten, und zahlte auf der Stelle in bar.

Danach versuchten wir, unsere Expeditionen zu wiederholen, doch ohne großen Erfolg. Das Wasser war immer noch kalt und trübe, wie vorher, aber die *escarmalans* waren schwer zu finden und zogen sich in tieferes Wasser zurück. Wir fingen gut dreißig und beschlossen, sie am Ort zu verkaufen, so gut es ging, und dann Schluß zu machen. Jeder von uns hatte an die vier Pfund Gewicht verloren, und Sebastian kriegte einen Husten. Wir hatten jeder an dem Fang 1380 Peseten verdient, soviel wie Sebastian als Maurer in zweieinhalb Monaten. Wenn er jetzt nach Farol heimkehrte, war er für die bevorstehende Konfrontation mit der Großmutter besser gerüstet.

2

Sebastian rückte mit einem überraschenden Ansinnen heraus. Er fragte mich, ob ich was dagegen hätte, vor der Heimreise nach Farol einen kurzen Abstecher nach Besalu am Fuße der Pyrenäen zu machen. Er erzählte mir von einem alten Freund, der dort unter elendsten Umständen sein Leben fristete, und daß etliche Fischer, die diesen Mann ebenfalls gekannt und bewundert hätten, dreitausend Peseten zusammengebracht hatten in der Hoffnung, ihn so über Wasser zu halten. Und Sebastian hatte dieses Geld bei sich. Er habe volles Verständnis, sagte er, wenn ich zu dieser Fahrt keine Lust hätte; dann würde er irgendwie mit dem Bus dorthin zu kommen versuchen.

Was mich an seinem Vorschlag etwas merkwürdig berührte, war, daß er bis zu diesem Augenblick nicht das mindeste davon auch nur erwähnt hatte. Mein Eindruck war, daß es sich um eine Angelegenheit handelte, die er bis zum letztmöglichen Moment verdrängt hatte. Als ich nachhakte und Näheres über diese Freundschaft wissen wollte, sagte er, daß er in derselben Infanterieeinheit der geschlagenen Republikanischen Armee gedient habe wie dieser Mann. Später stellte sich heraus, daß er *unter* ihm gedient hatte; während Sebastian in seiner kurzen Zeit beim Militär immer nur einfacher Soldat geblieben war, handelte es sich bei dem Freund um einen brillanten jungen Offizier, den alle seine Männer anbeteten.

Diese Zusatzinformation weckte bei mir gewisse Zweifel. Nach meiner Erfahrung schlossen Offiziere so gut wie nie lebenslange Freundschaft mit unteren Rängen. Dennoch schien die Mission für Sebastian offenkundig von großer Bedeutung, und es wäre mir kleinlich vorgekommen, Bedenken zu äußern; also sagte ich, ich käme mit. Besalu war ganz in der Nähe. Auf der Karte waren es gut zwanzig Kilometer kurvenreicher und gewiß höllisch schlechter Straße bis nach Figueras, und dann noch mal so weit auf völlig gerader Strecke bis Besalu. Damals herrschte Benzinknappheit, und alle Tankstellen waren leer, aber wir konnten bei den uns schon bekannten Fischern in Port Bou so viel zusammenschnorren, um den Tank des Simca vollzumachen. Und nachdem wir ihn wieder einmal zu einer Art Leben erweckt hatten, machten wir uns auf den Weg.

Die Fahrt von vierzig Kilometern zog sich über mehr als drei Stunden hin, und während wir über eine der schlimmsten Straßen Europas stuckerten und schrammten, kamen weitere Details über Leben und Persönlichkeit von Sebastians Freund zutage. Er war Batallionsführer gewesen, fünfundzwanzig Jahre alt, als Sebastian ihn zuletzt gesehen hatte, war nach dem großen republikanischen Debakel erst untergetaucht, dann gefangengenommen und viele Jahre inhaftiert worden. Es war ein Schicksal, wie es sich in der Historie jener unheilvollen Tage tausendmal wiederholte; aber beim Erzählen gab es im Mosaik des Gesamtbildes immer wieder blinde Stellen aus Schweigen und Reserve und anderen Irritationen. Die meisten unserer Freunde aus Farol hatten eine Zeitlang im Gefängnis gesessen; dabei waren sie nur deshalb in die Republikanische Armee geraten, weil das Dorf zu dem von der Regierung kontrollierten Gebiet gehörte; aber diesen Mann, der uns in Besalu erwartete, umgab eine Aura von Geheimnis. Gehörte er zu den Zehntausenden, die man schließlich entlassen hatte, oder war er geflohen? Im zweiten Fall war es für mich nicht ohne Risiko, bei einer Unternehmung mitzumachen, die einem flüchtigen Häftling Schutz und Hilfe bieten sollte. Einerseits war es schmeichelhaft, von Sebastian in ein – wie auch immer begrenztes – Vertrauen gezogen zu werden, andererseits auch einigermaßen verstörend.

Besalu, auf einigen hundert Metern zu beiden Seiten einer Landstraße dritter Ordnung gebaut, war eine trostlose Stadt. Die Häuser, seltsam vorortähnlich, zeugten von protziger Armut: die nackten Ziegel hatten weiße bemalte Umrandungen, wie das Innere eines Schlächterladens, es gab große Doppeltore für Fuhrwerke und Perlenvorhänge vor den Türen der Läden. Gruppen von Priestern mit blauen Backen, schwarzen Samthüten und schwarzen Alpargatas standen herum. Ein kalter Wind heulte um jede Ecke; dazu kamen die Busse, die mit offenem Auspuff und in rasender Fahrt über die ungepflasterte Straße brausten: Dies alles erfüllte die Stadt mit wirbelndem Staub.

Alles an dieser Stadt war ungewöhnlich und fremd. Sie gehörte zu einer Grenze und war voller unruhig sich herumdrückender Menschen, die hier – illegal oder wie immer – gerade angekommen waren oder in ein anderes Land zu fliehen versuchten. Selbst der Name, Besalu, war ja seltsam, er war eher Tatarisch oder Türkisch als Spanisch. Dies sei die Schmuggler-Kapitale, sagte Sebastian mit vorsichtiger Miene. Drei oder vier Kilometer weiter zweige von der Straße ein Weg ab, der der Llierca Richtung Norden durch die Dörfer Montagut und Sardenas folge; und dort, wo er ende, führten Pfade zu einem halben Dutzend von Berghütten, die praktisch direkt auf der Grenze lägen und nur drei Kilometer von der französischen Straße entfernt seien, die nach Arles, Amélie und Céret führe.

In der Bar Piat, bei der Kirche, auf der Rückseite der Straßenfront, bekamen wir was zu essen: geschmorte Schweinsfüße, wie man sie in diesen Pyrenäenorten zubereitet, das erste frische Fleisch, das wir seit einer Woche gegessen hatten. Das Lokal war wie eine Höhle, und es roch wie die ganze Stadt, wenn der Wind stillhielt, nach Leder, Tauwerk und Schweiß. Drei oder vier Männer, alle mit Hüten, saßen an verschiedenen Tischen, lutschten an den Schweinsfüßen und sahen sich ab und zu um wie ein Hund, der um den Besitz seines Knochens fürchtet.

Sebastian machte auf mich den Eindruck großer Anspannung. Wenn er auf eine Frage antwortete, konnte er sich kaum konzentrieren. Ich fragte ihn, wie er denn seinen Freund ausfindig machen wolle, und er sagte: »Ich weiß es nicht. Darüber muß ich mir selbst erst klarwerden.« Durch das schmierige Fenster sah man auf einen kleinen Platz; Papierfetzen wirbelten umher; Männer standen in kleinen Gruppen beieinander, die Gesichter dicht an dicht, die Jackenkragen hochgeschlagen; und zwei verwachsen aussehende Soldaten patrouillierten mit Maschinenpistolen.

Wir beendeten unser Mahl. Die Männer an den anderen Tischen waren gegangen, das Lokal war nun leer, und wir wußten nicht, worüber wir noch reden sollten. Nach einer Weile stand Sebastian auf. Er sagte, er komme gleich zurück, und bat mich zu warten. Er ging durch die Tür. Durchs Fenster konnte ich sehen, wie er über den Platz zu einem Taxi ging, das an der anderen Seite stand, mit dem Fahrer sprach und einstieg. Nach etwa einer Stunde, als auch ich nervös zu werden begann, sah ich ihn die Straße hinabkommen, mit einem Mann, der einen Schal wie ein Badetuch um seinen Kopf gewickelt und einen Anzug anhatte, der so dünn war, daß ich Knie und Ellbogen durchs Tuch hindurch sehen konnte. Sie kamen herein und setzten sich. »Das ist Enrique«, sagte Sebastian. Wir gaben uns die

Hand, und Enrique sagte etwas mit einer leisen, nahezu unhörbaren Stimme, fast wie ein Bauchredner, ohne seine sehr dünnen Lippen zu bewegen. Laut Sebastian hätte er Anfang Dreißig sein müssen, zwei oder drei Jahre jünger als Sebastian selbst, aber so weit es überhaupt möglich war, das Alter dieses Mannes zu schätzen, hätte ich ihn für 45 gehalten. Die Haut war straff, in zahlreichen kleinen Falten, über die Schädeldecke gezurrt, seine Stirn war mit einem Ausschlag bedeckt, an dem er manchmal mit dem Handrücken rieb. Sebastian bestellte für ihn Schweinsfüße und Brot, und ich bemerkte, daß er mit der Seite des Kiefers kaute, denn von seinen Vorderzähnen waren nur noch schwarze Stümpfe übrig. Er sah weder uns noch das Essen auf seinem Teller an, das er mit einer methodischen Sorgfalt in sich reinstopfte. Er sagte ein paar Worte in einem verhuschten sotto voce, aber ich verstand nichts davon.

Sebastian und Enrique hatten sich mit dem Rücken zur Tür gesetzt, und als der Wirt zu uns rüber kam und fragte, ob wir noch was wollten, starrte er auf seinen Teller und winkte ihn weg. Enrique hörte mit dem Kauen an seinem Brot auf, trank sein Glas aus, wir standen auf, wobei mich Sebastian vor sich herschob, und traten auf die Straße hinaus. Die Männer mit den hochgeschlagenen Jackenkragen waren immer noch da, aber die Soldaten waren verschwunden. Wir gingen die Straße entlang, Enrique zwischen uns, die kleinen Siedlungshäuschen mit ihren bemalten Fassaden hörten auf. Besalu wurde zu einer Hüttensiedlung am Flußufer, hinter dem die großen grünen Hänge des Vorgebirges der Pyrenäen sich erhoben. Hier blieben wir einen Augenblick lang beisammen stehen.

Ich konnte spüren, daß Sebastian nur noch wegwollte, aber irgendwie waren wir alle Gefangene einer Art von verzweifelter Höflichkeit. »Pues . . . Pues . . .« (Also dann, also dann) zischte Enrique durch seinen Gaumen. Mein

Eindruck war, daß auch er gern schon fortgewesen wäre. »Du läßt bestimmt von dir hören, ja?« sagte Sebastian. »Das versprichst du, ja? Laß uns nicht im Ungewissen.«

Schließlich schafften wir den Händedruck, und die kleine Qual war vorüber. Enrique entblößte eine kleine Schwärze inmitten seines Abschiedslächelns, wandte sich um und schlurfte in Richtung auf die Schuppen davon.

Sebastian und ich gingen zum Auto, fast rannten wir. Fünf Minuten später waren wir auf der Straße nach Osten.

»Dem geht's dreckig, wie?« sagte ich.

»Lebt seit zwei Jahren von Apfelsinen.«

»Also ist er auf der Flucht?«

»Hab ich doch gesagt, oder?«

»Aber nicht so genau.«

Es war eine deprimierende und gewissermaßen desillusionierende Erfahrung. Das Bild, das ich mir nach Sebastians Beschreibung gemacht hatte, war das eines Helden in der Niederlage, zwar von allem entblößt außer Trotz, doch immer noch seiner tragischen Größe nicht völlig entkleidet. Aber alles Feuer in Enrique war längst ausgebrannt, und ich schämte mich, in seiner Gegenwart nichts als Verlegenheit, ja Abscheu, empfunden zu haben und dazu noch die Scham darüber, nichts als eben solche Gefühle aufzubringen.

»Froh übers Geld, ja?«

»Denke schon.«

»Hat's nicht gezeigt, oder?«

»Nein, hat's nicht gezeigt.«

Sebastian ließ sich entspannt in seinen Sitz sinken, als die letzten Häuser von Besalu hinter uns in der Landschaft versanken. »Jetzt geht's mir besser«, sagte er. »Etwas mußte getan werden. Jetzt ist es vorbei, und ich kann wieder atmen.«

Nachdem die Sache nun also erledigt war, konnte auch

ich entspannen und die Aussicht genießen, die auf einmal so viel schöner schien als auf unserem Hinweg nur zwei Stunden zuvor. Dies war ein Spanien, wie ich es mir nie vorgestellt und nie vorher gesehen hatte, eins mit ungeheuer grünen Weiden unter einer weichen Frühlingssonne. Hasen, von denen man nur die Köpfe sah, strichen in alle Richtungen hindurch und hinterließen kleine Kometenschweife wippenden Grases. Wir fuhren an einem weißen Pferd vorbei, dessen Hufe wir nicht sahen und das absolut bewegungslos dastand, als wolle es gleich zu schaukeln anfangen. Kilometerweit in der Ferne trafen diese Weideflächen auf einen Horizont von Spielzeugdörfern mit Windmühlen und jeweils einer Kirche obenauf.

»Darfst du mir sagen, was er in Besalu macht?«

»Er wartet darauf, über die Grenze zu kommen. Wenn der Schnee weg ist, gehen sie rüber. Ein ganz normales Geschäft. Ein Führer schleust ihn für 5000 Peseten rüber. Kein Problem. Sie teilen mit der Polizei.«

»Ist er sicher, daß es klappt?«

»Klappt fast immer. Nur ab und zu bleibt einer hängen. Mal muß die Polizei ja auch jemanden fassen. Ist eine Frage des Glücks.«

3

Bei der Rückkehr ins Haus der Großmutter fand ich nur wenig verändert. An einem Ort, wo es so bemerkenswert an jeder Art von Grün fehlte, wurde die Ankunft des Frühlings vom Feigenbaum in Juans Garten angekündigt, der mit jähem Wachstum reagierte und seine duftenden und gemusterten Zweige zu mir über die Mauer streckte. Der Strand glitzerte über und über vom farbigen Glas, das die Winterfluten bloßgespült hatten, Juan fischte mit den Palangren, und die zwei noch intakten Boote hatten schon einen bescheidenen Sardinenfang hinter sich. Ein Specht war eingetroffen und hatte sich in den alten Baum am Anfang des Dorfes ein Nest hineingehämmert; der Vogel und seine Brut wurden mit Würmerspenden geradezu gemästet, vor den Katzen durch einen Zaun geschützt, der aus den Stacheldrahtresten der Großmutter gemacht war, und vor den Wanderfalken durch Netze über den Ästen. Meine Katze, die den Winter irgendwie überlebt hatte und weiter im Verschlag hauste, emfing mich mit einer von Feindseligkeit timbrierten Gleichgültigkeit. Auf Anweisung der Großmutter gab ich ihr eine Schale Milch (aber nicht mehr), um die Beziehung neu zu festigen. Sie folgte mir daraufhin ins Haus und wurde prompt von Carmela, die mein Zimmer mit einem starken Desinfektionsmittel schrubbte, gepackt und auf die Straße geworfen. Binnen einer Stunde saß ich vor dem Essen (»Es könnte ein bißchen abstoßend sein, Sir. Nehmen Sie Ihr Herz in beide Hände und hauen Sie rein. Der Geschmack ist nicht schlecht.«).

Die Großmutter selbst schien wegen der sie bedrängenden Familienprobleme niedergeschlagen; sie erzählte mir von Sebastians Weigerung, in diesem Jahr ein Kind zu zeugen, und daß ihre ältere Tochter Maria und deren Mann ihr alles, was sie für sie getan hatte, mit nichts als Undank und Vernachlässigung lohnten.

Der kleine Sardinen-Segen hatte den Leuten ein paar unverhoffte Peseten in die Taschen gebracht, obwohl die nur allzuschnell wieder leer sein würden. Frühjahrsbohnen wurden zu reduzierten Preisen von den verarmten Bauern aus Sort verkauft, und die Faroler kauften sie, so lange sie konnten. Auch der Wein aus Sort war billig, obwohl sauer wie je, und der Barbetrieb belebte sich, wobei selten weniger als ein halbes Dutzend Fischer unter der Seejungfrau saßen und in Blankversen miteinander sprachen. Simon beschrieb zum hundertsten Mal seine Abenteuer als Schiffbrüchiger nach dem Sturm vom Jahre 1922. Der trottelige Junge, der in der Bar aushalf, kicherte über einer Witzseite, und der Alkalde, der in der Schule gut in Mathematik gewesen war, beschäftigte sich mit dem Problem des Perpetuum mobile.

Maria Cabritas' diskret betriebenes Liebesleben umfaßte nunmehr ein Dutzend Freier, von denen die meisten ihr Schirme geschenkt hatten; den schönsten trug sie beim Ziegenhüten immer bei sich und benutzte ihn dazu, das weiche Hinterteil eines Tieres, das zurückgeblieben war, anzutippen. Don Ignacio hatte seine Drohung wahrgemacht und den Hauptraum seines düsteren Hauses in ein Museum verwandelt, in dem nun zahlreiche römische Nägel, Ton- und Glasscherben, ein oder zwei gebrochene Streben und das berühmte Tintenfaß als Zeugnisse seiner Grabungen ausgestellt waren. Er war erstaunt und dankbar, als eine Anzahl von Fischern bei ihm auftauchte, doch er bemerkte bald, daß sie mehr an den Fahnen auf dem Boden als an den Antiquitäten interessiert waren. Als er der Sache nachforschte, stellte sich heraus, daß sie wegen des Gerüchts gekommen waren, ein Pfarrer im letzten Jahrhundert habe die Ehemänner von Frauen, mit denen er angeblich eine Liaison hatte, vergiftet und ihre Leichen in einem Loch in genau diesem Raum verschwinden lassen.

Nach außen hatte es nur eine einzige Veränderung im Zentrum Farols gegeben, nämlich bei der Fonda. Die Fassade war aufgefrischt, die Fenster waren von den Spinnweben befreit und die gefährliche Stufe im breiten Eingang abgerissen worden, die verhindern sollte, daß Gäste mit ihren Karren hineinfuhren. Die alten Brüder ließen sich nicht mehr sehen, und zwei Sackvoll Katzen, die im Keller gefangengehalten wurden, waren im Wald – oder dem, was von ihm übrigblieb – ausgesetzt worden.

Was die Dorfleute verstörte, war die Aussicht, daß das Balkenwerk der Fonda mit einer Schicht greller Farbe überzogen werden könnte, und sie waren unglücklich wegen eines Schildes, das am Tag meiner Ankunft angebracht worden war, auf dem ein Plakatmaler aus Figueras die Umrisse von Buchstaben skizziert hatte, die schon als die Aufschrift erkennbar waren: »Gäste willkommen. Saubere Zimmer. Mahlzeiten zu jeder Tageszeit.«

Schon ein paar Tage nach meiner Rückkehr hatte ich die Genugtuung, daß ich zuhören durfte, wie in einer der Blankvers-Runden in der Bar auch ich abgehandelt wurde. Das kam einem Ritterschlag gleich. An jenem Morgen war einer der Fischer, Arturo, einigermaßen verblüfft gewesen, als ich, während er sein Netz einholte, plötzlich neben seinem Boot aus dem Wasser auftauchte, und er beschrieb diesen Vorfall in der üblichen Form beim abendlichen Herumsitzen vor dem allgemeinen Aufbruch mit den Booten.

De noche fuí a calar las redes
Pesqué delfines, campanas ahogadas, luna gastada.
(Gemurmel von »sigue, sigue«.)
Por la mañana el hambre daba voces,
Y volví a la lucha . . . pa' confrontar la suerte.
Esta vez saben que pesqué?
Pesqué el buzo nuestro,
Hombre del rostro pálido, socio de Neptuno, escarabajo del destino.
El que busca en las entrañas del mar,
Para descubir qué? – quién sabe?

(In der Nacht fuhr ich los, auszuwerfen die Netze,
Delphine fing ich, den Klang der versunknen Glocke, Fetzen von Mond.
Am Morgen rührte der Hunger die Zunge.
Doch zum Kampf zurück, zum Kampf ums Glück,
Und denkt, was diesmal ich fing?
Niemand als unseren Taucher,
Den blaßgesichtigen Freund Neptuns, des Fatums Zier,
Ihn, der in der Tiefe des Meeres sucht,
Wer weiß was zu entdecken?)

Der Sprecher wirft seine Hände hoch: »Basta! Tengo sed.« Jemand bittet den Alkalden, ein Glas vom guten Wein zu bringen, und eine andere Stimme fügt hinzu:

»Que al leñador alienta y engaña al pordiosero.«
(Der den Holzfäller erfrischt und den Bettler täuscht.)

Ich suchte Don Alberto auf und traf ihn an, wie er einen Stapel Zeitungen, die jüngst aus Barcelona und Madrid gekommen waren, durchsah und einen ganzen Schwung Todesanzeigen ausschnitt, die seine Alte, mit dem Rücken zu uns in einer Ecke des großen, dumpfigen Raumes sitzend, in ein Buch klebte. »Wir haben den Winter meist im Bett verbracht«, sagte er. »Es gab keinen Grund, aufzustehen.« Er stieß seinen Finger in das Fleisch des Unterarms der alten Frau. »Schauen Sie, wie wabbelig die Arme geworden ist«, sagte er. »Ich selbst hab auch zugenommen, aber ich schwitze es wieder aus, jetzt, wo die Sonne da ist.« Ich konnte keine Veränderung an Don Albertos skelettartiger Erscheinung bemerken.

Sein Bericht war düster. Die ärmeren Familien von Sort hatten sich im Winter mit Eicheln begnügen müssen. Das wurde aber nur am Rande erwähnt. Was ihn wirklich schockierte, war der Verkauf der Villa Puig de Monts an einen Mann namens Jaime Muga, einen der berüchtigsten und dreistesten Schwarzhändler des Landes.

Mugas legendärer Coup, den die Fischer im vergangenen Jahr heiß diskutiert hatten, bestand darin, daß er sich die gesamte Polizei des keineswegs kleinen Hafens Palamós gekauft hatte, vom obersten Offizier bis zum unwichtigsten Mann, der nur die Pferdegeschirre putzte –, und dann eine Ladung Kontrabande am hellichten Tage und in der belebtesten Gegend des Hafens an Land bringen ließ. Die einzigen, die er nicht bestochen habe, erzählten die Fischer, seien die Mitglieder der Polizeikapelle gewesen.

Das war ein Bravourstück, das sogar Don Albertos knurrende Bewunderung fand, aber was ihn verstörte, war Mugas Verschandelung der katalanischen Barockvilla Puig de Monts, die zum nationalen Kulturerbe zählte, wie Don Alberto sagte. Dort war – hatte schon Sebastian mir erzählt – den ganzen Winter über eine kleine Armee von Arbeitern zugange gewesen, um sie nach seinem Geschmack umzumodeln. Muga, ein Junge aus der Gegend, der die reichste Frau auf Kuba geheiratet hatte, plante, dreißig Familienangehörige bei sich aufzunehmen, ein Umstand, der – wenn man das dafür benötigte Personal in Betracht zog – bedeutete, daß man die Zahl der Zimmer verdreifachen mußte. Er baute daher Flügel im kalifornisch-mexikanischen Stil an, und weil er den honigfarbenen Sandstein des originalen Mauerwerks nicht mochte, verputzte er ihn mit weißem Stuck und eingelegten Mustern aus roten Ziegeln, um nur ja keine Eintönigkeit aufkommen zu lassen. Da er an Kirchenarchitektur einen Narren gefressen hatte, baute er als nächstes Kreuzgänge und einen Glockenturm an. Schließlich, und als Tribut an die Gegend, wie sie früher gewesen war, entwarf er Schornsteine in Form von Baumstämmen, mit kleinen seitlichen Stümpfen, die abgesägte Äste darstellen sollten, und korkeichenartiger Außenhaut aus Beton. Sebastian berichtete, er habe eine Kirche in den Pyrenäen ausgeräumt und die neonbeleuchteten Jungfrauen und Heiligen überall in seinem Haus in Nischen aufgestellt, und im Garten gebe es eine römische Büste mit ziemlich idiotischem Lächeln.

Mugas Appetit war im Ort schon zur Legende geworden. Die Bauern- und Fischergemeinden in Katalonien taten sich etwas zugute auf ihre Anspruchslosigkeit; und Ansehen beruhte eher auf Genügsamkeit als auf Wohlleben. Die Reichen setzten sich fünfmal am Tag zu Tisch, aber Muga führte noch eine sechste Mahlzeit ein, das *resupón*, einen improvisierten Eintopf kurz vor dem Schlafengehen, der aus schmackhaften Resten der Tagesgerichte bestand, die man zusammen aufkochte. Obwohl erst 35, war Muga schon fett, mit einem gewaltigen Rumpf samt Hängebauch, der von dürftigen Hüften und krummen Beinen aufrechtgehalten wurde. Er hatte keinen nennenswerten Hals und wurde derart kahl, daß von seinem dichten schwarzen Haar nur noch eine Spitze über der Stirn und je ein Büschel über den Ohren übriggeblieben war. Als ich ihn zuerst sah, die Arme in die Seiten gestemmt, mit einem jovialen, wenn auch Grausamkeit verratenden Gesicht, als er den Malern bei der Arbeit an der Fassade der Fonda zusah, erinnerte er mich an einen japanischen Samurai, der nach jemandem Ausschau hält, mit dem er kämpfen könnte. Es ging das Gerücht, daß er die Fonda gekauft habe.

4

Ende März waren die Sardinen nach fünfjährigem Ausbleiben an die Bahía de Rosas und die Gewässer von Farol zurückgekehrt, doch die Sardinennetze konnten nur noch von den zwei verbliebenen großen Booten ausgelegt werden, so daß 65 Kisten, die je 73 Peseten brachten, der ganze Ertrag waren. Hochzeiten, die man schon mal fürs Frühjahr geplant hatte, wurden auf den Herbst verschoben.

Die ökonomische Lage in Farol ebenso wie in Sort, die ja beide aufeinander angewiesen waren, befand sich auf dem absteigenden Ast. Ein trockener Sommer und der Verlust des Erlöses aus dem Kork brachte die Leute von Sort, wie Don Alberto erzählt hatte, dazu, Eicheln zu essen, aber die Auswirkungen des Baumsterbens waren auf unerwartete Weise auch in Farol zu spüren.

Um ihre Abhängigkeit vom Meer zu verringern und sich für magere Fänge schadlos zu halten, verlegten sich die Katzenleute zunehmend auf Hühnerhaltung. Dies war Sache der Frauen, die dazu angehalten wurden, jegliche Einnahmen daraus, inklusive Eierverkauf, zurückzulegen. Da niemals Futter gekauft wurde, mußten die Tiere sich ihre Nahrung selbst suchen, und es war kurios zu sehen, wenn eine Fischersfrau oder -tochter eine kleine Schar Hennen und Küken durch die Straßen trieb und sie mit hohen Glucklauten von einem Weideplatz zum nächsten lockte. Im Sommer und Herbst des vergangenen Jahres waren den brütenden Hennen mehr Eier untergelegt worden, und im Winter hatten sich die Dorfbewohner aus ihrem üblichen Dahindämmern aufgerafft und Gehege gebaut, um die Hühner vor den nächtlichen Attacken der einheimischen Katzen oder dem einen oder anderen ausgehungerten Hund aus Sort zu schützen.

Jetzt gab der Verlust des Waldes, dem man in Farol zuerst mit schierer Gleichgültigkeit zugesehen hatte, Anlaß zu einer neuen Misere. Hunderte von Wanderfalken nisteten auf den Felsen überall an der Küste und machten Jagd auf Tauben, die ihren Lauerplätzen zu nahe kamen, ebenso auf die Kaninchen des Waldes. In diesem Frühjahr gab es wegen der Nahrungsmittelknappheit weniger Tauben und im Wald keine Kaninchen mehr. Zum erstenmal sah man die Falken auf ihren Raubzügen über Farol selbst kreisen, vom Hunger so verwegen gemacht, daß sie sich aus der Luft stürzten, ein Huhn oder ein Küken von der Staße griffen, obwohl vielleicht ein halbes Dutzend Dörfler dicht dabei standen.

Die Revanche der Fischer basierte auf einem Prinzip, das sie auch im Umgang mit ihrem schlimmsten Feind, dem Delphin, anwandten. Wann immer sie einen Delphin im Netz hatten, dessen Fleisch durchaus verkäuflich war, wurde er nicht getötet, sondern nur verwundet und dann freigelassen, als abschreckendes Beispiel für die übrigen, falls sie weiterhin die Netze beschädigten. Es war fast unmöglich, die scharfäugigen, intelligenten und mißtrauischen Falken zu fangen, aber ab und zu verfing sich doch einer in einem Hühnergehege, und wenn das geschah, banden die Fischer dem Vogel den Schnabel zu und ließen ihn fliegen. Sie behaupteten, sowohl Delphine wie Falken ließen von ihren Attacken ab, wenn einer ihrer Artgenossen derart behandelt worden war. Wie auch immer: ein zunehmender Prozentsatz der Hühner ging an Räuber der einen oder anderen Art verloren, weil der Wald als Jagdgrund ausschied. Man konnte Hermeline und Wiesel in wahnsinnigem Zustand auf den Feldwegen herumtaumeln sehen, in der Dämmerung kamen große geräuschlose Eulen über die Dorfstraße geflattert, und einmal gab es gewaltigen Aufruhr über einen Fuchs, der am hellichten Tag eine Katze in seinem Maul hatte – schon der Traum von einem Fuchs, diesem unheilvollsten und finstersten aller Tiere, galt als ein böses Omen.

Und die Zahl derer, die aus Sort kamen und sich am Fischfang versuchten, nahm zu. Im Herbst waren die Männer ja einfach nur so herabgekommen: mit den falschen Ködern, zur falschen Tageszeit, am falschen Wasser und meist an Stellen, wo, wie jeder in Farol wußte, ohnehin kein Fisch zu fangen war. Jetzt aber wurde das Angeln zur Familienangelegenheit, und es war ein bißchen traurig zu sehen, wie die Frauen aus diesem verzweifelten Geschäft ein Fest zu machen versuchten, geblümte Kleider anzogen, sich im Wasser naß machten und dabei an den Felsen schnitten, während die Fischerfrauen nie etwas anderes als Schwarz trugen, wenn sie im Winter helfen mußten, die großen Sonsera-Netze einzuholen. Die Amateurfischer hatten sich enorme Netze verschafft, die gleich auf mehrere Arten unbrauchbar waren. Diese trugen sie zum Wasser, und unter dem Anschein von gutgelauntem Gelächter und allem möglichen Mumpitz faßten etliche Männer und Frauen das Netz an, senkten es wie ein riesiges Taschentuch ins Wasser und zogen es wieder heraus. Ab und zu fingen sie einen fingergroßen Fisch.

5

Sebastian hatte sein Boot in einer Höhle unweit der Stelle angebunden, wo wir den großen Fisch gesehen hatten, und wir gingen über einen Klippenweg dorthin, von dem aus man immer wieder neue Ausblicke auf das Meer hatte. Nach den gefurchten grauen Wasserwüsten, die unsere britischen Inseln umgeben, war die gewaltige Lebhaftigkeit des Mittelmeers von nicht endender Faszination. Hier war es über und über gesprenkelt von den pflaumenfarbenen Flecken der Seetangbeete, zwischen denen nackte Felsen, dicht unter der Oberfläche, zu glänzenden, ungeschliffenen Smaragden wurden. Vom Licht geschupptes Wasser schwappte in den tiefen Höhlungen auf und nieder und überdeckte oder entblößte dabei große glänzende Steinbuckel, als wären es Büffel, die sich herumwälzten. Wo immer es ein Stück Bucht gab, war sie mit den schwarzen Membranen trocknender Netze bedeckt, und hier und da zeigte sich ein Einsprengsel von Farbe, wo eine Frau am Werk war, um die von den Delphinen gerissenen Löcher zu schließen.

Alle Stimmungen Sebastians wurden durch die Bleistiftstriche seines dünnen Schnurrbarts akzentuiert, die den Bewegungen eines zuversichtlichen oder deprimierten, immer aber sensiblen Mundes folgten; und an diesem Tag war er mißgelaunt. Am Morgen war zwischen ihm und der Großmutter der offene Krieg ausgebrochen. Sie hatte ihm gesagt, daß unter ihrem Dach kein Platz mehr für ihn sei, wenn er sich weigere, ihrer Tochter ein Kind zu machen.

Es gehe schon das Gerücht, daß er unfruchtbar sei. Sebastian wußte, daß die Fischer die ruchlose Schande der Unfruchtbarkeit fast wie das Image des Hahnreis fürchteten, und Männer, denen man solche Schwächen nachsagte, wurden weder zu einer gemeinsamen Fischercrew noch zu einer Wallfahrt zugelassen. Die Großmutter hatte ferner gesagt, daß eine solche Nachrede geschäftsschädigend für sie sei, wenn nichts dagegen getan werde. Sebastian hatte gesagt, er könne ja ausziehen, aber als er dann im Dorf von Haus zu Haus ging, fand er kein Quartier mit zwei leerstehenden Zimmern.

In so trüber Stimmung warfen wir unser Gerät ins Boot, banden es los und ruderten zu unserem vorgesehenen Fischgrund. Sebastian benutzte noch immer meine alte Harpune vom vorigen Jahr, die nur bei kleineren Fischen erfolgreich war, und während ich das Boot steuerte, ging er als erster ins Wasser und erlegte in Minutenschnelle ein Dutzend Lippfische, dann lud ich die starke Harpune und sprang ins Wasser. Ich war endlich so weit, die alte Fischerweisheit zu akzeptieren, daß es viele Arten von Seen gibt, jede mit einem anderen Problem, und jede mit einer anderen Belohnung. Es gab »alte« Seen, steigende und fallende Seen, volle Seen und Dünungen, und es gab hybride ozeanische Zustände, in denen zwei oder mehrere dieser Faktoren zusammenkamen. Es gab auch Variable wie Strömungen, Wassertemperaturen und vor allem die Tageszeiten, die über An- oder Abwesenheit der Fische entschieden. Jedenfalls konnte ich mich bei meinem Vorstoß über das abfallende Gesteinsbett ins tiefe Wasser auf eins verlassen: Daß das, was mich erwartete, völlig anders sein würde als das, was ich von meinen ersten Versuchen her an derselben Stelle kannte.

Ich stieß auf Hunderte kleiner, schwalbenschwänziger Lippfische, die in exakter geometrischer Ordnung zueinander standen und kaum zuckten, als ich durch sie hindurchglitt. Am Grund, zehn Meter oder noch tiefer, verfolgte ich die schaukelnde Spur der Grebias – die nach Schlamm schmeckten und von der Großmutter keines Blicks gewürdigt wurden – bei ihrem Weg durch die weichen neuen Felder der Wasserpflanzen. Hier gab es nichts, an dem ich die neue Harpune hätte erproben können. Die Meeräschen – aber das wußte ich noch nicht – hielten sich noch an den Flußmündungen auf, wo es immer noch etwas frisches Wasser gab, um ihre Winterinfektionen und -verletzungen auszukurieren. Dieses Wasser war für Krabben und *escarmalans* zu warm und zu kalt für die prächtigen Zahnbrassen, die erst in einem Monat den warmen Strömungen folgen und sich aufs neue an die Erkundung ihrer Sommergewässer machen würden. Auch die silbergestreiften Saupas, die ich im Herbst beim Abweiden des dichten Grüns auf den Felsen beobachtet hatte, waren anderswo, weil die Sonne das neue Grün noch nicht hatte reifen lassen. Das Wasser hier war zu klar, zu durchsichtig für Seebarsche, die mit ihrem Hunger wohl noch eine Weile leben mußten, bis ein Sturm das Wasser trüben und sie auf die Jagd nach Beute gehen konnten. Ich trödelte in dieser Beinah-Leere herum und hoffte, daß eine Familie von Ciervias von der offenen See hereingedriftet käme und versucht wäre, mich aus Neugier zu umkreisen. Darin lag das Aufregende des Harpunenfangs. Man konnte sich überraschen lassen. Es gab nicht den kleinsten Anhaltspunkt für das, was einen in dieser ganz geheimnisvollen Welt hinter der nächsten Ecke erwarten mochte.

Bei unserer ersten Erkundung an dieser Stelle hatte ich riesige Heilbutte gesehen, die mit glubschenden Augen und herabgezogenen Mäulern an den Öffnungen der Höhlen wachten, in denen sie ihr Leben verbrachten, wenn sie nicht gerade auf der Suche nach Nahrung waren. Was ich noch nicht wußte, war, daß die rechte Zeit, den Heilbutt zu erspähen und zu fangen, der Morgen war – wie damals, als wir zum erstenmal hier waren – oder am Abend, wenn sie selbst herauskamen, um zwischen den Schatten zu lauern und zu jagen.

Ein richtiger Unterwasserfischer muß über die gleichen Eigenschaften wie jeder andere Jäger verfügen: Geduld, Beobachtungsgabe, Stillhaltevermögen und die Fähigkeit, sich im Hintergrund auf die Lauer zu legen, bis eine kleine Unregelmäßigkeit von Formen, Farben oder Bewegung die Gegenwart der Beute verrät. Wie durch Zufall ging mir das durch den Kopf, ich wollte schon aufgeben und zum Boot zurückschwimmen. Irgend etwas in der Öffnung einer Höhle, in etwa drei Meter Tiefe, erschien nicht ganz so, wie es hätte sein sollen. Die Sonne schickte einen glitzernden Strahl durch das Loch und dahinter gewahrte ich ein verschwommenes Profil, das aber zu regelmäßig war, zu kühn geformt für die Zufallsmuster des Meeres; ein verschleierter Umriß, halb halluziniert, halb gesehen.

Ich tauchte und fand mich nur etwa einen Meter vor dem größten Escorvai, den ich bis dahin gesehen hatte. Er hatte sich, wie eine Wache, direkt am Eingang, aber noch einen Schritt innerhalb der Höhle postiert, und dahinter, vor der dämmerigen Architektur des Höhleninneren, waren vielleicht ein Dutzend kleinerer, aber immer noch großer Fische, wie lauter überlappende Metallplatten, arrangiert. Der große Fisch breitete eine Rückenflosse wie das Segel einer Dschunke aus, glitt langsam vorwärts mit einer Beugung des Körpers, die sanfte Reflexe aus Kupfer, Zinn und Tombak hervorrief, und der leuchtende Fleck über dem Hals vertiefte sich von Purpur zu Violett, um dann wieder zu verblassen. Ich brachte die Harpune in Position, drückte ab, und unter der Wucht des Geschosses schien der Fisch Funken von grünem und gelbem Licht zu versprühen. Er zog die Harpune in einer Sequenz blitzender Parabeln mit sich, hinein in die Tiefe der Höhle, und die metallische Wand aus Fisch zerbarst wie von selbst, indem ihre leuchtenden Teile in den Hintergrund und außer Sicht gerieten. Ich zog an der Harpune, und sie kam mit dem durchbohrten Fisch heraus; meine erste Reaktion war Verblüffung, daß er sich nicht hatte retten können.

Ich tauchte auf, schwamm zum Boot und hob den Fisch hinein, der immer noch an der Harpune hing. Sebastian band gerade seinen Lippfischfang an eine Schnur, und er fluchte, als er den Brocken sah.

»Schön, was?« sagte ich, aber er war schon kleiner und unansehnlicher als noch vor fünf Minuten. Die Farbe schien mit dem kleinen Rinnsal Blut auszulaufen, das aus dem Loch gleich hinter dem Kopf kam. Sebastian warf einen Sack darauf und leerte einen halben Eimer Wasser darüber aus.

»Noch mehr da?« fragte er.

»Eine ganze Menge, in einer Höhle.«

»Gehst du noch mal?«

»Mir ist kalt. Ich hab für heute genug.«

Sebastian hob den Sack an einer Ecke an und stocherte in dem Loch herum, das die Harpune hinterlassen hatte. »Was sie wohl dazu sagen werden?«

Stolz trugen wir den Fisch an Land, und mehrere Fischer, freigebig wie immer mit Lob und Ermutigung, blieben stehen, um ihn zu bewundern. Escorvais und Heilbutte kamen selten aus ihren Höhlen hervor und waren daher im allgemeinen für Angel oder Netz unerreichbar.

Die Großmutter hatte sich auf einen Handel mit dem Schulmeister eingelassen, der in diesem Jahr von der Regierung als Ablösung für die Nonnen geschickt worden war, die eine Art Unterricht in dem umgebauten Schlachthaus, das am Wochenende als Kino diente, gegeben hatten.

In dieser Gemeinde verdiente nur der Lehrer mit 18 Peseten für einen Fünfstundentag noch weniger als Sebastian. Da er von diesem Geld partout nicht leben konnte, hatte auch er sich aufs Fischen verlegt und ein eigenes System entwickelt, das ihm ein winziges Zusatzeinkommen verschaffte.

Der Lehrer hatte nämlich beobachtet (was die Fischer lieber übersahen), daß die Meeräschen, von Natur aus Aasfresser, sich da versammelten, wo die Abwässer des Dorfs durch ein Rohr ins Meer geleitet wurden. Er brachte eine höchst raffinierte Falle am Ende dieses Rohrs an, die den Abfluß des Drecks nicht behinderte, aber die Meeräschen trotzdem fing. Die brachte er dann lebend zur Großmutter, die zwar ihren Abscheu über das ganze Geschäft kundtat und schockierte Schreie über die Ekelhaftigkeit von Fischen ausstieß, die sich von Unrat ernährten, die aber doch bereit war, einen wenn auch äußerst niedrigen Preis – in diesem Fall neun Peseten – für den Fisch zu zahlen. War der Handel perfekt, wurden die Meeräschen in einen Bottich mit frischem Wasser getan und dort einen Tag aufbewahrt, woraufhin sie einem Burschen mit Dreirad und Anhänger übergeben wurden, der sie auf den umliegenden Bauernhöfen verhökerte – denn niemand in Farol hätte auch nur im Traum daran gedacht, dergleichen zu essen.

Genau dies, sagte die Großmutter, würde sie auch im Fall unseres Escorvais vorschlagen. Der Preis für einen Fisch hing im Dorf zum guten Teil von der Fangmethode ab. Die mit der Angel gefangenen waren weniger gefragt als die mit dem Netz gefischten. Die Leute glaubten, daß die Schmerzen eines Fisches, der vielleicht Stunden an einem Haken gehangen hatte, seinem Fleisch eine deutliche Bitterkeit verlieh. Sie waren auch, sagte die Großmutter, nicht gewillt, den gängigen Marktpreis zu zahlen, wenn es sich um einen Fisch handelte, der mit der *Fitora* gefangen war – dem illegalen Dreizack, der insgeheim benutzt wurde –, und sie zweifelte nicht daran, daß dieses Prinzip auch für unseren Escorvai gelte. Ihr Preis für einen makellosen Fisch dieser Größe wären 70 Peseten gewesen, aber wie die Dinge lagen, waren 30 Peseten ihr höchstes Gebot. Sebastian bekam 15 Peseten für seinen Lippfisch. Abgesehen von unserm Erfolg mit den *escarmalans* im Norden war dies unser allerbester Tag.

6

Es stellte sich bald heraus, daß es auch gewisse Vorteile bot, in der Einflußzone eines Schwarzmarktfürsten zu leben. Die allgemeine Not berührte Muga nicht, aber es gab auch kleine, unaufhaltsame Rinnsale aus seinem Überfluß, und alle die, auf die sein Schatten fiel, profitierten, und sei es noch so wenig, von ihm.

Es gab zum Beispiel wieder Fleisch, das man seit Jahren in Farol kaum zu sehen bekommen hatte. Irgendwo wurde in aller Heimlichkeit ein Stier geschlachtet, und obwohl die besten Stücke, zum Braten und Schmoren, von diskreten Männern bei Nacht und Nebel in die Muga-Villa geliefert wurden, konnten nicht einmal die zahlreichen Angehörigen der Muga-Familie und ihre vielen besoldeten Mitesser ein so großes Tier in wenigen Tagen verputzen, da es noch keine Kühlschränke gab – also fanden große Mengen durchaus akzeptabler Innereien den Weg in den Metzgerladen.

Als sich dieses erste Angebot an Kutteln, Lunge, Leber, Hirn, an Knöcheln, Schwanz und Hufen, an Hoden, Arteriensträngen und membranartigen Fetzen herumsprach, gab es einen Ansturm auf den Laden, und Carmela kam bald darauf mit einem grimmigen Lächeln des Triumphs und einem Siegerpreis in Form eines blutigen Pakets zurück. Ich wurde aus der Kochecke entfernt, als die Zubereitung vonstatten ging. »Nicht hinsehen, Sir, auf keinen Fall. Überlassen Sie alles mir. Das Äußere zählt nicht. Ist alles nur Einbildung.«

Dieses Gericht, das sich dem Einfallsreichtum und der Erfahrung einer großen kulinarischen Tradition verdankte, war denkwürdig (»Verzeihung, aber starren Sie nicht so aufs Essen, Sir. Alles ist gut. Wenn es etwas gibt, das nicht gut aussieht, geben Sie's mir.«). Wie üblich, schaufelte Carmela die Reste in eine Tüte, verbarg sie in dem Kleid, das sie schon soviele Jahre getragen hatte, und ging.

Eine andere Wohltat durch die Anwesenheit Mugas war, daß es richtigen Kaffee gab, der aus einmal benutztem Kaffeesatz gebraut war, den Muga der Bar als Reserve überlassen hatte. Fast jeden Abend kam der Schwarzhändler dorthin, um der Seejungfrau böse Blicke zuzuwerfen, eine Tasse vor dem Schlafengehen zu trinken; und was in der Kanne übrigblieb, wurde sorgfältig aufgehoben, manchmal mit etwas Eichelzeug gestreckt, und vom Alkalden, rationiert, an seine Freunde ausgeschenkt.

Ich schlenderte zur Bar, setzte mich draußen an einen Tisch, und wurde einen Moment später von Don Alberto begrüßt, der auf seinem Motorrad angeknattert kam. Die Levis war fast eine Woche lang stillgelegt gewesen, weil es in Farol kein Benzin gab, und der Umstand, daß Don Alberto wieder mobil war, gab dem Gerücht Nahrung, Muga mit seinen fünf Autos habe Benzin, mit dem der Leuchtturm vorrangig beliefert wurde, abgezweigt und ein Hundertliterfaß seinen Weg hinunter ins Dorf gefunden.

Da dies ein besonderer Anlaß war, brachte der Alkalde den Kaffee selbst, warf sich in einen Stuhl, ächzte und bedeckte sein Gesicht mit den Händen. Wir schlürften den Zaubertrank aus Mugas Abgebrühtheit, hoben unsere Augen in Ekstase, und dann erzählte der Alkalde von seinen Kümmernissen. Jemand hatte in der Nacht »Hier wird Lammwolle gesogen« quer über den Eingang der Bar geschrieben. Die Anspielung war ungerecht. »Lammwoll-Säuger« war der Spottname, den die, die unter der faschistischen Bürokratie litten, für die Beamten hatten, die ihr Blut saugten; aber der Alkalde, obwohl er ein Amt hatte, übte es mit Widerstreben aus, und war bekannt dafür, daß er, wo er nur ging, bei den Behörden alle Hebel in Bewegung setzte, um den Leuten des Dorfes das Leben zu erleichtern.

»Ich weiß nicht, was ich noch hier soll«, sagte er. »Ich ernte doch nur Undank.«

Der wöchentliche Bote aus Gerona, der gerade angekommen war, sah uns, kam herüber, um Don Alberto eine Monatskollektion Todesanzeigen aus der *Vanguardia* zu bringen.

»Wieviel?«

»Vierzig Peseten.«

»Aber soviel kosten doch die ganzen Zeitungen.«

»Ich weiß, aber die liest ja keiner. Geht doch nur um die Anzeigen.«

Don Alberto kaufte die Ausschnitte und las die ersten vor. »Betet zu Gott dem Barmherzigen für die Seele von Dra. Concepción Barber Nognés, die am 14. April nach Empfang der Heiligen Sakramente und des Apostolischen Segens verschieden ist. Von der gramgebeugten Familie betrauert.« Don Alberto schüttelt den Kopf. »Gramgebeugt ist übertrieben. Untröstlich wäre besser. Wir leiden unter einer ständigen Aushöhlung des guten Geschmacks.«

Don Ignacio, der aus seinem Haus so zielsicher auf die Bar zukam, als habe ein Instinkt ihm den Genuß echten Kaffees verraten, gesellte sich zu uns. Die Fischer erhoben keinen Einspruch, wenn er sich draußen hinsetzte, wo alle ungünstigen Einflüsse, die er bewirken mochte, sich in der Atmosphäre rasch verflüchtigen konnten; aber mit Rücksicht auf ihre Vorurteile ließ er sich nie drinnen blicken. Er mußte jetzt unbedingt jemandem von der bemerkenswerten Latrine aus einer römischen Villa erzählen, die jüngst in

Ampurias ausgegraben worden war, doch niemand interessierte sich für das Thema, und Don Alberto nahm die Gelegenheit wahr, ihn wegen einer Frau anzusprechen, die gerade in Sort Selbstmord begangen hatte. Trotz seiner persönlichen Fürsprache habe sich der dortige Pfarrer geweigert, sie in geweihter Erde zu begraben.

»Lassen Sie sie herbringen«, sagte Don Ignacio. »Ich werde schon ein Fleckchen für sie auf unserem Friedhof finden.«

»Gibt's da nicht Ärger hier am Ort?«

»Die kriegen das gar nicht mit«, sagte Don Ignacio, »wir stellen sie vor vollendete Tatsachen.«

»Gott sei Dank, es gibt doch immer noch ein paar Christen«, sagte Don Alberto.

Folgendes war passiert: Nachdem sie von ihrem Mann verlassen worden war, hatte die Frau sich ihr weißes Hochzeitskleid angezogen, war den Hügel hinter dem Dorf zu einer verlassenen Kapelle hochgestiegen, hatte der dort aufgestellten Madonna die Augen verbunden und dann eine Mutterkornkapsel, wie man sie den Kühen gibt, geschluckt und war gestorben.

»Für ihren Mann war sie nur ein Objekt«, sagte Don Alberto. »Eine gesellschaftliche Notwendigkeit. Er erwarb sie wie sein übriges Eigentum. Weiter nichts.«

»Was soll man von Bauern denn sonst erwarten«, sagte Don Ignacio.

»Sie leiden schon seit Generationen unter der schlechten Regierung«, warf der Alkalde ein. Er war immer dabei, wenn es galt, dem Regime, dem er diente, was am Zeuge zu flicken. »Und jetzt ist es auch nicht viel besser.«

»Sie leiden unter dem Besitz«, sagte Don Alberto. »Ich habe da fast mein ganzes Leben verbracht, und ich sage Ihnen, daß es in Sort keine Liebe gibt, und wenn, dann erst nach der Liebe zu den materiellen Gütern. Was wünscht sich denn ein Bauer – Frau und Kinder liebzuhaben? Ach was, er möchte ein weiteres Stück Land zu seinem Besitz dazu. Am Ende wird er vielleicht reich, dabei ist er doch nur ein Bauer mal zehn. Was ist ein erblicher Landbesitzer? Ein Bauer mal hundert. Und der Herzog, von dem man so viel hört und daß er von einem Ende Spaniens zum andern reisen kann, ohne sein Land zu verlassen – was ist der anderes als ein Bauer mal tausend?«

»Das Land ist zu weit in die Gegenrichtung geraten«, sagte der Alkalde. »Ich habe gegen die Roten gekämpft und würde es wieder tun, aber wenn man von so einem Herzog hört, dann macht man sich seine Gedanken.«

»Er ist ein Opfer der Tradition, wie alle übrigen auch«, sagte Don Alberto. »Was hat er in Wirklichkeit von all seinem Einfluß und Prestige? Er fügt doch nur Feld an Feld. Ich könnte Ihnen von Pächtern bei mir erzählen, die sich eine Frau mit einem bißchen Land genommen, das erste Schiff nach Amerika bestiegen haben und erst zehn oder fünfzehn Jahre später wieder ins Dorf zurückgekehrt sind. Sie kamen reich zurück, mit Taschen voller Felder. Aber was für ein Reichtum ist das?«

»Wir haben ein Sprichwort«, sagte Don Ignacio und zitierte aus der Volksweisheit von Barros: »Nicht Gott erwürgt dich, sondern der Besitz.«

Eine Gruppe von Fischern kam vorbei, schwer beladen mit Netzen, die man in eine Schutzflüssigkeit getaucht hatte, und die jetzt zum Trocknen am Strand ausgebreitet werden sollten. Beim Anblick des Geistlichen fummelte jeder der Männer und suchte Eisen anzufassen oder, wenn er keins fand, die eigenen Genitalien.

»Niemand kann die See besitzen«, sagte Don Alberto, »daher gibt es hier keine Prozesse, keine Geschäftsehen, kein Gezänk um Erbschaften, dafür eine Menge Liebe, die alles umfaßt. Sie wissen nicht, wie glücklich sie sind.«

»Nochmal zu dieser armen Frau«, sagte Don Ignacio. »War sie vielleicht nicht ganz richtig im Kopf? Ich bring sie, kann reden wer will, auf meinem Friedhof unter, aber ich hätte doch gern ein Argument in petto.«

»Sie schrieb irgendwas an die Wand der Kapelle, das nicht viel Sinn machte«, sagte Don Alberto. »›Ich werde nie wieder an diesen Ort zurückkehren.‹ Das ist alles.«

»Und was halten Sie davon?«

»Was soll man davon halten?«

»Wenn Sie mich fragen, sie *war* verrückt«, sagte der Alkalde. »So was schreibt doch kein vernünftiger Mensch.«

»Das find ich auch«, sagte Don Ignacio. »Sie muß wirklich nicht ganz bei Troste gewesen sein. Ich nehme an, ihr Vater lebt nicht mehr. Gibt es noch irgendwelche Brüder?«

»Nur einen. Der sammelt Felder in Argentinien. Und ein paar Schwestern.«

»Damit das nach was aussieht«, sagte Don Ignacio, »brauchen wir einen Hauptleidtragenden. Ich nehme aber an, daß Sie dazu keine Lust . . .«

»Natürlich werde ich den Trauerzug anführen«, sagte Don Alberto. »Ich hab sie zwar kaum je gesehen, aber ich kann wenigstens für die Menschlichkeit trauern.«

7

An jenem Tag war ich mit Don Alberto zum Essen eingeladen im Haus eines seiner reichen Pächter, der Pablo Fons hieß und von Don Alberto als ein Reaktionär der alten Schule beschrieben wurde. Ich hoffte dabei auf die Gelegenheit, auch einmal die Sicht der Bauern kennenzulernen. In Farol schien ein gut Teil der wahren Macht in den Händen der Frauen zu liegen. Sort dagegen gehorchte, nach den Worten Don Albertos, einem patriarchalischen System, auch wenn es sich rasch auflöste; und die Familie Fons war eine der wenigen noch verbliebenen, in der der Vater das Zentrum der Autorität und keine Entscheidung oder Unternehmung denkbar war – selbst von seinen erwachsenen Söhnen nicht –, ohne daß er um Rat und Zustimmung gefragt worden wäre.

Don Alberto nahm mich auf dem Rücksitz seiner Levis zum befestigten Landhaus der Fons mit. Rund ums finster wirkende Haus stank es kräftig nach Kühen und Mist, und Tausende von Schmeißfliegen surrten über den Pfützen aus Jauche und um die hexenhaft schwarzen Frauen, die an einem überdachten Brunnen Wäsche wuschen. Die Farm selbst war eine winzige Festung mit kleinen, vergitterten Fenstern, deren Rahmen weiß gestrichen waren und die wie schlaflose Augen aussahen. Es hätte schon einer Abrißramme bedurft, um die Tür aufzubrechen, hinter der uns Fons in neuem, blauem Hemd mit fest geschlossenem Kragen und grauen Hosen mit schwarzem Kummerbund erwartete. Mein unmittelbarer Eindruck nach den vielen

Monaten in der Gemeinschaft der Fischer, mit ihren Mienen von äußerster Unschuld, ja Einfalt, war der eines höchst komplizierten Gesichts und eines skeptischen Lächelns. Hinter Fons stand einer seiner erwachsenen Söhne mit einer Schüssel Wasser, Seife und Handtuch. Wir wurden gebeten, unsere Füße zu waschen, lehnten das aber ab. In der Eingangshalle oder Veranda, wie sie hier genannt wurde, war ein langer Tisch gedeckt, und wir wurden aufgefordert, Platz zu nehmen. »Bedecken Sie sich, meine Herren«, sagte Fons. Don Alberto hatte vorsorglich einen struppigen Strohhut für diese Zeremonie mitgebracht; den stülpte ich mir auf den Kopf und setzte mich. »Nehmen Sie Ihre Bestecke zur Hand«, war die nächste Ordre, und Don Alberto und ich griffen zu Messer und Löffel. Fons tat es uns nach, erst dann waren die anderen am Tisch – zwei Söhne von Fons und ein paar Aufseher – an der Reihe, sich auch ans Essen zu machen. Die Mahlzeit – Ziegenfleisch mit Safranreis – wurde von zwei kuhäugigen, verschüchtert wirkenden Frauen serviert, deren eine wohl Fons Frau war, die sich aber dann rar machten.

Don Alberto brachte Fons zum Reden, erklärte ihm, daß ich Ausländer, aber an den heimischen Bräuchen interessiert sei und mich in Farol aufhielte, und daß ich überrascht wäre von der Antipathie, die nach meiner Beobachtung zwischen den Bewohnern beider Dörfer herrschte.

Fons fragte mich dann, was ich persönlich von den Fischern hielt, und ich antwortete, ich käme gut mit ihnen aus.

»Wollen Sie wirklich wissen, was ich von ihnen halte?« fragte Fons.

»Deshalb ist er hier«, sagte Don Alberto. »Man kennt dich ja als einen Mann, der nicht drumrum redet. Laß uns deine ungeschminkte Meinung hören.«

»Nun gut, dann also Beschwerde Nummer eins. Wir hier

in Sort haben ein enges und vertrauensvolles Familienleben.«

»An diesem Punkt sollte ich gleich anmerken, daß zwei von Pablos Söhnen seit ein paar Jahren kein Wort mit ihm gewechselt haben«, sagte Don Alberto.

»Was ist denn dabei«, erwiderte Fons, »das gibt sich wieder. Ich wiederhole, daß wir unauflösliche Familienbande haben, und wir ehren unsere Vorfahren. Mein Urgroßvater, oder vielleicht wars mein Ururgroßvater, kämpfte gegen Napoleon. Wir haben eine Geschichte. Nichts davon in Farol. Sie ehren nicht den Allmächtigen, die meisten Ehemänner schlafen nicht mit ihren Frauen, sondern treiben Selbstunzucht, was ja auch daraus hervorgeht, daß die Hälfte keine Kinder hat. Und außerdem beanspruchen sie das Meer für sich.«

»Aber das könnte doch niemand«, sagte Don Alberto. »Das Meer ist für alle da.«

»Die Bibel sagt uns, wir sollen unser Brot essen im Schweiße unseres Angesichts. Und was tun unsere Freunde in Farol? Sie tragen ein Netz ans Wasser, tauchen es unter und warten, daß es sich mit Fischen füllt. Und die Hälfte der Zeit verschlafen sie.«

»Pardon«, sagte Don Alberto, »ich kenne keine Männer, die härter arbeiten. Bitte, komm meinem Freund nicht mit solchem Unsinn, er wird sonst schlecht von uns denken.«

Fons nahm einen Löffel Reis, seine Söhne und Landarbeiter, die, als er redete, aus Respekt mit dem Essen aufgehört hatten, hauten hastig wieder rein. Ein Hund kam durch die Tür und zerrte einen Balken, Ruck für Ruck, an seiner Kette nach. Fons warf ihm ein Stück Knorpelfleisch zu und fing wieder an, vorwurfsvoll seinen Löffel schwenkend.

»Meine Achtung vor Ihnen, Don Alberto, ist riesig. Schließlich sind Sie einer von uns; aber ich kann beim besten Willen nicht verstehen, wie Sie Partei für diese Leute nehmen. Entschuldigen Sie, aber das kommt mir fast wie Verrat vor. Allein schon dieser Katzenfimmel, stört Sie das nicht? Mir macht er jedenfalls Gänsehaut.«

»Bei euch ist es doch genauso schlimm mit den Hunden. Es ist einfach so, daß ich beide Seiten sehe, und es gibt in Sort, wo ich immerhin geboren bin, viel auszusetzen. Nimm den Fall dieser armen, unglücklichen Frau. Irgendwas kann doch nicht stimmen an einer Gemeinschaft, in der so was möglich ist.«

Ein kleiner Spritzer Protest dekorierte das blaue Hemd von Fons vorn mit goldenen Reiskörnern. »Eine Tragödie kann überall passieren. Versteh nicht, wie Sie uns für das verantwortlich machen können, was in der Kapelle passiert ist. Wir sind Christen und voller Ehrfurcht vor dem Leiden des Herrn. Was halten Sie denn von Leuten, die Prostituierte in ihrer Mitte dulden? Ich meine die Frau, die früher hier im Dorf Ziegen gehütet hat. Man hat mir berichtet, sie wäre bei der Sonntagspromenade Seite an Seite mit der Frau des Alkalden gesehen worden.«

»Ich würde die betreffende junge Dame nicht als Prostituierte bezeichnen«, sagte Don Alberto.

»Und wie würden Sie sie bezeichnen, Euer Ehren?«

»Als eine attraktive und beliebte junge Frau mit einer Menge Verehrer.«

Fons wandte sich an seine Söhne. »Wie findet ihr das, Jungs? Wir sprechen von Maria Cabritas.«

Die Söhne legten ihre Löffel hin und lachten abfällig.

»Bei allem Respekt, Don Alberto«, sagte Fons, »möchte ich Sie doch an unsere Sitten erinnern. Ein Mädchen kann sich jede Menge Verehrer leisten, solange auf beiden Seiten ernsthafte Absichten da sind.«

»Durchaus«, sagte Don Alberto, »ich kann mich aus meiner Jugend an ein Mädchen erinnern, das fünfzehn hatte, ich einer davon. Und natürlich wurde ich abgewiesen.«

»Dienstag, Donnerstag und Samstag waren und sind die Tage, an denen man sich den Hof macht. Verehrer werden von acht Uhr abends an empfangen, und jedem bleiben fünfzehn Minuten Zeit. Normalerweise ist die Mutter oder eine Tante mit dabei.«

»Als wenn ich das nicht wüßte«, sagte Don Alberto. »Meist war es die Tante, und manchmal war es möglich, sie zu bestechen. Unsere ganze Nation ist doch empfänglich für Korruption.«

»Aber alles muß doch irgendwie im Rahmen bleiben«, sagte Fons. »Dies ist Spanien, nicht der Kongo. Niemand hat doch was gegen einen jungen Menschen, der sich ab und zu mal ein bißchen mehr nimmt, als ihm zusteht; aber von jedem jungen Mädchen, dem junge Männer das Haus einrennen, muß man erwarten, daß es nach gebührender Zeit mit einem davon zur Kirche geht. Wenn das nicht geschieht, nehmen die Leute sie nicht mehr ernst, und am Ende wird sie gesteinigt.«

»Symbolisch«, sagte Don Alberto.

»Wie in dem Fall des Mädchens, von dem wir sprachen. Ein paar von unsern maßgebenden Frauen gingen vor ihr Haus, warfen Steine an die Tür. Sie und ihre Mutter waren dann klug genug wegzugehen. Wenn nicht, hätten sie's wohl mit mehr als einem Symbol zu tun bekommen. Man machte ihr klar, daß sie gehen soll, und sie ging.«

»Warum überlaßt ihr solche Sachen den alten Frauen?« fragte Don Alberto. »Es ist die einzige Gelegenheit, wo ihr überhaupt Notiz von ihnen nehmt. Jedenfalls hat nun Sort den Verlust, Farol den Gewinn.«

»Ich wünschte, wir *hätten* sie verloren«, sagte Fons. »Leider stimmt das nicht. Sie ist zwar fort aus dem Dorf, aber sie lebt immer noch auf dem Gebiet unserer Gemeinde.«

»Wie kannst du so etwas behaupten?«

»Schauen Sie auf die Karte, und Sie werden sehen: das Haus ist wenigstens zwanzig Meter diesseits unserer Grenze.«

»Dann brauchte sie ja nur einen Schuppen am Ende des Gartens zu bauen, und schon wäre sie in Farol.«

»Es wäre mir lieb, wenn sie's täte«, sagte Fons. »Wir wären die Verantwortung los.«

»Sei nicht kindisch, Pablo«, redete Don Alberto ihm zu.

Wir brachen auf und knatterten auf der asthmatischen Levis durch die Felder, um draußen vor der Bar in Farol noch einen Kaffee zu trinken. Diesmal war es eine ausgesprochene Lorke aus Eicheln und Kassiabohnen mit einem starken Geschmack nach Teer. »Der Mann ist gefährlich«, sagte Don Alberto, »nicht bloß verbiestert, wie man denken könnte. Haben Sie seine Geltungssucht bemerkt? Jetzt hat er schon einen Vorfahren, der gegen Napoleon gekämpft hat. Sein Ururgroßvater war Tagelöhner auf der Finca. Ein Sklave, wenn Sie so wollen. Man hat sie nachts angeschnallt wie Pferde.«

»Warum ist er gefährlich?«

»Weil sich zwischen beiden Dörfern was zusammenbraut. Ein *lío*, das, was ihr Vendetta nennt. Und dieser Mann ist die treibende Kraft. Ich glaube, diese Leute planen irgendeine Intrige. Was genau, läßt sich nicht sagen. Aber wir werden es bald erfahren.«

8

An diesem Abend war ich überrascht, ein neues Gesicht in der üblicherweise gleichbleibenden Menschengalerie der Abendpromenade zu erblicken. Ein extrem dickes, gleichwohl hübsches Mädchen ging Arm in Arm mit der Großmutter. Offenkundig war sie bekannt und geachtet, denn jeder Mann, der zufällig einen Hut trug, hatte nichts Eiligeres zu tun, als ihn vor den beiden zu ziehen. Irgend etwas an dem Mädchen kam mir vertraut vor, aber es dauerte einen Moment, ehe ich merkte, daß es sich um eine völlig verwandelte Sa Cordovesa handelte.

Als ich etwas später Sebastian in der Bar traf, war er voller Aufregung über das, was passiert war, und die Geschichte, die er von seiner Frau hatte, war in der Tat bemerkenswert. Der Admiral, der sich in sie verliebt hatte, sie heiraten wollte und von ihr erhört worden war, und der sie angeblich nach Madrid gelockt hatte, stellte sich als zweiter Zahlmeister auf dem Schiff einer unbedeutenden Küstenlinie zwischen Barcelona und Vigo heraus. Sa Cordovesa fand sich in einer Dreizimmerwohnung eines Hauses ohne Fahrstuhl in der trostlosen kleinen Industriestadt Prat de Llobregat wieder, in Erwartung einer Hochzeit, die, wie der Admiral sagte, bis zur endgültigen Zustimmung des Marineministeriums verschoben werden mußte. Sie wurde der Aufsicht einer alten Frau unterstellt, die ihr die Schuhe wegnahm, sie nie aus den Augen ließ und ihr dauernd riesige Mahlzeiten vorsetzte. Das wurde mit der Besorgnis des Admirals um ihre Gesundheit begründet, nachdem ein Arzt, der sie in seinem Auftrag untersuchte, ihr gesagt hatte, sie leide an Tuberkulose. Der Doktor hatte ihr Medizin und eine Diät verordnet, die ihre Abwehrkräfte gegen die Krankheit stärken sollte. Sie wurde gezwungen, mehrere Pfund Kartoffeln am Tag zu essen, dazu gewaltige Mengen öliger Eintöpfe, fetten Fleischs, Cremekuchen und alle Arten Gebäck. Der Doktor wies sie auch an, zwölf der 24 Stunden des Tages im Bett zu verbringen, langsam zu gehen und jede überflüssige Anstrengung zu vermeiden.

Der Liebhaber, der seine Admiralsuniform mit einer Brust voller Orden nie ablegte, kam alle vierzehn Tage, wenn sein Schiff aus Vigo zurück war, um einen neuen Hochzeitstermin anzukündigen. Die wahren Umstände kamen heraus, als er einmal ein Mittagsschläfchen machte, sie seine Taschen durchsuchte und nicht nur seine Personalpapiere, sondern auch den zärtlichen Brief einer anderen Tuberkulosepatientin fand, die sich der gleichen Kur wie sie selbst unterzog, und die darin stolz bemerkte, sie habe jetzt auf der Waage schon 196 Pfund geschafft. Das überzeugte Sa Cordovesa, daß der Admiral nur ein Mann war, der fette Mädchen sammelte, und nachdem sie seine Brieftasche geleert, aber kaum Geld genug für die Rückreise und ein Paar neue Schuhe gefunden hatte, überließ sie ihn und die alte Frau ihren Siestas und ging weg.

Was sollte nun mit ihr werden? Sa Cordovesa hatte das Leben in Farol genossen, sie war von allen bewundert und von nicht wenigen geliebt worden. Die diskreten Dienste, die sie der Gemeinde geleistet hatte, waren von Maria Cabritas übernommen und von ihr mit gleicher Tüchtigkeit und Diskretion fortgeführt worden. Sebastian sagte, die Fischer seien der Meinung, daß man ihr um jeden Preis einen Platz im Leben Farols schaffen müsse, wobei die Schwierigkeit darin bestand, daß wenige der Fischer, wenn überhaupt einer, die Leidenschaft des Admirals für Korpulenz teilten.

Ich wurde von der Großmutter gebeten, den medizinischen Aspekt des Problems mit ihr zu erörtern. Sort und Farol teilten sich einen Arzt, ein munteres und freundliches Männlein von nur anderthalb Metern Größe, dessen richtiger Name Churrimina war (was »Freudenfeuer« auf Baskisch heißt), sein Spitzname aber Dr. Seducción, Dr. Verführung. Angeblich hatte er es mit einer stattlichen Fischersfrau getrieben, die er zuvor, um ihr einen Splitter aus einem Zeh zu entfernen, mit einem Ätherbausch betäubt hatte. Aus diesem Grund, und auch, weil er kein richtiger Arzt, sondern nur Sanitäter war, dem man aufgrund dreißigjähriger Erfahrung und wegen des allgemeinen Ärztemangels das Praktizieren erlaubt hatte, wurde er kaum je konsultiert; und jemand wie ich, der von der Außenwelt kam, wurde unentwegt um seine Meinung in kleinen Gesundheitsdingen gefragt.

Die Unterredung, bei der Sa Cordovesa anwesend war, fand in der Küche der Großmutter statt, aber erst, nachdem die den Inhalt zweier von der Besucherin mitgebrachter Gurkengläser der Marke »Zwiebelstolz« untersucht und sich davon verblüfft gezeigt hatte. Die Patientin wurde mit einiger Schwierigkeit auf einen jener Stühle bugsiert, die mit ihren Beinen von nur zwanzig Zentimetern Höhe eher für Zwerge taugten, aber in Farol beliebt waren.

Sa Cordovesa war eine angenehme Überraschung. Sie war nicht larmoyant, sondern voller Humor und Grazie. Ihre Korpulenz war ungleichmäßig verteilt, das Fettgewebe hatte sich an einer Stelle durchgesetzt, an einer anderen nicht: eine große weiche Aufwallung der Brüste, ein Rosenmund, der von den Kissen der Wangen zusammengequetscht war; schlanke Fesseln und kleine Füße, die in den neuen, allzu schrillen Schuhen steckten. Man spürte die

Struktur des gut gemeißelten andalusischen Knochenbaus unter der gedunsenen Lieblichkeit ihres Gesichts. Sie war bereit, ja geradezu begierig, ihr Mißgeschick zu erörtern und tat es mit einer Stimme, die zum sanften Baßgegrummel der Großmutter mit ihren Ratschlägen und Tröstungen ganze Tonleitern der Selbstironie auf und ab sang.

Die Frage war – was tun mit diesem Berg von Fett, mit dem sie auf einmal beschwert war? Konnte es wegmassiert werden? Weggezaubert? Stimmte es, daß es Pillen gab, mit denen man die Situation bereinigen konnte? Wie lange, wenn alles andere fehlschlug, würde sie eine Diät aus Wasser und Brot durchhalten müssen, ehe das ranke Mädchen von einst aus diesem Gefängnis von Fleisch heraustreten könnte?

Die Großmutter wußte auf diese Fragen keine Antwort, weil Sa Cordovesas Problem in Farol noch nicht aufgetreten war, wo, von ihr selbst und der Schlächtersfrau abgesehen, alle Leute schlank waren. Unvermeidlich, daß die Rede auf den Curandero kam, der ja ein Mittel für alles wußte; aber der würde nicht vor dem Ende des Sommers wiederkommen, als Vorbote der Thunfischzeit. Ich mußte leider passen, denn es gab nichts, was ich hätte tun können. Zwar hatte ich von Schlankheitspillen gehört, aber ich glaubte nicht, daß man sie in Spanien bekäme. Ich konnte nur versprechen, sie im nächsten Jahr aus England mitzubringen.

Sie gingen gemeinsam fort, und ich sah ihnen nach, wie sie die Straße hinunter in den fahlen Abend schritten, dessen Licht und Farbe sich ganz in die Sonnenblumen ergossen zu haben schien, die wie Fahnen über die Mauern wehten. Eine letzte Sichel Mond wurde von schwarzen kreischenden Mauerseglern umkreist, Katzen und ein Schwein namens Mercedes, das sich von Wasserpflanzen ernährte, rasten über den Strand zu einem einlaufenden

Boot mit Bogas, und der Mann mit dem Maultier, der sein Tagwerk in Farol beendet hatte, war auf dem Weg zurück nach Sort, um dort für das Glas Wein auf die gewohnte Weise zu danken. Als er an den langsam gehenden, stattlichen Damen vorbei kam, nahm er den Hut ab. Aus der anderen Richtung hörte ich Don Alberto ins Dorf und zur Bar knattern. Ich ging, ihm bei seinem abendlichen Rancio Gesellschaft zu leisten und machte unterwegs noch eine Verabredung zum Fischen für den nächsten Tag aus.

Die Verantwortung für die Betreuung von Sa Cordovesa in ihrer Stunde der Not wurde zu einer Sache der ganzen Fischergemeinde. Sie blieb zwei Tage bei der einen, dann drei Tage bei der nächsten Familie, während sich die Leute mit Eifer um eine Unterbringung kümmerten, wo sie sich zu Hause fühlen konnte. Ich erzählte Carmela von dem Problem, und sie sagte: »Schicken Sie sie zu mir. Vielleicht hab ich was für sie.«

Carmela blieb ein Rätsel. Sie hielt sich vom Dorfleben fern, und nach ihrem Vormittagspensum bei mir mit dem Putzen des Zimmers und der Kocherei fürs Mittagessen kriegte ich sie kaum je zu sehen. Um acht Uhr war sie auf einmal da, verkündete mit ihrer kieselharten Stimme, als verläse sie einen Urteilsspruch, was der Laden oder Schlächter diesen Morgen an Eßbarem zu bieten hätte, und etwa gegen eins, nachdem sie das tägliche Wunder der Verwandlung von scheußlichem Zeug, das sie ergattert hatte, in ein genießbares Mahl vollbracht hatte, war sie ebenso plötzlich und lautlos verschwunden. Bei ein paar Malen, als ich sie außerhalb dieser Vormittagsstunden gesehen hatte, war sie durch die Schatten der dämmerigen Sicht kurz vor Einbruch der Nacht gehuscht.

Sie war von einer Aura der Undurchsichtigkeit umgeben, der Heimlichkeiten kleinen Stils und der unauffälligen Unternehmen, die dem Überleben dienten. Ihre Gestalt unter dem Kleid war in einem Moment füllig, unerklärlich ausgemergelt im nächsten, wie befreit von mysteriöser Konterbande. Einmal, als ich eine Abkürzung am Rand des Korkwaldes entlang genommen hatte, sah ich sie auf ihrem Weg nach Haus von Baumstamm zu Baumstamm huschen, und ich fragte mich, ob diese erkennbare Absicht, der Aufmerksamkeit zu entgehen, nicht auf ein unerlaubtes Abenteuer zwischen den Hühnerställen von Sort hindeute. Manchmal bemerkte ich nach ihrem morgendlichen Erscheinen eine große Tasche in meinem Schrank, und als ich eines Tages da mal hineinschaute, fand ich sie voll mit einer Art Vogelmiere, die die Hundeleute als Futter für ihre Tiere anbauten, woraus ich schloß, das Carmelas Kaninchen auf Kosten Sorts für den Markt gemästet wurden. Irgendwie wurde ich an Muga, den Schwarzmarktfürsten, erinnert. Beide waren sie Profis, die die Künste der Selbstbehauptung und des Eigennutzes auf verschiedenen Ebenen, doch mit gleichem Geschick ausübten – beide gingen einem Skandal meist aus dem Wege und ihre Opfer merkten kaum je, wie und was ihnen geschah.

Carmelas alter Vater war plötzlich gestorben, und als mir Sebastian das berichtete, erzählte er mir mehr von ihrer Geschichte. Ich sprach sie dann darauf an, doch sie antwortete weder ja noch nein, sondern warnte mich vor dem Thema mit einem reservierten Blick aus einem verhangenen Basiliskenauge. Die Geschichte war die, daß man ihr die Pflege und Erziehung eines stark behinderten Kindes anvertraut hatte, eines Mädchens, das ihr als Säugling von einer Prostituierten übergeben worden war, die dann auch für etwa ein Jahr die vereinbarte Zahlung geleistet, sich aber dann nach Südamerika abgesetzt hatte und nichts mehr von sich hören ließ. Nur wenige Leute in Farol hatten dieses kleine Mädchen, Rosa, das jetzt zwölf Jahre alt sein mochte, je gesehen, und es gab wilde Gerüchte über das Kind, das eine, daß es außergewöhnlich schön sei, das andere, daß es wie ein Affe mit Haaren bedeckt sei.

Zufällig bekam ich sie selbst zu sehen. Es war der Tag, nachdem Sa Cordovesa in die Hütte gezogen war, die Carmela am Rand des Dorfes gebaut hatte. Am Nachmittag dieses Tages hatten die Beamten der Guardia Civil die Großmutter aufgesucht und ihr schwere Vorwürfe gemacht, weil sie die Anwesenheit Sa Cordovesas in ihrem Haus nicht gemeldet und damit gegen die Bestimmungen verstoßen hatte. Da sonst kein Mann im Haus war, bat mich die Großmutter, zur Hütte zu gehen und Sa Cordovesa und Carmela von dem Vorfall in Kenntnis zu setzen und sie auf einen Routinebesuch der Polizei vorzubereiten.

Wenn sie an Land waren, suchten die Fischer eine sanfte Umgebung, grauen Stein, weißgetünchte Wände und klare, aufgeräumte Freiflächen. Kein Fischer wohnte in der Gegend, wo Carmela hauste. Es gab dort eine Fülle an überraschender Farbigkeit. Die Hütte hatte Carmela zusammen mit ihrem Vater aus einem Sammelsurium von Treibholz gebaut, das sie an der Küste gefunden hatten; sie war mit Streben befestigt und mit Trennwänden versehen sowie mit Türen, die – wie ich hörte – aus den alten Korkvillen stibitzt waren. Niemand in Farol liebte die Farbe gelb – vielleicht, weil sie mit magischen Praktiken in Verbindung gebracht wurde –, es war ja auch die Farbe der gemalten Augen auf den Booten. Aber der Ladenbesitzer hatte schon seit Jahren einen Topf Gelb in seinem Regal, darum kaufte ihm Carmela den für fast umsonst ab und strich damit das seegebleichte Holz, um es vor der Witterung zu schützen. Die Hütte stand auf einem Stück tiefroter Erde, und ein Sturm am Morgen meines Besuchs hatte die unteren Teile des kanariengelben Holzes mit Erde bespritzt, was einen dramatischen, fast blutigen Effekt ergab.

Dazu war dies eine verwilderte Gegend, so daß sich dichtwuchernde Winde breitgemacht hatte. Und während die Dörfler sie für Unkraut ansahen und ausrissen, wo sie nur konnten, ergoß sie sich nun wie eine unwiderstehliche Pflanzenflut über Carmelas Hütte und bedeckte ein gut Teil der Farbe mit ihren großen, flachen Trompeten aus intensivstem Blau.

Fenster gab es keine. Eine Tür hing schief an einer einzigen Angel, ein Sackvorhang verwehrte den Blick ins Innere. Zwerghühner hüpften drinnen und draußen herum und stoben, auf der Jagd nach Ameisen, in alle Richtungen. Ich polterte an die Tür und rief, doch weder Carmela noch Sa Cordovesa waren zu sehen. Schon wollte ich gehen, da hörte ich das Plärren eines Kindes. Ich hob den Sack an, ging hinein und fand mich in einem zellenähnlichen Raum mit Erdestrich, einem Stuhl, einem Bett und einer Schachtel, in der Leute wie Carmela das seltsame Sammelsurium ihrer irdischen Güter aufzubewahren pflegen.

Hinter einer zweiten Öffnung – auch die mit einem Sack verhängt – gab es einen Hof, und von da war das Plärren, das jetzt aufgehört hatte, gekommen. Ich ging hinaus, um nachzusehen, wohl wissend, daß ich mich auf eine einsame Begegnung mit Carmelas beschränktem Kind einließ. Ich war nicht allzusehr geschockt, als ich Rosa zum erstenmal sah, weil ich auf Schlimmeres gefaßt gewesen war (es hatte auch Gerede über erbliche Syphilis und Blindheit gegeben). Der erste Blick belehrte mich, daß sie eine Spastikerin war; das eine Bein war nicht auszustrecken, sondern stand vom Knie an fast in rechtem Winkel seitlich ab. Trotz dieser extremen Behinderung und dem Umstand, daß sie durch die Verkürzung des Beins immerzu zur Seite zu fallen schien, konnte sie sich – und tat es jetzt – in einer grotesken sprungweisen Art bewegen, wobei sie die Arme wie ein Hubschrauber herumschwang, um die Balance zu halten. Im Augenblick meines Erscheinens ging wieder ihr kreischendes, plärrendes Gestammel los, und sie bewegte sich in einer Folge von Hüpfern und Sprüngen auf eine Ziege zu, die an einem Pflock angebunden war und nun versuchte, ihr zu entgehen. Die Ziege raste immer wieder um den Pflock herum, ging rückwärts, zerrte am Strick und scharrte mit den Hufen, während Rosa ihr nachsetzte, heulend, johlend, mit den Armen wedelnd. Für einen Moment kam es mir in den Sinn, daß dies womöglich eine Art von verzweifeltem Spiel sein könnte – vielleicht das einzige Spiel –, an dem die Phantasie eines völlig isolierten Kindes Gefallen fand.

Rosa verfolgte die Ziege wie eine winzige graue Hexe. Jetzt erreichte das Spiel – wenn es denn eins war – seinen eigentlichen Höhepunkt. Die Ziege war soweit zurückgewichen, wie es der Strick erlaubte, senkte den Kopf und ging zum Angriff über.

Ich stürzte hinzu, um das Kind aufzuheben, es ein wenig zu trösten, ihm die schmutzigen Tränen aus den feinen, sensiblen Augen zu wischen. Die obere Hälfte des Gesichts war das eines Engels, die untere das eines Affen. Es verzog sich nun zu dem, was ich später als ein Lächeln von Dankbarkeit und Zuneigung kennenlernen sollte, was aber in dem Affenmund wie ein tierisch-lüsternes Grinsen wirkte.

In diesem Augenblick erschien Carmela, stellte das Mädchen auf die Füße und schickte die Humpelnde und Strauchelnde fort. »Machen Sie sich keine Sorgen, Sir. Ist absolut nichts Schlimmes. Das macht sie immer, sowie ich ihr den Rücken kehre. Sie ärgert die Ziege gern, aber eigentlich sind sie die besten Freunde.«

9

Das Gerücht, Muga habe die Fonda gekauft, erwies sich als wahr. Im Laufe weniger Wochen, während die Dorfbewohner kaum mitkriegten, was vor sich ging, hatten die Bauleute aus Figueras das Labyrinth der verwinkelten Kammern herausgerissen und es durch vierzehn Zimmer eines Standardhotels der einfachsten Kategorie ersetzt. Drei Badezimmer wurden eingebaut, eine exotische Extravaganz in den Augen der Einheimischen, die de Barros Rat »De las cuarenta pa' arriba, no te mojas la barrija« (Kommst du auf die Vierzig nieder, laß kein Wasser an die Glieder) gewissenhaft befolgten.

Auf der Seeseite der Fonda – die jetzt offiziell den Rang eines Hotels bekam – baute Muga eine große Veranda an. Dort sollten Tanzabende stattfinden, ließ er wissen, später im Jahr, wenn die Touristen kämen. Der Blick von der Veranda wäre romantisch gewesen, hätte da nicht eine L-förmige Mauer im Wege gestanden, in deren Winkel Pferde zum Kastrieren gebracht wurden, und noch dazu ein über die Maßen häßliches Gebäude, das ein aus Sort Verbannter Stein für Stein, ganz allein, in 29 Jahren gemauert hatte.

Kaum jemand außerhalb Farols oder Sorts hatte je von der alten Fonda gehört, und die paar Zufallsreisenden, die da übernachtet hatten, beeilten sich, die Erfahrung zu vergessen. Aber der energische Muga war entschlossen, das Hotel Brisas del Mar, wie die Fonda nun hieß, auf die Landkarte für Touristen setzen zu lassen. Er trat daher dem Hoteliersverband bei und bekam, nachdem er eine Mindestausstattung zugesichert hatte, die Kategorie C auf der Liste zugesprochen. Der Inklusivpreis von acht Peseten, den die beiden schweigsamen Brüder für eine finstere und übelriechende Zelle plus zwei Mahlzeiten pro Tag aus hartgekochten Eiern und Sardinen verlangt hatten, wurde auf 50 Peseten erhöht, was die Einheimischen zu Explosionen ungläubigen Gelächters veranlaßte.

Muga stattete Don Ignacio seinen Besuch ab, ließ sich auf dem niedrigen Stuhl, den man ihm anbot, so bequem wie möglich nieder und erläuterte seine Pläne für die Entwicklung des Dorfes und sein künftiges Wohlergehen. Don Ignacio wiederholte mir, was er von seinen Bemerkungen über das Thema Kirchgang behalten hatte; er fand sie komisch.

Muga erzählte ihm, er sei bereits im Laden gewesen und habe dort eine Liste mit Artikeln hinterlassen, wie Souvenirfächer, Puppen aus Sevilla, geschnitzte Don-Quijote-Figuren, die sie vorrätig halten sollten, wenn sie an den Touristen was verdienen wollten. Und er hatte auch den Alkalden wegen der schrecklichen Qualität seines Weins in der Bar zur Rede gestellt. Jetzt wandte er seine Aufmerksamkeit kirchlichen Dingen zu. »Wer geht an so einem Ort überhaupt in die Kirche?« hatte er gefragt. »Der Händler, der Schreiber und die Polizei.«

»Kommt ungefähr hin«, sagte Don Ignacio. »Man kann unsere Leute nicht gerade fromm nennen.«

»Ich sehe, daß am Sonntag überhaupt keine Messe war. Nicht, als ob mich das groß berührte, aber ich führe ein Hotel, und das Gesetz verpflichtet mich, für die Gäste einen Aushang mit den Zeiten des Gottesdienstes zu machen.«

»Sie haben die Wahl«, sagte Don Ignacio. »Wäre Ihnen Sonntag acht Uhr morgens recht?«

»Wenn wir uns darauf verlassen können.«

»Machen Sie Ihren Aushang«, sagte Don Ignacio, »die Messe wird zur angegebenen Zeit gehalten.«

Das, sagte er mir, bedeute das Ende seiner archäologischen Grabungen in Ampurias, da es unter der Woche kein öffentliches Verkehrsmittel gab, das ihn dorthin gebracht hätte.

Die ersten Gäste im Brisas del Mar kamen Ende Mai einigermaßen hochtrabend in einem Isotta-Fraschini mit Chauffeur an und sorgten für die ebenso prompte wie endgültige Bestätigung der Meinung im Dorf, daß alle Fremden prinzipiell unvernünftig, wenn nicht sogar richtig verrückt waren. Neben dem Chauffeur bestand die Gruppe aus einer sechsundvierzigjährigen echten Marquesa mit riesigen Besitzungen im verarmten Süden, und ihrem Liebhaber, einem dreiundzwanzigjährigen Stierkämpfer, der in Orten wie Medina del Campo (dem spanischen Gegenstück etwa von Kyritz-Pyritz) auftrat, wo die besten Ringplätze 18 Peseten kosteten. Der Stierkämpfer, der viel kleiner war als die Marquesa, machte meist lange Spaziergänge und hielt dabei zum Amüsement der Dörfler eine Eisenstange am ausgestreckten Arm, um die für seinen Beruf nötigen Muskeln zu stärken. Wenn er müde wurde, holte ihn die Marquesa ab, nahm ihn auf die Schulter und übergab ihn, wenn sie selber schlappmachte, dem Chauffeur. Wie viele der ganz Reichen und Mächtigen scherte sie sich nicht ums Gerede der anderen und war durchaus bereit, die meist schlüpfrigen Details ihres Privatlebens mit der Zimmerfrau zu erörtern, die das natürlich sofort weitertrug. Sie war gerade erst in Madrid wegen Erregung öffentlichen Ärgernisses vor Gericht gewesen. Wie sie der Zimmerfrau erzählte, war sie verrückt nach Fußballern und hatte drei Stürmer und zwei Läufer von Real Madrid zu einer Party in ihre Wohnung eingeladen und sie dazu gebracht, sich auszuziehen und so das richtige Dribbling, Antäuschen und Schießen vorzuführen – bis die Polizei hereinstürmte. Sie erschien vor Gericht in ihrer Witwentracht und trug dazu die vielen Medaillen, die ihr verstorbener Gatte im Kampf für die Nationalistische Sache errungen hatte, und sie kam mit einer Strafe von 5 Peseten davon. Daß sie den Mund nicht zukriegte, führte sie auf zwei mißlungene Gesichtsliftungen zurück. Sie reiste, wie die Zimmerfrau weiter zu berichten wußte, mit schwarzer Bettwäsche, die sie eigenhändig mit besonders feiner Spitze umsäumt hatte.

Auf die aristokratische Ausschweifung folgte bürgerliche Nüchternheit. Schon nach wenigen Tagen waren Marquesa und Gefolge durch Julio Letrell, ein Mitglied des Stadtrats von Barcelona, und seine Frau ersetzt. Am zweiten oder dritten Tag nach seiner Ankunft kam Letrell auf mich zu und stellte sich vor. Ich schlürfte gerade ein Glas aus dem Faß Wein, das der Alkalde gezwungenermaßen aus Alicante importiert hatte. Letrell sagte, er habe sich Farol als Urlaubsort ausgesucht, weil es auf der Karte das abgelegenste Nest im Umkreis von hundertfünfzig Kilometern um sein Büro gewesen sei. Er sagte, er bekomme das Geräusch der Straßenbahnen nicht aus dem Ohr, und es erfülle ihn mit einem tiefen Gefühl von Frieden, allein nur zu sehen, wie der Ladenbesitzer ein paar Minuten brauchte, um vom einen Ende seiner Theke zum andern zu gehen, und bis zu einer halben Stunde für manchen Kunden.

Letrell erzählte, er würde zu gern fischen gehen, aber die hiesigen Fischer seien recht unzugänglich. Man hatte ihm wohl gesagt, daß ich selbst auch ziemlich viel fischte, und er wollte nun hören, ob ich ihn nicht mit jemandem bekannt machen könnte, der ein Boot hatte und womöglich bereit wäre, ihn mit hinauszunehmen.

Er schien ein angenehmer Mann, darum erzählte ich meinem Nachbarn Juan davon, der sich auch bereit erklärte, am nächsten Tag ein paar Stunden seiner Nachmittagsarbeit an der Zurüstung der Palangren, die abends ausgelegt wurden, zu opfern und mit Letrell hinauszufahren. Es war eine Unternehmung, die, wie wir beide wußten, völlige Zeitverschwendung war. Wir sagten Letrell, er werde aus diversen Gründen mit ziemlicher Sicherheit nichts fangen und hofften ein bißchen, daß wir auf Makrelen stießen. Aber es gab keine Makrelen, und Letrell saß ganz zufrieden da, ließ seine Angel in die Wasserwüste eintauchen und versuchte, Juan, der jedoch allen Aufforderungen widerstand, in ein Gespräch über das Leben im Dorf zu verwikkeln.

Nach zwei Stunden gaben wir auf, ruderten zurück, ohne irgend etwas gefangen zu haben. Ich kam zu dem Schluß, daß Letrell nichts vom Seefischen verstand, ja, daß er kaum einen Fisch vom andern zu unterscheiden vermochte. Juan, dem es leid tat, daß jemand derart seine Zeit vergeudete, bot ihm als Entschädigung an, ihn nachts mit den Palangren hinauszunehmen oder morgens mit den Boga-Netzen, aber er lehnte beides ab.

Letrell schien vor allem mit den Leuten reden zu wollen, und das konnte bei dem angeborenen Mißtrauen, mit dem die Menschen von Farol jeglichen Fremden begegneten, nur frustrierend für ihn ausgehen. Am nächsten Tag fand ich ihn wieder an meinem Tisch vor der Bar. Ich fragte ihn, ob er weitere Bootsfahrten vorhabe, er verneinte. Er wollte wissen, wie lange ich schon in Farol lebe, und ich sagte es ihm. Ob ich fände, daß die Leute reserviert seien, schwer zugänglich? Ja, sehr. Sie seien aber auch großzügig, nichtmaterialistisch, poetisch und über alle Maßen abergläubisch. Aber ich hätte sie doch kennengelernt? fragte er, und ich sagte ihm, nicht richtig, doch ich hätte gewisse Fortschritte gemacht.

Letrell sagte dann, daß er mit mir über eine streng vertrauliche Angelegenheit sprechen wolle. Er ziehe im Namen gewisser Freunde Erkundungen ein über das Schicksal von Mariano Oliver, der 1939, am Ende des Bürgerkriegs, aus Farol verschwunden war. Ich erzählte ihm, daß im vergangenen Jahr ein Polizeihauptmann hiergewesen sei und den Fall untersucht habe, und überlegte, ob Letrell wohl einer der zahllosen Zivilfahnder war, die man in jenen Jahren traf. Letrell versicherte, sein Interesse sei rein humanitärer Art. Mariano Olivers Familie wollte herausfinden, ob er noch am Leben sei. Das, und nicht mehr.

Oliver, sagte er mir, war nicht der richtige Name des Vermißten. Er war der Sohn einer Adelsfamilie, unreif, unverantwortlich und verwöhnt, der Anfang der Dreißiger wegen eines anscheinend unmotivierten Mordes im Affekt verurteilt worden war, einer Tat, die er wohl unter dem Eindruck ähnlicher Fälle in Amerika begangen hatte, wo seinerzeit das Killen als Nervenkitzel eine Art weitpublizierter Mode war. In seinem Falle war die Publizität von der Familie, die »mucha influencia« hatte, unterdrückt worden. Oliver verbrachte pro forma zwei Jahre in der Justizheilanstalt und wurde anschließend nach Farol geschickt, um der Öffentlichkeit nicht unter die Augen zu kommen. Über sein Leben im Dorf war, wie ich wußte, nichts in Erfahrung zu bringen, nur daß er hier ein seltsam verrücktes Haus in einem selbstentworfenen, komplizierten Garten gebaut hatte. Jede Spur dieses Hauses – mit Ausnahme der noch sichtbaren Fundamente – war längst getilgt, und vom Garten waren nur noch die Umrisse, die erhöhten Beete und die kleinen Bewässerungsgräben unter dem Unkraut zu sehen. Die Dorfbewohner setzten alles daran, so schien es, zu vergessen, daß dieser Mann, den sie nur als Mariano des Horts (Mariano der Gärter) gekannt hatten, je existiert hatte.

Dies, sagte Letrell, sei ein klassisches Rätsel, und je mehr er von seinen Freunden über die Details des Falles erfahren habe, desto mehr habe ihn der fasziniert. Während des Bürgerkriegs hatte Mariano Olivers Familie einigermaßen regelmäßig von ihm gehört, und Mittel und Wege gefunden, ihm Geld zukommen zu lassen, obwohl er in einer Gegend lebte, die bis zum letzten Moment des Konflikts von den Republikanern gehalten wurde. Nach dem Debakel der ersten Februarwoche 1939 hatten sie mehrere Monate lang keine Nachricht mehr von ihm, bis dann eine Reihe von Briefen aus Frankreich eintraf. Es gab keinen Grund zur Vermutung, daß mit diesen Briefen irgend etwas nicht stimme. Sie waren wie üblich mit ›Pep‹ unterschrieben – ein Kosename, der nur den Familienangehörigen bekannt war. Pep berichtete seinen Eltern, daß er sich dem Strom der Flüchtlinge angeschlossen habe, und nach Frankreich gegangen sei, wo er vermutlich noch einige Zeit werde bleiben müssen. Daraus schloß man, daß er sich irgendwie mit dem Republikanischen Regime eingelassen hatte.

Solche Briefe kamen zwei Jahre lang immer wieder, doch allmählich tauchten Zweifel auf. Mariano Olivers Familie war einflußreich genug, um für ihren Sohn eine Begnadigung zu erwirken, was auch immer er verbrochen hatte, und sie schrieb ihm dies; er aber wollte von einer Rückkehr nichts wissen. In Frankreich reiste er umher, wechselte ständig die Quartieradressen, an die Post und Geld geschickt wurden. Sein Vater wollte nach Frankreich fahren, um ihn zu treffen, aber er brachte schwache und wenig überzeugende Argumente gegen eine solche Begegnung vor.

Darauf wandte sich die Familie an einen Privatdetektiv, der alle Briefe von Mariano untersuchte – die aus der Faroler Zeit und die aus Frankreich. Er kam zu dem Schluß, daß die letzteren wahrscheinlich eine Fälschung waren. Das bezog sich nicht auf den Schriftvergleich – ein Handschriftenexperte hatte beide für identisch erklärt –, sondern auf verräterische Unterschiede im Briefstil. Pep habe in seinen Briefen aus Farol immer gern Witze gemacht und eine Vorliebe für Kalauer und Wortspiele gezeigt. Die Briefe aus Frankreich waren geistlos und flach. Wer auch immer sie geschrieben habe, sagte der Experte, sei ohne Sinn für Humor.

Um jene Zeit dann, als sich in Frankreich das Vichy-Regime etablierte, wurden die Beziehungen zwischen beiden Ländern normaler, und man konnte sich an die französische Sûreté um Hilfe wenden. Dem Briefschreiber wurde eine Falle gestellt, doch ohne Erfolg, bis auf den, daß die Briefe zu einem abrupten Ende kamen. Die Theorie des Detektivs war, daß Mariano Oliver entführt und von seinen Entführern gezwungen worden war, die Briefe zu schreiben. Die spanische Presse bekam Wind von der Affäre. Danach wurde die Familie von Schwindlern belästigt. Jedesmal, wenn einer Mariano gesehen haben wollte, glaubte die Mutter begierig und fest daran, die, wie so viele Mütter in den Nachwehen der großen spanischen Tragödie, einfach nicht wahrhaben wollte, daß ein vermißter Sohn nicht eines Tages wiederkommen werde.

Jahre waren vergangen, die Schwindler hatten aufgegeben, und langsam beruhigte sich die mütterliche Obsession; die Wunden begannen zu heilen. Dann hatte im vergangenen Jahr ein mysteriöser Telefonanruf beim Vater die ganze Sache wieder hochgebracht. Der Anrufer, der, wie er sagte, von seinem Gewissen getrieben wurde, gab an, daß Mariano schon am Tag, ehe die Nationalisten das

Dorf besetzten, ermordet worden sei. Aus den Beweisen, die der Mann anbot, hatten sowohl der Vater wie Letrell geschlossen, daß dies der Wahrheit entsprach. Die Polizei war eingeschaltet worden, aber mit ihrer Untersuchung nicht weitergekommen. Daher also, sagte Letrell, seine Anwesenheit in Farol; doch er war, wie er zugeben mußte, noch immer keinen Deut klüger als zuvor, nachdem er mit jedem, der ihm auch nur ein Wort über Mariano Oliver sagen konnte, gesprochen hatte.

Hatte es, fragte er mich, einen Sinn, weiterzumachen? Worauf ich antwortete, natürlich könne man das nicht genau sagen, aber ich bezweifelte es. Die Menschen in solchen Dörfern, die kaum an die Existenz der Gerechtigkeit glauben und einen von den Vorfahren überkommenen und unerschütterlichen Glauben an die Korruption aller Regierenden haben, verteidigten sich traditionell durch Schweigen und Vergessen. Was immer hier geschehen sein mochte und als für die Gemeinschaft schädlich angesehen wurde, wurde dem Prozeß des Vergessens anheimgegeben, und die Erinnerung daran würde zuletzt so völlig und restlos aufgezehrt sein wie eine Leiche von den Würmern.

Wenn man's genauer bedachte, sagte ich zu Letrell, müßte man wohl eher sagen, daß sie die Erinnerung zerstörten, wenn das nötig wurde, indem sie ihre unheilvolle Kraft in Poesie und Mythen umsetzten. In kommenden Jahren würden die Enkel dieser Fischer die tragischen Ereignisse dieser Jahre vielleicht in ihren Blankversen heraufbeschwören, dann aber als Legenden, entpersonalisiert im Epos der Menschheit, und mit all den anderen alten Tragödien vermischt, die die spanische Halbinsel erlitten hatte.

Und doch wurde kurz nach Letrells Abreise in meiner Gegenwart der Name Mariano Oliver erwähnt. Und zwar als Beispiel für die unerklärliche Macht, die manche Menschen über Tiere haben.

»Hier lebte mal ein Mann«, sagte mein Nachbar Juan, »der auf ganz eigene Art pfeifen und damit die Vögel aus den Bäumen locken konnte. In seinem Haus flogen sie ein und aus. Es gab sogar eine Dohle, der er das Sprechen beigebracht hatte – ganz primitiv, versteht sich, aber verständlich, wenn man ein bißchen Phantasie hatte. Auch mit Hunden kannte er sich aus. Er baute eine kleine Wassermühle in seinen Garten, und ein paar Hunde wechselten sich ab, um das Ding in Gang zu halten.«

»War das vielleicht Mariano des Horts?«

»Ganz recht. Der Gärtner.«

»Was haben Sie von ihm gehalten?« fragte ich.

»Naja, mal so gesagt: Ich habe ihn bewundert. Man muß jemanden bewundern, der so mit Tieren umzugehen versteht. Aber ich war mir nicht sicher, ob er ganz richtig im Kopf ist.«

Die Leute von Farol zeigten wenig Interesse am Treiben der Welt, aber lebhafte Kommentare über Dorfereignisse lockerten die Monotonie des Netzeflickens auf, mit dem sich viele Frauen zu einem guten Teil des Tages beschäftigen mußten. Netzeflicken war eine ganz mechanische Arbeit, die den Kopf frei ließ für alle möglichen Phantasien und so das Rohmaterial aus Spinnerei und gesicherten Fakten bereitete, aus dem das Gewebe des Tratschs gemacht wird. Die Männer, die von ihrer kreativeren und härteren Arbeit beansprucht waren, hatten sich außer über ihre Alltagsthemen wenig zu sagen. Erst wenn sie mit ihren Frauen sprachen, bekamen sie mit, was ihnen an interessanten Dingen untergekommen war, während sie die von den Delphinen verursachten Risse zunähten. Das war kein geschlossener Informationskreis, da durch Heirat auch Außenseiter wie Sebastian ins Spiel kamen, denen die Dorftradition, auch die des Schweigens, fremd blieb. Und es sollte noch ein Jahr vergehen, ehe die Fakten des Falls Oliver, wie sie Sebastian von seiner Frau erfahren hatte, bis zu mir gelangten.

Da war gerade ein Fischer namens Vicente Ferrer ertrunken. Er hatte mit seinem Raï auf einem nicht ganz überspülten Felsen gestanden, den Halt verloren und war in zwei Meter tiefes Wasser gestürzt. Er war fünfundvierzig Jahre alt und hatte damit genau die Lebenserwartung der männlichen Bewohner Farols erreicht, die etwa der der englischen Arbeiterklasse im 19. Jh. entsprach. Ferrer dominierte eins der großen Boote und stand deshalb in hohem Ansehen. In seiner Jugend war er Anarchist gewesen, Mitglied der FAI, und hatte deshalb nach Kriegsende zwei Jahre lang im Gefängnis gesessen. Er hinterließ einen Sohn und seine Frau, die ihn vermutlich um achtzehn Jahre überleben würde. Don Ignacio machte bei dieser Gelegenheit eine ausgezeichnete Figur, da er die Bestattung in geweihter Erde zuließ, obwohl die Familie sich die Trauerfeier verbeten hatte.

Als er mir davon erzählte, sagte Sebastian, Ferrer sei der letzte von dreien gewesen, die mit dem Fall Oliver zu tun gehabt hatten. Einer davon sei in Frankreich verschwunden und ein anderer vor wenigen Jahren unter praktisch denselben Umständen wie jetzt Ferrer ertrunken.

Sebastian hatte Oliver nur einmal, ganz kurz, gesehen und erinnerte sich kaum an ihn. Er selbst war ins Kielwasser der Niederlage in einem anderen Landesteil geraten, als die Nationalisten Barcelona besetzten und ihren letzten Vorstoß bis zur französischen Grenze machten. Oliver war in die Republikanische Armee eingezogen, dann aus gesundheitlichen Gründen entlassen worden, woraufhin er Ärger mit der FAI bekam und sich Schikanen ausgesetzt sah, was bei seinen Familienverhältnissen kein Wunder war. Die Meinung in Farol war, er habe sich diese Behandlung zu Herzen genommen und sei ein, wenn auch passiver, Anhänger der Nationalisten geworden.

Im Krieg wie im Frieden war in Farol nicht viel passiert. Wenn die Soldaten in die Schlacht zogen, hielten sie sich meist auf den Hauptstraßen, und das einzige Scharmützel in dieser Gegend hatte es zwischen rivalisierenden Gruppen der Linken gegeben, die sich selbst mindestens so viel Schaden zufügten wie den Rechten. Im November 1938, beim lange vorhersehbaren Zusammenbruch der Ebro-Front, hatten etliche Fischer aus Farol sich der Schar derer angeschlossen, die eine Ausrede und einen Ausweg fanden, sich nach Hause durchzuschlagen, wo sie dann, kaum angekommen, sich ihrer Uniformen entledigten und wieder zu fischen begannen. Und mit solcher beiläufigen kommunalen Kapitulation kehrte Farol zu einer Art Normalität zurück, obwohl den meisten Leuten beim Gedanken an die Zukunft nicht geheuer war.

Die Bar war damals noch in Betrieb, und nach ein paar Boga-Fängen – denn mehr konnte man zu dieser späten Jahreszeit nicht erwarten – fanden sich die Fischer dort ein, um den letzten Wein zu trinken und sich Gedanken zu machen, wann denn nun und wie das passieren würde, was ja wohl doch passieren mußte.

Am Abend des 17. Januar 1939 kam Mariano Oliver in die Bar. Es gehörte wohl zur Mythologie jener letzten angespannten Tage, daß Oliver überall, wo er hinging, die Dohle auf seiner Schulter gehabt und daß sie bei dieser besonderen Gelegenheit einen Fluch in Richtung der Fischer ausgestoßen habe, die da an ihren Tischen hockten. Oliver stand mitten in der Bar und sagte mit seiner hohen

Stimme: »Barcelona ist gefallen.« Er ging auf Vicente Ferrer zu, lächelte ihn an und sagte, jedenfalls nach der Version aus zehnter Hand, die Sebastians Frau geliefert hatte: »Ich habe meine kleine Liste schon fertig.«

Er ging dann, ohne etwas zu trinken, wieder weg, und das erste, was jeder wissen wollte, war, ob diese schreckliche Nachricht stimmte, und wenn, wieso ausgerechnet Oliver als erster im Dorf davon erfahren hatte. Nach einer Stunde meldete sich der Sender Barcelona, der schon abgeschaltet hatte, wieder und spielte die Hymne der Nationalisten. Da beim derzeitigen Tempo des Vormarschs die Faschisten mit Sicherheit im Laufe der Woche in Farol zu erwarten waren, stellte sich die Frage, was mit Oliver zu geschehen habe, der ja klargemacht hatte, daß er sich an jedermann, den er als Feind ansah – ob zu Recht oder Unrecht – rächen werde, sobald sie da wären. Trotz der traditionellen Abneigung der Fischer gegen andere als friedliche Lösungen, war es allgemeine Meinung, daß er die Sicherheit des ganzen Dorfs aufs Spiel setzte und daß es nur einen Ausweg gab, nämlich ihn unverzüglich zu töten. Damals lebte ein Curandero in der Nähe, der sich vor linken Fanatikern versteckt hielt, die ihn beim geringsten Anlaß erschossen hätten. Die Fischer baten ihn um Rat, doch er war absolut gegen den Plan, ihn umzubringen, wenn es nicht unbedingt sein müsse; und um das zu entscheiden, wollte er sich nachts in Olivers Haus einschleichen und seine Papiere durchsuchen, ob sich da Beweise fänden, daß er ein faschistischer Spitzel wäre.

Das tat er, und hatte am Tag nach seiner nächtlichen Visite seine Meinung geändert, man müsse Oliver umbringen. Er hatte das Buch des Heiligen Cyprianus konsultiert – die indizierte Hexenbibel, die von den meisten Curanderos benutzt wurde – und das Datum der Hinrichtung auf den dritten Tag festgesetzt.

Um diese Zeit aber, die Nationalisten waren nur noch knapp fünfzig Kilometer entfernt – hatte Panik eingesetzt und die Straßen waren überfüllt von Flüchtlingen auf dem Weg nach Frankreich. Auf irgendeine Weise hatte der Curandero Einfluß auf Oliver erlangt, ihn offenbar gefügig gemacht und eine Art betäubender Willfährigkeit gegenüber dem, was ihn erwartete, erzeugt. Eine der Alten hatte Sebastians Frau erzählt, sie selbst habe die beiden zusammen gehen sehen, Olivers Dohle habe den Curandero beschimpft, und der habe sie von Olivers Schultern gefangen und ihr den Hals umgedreht. Wieviel Wahrheit in der Geschichte steckte, mochte jedermann selbst entscheiden. Selbst ein Augenzeuge hat ja Schwierigkeiten, einen Vorgang zum wiederholten Mal genau gleich wiederzugeben, und vom Hörensagen zur Legende ist nur ein Schritt. Hatte der Curandero der Dohle wirklich den Hals umgedreht? Besaß Oliver überhaupt eine Dohle, der er »Ich scheiß auf Gott« beigebracht hatte? War ein Curandero im Spiel bei den Vorgängen des 1. Februar in Farol – oder war er vielleicht nur eine Erfindung, um die Fischer vom Gespenst der Schuld zu befreien? Aber wenn man davon ausging, daß Oliver, ohne das Dorf verlassen zu haben, ermordet worden war, hätte doch nur ein geübter Fälscher – wie es der Curandero gewesen sein mochte –, der Zugang zu den persönlichen Papieren Olivers hatte, hinter den Briefen aus Frankreich stecken können.

Es war kurz nach Einbruch der Dunkelheit, als der Curandero bei den beiden Fischern Julian und Pal erschien, ihnen sagte, sie sollten sich waschen, frisches Zeug anziehen und mit ihm kommen. Die drei gingen zum Hause Ferrers, und der Curandero forderte auch ihn auf, sich zu säubern, denn alles sei bereit. Julian war der Mann, der als erster ertrunken war, und seine Frau Carmen hatte Elvira das Treffen beschrieben. Ferrer war ganz außer sich gewesen, sagte, er wolle mit der Sache nichts zu tun haben, aber der Curandero lachte nur, klopfte ihm auf die Schulter und sagte: »Los jetzt.« Oliver wartete schon an der Haustür auf sie, und sie gaben ihm alle die Hand. Der Curandero zündete eine Zigarette an, steckte sie Oliver in den Mund, und der machte zwei oder drei Züge. Der Curandero sagte: »Wir wollten dich zu einem kleinen Spaziergang am Wasser abholen.« Oliver zeigte weder Überraschung noch Bedenken, und sie gingen durchs Dorf, das um diese Zeit menschenleer war, hinauf in die Klippen.

Der Curandero ließ Oliver dicht am Rand der Klippen gehen und hieß Ferrer, sich nah bei ihm zu halten. Ferrer schüttelte den Kopf und sagte »Nein«, tat es aber doch, und die anderen folgten dichtauf. An einem bestimmten Punkt befahl der Curandero Ferrer: »Stoß ihn runter!«. Ferrer sagte: »Das kann ich nicht«, drehte sich um und begann, zurück zum Dorf zu laufen. Die andern folgten ihm. Carmen erzählte Elvira, ihren Mann habe am meisten gewundert, daß Oliver überhaupt nicht begreifen wollte, daß er in Gefahr sei, und er den Vorfall auf den Klippen nur als Spaß ansah. Zu diesem Zeitpunkt hatte auch Julian kalte Füße wegen des ganzen Komplotts gekriegt und hoffte, daß der Curandero den Mordplan aufgegeben habe. Er fühlte sich sehr erleichtert, als sie ins Dorf zurückkehrten, und die Atmosphäre war ganz freundschaftlich. Jemand schlug vor, sie könnten doch noch einen trinken, also gingen sie zur Bar, die jedoch schon zu war. Der Curandero knackte das Schloß und ließ sie ein.

Sie gingen in den Weinkeller hinunter, wo sie ein Faß mit noch etwas Wein darin fanden. Es gab da unten Tisch und Stühle und sie setzten sich und begannen zu trinken. Plötzlich entschuldigte sich der Curandero und ging auf die Toilette, die irgendwo hinten war. Julian bemerkte, daß er ein Glas mitnahm, das er, als er zurück war, vor Oliver hinstellte. Er bemerkte auch, daß Ferrer, der sich kurz etwas beruhigt hatte, wieder zu zittern und zu schwitzen anfing, dann aufstand und sagte, er wolle gehen, und die Treppe hochrannte, dort aber die Tür nicht aufkriegte und wieder heruntergeschlichen kam. Der Curandero forderte ihn auf, sich wieder zu setzen. Wovor er denn Angst habe, fragte er, und Ferrer sagte, vor dem, was in dem Glas sei. Der Curandero lachte nur. Er holte eine Streichholzschachtel heraus, zündete eins an, hielt einen Finger in die Flamme und zeigte keine Spur von Schmerz. Julian erzählte seiner Frau, der Anblick habe ihm die Haare zu Berge stehen lassen. Danach sagte der Curandero, jeder von ihnen könne das auch, und er reichte die Streichhölzer an Ferrer weiter, der sich aber bei dem Versuch verbrannte. Daraufhin nahm der Curandero die Streichhölzer weg, nahm Olivers Glas, trank es zur Hälfte aus, und stellte sein eigenes Glas vor Oliver hin. Nun tranken sie und brachten Toasts aus, auch einen auf den Tod für alle Verräter, Denunzianten und Spitzel.

Julian sagte, es sei, trotz der bis zum Zerreißen angespannten Nerven, eine lustige und ausgelassene Runde gewesen. Jemand stellte das Radio im Keller an, und sie hörten einen faschistischen General, der von dem blutrünstigen Schicksal sprach, das sie alle erwartete.

Der Curandero befahl Oliver, aufzustehen und den faschistischen Gruß zu entbieten, was er auch tat und was alle sehr lustig fanden. Dann beschloß Oliver plötzlich, nach Hause zu gehen und lud alle zu sich ein. Zur Entschuldigung sagte er, er müsse heim, seine Tiere füttern. Ferrer und Julian wollten mit ihm gehen, aber der Curandero sagte, niemand werde die Bar verlassen, weil es schon zu spät sei, und Geschehenes könne nicht mehr ungeschehen gemacht werden.

Oliver war schon sehr elend, und Julian begriff, daß der

Curandero ihre Aufmerksamkeit durch den Streichholztrick abgelenkt und die Gläser vertauscht haben mußte, so daß Oliver den höchstwahrscheinlich vergifteten Wein bekam. Julian erkannte die Symptome einer akuten Mutterkornvergiftung, denn Oliver erbrach sich dauernd, weinte und hielt sich den Bauch. Er und Ferrer entschlossen sich, abzuhauen, rannten die Stufen hoch, aber der Curandero, ein starker Mann, kam ihnen nach, griff nach ihren Beinen und hielt sie fest, bis sie sich mit Tritten befreien konnten. Das Schloß an der Straßentür war irgendwie verklemmt, und als sie noch daran herumfummelten, begann Oliver zu schreien. Als sie zum Treppenabsatz zurückgingen, sahen sie, wie Oliver mit dem Rücken auf dem Boden lag und der Curandero und Pal sich über ihn beugten. Julian glaubte, der Curandero sei dabei, Oliver mit einem Gürtel zu erdrosseln. In diesem Moment lief Pal, um die Kellerlampe auszulöschen, und das Schreien hörte auf. Kurz darauf kamen die beiden Männer aus dem Keller herauf und sagten, Oliver sei tot. Zu Julians Geschichte gehörte noch, daß jemand einen Spaten geholt, man die Bodenplatten im Keller herausgenommen und ihn an Ort und Stelle begraben hatte.

Später fügte mein Nachbar Juan der Geschichte noch ein vielsagendes Detail als Postscriptum an, als er in einem Gespräch über die Bar erwähnte, daß der Vorgänger des Alkalden einmal alle damit überrascht habe, als er den Boden seines Weinkellers auf eigene Kosten mit einer sechs Zentimeter dicken Schicht Beton überzog.

10

Es zeigte sich, daß Mugas Einfluß in der Gegend zunahm und, als gewissermaßen unvermeidliche Folge davon, der von Don Alberto dahinschwand. Die Fischer fanden es verwunderlich, daß jemand, der ihnen so kindisch vorkam, so viel Macht besitzen sollte. Muga konnte etwa bestimmen, daß eine Straße, die bis dahin kaum besser als ein Feldweg gewesen war, erweitert und anständig gepflastert wurde, und daß eine gefährliche Brücke, über die sie führte, auf Staatskosten neu gebaut wurde. Er sorgte auch für fließendes Wasser, das von einer entfernten Quelle zu seinem Haus geleitet wurde, hatte aber auch nichts dagegen, wenn Dorfbewohner, deren Regenwasserzisterne im Sommer ausgetrocknet war, mit jeder Menge Gefäßen ankamen, um sie an seinem Hahn zu füllen. Ein Wort ins Ohr eines hochgestellten Freundes genügte, um eine dreißig Kilometer lange Telefonleitung bis zu Muga zu legen. Nicht mehr als drei Menschen in Farol hatten je ein Telefon benutzt, aber Muga war durchaus nicht kleinlich und ließ wissen, daß im Notfall jeder zu jeder Tages- oder Nachtzeit in sein Haus kommen und es benutzen könne.

So weit, so gut. Was die Fischer, die ja Realisten waren, erstaunte, war Mugas Begeisterung für Kinkerlitzchen und Spielzeug. Sebastian hatte einmal, als er beim Einbau eines Brunnens im andalusischen Stil in einen der Räume half, mit großen Augen zugesehen, wie Muga am Schreibtisch sitzend einen Telefonanruf entgegennahm. Es gab kein Klingeln, sondern ein Pfeifen wie von einer Lokomotive in einem Pyrenäen-Tunnel, und tatsächlich kam, durch ein sich öffnendes Loch in der Wand, eine Minilok hervor, fuhr über ein dreieinhalb Meter langes Miniaturviadukt und brachte auf dem einzigen angehängten Waggon das Telefon bis knapp vor Mugas Hand. Nach dem Gespräch, als Muga den Hörer aufgelegt hatte, ertönte ein Pfiff zur Abfahrt, die Lok stieß einige kleine Dampfwölkchen aus und rangierte wieder zurück in die Wand.

Don Alberto, dem alles, wofür Muga stand, zuwider war, gab immerhin zu, daß er eine Macht sei, mit der man rechnen müsse; doch er hielt an der Illusion fest, daß es möglich sein müsse, den Schwarzhändler zu zähmen, zu zivilisieren und ihn vom Kurs seiner barbarischen Veränderungen abzubringen. Er sah allmählich ein, daß die ideale menschliche Gemeinschaft aus verantwortungsbewußten Landbesitzern und ergebenen Pächtern – wie er sie in Erinnerung hatte – unter der Wucht von Naturkatastrophen und explosiven Ideen erschüttert wurde.

Die Bauernwelt und die Fischerwelt – sie waren beide am Ende ihrer Kräfte. Nach dem Eichel-Winter in Sort war dort auch der Frühjahrsregen ausgeblieben, so daß jedes Fleckchen Land mit rasch gegrabenen Gräben bewässert werden mußte. Die Situation in Farol war geradezu paradox. Endlich einmal waren wieder der frühe Thunfisch und die frühe Sardine in Fülle eingetroffen, aber da es nur noch zwei seetüchtige Boote gab, war der Ertrag unter dem Durchschnitt geblieben, und es hatte keine Frühjahrshochzeiten gegeben. Don Alberto hatte seinen Stolz heruntergeschluckt und Muga einen Besuch abgestattet, bei dem er, wie er sagte, in einer Umgebung von erstickender Gewöhnlichkeit empfangen wurde. Ihr Gespräch, bei dem es um die Möglichkeit von Krediten zur Belebung der lokalen Wirtschaft ging, wurde durch die Einfahrt der telefontragenden Lokomotive unterbrochen, und Don Alberto mußte nun der einen Seite eines Dialogs mit einem Mann aus Madrid zuhören, der die Befürchtung hatte, daß Schweine unten durch seien, er aber noch 100 000 abzusetzen hatte.

Nachdem Muga 50 000 gekauft und ein weiteres Gespräch geführt hatte, um sie weiterzuverkaufen, war er gern bereit, Don Alberto zuzuhören, als der seinen Plan entwickelte. Muga zeigte sich voller Teilnahme, schüttelte aber am Ende den Kopf. Die Vergangenheit sei tot und vorbei, jetzt müsse man eine ganz andere Zukunft anvisieren. Was hatte es für einen Zweck, Bewässerungsgräben auf einem Land anzulegen, das keinerlei marktgängige Produkte mehr hervorbrachte? »Nur wer für den Markt produziert, kann was verdienen, und man kann heute keine Bohnen mehr verkaufen!« Und warum sich noch Gedanken über die Küstenfischerei machen? Die sei doch auch am Ende. Und in neue Boote für Farol zu investieren heiße doch nur, gutes Geld schlechtem hinterherzuwerfen.

»Ich möchte den Leuten helfen«, sagte Muga zu Don Alberto, »so bin ich eben, aber sie in ihrem alten Trott zu unterstützen und sie ewig so weitermachen zu lassen, heißt doch nur, ihr Elend zu verlängern. Selbstverständlich will ich helfen wo ich kann, ich möchte jedoch sichergehen, daß jeder Kredit, für den ich gutsage, auch zu einem wirklichen Wandel genutzt wird. Wenn Sie in dieser Richtung konkrete Vorschläge haben, bin ich Ihr Mann.«

Don Alberto erhob sich, um zu gehen. »Ich bin nicht sicher, ob wir über dasselbe sprechen.«

Muga machte nun Anstalten, in Farol aufzuräumen. Inzwischen hatte er auch die beiden anderen alten Korkvillen gekauft, von denen er eine renovieren und ihre strenge Fassade mit verzierten portugiesischen Kacheln verkleiden ließ. Die andere mußte er vorerst unberührt lassen, da sie immer noch bewohnt war, und zwar von Maria Cabritas und ihrer Mutter, die sich in den beiden einzigen Räumen eingerichtet hatten, die nicht, wie das übrige, fast völlig zur Ruine geworden waren. Die beiden zahlten eine Art Miete, und sie loszuwerden, hätte rechtliche Auseinandersetzungen zur Folge gehabt, die Muga vielleicht hätte abwürgen können, wenn er nicht darauf erpicht gewesen wäre, alles zu unterlassen, was seinem Ansehen in der Nachbarschaft geschadet hätte.

Auch Carmelas grellbemalter Schuppen war ihm ins Auge gefallen. Diesmal war das Recht auf seiner Seite. Das Ding war ohne Genehmigung gebaut worden und hätte genauso leicht wieder abgerissen werden können. Muga bevorzugte aber die sachte Tour. Er sagte ihr, daß die Hütte über kurz oder lang wegmüsse und er mit ihr zu einer gütlichen Einigung kommen wolle. Er bot ihr an, ihr im Dorf eine angemessene Unterkunft zu verschaffen, für die sie dann nichts zu zahlen brauchte. Carmelas Antwort war, daß sie da, wo sie wohnte, weit außerhalb des Dorfes, bleiben wolle, weil durch den Anblick anderer, spielender Kinder Rosa unglücklich und gar nicht mehr zu bändigen sein würde. Muga bat darum, Rosa zu sehen und sagte, er würde für die Unterbringung in einem Heim aufkommen. Dieses Ansinnen wurde entrüstet zurückgewiesen, doch das nächste Angebot war Carmela schon eher recht. Muga sagte nämlich zu, für einen Besuch der beiden bei einem Spezialisten in Barcelona sowie für die notwendige Behandlung, die der empfehlen würde, aufzukommen. Es war ein Vorschlag, über den sie, wie sie mir sagte, ernsthaft nachdenke und den sie wohl akzeptieren müsse.

Das dickste Problem für Muga war das mit dem Haus, das den Seeblick von seinem Hotel aus so häßlich störte. Cabezas, der Mann, der es im Eigenbau errichtet hatte, zeigte sich voller Stolz. Es war ein einstöckiges Gebäude mit sechs Zimmern, die keine Decke hatten, sondern bis zu den nackten Ziegeln des extrem hohen Daches emporreichten. Nur wegen des Anblicks von außen hatte Cabezas Fenster für nichtexistierende Schlafzimmer im nichtexistierenden ersten Stock eingelassen und eine Außentreppe gebaut, die angeblich dort hinführte. Einer der Räume, in denen er seine Tiere im Winter hielt, hatte einen schrägen Betonboden, von dem der Urin in eine Rinne floß. Ein budenähnlicher Verschlag mit einem Eimer und meterhohem Zaun war für die menschlichen Bedürfnisse da. Die Haustür war wie für den Überfall jener Piraten gemacht, die vor anderhalb Jahrhunderten hier die Küste unsicher gemacht hatten, und Cabezas mußte sich mit seinem ganzen Gewicht dagegen stemmen, um sie zu öffnen.

Muga fragte Cabezas, warum er seine besten Mannesjahre auf den Bau dieses Hauses verwendet und sich bis heute damit begnügt habe, in einer Höhle im Wald zu leben, wie seine Vorfahren vor zehntausend und mehr Jahren. Cabezas erwiderte, er habe es für seine Familie getan. Frage: Wo die denn sei? Antwort: Frau und zwei Kinder seien tot, jetzt habe er nur noch einen Sohn. Frage: Ob der denn stolz sei auf die Leistung seines Vaters? Antwort: Dem sei das so ziemlich egal.

Jeder Mensch, so Mugas Philosophie, hatte seinen Preis. Er fragte Cabezas, wieviel er seiner Meinung nach in den neunundzwanzig Jahren in sein Projekt gesteckt habe, und der sagte, sehr wenig außer Liebe. Er hatte die Steine selbst aus dem Steinbruch gehauen, sie mit der Schubkarre zum

Grundstück gefahren, einen auf den andern gesetzt, Tag für Tag, Woche für Woche, und Jahr für Jahr, und seine Familie hatte – ziemlich dürftig, wie er zugab – von einer kleinen Erbschaft von fünfzig Peseten pro Woche gelebt. Er dankte Gott für das Wunder, das es ihm erlaubt hatte, sein Werk just zu der Zeit zu vollenden, als er auch mit seinen Kräften am Ende war. Cabezas zitierte Barros: »Wir haben das Haus gebaut. Jetzt machen wir uns an das Grab.«

Und nun? Was er denn jetzt mit dem Haus anfangen wolle, fragte Muga, und Cabezas sagte, darin wohnen. Er und sein Sohn, der jetzt zwanzig war, wollten sich's darin wohl sein lassen und die harte Vergangenheit vergessen. Muga bot ihm eine Million, zwei Millionen, drei Millionen, was mehr war, als er für die drei Kork-Villen zusammen bezahlt hatte – aber Cabezas lachte und schüttelte den Kopf.

Von Cabezas Hartnäckigkeit frustriert, wandte Muga seine Aufmerksamkeit der Krise zu, in der der einst wohlhabende und mächtige Pablo Fons steckte und die nun Ortsgespräch war.

Ein einziges schlechtes Jahr hatte gereicht, um Fons von einem nach bäuerlichem Maßstab reichen Mann zu einem armen zu machen, und die Armut beraubte ihn seines Selbstvertrauens und seines Unternehmungsgeistes. Seine Frühjahrsernte war schlecht gewesen, etliche seiner Kühe hatten Mundfäule bekommen und mußten zu einem ruinösen Preis an einen verschwiegenen Schlächter verkauft werden. Ein Prozeß, der sich über Jahre hingezogen und dessen Kosten sich nun summiert hatten, ging verloren, und schließlich war sein ältester Sohn mit der Polizei in Konflikt geraten, weil er sich einer jungen Französin, die an einem Strand bei Farol ein Sonnenbad riskierte, exhibitionistisch gezeigt hatte. Er wurde reichlich verdroschen, und Fons mußte eine kräftige Bestechungssumme zahlen, um ihn vor dem Gefängnis zu bewahren.

Ich erfuhr das von Don Alberto, der erzählte, daß Fons' Sohn ziemlich hart rangenommen worden sei. Die Leute meinten, daß ein Fall von Exhibitionismus normalerweise niemanden aufgeregt hätte und eher als Familienangelegenheit innerhalb des Dorfes geregelt worden wäre, und es schien schlimm, daß der junge Fons für etwas bestraft wurde, das sonst als fast traditionelle Reaktion des Erstaunens und der Bewunderung gegolten hätte – nur weil es sich in diesem Fall um eine Ausländerin handelte. Die traurige Nachricht, die all diesen Mißgeschicken den Rest gab, war, daß Muga, der von Fons' Verlusten gehört hatte, ihm anbot, einen Teil seiner Farm zu kaufen. Es war geradezu undenkbar, daß ein Bauer sein Land verkaufte, aber Fons hatte in diesem Fall keine Wahl. Don Alberto sagte, aufgrund eines alten Vertrages habe er selbst das Vorkaufsrecht auf jegliches Land, das Fons veräußern würde; aber er habe sich nicht eingeschaltet, da er keine Lust verspüre, die Grenzen der ihm gehörenden Semi-Wüste noch auszudehnen. Ich fragte, welchen Nutzen das Land denn für Muga habe, wenn niemand anders was damit anfangen könne. Don Alberto sagte in dem leicht schockierten Ton eines Mannes, der von einem Bubenstück spricht, daß Muga Kunstdünger einsetzen wolle. Das sei etwas, sagte er, das einem hiesigen Bauern nicht im Traum einfalle. Nicht allein wegen der Kosten, sondern weil es den Wert dessen in Frage stelle, was einem der Allmächtige zur Nutzung anvertraut habe.

Ein paar Tage später war der Handel perfekt. Muga wurde Landbesitzer, und es sprach sich herum, daß er nun von den Dorfleuten mit Don Jaime angeredet zu werden wünschte. Man konnte ihn über sein neues Land stapfen sehen – in Begleitung eines Mannes mit einer Art von großem Bohrer, der von Zeit zu Zeit Löcher in den eisenharten Boden drillte, Erdproben entnahm und sie in eine Anzahl kleiner, etikettierter Säckchen tat.

Fons und Muga kamen gut miteinander aus. Ohne Mugas Geld hätte Fons nicht weiterexistieren können, und Muga nutzte Fons' Erfahrung, wenn hier, wo die Macht der Gewohnheit stärker als das Gesetz war, etwas geregelt werden mußte. Vermutlich ließ sich Muga von Fons beraten, wie er mit den störrischen Mietern der dritten Kork-Villa am geschicktesten verfahren solle, und vermutlich stammte von Fons der Plan, wie der leicht erregbare Zorn der Hexenjäger von Sort Mugas expansionistischem Ehrgeiz dienstbar zu machen sei.

In der Nacht des 7. Juni brach jemand in das Gehege ein, das Maria Cabrita im Garten ihres Hauses angelegt hatte und ließ die sieben Ziegen frei und auf die Felder laufen, wo sie unter den mageren Früchten schweren Schaden anrichteten. Als Maria am nächsten Morgen durch die Felder von Sort lief, in Seidenstrümpfen und modischem Kleid, um die Ziegen wieder einzufangen, kam es bei den Leuten zu einem Ausbruch des Zorns, und der Alkalde von Sort, obwohl doch selbst ein Ziegenfreund und bis dahin auch der Sache Marias wohlgesonnen, war unter dem Druck der Stimmung im Dorf gezwungen, eine sogenannte ernste Verwarnung auszusprechen.

In der folgenden Nacht gab es keinen Mond, das war um diese Jahreszeit die günstigste Bedingung fürs Fischen mit Lampen. Fast jedes Boot stach unmittelbar bei Einbruch der Dunkelheit in See, so daß Farol ohne männlichen Schutz war. Das war ein Umstand, der für Don Alberto zu der Tatsache zu passen schien, daß die beiden Faroler Civil-Gardisten am Abend dieses Tages ins Hauptquartier in Figueras beordert worden waren. Solche Abwesenheit über Nacht kam selten vor, und war, wie er sagte, im Lichte dessen, was passieren sollte, von außergewöhnlicher Bedeutung. Wenn Muga schon, so mutmaßte Don Alberto, die ganze Polizeitruppe des Hafens von Palamos kaufen konnte, dann konnte ihn wohl auch niemand hindern, dem Major in Figueras, falls nötig, Befehle zu erteilen. Etwa um elf Uhr umstellte eine Gruppe von Leuten aus Sort das Haus, in dem Maria Cabritas und ihre Mutter schliefen, und begannen auf die Zinnteller, Kessel, Töpfe und die Trommeln, die sie bei sich hatten, einzuschlagen und obszöne Beschimpfungen gegen die beiden auszustoßen, die sie nunmehr aus der Nachbarschaft vertreiben wollten. Die *Encerrada*, ein alter und jetzt verbotener Brauch, war die traditionelle Methode, ein Dorf von der Schande zu befreien, die ein Mann oder eine Frau in den Augen der anderen begangen hatte, wenn er oder sie nach dem Tode des Ehepartners wiederheiratete, oder wenn es sich, was seltener war, um eine Ehebrecherin handelte. Wer an solcher Austreibung beteiligt war, sollte über jede moralische Anfechtung erhaben sein, aber die *Encerrada* erlaubte nicht nur, sondern entfachte die wüstesten öffentlichen Gemeinheiten. Nachdem ich zwei Stunden lang versucht hatte, trotz des Gejohles zu schlafen, ging ich hin, um zu sehen was los war und traf auf einen wildgewordenen Lynchmob aus Männern und Frauen, die durch den Haß aus der Verpuppung ihrer dürftigen Leben befreit waren. Während sie auf ihre Zinnteller trommelten, in die Hörner bliesen und die schmutzigsten, gotteslästerlichsten Flüche rausließen, die sie sich nur ausdenken konnten, wirbelten und sabberten sie wie die Derwische. Abscheulichkeit und Obszönität wurde von ihnen erwartet, und sie produzierten sie reichlich und von ganzem Herzen. Alles hier stank nach Schweiß und Exkrementen. Die Männer stellten sich reihenweise hin, um gegen die Mauer des Hauses zu pissen, und geifernde und schreiende Frauen hockten sich an den Straßenrand, um sich unter ihren Röcken zu erleichtern. Einer schmiß Mist gegen die Fenster.

Zwei Anführer des Aufruhrs fuhren mit einem Gespann

vor, ihre Gesichter von einer gräßlichen Frömmigkeit entstellt. Sie stürzten sich in das Gehege hinter dem Haus und schleppten die Ziegen, eine nach der anderen, mit zusammengebundenen Beinen hinaus, und warfen sie auf den Karren. Dann stieß einer von ihnen die Tür auf und ging hinein. Minuten später kam er mit den beiden Frauen heraus und schubste sie vor sich her, als sie noch mit ihren zusammengerafften Habseligkeiten kämpften. Maria und ihre Mutter ließen sich zwischen ihren Bündeln nieder. Das Mädchen hatte sich für diesen Augenblick so sorgfältig gekleidet wie immer. Ihre Mutter hielt sich ein Tuch vor die Augen, aber Maria sah gerade vor sich hin, und ihre Miene war, wie stets, ganz ungerührt.

Das Gefährt wurde weggefahren. Der Mob johlte hinterher und machte wilde Fick-Gebärden. Dann sackte der Haß weg, die Schreie dämpften sich zu einem leisen murrenden Grollen der Erschöpfung. Der Katzenjammer hatte sie ergriffen, als sie wegzutrotten begannen.

Die Episode, sagte Don Alberto, habe wie ein Einschnitt das Ende einer Epoche markiert und zugleich gezeigt, wie leicht es für einen gewöhnlichen Verbrecher wie Muga sei, einfache Bauern dazu zu bringen, sich am Ende selbst zu zerstören und damit das empfindsam justierte Gleichgewicht eines Dorflebens, das sie hervorgebracht hatte. Don Ignacio, der jetzt an eine Tagesordnung von Messen gekettet war, die niemand besuchte, sprach sich dafür aus, jede Einmischung von außen ein für allemal zu beenden, und stimmte mit Don Alberto überein, daß Muga gestoppt werden müsse. Und zwar am besten jetzt, da man ihn wegen einer Verschwörung gegen das Gesetz belangen könnte. Krawalle bei Versammlungen jeglicher

Art wurden vom Regime sehr ernst genommen und unterbunden, wenn es nicht sogar Strafen von exemplarischer Promptheit und Härte gab.

Don Alberto sagte, er habe zwei seiner Pächter befragt, die nicht nur zugegeben hätten, daß Fons sie zur Teilnahme an der *Encerrada* überredet hatte, sondern auch, daß er ihnen dafür etwas Geld gegeben habe. Es waren dieselben Leute, die sonst vor jeder Unternehmung ängstlich fragten, was wohl ihr Patron dazu sagen würde, ja, die ihn beinah noch um Erlaubnis fragten, ehe sie mit ihren Frauen schliefen; also sagten sie Fons natürlich, sie müßten noch Don Albertos Zustimmung einholen, ehe sie bei der *Encerrada* mitmachten, so sehr es ihnen auch Spaß machen würde. Worauf Fons erwidert hatte, niemand habe von Don Alberto noch irgend etwas zu befürchten, und wenn es irgendein Problem geben sollte, werde es Muga, der nun der reichste Mann der Provinz sei, schon lösen.

Sebastian fügte noch ein Stückchen Information hinzu, das Don Alberto eifrig notierte, nämlich daß ihn Muga kurz vor der *Encerrada* auf der Straße angehalten und ihm gesagt habe, die bei der dritten Korkvilla aufgetretenen Hindernisse seien nun überwunden, und er könne dort binnen einer Woche zu arbeiten anfangen.

Aber das verräterischste Indiz wurde von der Anführerin der Frauen bei der *Encerrada* geliefert, einer alten Fanatikerin, die der Christ-König-Bewegung in der Region vorstand. Diese Frau, die ich einmal bei einer Prozession gesehen hatte, als sie ein Transparent mit der Aufschrift trug »Ich werde beim Heiligen Herzen Jesu keine Romane, Zeitungen oder Illustrierte lesen und mich nie im Leben schminken«, hatte Don Alberto erzählt, daß Muga ihr neulich ein Kruzifix geschenkt habe; »für erwiesene Dienste«, setzte sie hinzu und lachte bitter.

Es schienen nun genügend Beweise beisammen, die

eine Anzeige rechtfertigten, und Don Alberto bat Don Ingnacio, ihm bei der Abfassung eines Briefes an den Kommandanten der Guardia Civil in Figueras behilflich zu sein. Auf diese außerordentlich lange Eingabe erhielten sie eine wohlüberlegte Antwort. Als er sie las, gab Don Alberto jede Hoffnung verloren.

Der Kommandant schrieb, daß er eine eingehende Untersuchung des Vorfalls durch seinen Mann am Ort veranlaßt habe und er zu den folgenden Schlüssen gekommen sei:

Erstens: Charakter und Bedeutung der Vorfälle seien in der Beschwerde stark übertrieben dargestellt. Es habe öffentliche Kritik an einer Frau gegeben, die sich unmoralischen Verhaltens schuldig gemacht hatte; dabei seien aber keinerlei Gewaltakte oder Sachbeschädigungen vorgekommen.

Zweitens: Entgegen der Behauptung im Brief sei keinerlei Zwang ausgeübt worden, um die Frau und ihre Mutter zum Verlassen des Dorfs zu nötigen, und sie selbst hätten eine dementsprechende Versicherung abgegeben.

Drittens: Der Kommandant war der Ansicht, daß die öffentliche Kritik, über die sich Don Alberto und Don Ignacio beschwerten, weder als ungesetzliche Versammlung noch gar als Verschwörung oder Anstiftung zur Verschwörung anzusehen sei, sondern gewissermaßen nur als regionaler und traditioneller Ausdruck der Mißbilligung, und als solcher könne er akzeptiert werden. Der Kommandant spielte auch darauf an, daß ja einer der Verfasser des Briefes ein wohlbekannter Erforscher folkloristischer Themen sei und Verständnis dafür haben müsse.

Viertens: Das fragliche Paar sei vom Alkalden in aller Form gebeten worden, ins Dorf zurückzukehren und wieder in das Haus, das sie verlassen hatten, einzuziehen. Dies hätten sie aber abgelehnt.

Zum Schluß schrieb der Kommandant noch, er habe entschieden, daß es keine Veranlassung gebe, in dieser Sache weitere Schritte zu unternehmen.

11

Nach dem Weggang von Maria Cabritas war es eine Sache von Dringlichkeit, jemanden zu finden, der sie ersetzen konnte. Es formierte sich in Farol eine Art Untergrundbewegung mit dem Ziel, Sa Cordovesa wieder in ihre ursprüngliche Rolle im Leben der Gemeinde einzusetzen.

Man hatte ihr natürlich empfohlen, so schnell wie möglich wieder abzunehmen, und sie hatte sich an etliche Leute um Rat gewandt, wie das am besten zu erreichen sei.

Dr. Verführung verschrieb eine Diät, die im wesentlichen aus einem Brei von gemahlenen Kassiabohnen mit Zitronensaft bestand. Don Albertos betagte Mätresse förderte einige Rezepte aus der guten alten Zeit zutage und nötigte Sa Cordovesa, nichts als bulgarisches Ambrosia zu trinken, wie man es vor dem Ersten Weltkrieg in allen Heilbädern Europas gereicht bekommen hatte. Die Frauen des Ortes schlugen vor, sie solle ihre Glieder so lang wie möglich dem Licht des abnehmenden Mondes aussetzen, und Don Ignacio, um Rat gefragt, wies, wenn auch ohne Überzeugung, auf die Kraft des Gebetes hin.

Die Leuchten unter den Frauen des Dorfes, voran die Großmutter und die Schlächtersfrau, begannen, kleine Strategien und Verschwörungen auszuhecken, die darauf hinausliefen, daß Sa Cordovesa, bis die Abmagerungskuren angeschlagen hatten, einen Monat in Klausur gehen und dann ganz formell wieder ins Dorfleben eingeführt werden solle.

Die dafür geeignete Gelegenheit war natürlich die Sonntagspromenade. Es sollte nach Meinung der Frauen ein theatralischer Akt werden, und als der Tag heran war, kleideten sie Sa Cordovesa dafür ein wie eine Kabuki-Schauspielerin für ihren Auftritt auf der Bühne. Die spanischen Frauen hatten ein aufmerksames Auge auf junge Touristinnen, die jetzt immer öfter aus Frankreich kamen. Sie guckten sich modische Dinge ab, und was ihnen gefiel, wurde nachgemacht. Es war ein Jahr, in dem die Französinnen viel grellweißen Gesichtspuder benutzten; und als die Großmutter und die Schlächtersfrau Sa Cordovesa für die Promenade zurechtgeschminkt hatten, starrten deren große schwarze Augen aus einer kalkweißen Maske, auf der der erste Lippenstift, der nach dem Krieg überhaupt in Farol gelandet war, einen reichlich schiefen Mund gemalt hatte. Und der hatte die Farbe geronnenen Blutes, wie man es aus den Spritzern im Schlächterladen kannte.

Die Urlauberinnen aus Frankreich trugen dieses Jahr schweren Modeschmuck, also waren auch Sa Cordovesas Arme mit vielen Glasringen geschmückt; dazu trug sie eine Halskette aus Muscheln und Ohrringe wie kleinste Kronleuchter, die im Windzug klimperten. Ihre beiden Mentorinnen waren enttäuscht, daß der Gewichtsverlust durch Mondlicht, Hungerkur und Gebet doch nicht die erwünschte Wirkung gehabt hatte; dennoch zwängten sie sie in ein Korsett der Großmutter und dann in ein blaues Kleid von einer Machart – nämlich mit altmodisch gekraustem Rock –, in dem sich keine französische Frau auch nur hätte begraben lassen. Als die Großmutter und die Schlächtersfrau letzte Hand angelegt hatten, klatschten sie entzückt in die Hände. Sie gaben Sa Cordovesa einen rosa Fächer in die Hand zum Zeichen, daß sie weder verheiratet noch einem Mann versprochen war, dann stiegen sie alle auf ein Fuhrwerk und wurden hinten ums Dorf herum gefahren, um oben an der Straße, vor der Kirchentür, abgesetzt zu werden.

Die weitere Kunde über schicke Pariserinnen besagte, daß sie sich, außer wenn sie sich am Strand herumtrieben, ziemlich steif bewegten, mit kleinen Schritten, herabhängenden Armen und erhobenen Händen, als wenn sie großen unsichtbaren Hunden die Köpfe tätschelten. Genau das war nun auch die Haltung, mit der Sa Cordovesa auf die Promenade ging; und von der Großmutter und der Schlächtersfrau flankiert, begann sie also ihr langsames Geisha-Trippeln, in geliehenen Alpargatas, die ihr anderthalb Nummern zu klein waren, hin zum anderen Ende des Dorfes.

Es war ein Schauspiel, das die Frauen voller Staunen und Bewunderung mit ansahen, die Schar der Männer eher mit Zweifeln. Gut fünfzig Personen nahmen an der Promenade teil, in Gruppen zu Dreien oder Vieren, immer wieder stehenbleibend, um mit den Älteren zu schwatzen, die am Rand standen, weil sie traditionsgemäß vom Mitmachen in etwa den Jahren ausgeschlossen wurden, in denen sie auch das Baden aufgaben. Die Funktion der Promenade war die eines Heiratsmarktes. Eltern stellten ihren heiratsfähigen Nachwuchs zur Schau, und der Nachwuchs schaute sich potentielle Partner aus in einer Hoffnung, die auf langes Warten gefaßt sein mußte.

Im Idealfall wären bei der Promenade beide Geschlechter gleich stark vertreten gewesen, aber ich beobachtete diesmal eine starke Vorherrschaft der Frauen. Man erlebte – oder hätte erleben sollen – ein subtiles Spiel der Andeutungen und versteckten sexuellen Signale, von denen der Außenseiter kaum etwas mitbekam. Ein junger Mann gab seine Absichten gegenüber einem Mädchen nicht durch erkennbar deutliche Gebärden kund, sondern eher durch die Art, wie er sich in die Promenade einreihte, an ihr vorbeiging, sie überholte und für einen zweiten Blick wieder zurückfiel. Diese Prozedur war als »Bezeichnen« bekannt; sie verpflichtete niemanden, und weitere ausgeklügelte Annäherungen waren dann dem zeremoniellen Liebestanz der Spinnen vorbehalten, der abgehalten wurde, ehe von einer Verlobung die Rede sein konnte.

Die jungen Männer von Farol waren konservativ, allem Neuen gegenüber unsicher, und, wie ich befürchtet hatte, von Sa Cordovesa in ihrer überkandidelten neuen Aufmachung eher abgeschreckt, von ihrem Übergewicht einmal ganz abgesehen.

Sa Cordovesa und ihre Beschützerinnen kamen langsam ans Ende der Straße und kehrten um, aber keiner der Männer überholte die Gruppe, und die Lücke von zwanzig Metern zwischen den drei Frauen und den ersten der promenierenden Männer schien sich nie schließen zu wollen. Das Lächeln wurde steif, der Austausch von Höflichkeiten gezwungen. Sa Cordovesa hob die Hand mit dem Fächer, um die von ihrem Make-up angelockten Fliegen zu verscheuchen. Die meisten der jungen Männer scherten jetzt in Richtung Bar aus der Promenade aus.

Als sie wieder an der Kirche waren, legte die Großmutter Sa Cordovesa die Hand auf die Schulter und sagte ihr etwas ins Ohr, wohl um sie zu trösten. Daraufhin brach Sa Cordovesa in ein Gelächter aus. Sie hatte eine kräftige Stimme, und die Umstehenden sahen bestürzt und verlegen auf.

Später erzählte man mir, sie habe einen wüsten Fluch ausgestoßen, der einem Mann durchgehen mochte, aber für eine Frau unerhört war. Das Fuhrwerk kam rumpelnd um die Ecke; Sa Cordovesa warf ihren Fächer weg, hob den Rock hoch und kletterte hinauf wie ein Mann. Dann spuckte sie über die Ladeklappe, aber in keine bestimmte Richtung, und wurde weggefahren.

Zwei Tage später machte sich Carmela mit Rosa auf den Weg nach Barcelona, um den Spezialisten aufzusuchen, und Sa Cordovesa fuhr mit ihr.

12

Don Alberto sah seine Welt von raschem und unaufhaltsamen Verfall bedroht. Er hielt sich, wie er mir sagte, für einen Mann ohne allen Aberglauben, räumte aber ein, daß, wenn er durch Vorzeichen und Omen beeinflußbar wäre, er seine Vorahnungen von Wandel und Ruin mit der Abschaffung der Fiestas von Sort und Farol in Zusammenhang gebracht haben würde. Die öde Fiesta in Sort, die an den intakten Zustand der Bäume gekoppelt war, war mit ihnen kaputtgegangen. In Farol war die mysteriöse Sa Cova, die für das metaphysische Bedürfnis des Dorfs so wichtig war, auf unbestimmte Zeit vertagt worden, nachdem die letzte Erwählte, Marta D'Escorreu, im Krankenhaus gestorben war. Keine Familie hatte sich bereitgefunden, eins ihrer Kinder als Kandidatin für dieses Jahr herzugeben.

Muga streifte durchs Dorf, die Arme in die Seiten gestemmt, die Kinder mit seinem wilden Samurai-Lächeln erschreckend – und er verschärfte seinen Griff. Kaum hatte Carmela ihre Hütte verlassen, wurde sie abgerissen und verbrannt, sehr zum Verdruß von Don Alberto, der als Künstler von bescheidenen Graden dort stundenlang mit seiner Staffelei gesessen hatte, um mit den Mitteln der Malerei den großen Konflikt aus Farbe und Licht zu bewältigen, der sich aus der schlangengleichen Überwucherung der gelben Mauern durch die zügellosen blauen Pflanzen ergab.

Als nächstes wollte Muga die Verbesserung des Strandbereichs in Angriff nehmen, ein Ziel, dem er sich aber mit großer Behutsamkeit näherte, da er inzwischen kapiert hatte, daß sich die Fischer gegen irgendwelche Verschönerungsaktionen erbittert wehren würden.

Es kam zu einem Treffen zwischen Muga, dem Alkalden und den Fischern, die die Hauptboote dominierten, bei dem Muga seinen Zuhörern die Stürme des vergangenen Herbstes und Winters in Erinnerung rief und ihnen sagte, daß die Meteorologen vor einem Umschwung der Wetterbedingungen an den Mittelmeerküsten gewarnt und einen Zyklus schlechter Winter vorausgesagt hätten. Darüber bestand allgemeines Einverständnis. Die Fischer hatten schon drei schlechte Winter hintereinander durchgemacht, und die einhellige Meinung war, daß vier weitere folgen würden.

Muga sagte ihnen, daß er Farol jetzt als seine Heimat betrachte und alles, was in seinen Kräften stehe, zum Besten des Orts tun wolle. Der Sturm vom letzten Oktober hatte die Wellen über den Strand hinweg bis zu den Fischerhäusern gefegt und nicht nur die Boote zertrümmert, sondern auch eine Reihe von Anbauten wie Hühnerschuppen, Kaninchenställe und dergleichen weggeschwemmt. Muga meinte, und die anderen stimmten ihm zu, daß sich das nicht wiederholen dürfe.

Dann rückte er damit raus, daß er bereit sei, auf eigene Kosten eine Strandmauer zu bauen, die diese Gefahr ein für allemal bannen würde. Es müßte aber für die Fahrzeuge mit den Steinladungen zum Bau des Walls ein Zugang geschaffen werden; dafür sei es erforderlich, einen Streifen Land zwischen ihren Häusern und dem hochgelegenen Teil des Strandes von Hindernissen zu befreien und einzuebnen, also praktisch eine schmale Straße anzulegen.

An diesem Punkt bemerkte Muga Zeichen von Unbehagen, es gab halblaute Einwände. »Nichts Extravagantes.

Keine Bäume!« Muga wischte den drohenden Aufruhr beiseite. Er versprach, weder Bäume zu pflanzen noch dieses Strandstück in irgendeiner Weise zu verschönern, abgesehen davon bestand er darauf, alles, was getan werden mußte, auf seine Weise zu tun.

Den Fischern war die Sache mit der Straße nicht geheuer, vor allem deshalb nicht, weil, wenn sie erst da war, vermutlich Leute da rumstehen und auf das Meer hinausblicken und damit – in aller Unschuld – dem Fischfang in gewissen Fällen Unglück bringen würden. Am Ende aber waren Mauer und Straße so gut wie beschlossene Sache. Die mit einem solchen baulichen Unternehmen verbundenen Probleme waren in Farol weniger schwierig als anderenorts, weil hier kaum jemand Eigentumsansprüche auf unbewohntes Land erhob. Außerdem war alles Land, das irgendwann einmal von der Flut erfaßt worden war, Gemeingut.

Don Alberto, von diesem fatalen Projekt alarmiert, setzte seine Hoffnung auf das Amt des *Aparejador*, der Provinzplanungsbehörde, die bekannt war für ihre Verschleppungstaktik, Entschlußlosigkeit und allgemeine Schlamperei. Die Pläne mußten gezeichnet und zur Begutachtung bei einer Sitzung vorgelegt werden, die nur alle drei Monate stattfand, und nach Don Albertos Erfahrung war es die Gewohnheit der trägen Schar von Männern, aus denen das Komitee bestand, auf Nummer Sicher zu gehen und fünf von sechs Antragen abzulehnen.

Der Alkalde hatte Don Alberto einen ersten Entwurf der geplanten Veränderungen besorgt, und wir schauten uns das Areal zusammen an. Es war ein Streifen von verlassener, vergammelter Schönheit, eine Strandzone, die mit zarter, verwaschener Farbe koloriert und gestrichelt war vom bläulichen Laubwerk der Oleanderbüsche, die ihre Wurzeln beliebig tief ins Grundwasser senken können, auch wenn sie wie hier im groben Sand des Strandes wuchsen, den sie mit ihren abgefallenen Blüten verunzierten. Die Boote waren unten am Strand der Reihe nach aufgelegt, frisch gestrichen mit dem Zitronengelb des Exorzismus, mit grünem Mittelstreifen und rotem Unterboden. Dies war auch eine Stelle, wo die Landkrabben, die sich aus Instinkt höchstens einen halben Meter von ihren Löchern entfernten, von den Katzen gejagt wurden; in Konkurrenz mit einer kleinen Gruppe blaßpelziger, distinguiert aussehender Ratten, deren Paarungsrituale den Fischern unendlichen Spaß machten und die deshalb, wenn nicht mit Zuneigung, so doch mit Respekt betrachtet wurden. Unrat gab es nicht am Strand. Alles, bis auf die verrosteten Anker, war aus Holz, und See und Sonne hatten diese Objekte allmählich geformt und geglättet und mit einer leichten grauen Patina aus Salz paniert – ein altes Ankerspill, einen Galgen, auf dem Fische getrocknet wurden, oder einen uralten Baumstumpf. »Wir verlieren es«, sagte Don Alberto, »es geht vor unsern Augen dahin.«

Der ursprüngliche Plan, hatte der Alkalde Don Alberto berichtet, sah eine etwa anderthalb Meter hohe Mauer mit Türmchen vor, gegen die die Fischer sofort protestiert hatten. »Warum dieses Burgenzeugs?« fragten sie. »Was soll das?«

Muga gab ihrem Einspruch nach, bat aber darum, die Straße mit einer schmalen Beeteinfassung begrenzen zu dürfen, in der er eine Art fleißige Lieschen anpflanzen wollte, die dafür bekannt war, daß sie in alle Richtungen wuchs und wucherte und sich ohne irgendwelche Pflege oder Gärtnerei ins Unendliche vermehrte.

Die Blümchen waren gestorben. Die Fischer hatten ja von Anfang an gesagt: »Keine Bäume, keine Mätzchen, keine Sitzgelegenheit.«

Worauf Muga aber bestand, war eine Straßenbeleuchtung, die aus einem Dutzend normaler Laternen bestehen sollte; dazu konnte er, nach vielem Hin und Her, die Fischer überreden. »Wir werden sehen«, sagte Don Alberto, »wir werden sehen. Ich habe auch Freunde bei Gericht. Selbst ich kann Fäden ziehen, wenn man mich dazu zwingt.«

Am nächsten Tag, noch ehe die fertigen Pläne eingereicht waren, begannen die Arbeiten. Eine Gruppe von Männern erschien, um die Oleanderbüsche auszureißen und den Strand aufzuräumen. Ein Traktor zog eine Egge kreuz und quer über den von den Landkrabben besiedelten Teil, und am folgenden Tag, gleich nach dem Morgengrauen, kam ein Scharfschütze mit einem 22er Gewehr, um die Ratten zu erledigen. Er hatte zwei erwischt, als ein Fischer aus dem nächstgelegenen Haus kam und ihm sagte, er solle verschwinden. Der Mann war bestürzt »Aber jeder weiß doch, daß Ratten ein Gesundheitsrisiko sind. Sie übertragen die Pest.«

»Sowie hier jemand die Pest kriegt, schaffen wir sie ab«, wurde er belehrt. »Wir töten nicht gern, wenn es nicht sein muß.«

Der Alkalde erzählte mir, daß Muga bei ihm gewesen sei und ihn gefragt habe, ob er wegen der Bar nicht was unternehmen könne.

»Inwiefern?« fragte der Alkalde.

Es fehle ihr doch jeder romantische Reiz, hatte Muga gesagt. Er erwarte jeden Augenblick einen Ansturm von Touristen aus Frankreich und soviel er wisse, hätten diese Leute eine übertriebene Vorstellung von dem, was Spanien zu bieten habe. Nach deren Meinung sei Spanien, zum Beispiel, ein Land von Musik und Gesang. Und, befürchtete Muga, wenn jemand mit solchen Erwartungen hierherkäme, könnte sich Farol als ziemlicher Reinfall erweisen.

Der Alkalde sagte ihm, er kenne einen alten Mann in Sort, der auf einer Pfeife mit fünf Tönen spielen könne. Er selbst hielt das allerdings nicht für eine besonders hinreißende Darbietung, und außerdem sei der Alte wegen einer chronischen Augenentzündung nicht gerade ein erfreulicher Anblick. Muga sagte, er habe auch eigentlich keine primitive Pfeife, sondern eine Gitarre im Sinn, und der Alkalde sagte ihm, wenn er Gitarrenmusik in Farol einführen wolle, müsse er sich auf einen langwierigen Streit mit den Einheimischen gefaßt machen, die nach seiner Meinung für Musik jeglicher Art nichts übrig hätten.

»Touristen wollen ausgehen und Musik hören«, sagte Muga. »Ob wir das mögen oder nicht. Die Lage der Bar ist geradezu ideal. Könnte man nicht wenigstens ein Grammophon und einen Verstärker aufstellen?«

Der Alkalde berichtete, er habe ihm das dauernd auszureden versucht. »Ich höre mir immer gern neue Ideen an«, habe er Muga gesagt, »vorausgesetzt, ich verliere meine Kundschaft nicht.«

Während dieses Gesprächs saß der Junge, der in der Bar aushalf, kichernd dabei, las ein Witzheft und popelte in der Nase. Er war der Neffe des Alkalden, der ihm damit einen Job geben wollte. »Ich bin nicht allzu glücklich über den Knaben, den Sie da beschäftigen«, sagte Muga.

»Er ist harmlos«, sagte der Alkalde. »Ich würde ihn nicht gern wegschicken.«

»Dann sollte ihm aber jemand sagen, daß er mit dem ewigen Grinsen aufhört und nicht auf die Gläser haucht, ehe er sie poliert, und sich nicht zu den Gästen setzt und selbst einen eingießt, und daß er seine Fürze im stillen abmacht.«

»Werd' ich ihm alles sagen«, sagte der Alkalde.

»Und übrigens, wo haben Sie diese komische Seejungfrau her?« fragte Muga und schnellte seinen Zigarrenstumpen in Richtung der ausgestopften Seekuh.

»Die hat ein Mann, dem der Laden früher gehörte, auf einer Ausstellung gekauft, in Barcelona«, sagte der Alkalde. »Ist einzigartig. Hat sogar eine richtige Vagina. Die Polizei verlangte, daß er einen Lappen darüber nähte, um sie zu verdecken, aber man kann den abziehen, und dann können Sie selbst sehen, wenn Sie mögen.«

»Es ist das ekligste Zeug, was ich je gesehen habe«, sagte Muga. »Kann einfach nicht hinschauen. Ich krieg eine Gänsehaut, und ich denke, den meisten Leuten geht es auch so.«

»Man gewöhnt sich rasch daran«, sagte der Alkalde. »Hier sagen sie, man kann ihr ansehen, wie das Wetter wird.«

»Jeder Fremde, der hier reinkommt, kriegt das kalte Grausen. Wenn Sie sie schon nicht wegnehmen wollen, könnten Sie's nicht verdecken? Vielleicht einen Vorhang vormachen?«

»Hier im Dorf sind sie gegen jegliche Neuerungen. Die Seejungfrau ist so was wie das Wahrzeichen der Bar. Für meine Gäste ist sie wie ein Mensch.«

»Eine letzte Frage«, sagte Muga. »Würden Sie das Lokal verkaufen?«

»Nein.«

»Nicht mal für das Zwei- oder Dreifache von dem, was es wert ist?«

»Was hätte das für einen Sinn?« sagte ihm der Alkalde. »Sagen Sie doch selbst. Was könnte ich mit dem Geld anfangen? Müßte irgendwo anders hin und eine andere Bar kaufen, ja? Und da es mir hier gefällt, kann ich genausogut hier bleiben.«

Isolation – das war für Muga die Feindin des Fortschritts, die Hüterin der abgelebten Tradition und die Anstifterin von Furcht und Fremdenfeindlichkeit jeder Art. Sechs Tage in der Woche war Farol von der Welt abgeschnitten, und der unzuverlässige Bus, der am siebenten verkehrte, diente, wie es schien, nur dazu, Don Ignacio seinen priesterlichen Pflichten zu entfremden und seinen archäologischen Grabungen in Ampurias zuzuführen, von denen er, wie auch immer, heimkehren mußte. Muga setzte alle Hebel in Bewegung, um einen täglichen Busverkehr nach Figueras zu etablieren, aber schon nach einer Woche tauchte der Fahrer bei ihm zu Hause auf und beschwerte sich. Er sterbe vor Langeweile, sagte er. Wie lange sollte er denn noch den Bus fahren, wo er bis zu diesem Tag nicht einen einzigen Fahrgast gehabt hatte?

Erst an diesem Punkt begriff Muga, daß die Leute des Dorfes, das er zu übernehmen gedachte, nicht wegen der fehlenden Transportmöglichkeiten nicht reisten, sondern weil sie überhaupt keine Lust dazu hatten. Als nächstes wurde ihm klar, daß etwa die Hälfte der Einwohner sowohl von Farol wie von Sort ihre Dörfer nie verlassen hatten außer zu Picknicks irgendwo an der Küste. Von den übrigen war ungefähr nur jeder Zehnte auch nur bis nach Figueras »gereist«, Dorfbewohner, die da zu Arztbesuchen hingefahren waren, um der Behandlung durch Dr. Verführung zu entgehen, einer Behandlung, die im Falle äußerer Verletzungen mit blauer Salbe (einer Tinktur, die für die Linderung venerischer Erkrankungen empfohlen wurde) oder, im Falle innerer Beschwerden, durchs Abführen mit Bittersalzen arbeitete. Das Grundgefühl in Farol war, daß, wer immer das Dorf verlassen mußte, sofort irgendwelchen üblen Einflüssen ausgesetzt war, die sich Kilometer um Kilometer verstärkten, bis endlich Figueras – das als riesige, erschreckende und absolut unmoralische Metropole angesehen wurde – erreicht war. Nach der Rückkehr von solch einer Reise war es üblich, ein reinigendes Bad zu nehmen, in das gewisse Kräuteressenzen getan wurden. War der Reisende allerdings schon jenseits der Vierzig und das Baden für ihn tabu, dann blieb ihm nur, mit seinem Leiden vorliebzunehmen und der Außenwelt zu entsagen.

In Figueras gab es einen ständigen Rummelplatz mit Schießständen, Schaukeln und einem handbetriebenen Karussell. Muga ließ Handzettel mit den Attraktionen drucken und im Dorf verteilen und versprach den Kindern einen kostenlosen Ausflug dorthin. Das wurde von den Kleinen mit Jubel aufgenommen, und alle elterlichen Einwände wurden im Nu weggefegt. Muga bezahlte den Bus, spendierte jedem Kind ein Päckchen Kaugummi, einen Anislutscher, einen Papphut und einen Ballon, und hielt sie alle auch an der Schaukel, am Karussell und an den Schießbuden frei, wo sie vergeblich auf Ingwerbrot und Engelspuppen schossen, die da an Drähten hingen. Die Kinder waren begeistert, was Muga mit Genugtuung beobachtete. Sie waren das Rohmaterial der Zukunft, und es war eine Zukunft, wie Muga mehrfach hatte wissen lassen, die er gestalten wollte. Die Eltern, die mitgekommen waren, blieben in der Defensive, hockten am Rande des Rummels und hielten Ausschau nach Taschendieben und anderem Stadtgelichter, das ihnen mit unmoralischen Angeboten kommen könnte. Die Kinder aber hatten Verlockung und Vergnügen der Welt da draußen sofort angenommen; sie würden von nun an nie mehr ganz dieselben sein.

13

Nicht nur in Farol und in Sort fänden große Umbrüche statt', sagte Don Alberto. Sie ereigneten sich in halsbrecherischem Tempo überall in Spanien. Die modernen Kommunikationsmittel würden zum Gleichmacher der Sitten; und aus militärischen Gründen habe man während des Krieges viele Straßen zu entlegenen Orten gebaut, die sich bis dahin jeglichem Wandel entzogen hätten. Straßen, Radio, Telephon; und jetzt, sagte Don Alberto, setze die Ankunft der Touristen, denen die Spanier in Erscheinung und Lebensart so begierig nacheiferten, dem alten Spanien ein Ende. Für jene, die es bewahren wollten, sei keine Zeit mehr zu verlieren.

Er hatte gerade im Journal der Sociedad Española de Antropología, deren Mitglied er war, einen düsteren Bericht gelesen, daß etwa die Hälfte aller Volksfeste in Spanien in den letzten vierzig Jahren aufgegeben worden waren. Manche waren wegen angeblicher Fortführung barbarischer, nicht länger akzeptabler Bräuche unter den Druck der Behörden geraten, aber die meisten waren stillschweigend eingegangen, weil die Leute kein Interesse mehr daran hatten.

Aufgrund dieser Information kam von ihm die Anregung, ob ich ihn nicht auf eine Reise nach San Pedro Maurique in der Provinz Soria begleiten wolle, wo, wie er durch briefliche Erkundigung beim dortigen Alkalden erfahren hatte, immer noch eine der denkwürdigsten Traditionen im Schwange war, das Ritual des Feuerschreitens in der Johannisnacht am 23. Juni. Don Alberto sagte, man könne sicher sein, daß auch die Tage dieser Zeremonie, die nach Meinung der Anthropologen seit kelto-iberischen Zeiten praktiziert werde, gezählt seien.

Das schien eine Gelegenheit, die man sich nicht entgehen lassen sollte. Don Alberto hatte mich gewarnt, die Reise werde grauenhaft sein, und sie war es. Als wir uns an der Weggabelung trafen, wo das Taxi nach Figueras uns aufnehmen sollte, sah ich, daß er sich auf alles vorbereitet hatte: Beigefarbenes Lederjackett, vom Alter glänzend geworden, über einem kubanischen Hemd mit vielen Taschen; Hosen, die unterhalb der Knie mit Bändern zusammengeschnürt waren, damit keine Insekten hineinkrabbeln konnten; Baumwollstiefel und ein *Sombrero de Exploración*, der um die Krempe herum eine Art Steg hatte, an dem notfalls ein dünnes Moskitonetz befestigt werden konnte.

In Figueras bestiegen wir ein Dritter-Klasse-Abteil im *Tranvía*, dem Bummelzug, der durch die Hitze eines Nachmittags ohne Brise nach Barcelona zuckelte. Hier hatten wir fünf Stunden Aufenthalt, ehe unser Zug Richtung Burgos weiterfuhr, wo wir wieder auf harten, engen Dritter-Klasse-Sitzen Platz nahmen. Das spanische Eisenbahnsystem, so hieß es allgemein, sei im Besitz der Kirche, und deshalb, so behaupteten die Spanier, seien die Züge langsamer, unpünktlicher, unzuverlässiger und in jeder Hinsicht unbequemer als irgendwo sonst in Europa. Wegen Reparaturen an der Haupttrasse wurde unser Zug auf eingleisige Nebenstrecken umgeleitet, und etliche Stunden verbrachten wir auf Ausweichgleisen in Provinzstädten, um Gegenzüge vorbeizulassen. Auf jeder Station stiegen Bauern hinzu und engten unsere Bewegungsfreiheit mit ihren unzähligen Paketen und Käfigen mit lebendem Vieh immer mehr ein. Wir saßen zusammengepfercht, die Knie fast an denen des Gegenübers, eingesponnen in eine Luft, die wie Wolle war, und durchlitten eine Nacht, die voll war von Geschnarche und Gegrunze, vom Weinen der Kinder und dem schlaflosen Glucken der Hühner.

Vor Menschen und Gepäck war es unmöglich, auf die Toilette zu kommen, die aber wohl ohnehin besetzt war. Der Zug schwankte, rüttelte und rumpelte durch uneinsehbare Schluchten und um unsichtbare Gebirge, und die Reisenden drängelten sich in elenden Schlangen vor den Fenstern, um in die schwarze Höhle der Aragoneser Nacht zu kotzen. Bei all dem bewahrte Don Alberto, die Augen im trüben und flackernden Licht auf einen Band Seneca gerichtet, eine noble Ungerührtheit. Die Bauern packten ihre Freßpakete aus und nötigten uns dicke *Bocadillos* auf, die von Zwiebeln, Öl und Tomaten troffen, und ich schaute ihm ab, wie man sie und die Krüge mit Ziegenmolke ablehnte, ohne die Leute zu kränken. Als er sprach, war er voll guter Laune und verhaltener Erregung. »Wir sind zu einem großen Abenteuer aufgebrochen«, sagte er, »ich glaube, daß wir seelisch erfrischt heimkehren werden.«

In Saragossa, wo es zwei Uhr morgens war, flüchteten wir uns auf den Bahnsteig und wurden sogleich umlagert von Schuhputzern, Leuten, die Lose oder Kuttelpasteten verkauften, von Bettlern mit abstoßenden Gebrechen und von einem eifrigen und aufdringlichen Mann, der uns auf der Stelle ein perfekt sitzendes künstliches Gebiß verpassen wollte.

Der nächste Halt war Calatajud. Eigentlich wollten wir dort nicht hin, waren aber durch eine weitere Umleitung wegen Bauarbeiten hinrangiert worden. Die Gesichter hatten gewechselt, die Gerüche und Unannehmlichkeiten jedoch waren noch die gleichen. Zu unseren Reisegefährten gehörte auch ein Paar auf Hochzeitsreise, ein rotäugiges, unglücklich dreinschauendes Mädchen mit einem betrunkenen Bräutigam, der ihr auf die Knie gesackt und eingeschlafen war. Zwei Mütter stillten ihre Babies mit reichlichem Gesabbel und Verspritzen von Milch, dicht unter den Augen Don Albertos, der trotz des funzligen Lichtes weiter in seinem Buch zu lesen versuchte. Ein unrasierter, zigarrenrauchender Priester wollte uns zu einer Art Seelsorger-Service überreden, durch den wir uns ständige Gebete für unser Seelenheil gesichert hätten. Dann dämmerte der Morgen. Die Hähne in ihren engen Weidenkörben steckten die Köpfe durch irgendwelche Öffnungen und begannen zu krähen. Zwei Stunden später zuckelten wir in Soria ein.

Ein Bus brachte uns durch eine sonnengedörrte, verkalkte Landschaft, die mit den Resten alten Gesteins übersät war, nach San Pedro. Die grauen Dörfer sahen aus wie von Erdbeben verwüstet. In den Höhlen des Felsufers eines ausgetrockneten Flusses lebten Einsiedler. In der Ebene gab es Höhlensiedlungen, deren Schornsteine aus dem Erdboden aufragten. Auf dem Rücken winziger Esel ritten Männer, wie die Araber mit einem Turban auf dem Kopf und mit Decken gegen die Hitze geschützt. Wir schreckten eine Schar Krähen auf, die ein Schaf ausweideten, sich mit laut klappernden Flügelschlägen in die Luft erhoben und wieder herabfallen ließen, als wir vorbei waren.

Es überraschte uns, daß etwa die Hälfte unserer Mitreisenden so etwas wie *gente formal* waren, die alles mit Neugier und gelegentlicher Amüsiertheit kommentierten. Und mehr solcher Leute gab es dann in der dürftigen Straße von San Pedro Maurique – Frauen in geblümten Kleidern, mit weißen Schuhen und kunstvollen Frisuren; Männer mit Fotoapparaten, gutgeschnittenen Flanellanzügen und Krawatten mit Nadeln. Don Alberto fand später heraus, daß es sich um eine Gruppe von Geschäftsleuten aus Madrid mit ihren Frauen handelte, die hergekommen waren, um sich die Feuerprobe anzusehen. Auch einige Ärzte hatten sich dazugesellt, die im Verlauf der Zeremonie eine Erklärung für das Phänomen zu finden hofften, daß der menschliche Körper einige Sekunden lang extremer Hitze ausgesetzt sein und dennoch keinen sichtbaren Schaden nehmen konnte.

Ein Blick auf San Pedro Maurique genügte, mich davon zu überzeugen, daß es in Farol keine wirkliche Armut gab. Das Meer bot den Fischerfamilien immerhin eine Überlebensgarantie, hier hatte es eine solche Gewißheit nie gegeben. Tudela war das Zentrum dieser geschlagenen Region. In den schweren Jahren vor dem Bürgerkrieg waren die Leute vor Hunger mitten auf den Straßen der Stadt gestorben, und ihre Leichen wurden von den ausgezehrten Hunden angeknabbert, ehe sie von der Polizei entdeckt und weggeschafft werden konnten.

Nur wenige Leute hatten von dem kleinen Anhängsel der Stadt, San Pedro, gehört, und noch weniger Leute von außerhalb waren je dorthingekommen. Es hatte nichts zu bieten, produzierte nichts als bittere Oliven und Ziegen, die sogar auf Bäume klettern konnten. Aus diesem Grunde wurden die Dorfbewohner in Frieden gelassen, wenn man es Frieden nennen konnte – und lebten noch immer das Leben ihrer Vorfahren vor dreitausend Jahren, ein Leben, zu dem auch anderswo längst vergessene Bräuche gehörten wie eben der, sich zur Zeit der Sommersonnenwende mit einem Gang durchs Feuer zu reinigen.

Die Isolation, durch die der Feuerritus konserviert wurde, begünstigte auch jene andere spanische Spezialität der abgelegenen Bergregionen – das Banditentum –, und in der Gegend um Tudela verband sich das eine mit dem andern zu einer bedeutungsvollen Tradition. Als in den Neunzigern des vergangenen Jahrhunderts der letzte der Bandidos, Zolico, in der Johannisnacht plötzlich in San Pedro auftauchte, sein Gewehr dem Gefolge übergab, ein Gebet sprach, dann »mit acht langsamen Schritten« durch das Feuer ging, konnte er das tun, weil, wie er sagte, sein Gewerbe ihm beigebracht hatte, Furcht zu unterdrücken. Es gab andere Banditen, die dasselbe Wagnis vollbrachten, doch nicht mit soviel Eleganz. Don Alberto und ich sprachen mit dem betagten Dorfdoktor, der als kleiner Junge dieses Ereignis miterlebt hatte und dann auch unter denen war, die sich drängten, dem Räuber die Hand zu küssen. Er sei ein winziger Mann gewesen, fast ein Zwerg, sagte Dr. Villalobos, ja, er habe sich wohl das Aussehen eines Gnoms geben wollen mit weißem Bart und gepunktetem roten Hut. Zolico dankte seinen vielen Bewunderern, ermahnte sie, Gott nicht zu lästern, wurde aufs Pferd gehoben und galoppierte davon.

Der Ruhm ereilte San Pedro Maurique, nachdem 1939 ein Journalist aus Madrid den Feuerlauf gesehen und einen Artikel darüber für die Wochenzeitung *Domingo* geschrieben hatte, der mit kundigen Einsprengseln anthropologischen Wissens über Feuerriten im Fernen Osten angereichert war. Das hatte wiederum zwei Wissenschaftler aufmerksam gemacht, die im nächsten Jahr hier aufgetaucht waren, sich unter die Feuerläufer eingereiht hatten, woraufhin sie mit Verbrennungen zweiten Grades ins Krankenhaus mußten. Diesen Proto-Märtyrern folgte eine Flut von Forschern, von denen etliche mehr oder weniger schwer gebrannte Kinder wurden. Ihr Leiden verschaffte San Pedro eine vorzügliche Reklame, aber schließlich hielten es die Behörden für geraten, Leuten von außerhalb den Gang durchs Feuer zu untersagen, da sie dabei unweigerlich zu Schaden kämen.

San Pedro machte, wie wir feststellen mußten, nicht die geringsten Konzessionen an die Bequemlichkeit der Besucher, tat sich aber in anderer Hinsicht sehr viel auf seine Zeitgemäßheit zugute. Wir statteten dem Alkalden einen Besuch ab, der vor Eindringlingen durch eine hübsche Sekretärin geschützt war, die bei unserem Eintritt gerade eine Antwort auf eine der vielen Anfragen in dieser Woche tippte – in einem Fall auf die eines wissenschaftlichen Gremiums in Kopenhagen. Der Alkalde, in dunklem Anzug, unbewegt und etwas distanziert, wie es seiner Stellung entsprach, nahm Don Albertos Karte entgegen, auf der er als *Proprietario* bezeichnet wurde, und fragte ihn, wieviel Land er sein eigen nenne; als Don Alberto es ihm sagte, dabei das großartig altmodische Maß *Caballerías* benutzend – das Land, das ein Pferd bei flottem Schritt in einer Stunde umgehen konnte –, taute er auf. Er überreichte uns eine von ihm selbst verfaßte Broschüre mit dem Titel *El Rito en San Pedro Maurique de la Purificación Por el Fuego*, in der eine Reihe von Wissenschaftlern zitiert wurde, die die Zeremonie miterlebt hatten; den Beginn machte eine längere Abhandlung eines indischen Mystikers, Khuda Bux, der als »Feuerkönig« bezeichnet wurde und ähnliche Taten zur Zufriedenheit der ›Londoner Universität für Psycho-Forschung‹ vollbracht hatte. Alle Experten waren für eine paranormale, also psychologische Erklärung des Phänomens, und es versteht sich, daß der Alkalde ihnen recht gab. Keine Aufnahme in das Heftchen fanden die ein, zwei Forscher, die die Ansicht publiziert hatten, die offenkundige Unversehrtheit der Feuerläufer könne mit physikalischen Umständen erklärt werden.

Der Alkalde beschwor uns, unsere Hüte wieder aufzusetzen, stülpte den eigenen, wie zur Ermutigung, fest über beide Ohren und ließ, in die Hände klatschend, Sherry bringen. Dann offerierte er uns eine kurze Lektion in jener wohlgesetzten Manier, die von häufiger Wiederholung zeugt. Alles, was man zum Gang durch das Feuer brauche (er behauptete, die Temperatur des Glutteppichs betrage 700°), sei die innere Gewißheit, daß man sich nicht verbrennen werde. Die psychologische Disposition dazu finde sich aber nur bei Menschen, die in San Pedro geboren seien. Leute von auswärts, die sich ebenfalls darauf beriefen, täten es meist im Zustand wirklicher oder unbewußter Furcht und müßten deshalb unweigerlich scheitern. Sie scheiterten aber auch, weil ihre Motive unrein seien. Die San Pedronesen gingen an den Ritus mit einer Stimmung religiöser Inbrunst heran. Andere wiederum täten es aus Gründen der Neugier, weil sie das Ganze als Experiment ansähen oder einfach angeben wollten. Der Alkalde spulte eine Liste von Unfällen herunter, die sich in den letzten Jahren ereignet hatten, und fügte mit einer Art Lokalstolz hinzu, daß im Jahre 1922 ein allzuverwegener Ausländer an den Folgen seiner Verbrennungen gestorben war.

Wir schlenderten zum Platz vor der Kirche, wo Gemeindediener mit Besen hantierten und Kinder ihnen halfen, jedes Steinchen, Streichholz oder Blatt aufzulesen. Es war etwa acht Uhr abends. Eine kleine Schar Leute hatte sich schon versammelt, und kurz darauf trafen vier Karrenladungen Olivenholzreisig ein; die Männer mit den Besen stellten diese weg und luden die Fuhrwerke ab. Dann stapelten sie, präzise und bedächtig, das Reisig in einer Zickzackschichtung übereinander zu einem Scheiterhaufen auf. Ein Mann, den Don Alberto als Majordomus bezeichnete, trat als nächster auf. Die Gemeindehelfer nahmen an jeder Ecke des Scheiterhaufens Aufstellung wie Rekruten beim Appell, während der Majordomus –

angetan mit einem großen altmodischen Hut, weißem Rüschenhemd samt großer Künstlerschleife – mit einem großen eisernen Lineal den Aufbau begutachtete, die Höhe maß und sie auf genau anderthalb Meter bezifferte. Die Menge war jetzt auf etwa fünf- bis sechshundert Menschen angewachsen, und auf ein Zeichen des Majordomus hin bahnte sich etwa ein Dutzend Feuerläufer, alle etwa Anfang Zwanzig, den Weg nach vorn. Auf Geheiß des Alkalden und um das Erscheinungsbild des Ortes aufzupolieren, hatten sie alle weiße Hemden und schwarze Krawatten an, und die Hosenbeine waren über den Knien abgeschnitten. Sie wurden mit einer kleinen Aufwallung von Beifall empfangen, den der Majordomus sofort mit dem lauten Ruf ›Silencio!‹ erstickte.

Um 10 Uhr, mit der Überpünktlichkeit, die in Spanien bei solchen öffentlichen Anlässen üblich ist, reichte man dem Majordomus eine Fackel, mit der er die vier Ecken des Scheiterhaufens berührte, die sofort Feuer fingen. Wir standen mit dem Alkalden ganz vorne und wurden innerhalb von Sekunden durch die Hitze um mehrere Schritte zurückgetrieben. Don Alberto, aufgeregt wie ein Kind und von der Metaphysik eines Khuda Bux berauscht (daß das Feuer die Unreinheit heimsuchte und man ihm widerstehen konnte, wenn man sich selbst reinigte), hatte ein Gespräch mit einer Gruppe dieser Feuerläufer begonnen.

Er brauchte Bestätigung und wollte wissen, ob es wahr sei, daß sie von religiöser Inbrunst beseelt seien?

Die Antwort muß ihm deprimierend sachlich erschienen sein. »Nicht in meinem Fall. Ich bin hier, weil meine Freunde mir zuschauen . . . Naja, doch, ich glaub schon, daß es hilft, wenn man an Gott glaubt und an die Heiligen.«

Eine motivierende geistliche Kraft konnte auch der zweite junge Mann nicht vermelden, der sagte, die Sonnwendfeier sei die einzige Zeit im Jahr, da jeder lockerlasse und einfach Spaß habe. Für den Feuergang berufen zu werden sei wie die Aufnahme in eine Fußballmannschaft. Er genieße das Prestige. Wer denn nicht?

Don Alberto wollte nicht aufgeben. Aber man müsse sich doch gewiß innerlich darauf vorbereiten?

Antwort: »Nicht im geringsten. Wer immer so etwas behauptet, gibt nur an. Schauen Sie sich meine Füße an. Sind genau wie Ihre. Man spricht von seelischer Exaltation, was immer das ist, aber wenn ich durchs Feuer gehe, bin ich der gleiche wie sonst.«

»Aber wenn ich's täte, würde ich mich verbrennen.«

»Klar würden Sie sich verbrennen.«

»Und warum sollte ich?«

»Ehrlich, ich weiß es nicht. Das können Sie in den Zeitungen nachlesen. Die lassen sich ja viel einfallen.«

Der alte Bericht in *Domingo* hatte von geheimen und langwierigen Riten der Selbstreinigung gesprochen.

Don Alberto sah sein Wunder vergehen und griff nach einem Strohhalm. Das wenigste, das er zu hören verlangte, war, daß der Feuergang mehr sei als irgendeine Geschicklichkeitsübung. »Sie würden aber nicht sagen, daß es nichts weiter ist als eine Sache des Trainings, ja? Oder wie man die Füße setzt?«

»Gehört auch dazu. Schauen Sie sich's an. Unsere Methode ist: die Hacken hart aufsetzen, kleine Schritte, dabei die Füße möglichst weit hochheben.«

»Also etwas, das jeder können müßte.«

»Müßte ja, aber nicht kann.«

Zerschmettert brach Don Alberto die Schlacht ab.

Kurz vor elf war das Feuer bis auf einen flachen Haufen Glut und Glimmen heruntergebrannt. Ein Gemeindediener harkte es flach, um einen Glutteppich von etwa zwei mal ein Meter daraus zu machen, und der Majordomus steckte sein Lineal hinein, um die Tiefe zu messen, die genau neun Zentimeter betrug. Diese Zahl wurde an den Alkalden weitergegeben, der uns wieder Gesellschaft leistete, diesmal in der Zier seiner Amtskette. Der eingeebnete Aschenteppich wurde mit Decken zu einem rotflackernden Glosen angefächelt, Funken spritzten und knackten, dann verblich die Glut und ließ das Ganze zu einem Aschenschnee werden, aus dem überall kleine bläuliche Flammen züngelten. Der erste der Feuerläufer zog seine Schuhe aus, ging an den Rand des Feuers und stupste seinen Zeh hinein wie ein Badender, der das Wasser testet. Es war ein feierlicher Moment, den die Menge durch ein Raunen honorierte. Einige Frauen bekreuzigten sich, der Alkalde nahm seinen Stumpen aus dem Mund und warf ihn weg.

Der junge Mann stieg aufs Feuer, hob seine Füße wie in tiefem Schnee und erzeugte kleine Wölkchen von Pulver und Rauch, als er nun mit sechs kurzen Schritten die Glut durchquerte. Am anderen Ende stand ein Arzt mit Fackel und Tuch bereit, um die Füße zu untersuchen, und sein laut verkündeter Befund, es habe keine Verletzung gegeben, wurde mit Applaus quittiert. Die Zeremonie mußte in raschem Tempo vollzogen werden, denn schon war der zweite Mann unterwegs, und sechs weitere standen an, lächelten und winkten ihren Freunden zu, ehe auch sie folgten.

Alle Feuerproben waren erfolgreich. Da nun die Grundbegingungen des Rituals erfüllt waren, willigten mehrere Besucher ein, sich von den jungen Männern huckepack durch die Glut tragen zu lassen. Don Alberto lehnte das Angebot mit der Bemerkung ab, er finde es frivol.

Viertel vor zwölf wurde das Feuer gelöscht, und wir gingen zum Gasthof zurück, wo ein traditionelles *Verbena de San Juan*-Essen gleich nach Mitternacht allen Teilnehmern serviert werden sollte, von denen manche den ganzen Tag über gefastet hatten. Wir wurden aufgefordert, das in einem beträchtlichen Kessel schmorende Zeug in der Küche zu begutachten. Als Geiseln unseres Respekts für Bräuche ließen wir uns eine Kelle des dunklen, undefinierbaren Eintopfs aufnötigen.

Das Essen, dem ein Krug Wein folgte, hatte eine außerordentlich belebende Wirkung. Don Albertos Stimmung besserte sich, und er sagte mir, er sei zu dem Schluß gekommen, die jungen Feuerhelden, die er befragt habe, hätten ihm ihre wahren Gefühle einfach nicht verraten wollen. Es sei ja ein Zeichen der Zeit, daß die jungen Leute Scheu hätten zuzugeben, daß sie überhaupt an etwas glaubten. Sie seien genausowenig Atheisten wie er, fürchteten sich aber, ausgelacht zu werden. Was ich denn von all dem halte?

Ich sagte ihm, ich könne die Empfindungen des angesehenen Anthropologen Mariano Inignez nicht teilen, der in der Broschüre des Alkalden mit den Worten zitiert wurde, der Anblick eines durchs Feuer schreitenden Mannes habe bei ihm »einen heiligen Schauder, einen Verehrungsschub ausgelöst, als wenn eine uralte, feierliche Erinnerung sich tief in meinem Unterbewußtsein geregt habe«. Andererseits neigte ich zu der Meinung, daß bei der Art, wie man die Füße zu setzen hatte, Selbsthypnose mit im Spiel sei; und daß, wären Don Alberto oder ich den jungen Männern auch nur einen Schritt weit ins Feuer gefolgt, wir unsere Mittsommernacht im Krankenhaus von Tudela beendet hätten.

Don Alberto gab mir recht. »Für mich«, sagte er, »war unsere Pilgerfahrt nach San Pedro eine große spirituelle

Erfahrung.« Er lehnte sich an den harten Rücken der Bank. Der höhlenartige Raum, der von einer einzigen Lampe erhellt wurde, war in Schatten getaucht, und von allen Seiten kam das sachte Gemurmel der Stimmen der Männer, die die Vollendung einer erfolgreichen Fiesta erlebt hatten. Don Albertos Augen begannen zuzufallen. »Es hat mich berührt«, sagte er. »Ich fühle mich hoffnungsvoller als vorher.« Einen Moment später war er eingeschlafen.

14

»Sehen Sie bloß nicht hin, Sir, und drehen Sie den Kopf weg. Lieber durch die Nase atmen. Natürlich ist es nichts als Vorurteil, aber warum erst Widerwillen aufkommen lassen? Wie Barros sagt: Nur der Koch muß wissen, was im Topf ist.«

Es war Anfang August, Carmela war wieder da, und sie war soeben von ihrer ersten Einkaufsexpedition für mein Mittagessen zurückgekehrt. So unvermutet wie stets, gleich einem Geist aus der Flasche, war sie mit einem Schrappen ihrer Hanfsohlenschuhe auf den Fliesen und einem Hauch grüner Seife wieder erschienen. Ihr Blick enthielt, wie immer, Kritik, und als sie mein Quartier inspizierte, ließ sie einen kieselharten Laut des Abscheus über die Unordnung los, die sich ihr überall offenbarte. Die Katze, die sich nach ihr hereingeschlichen hatte, wurde mit einem Tritt durch die schmale Türöffnung auf die Straße befördert, und sie griff nach dem Besen. Sie erzählte mir, Muga habe sie für Barcelona mit flaschengrünem Pullover und Rock, einer Handtasche und Lederschuhen ausstaffiert, aber jetzt war sie wieder in ihrem alltäglichen Gewand, das sich mittschiffs ausbeulte, weil sie auf dem Weg von ihrer neuen Behausung zum Haus der Großmutter wohl wieder etwas Beute gemacht hatte.

Zu Mugas gewaltiger Irritation hatte sie, wie die Großmutter berichtete, sein Anerbieten ausgeschlagen, ihr eine alte Holzfällerbude außerhalb des Dorfes einzurichten, und war statt dessen in ein ausgedientes Bootshaus gezogen, das am Fuß einer Klippe nur wenige Meter entfernt von der aufgetakelten Seepromenade stand, die Muga den Dorfbewohnern immer mehr aufzwang. Daraus, ließ sie vernehmen, werde nichts und niemand sie vertreiben, und als die Guardia Civil, die von Mugas Verdruß erfuhr, sich andiente, um sie rauszuwerfen, sagte Muga, er wolle die Angelegenheit auf seine Weise regeln.

Sie stellte den Besen beiseite, schnalzte abfällig mit der Zunge, goß Wasser über den Fußboden und kniete sich mit einer Schrubberbürste hin.

»Und was gibt es bei Rosa Neues?« fragte ich.

Es war Carmelas Gewohnheit, zwei von drei Fragen zu ignorieren, als wären sie einer Antwort nicht wert. Sie stand auf und machte zunächst ihre übliche skeptische Miene, wie um zu sagen: Interessiert Sie das überhaupt? »Sie haben ein Wunder vollbracht«, sagte sie. »Sie humpelt noch immer, versteht sich, aber sie ist nicht wiederzuerkennen.«

»Ich würde sie gern sehen.«

»Warum nicht? Nächste Woche hat sie Namenstag, da gibt's ein Fest. Kommen Sie doch vorbei.«

Dann fiel mir ein, daß Sa Cordovesa Carmela und Rosa nach Barcelona begleitet hatte; auch von ihr gab es Neues zu berichten.

»Wir haben sie öfters gesehen«, sagte Carmela. »Sie bekam Arbeit im *Barrio Chino* und mußte in einem Restaurant, das im 1. Stock lag, Tabletts rauf und runter tragen. Gleich in der ersten Woche hat sie fünf Kilo verloren.«

»Da wird sie aber froh sein«, sagte ich. »Dann werden wir sie sicher bald wiedersehen.«

»Eher unwahrscheinlich, Sir«, sagte sie. »Sie war denen nicht flink genug, drum haben sie sie unten in den Delikatessenladen gesteckt. Und da war sie dem Anblick des Essens nicht gewachsen. Als wir abreisten, war sie fetter denn je.«

Carmela war erst am Tag zuvor in das Bootshaus eingezogen. Vom Haus der Großmutter aus konnte man es gut sehen, und als ich später vom Dach hinüberschaute, war sie damit beschäftigt, das neue Quartier in Ordnung zu bringen. Es war in tadelloser, einheimischer Bauweise errichtet, die sich in eine natürliche Bucht einpaßte, mit einem hölzernen Steg, der zu dem schmalen sichelförmigen Strand hinabführte, den Carmela stillschweigend ihrer Besitzung einverleibt hatte. Sie lief geradezu besessen hin und her, wie eine Ameisenarbeiterin, und sammelte Pfähle und geeignete Stücke Treibholz für einen Zaun zusammen, den sie am Ende des Tages fast fertig hatte. Die Wände des Bootshauses waren aus dem honigfarbenen Sandstein desselben Steinbruchs, aus dem auch die Steine für den Bau der Korkvillen stammten. Carmela beschloß, den Bau dadurch heimeliger zu machen, daß sie ihre gelbe Farbe auch hier hinklatschte. Sie stellte eine Reihe Geranien in alten Ölkannen auf die wunderschön gekachelten Dachvorsprünge unter der Klippe auf. Am dritten Tag kam auch die Ziege, die nicht nur an einer gräßlich aussehenden Hautkrankheit litt, sondern sich zudem der Selbstzerfleischung anheimgab, zum Vorschein, angebunden an einen Pflock in der Mitte dessen, was nun Carmelas privater Hof war. Von Rosa war bis jetzt noch nichts zu sehen – angeblich wurde sie noch versteckt, um die Inszenierung ihres Erscheinens vor dem Dorf aus Anlaß ihres Namenstages spannender zu machen.

Trotz der Tatsache, daß die Dorfbewohner Carmela im allgemeinen nicht mochten, hatten doch viele Mitleid mit ihr und waren froh, wenn sie irgend etwas tun konnten, um der kleinen Rosa in ihrem freudlosen und isolierten Leben ein kleines Zwischenspiel des Glücks zu ermöglichen. Die Großmutter nähte der Kleinen einen Rock. Juans Frau Francesca hatte ihr in Figueras ein Muschelhalsband gekauft, und es war ein allgemeines Stöbern nach abgetragenen Kindersachen und altem Spielzeug im Gang, die noch als Geschenk dienen konnten. Sebastian hatte ein paar Calamares für das Festmahl auf Eis gelegt, zu dem einige von uns eingeladen waren, und ich hoffte, mit einem beträchtlichen Quantum leicht lädierten Fischs aufwarten zu können.

Zu jener Zeit fischte ich mit einem Mann namens Pujols, dessen regulärer Partner sein Bruder war, der aber mit einer Blutvergiftung am Fuß im Bett lag. Die Brüder Pujols benutzten ein riesiges Netz, viertausend Meter lang und achteinhalb breit. Dieses Netz, in etwa hundert Meter Tiefe heruntergelassen, brauchte etwa zwei Stunden zum Auslegen und ebensolange zum Einholen, wobei die eigentliche Arbeit darin bestand, die meist kleinen Fische herauszusammeln, von denen sich einige wie Kokons in den Maschen verfangen hatten. Diese Prozedur dauerte bis zu vier Stunden, danach bluteten unsere Hände von den vielen kleinen Verletzungen durch scharfe Flossen und Gräten. Dank seiner langen Übung arbeitete Pujols mindestens doppelt so schnell wie ich. Er war ein dünner Mann, der an Brustbeschwerden litt und für seine sexuelle Unersättlichkeit bekannt war, die man allgemein dem Umstand zuschrieb, daß er sich praktisch nur von rohen Krabben ernährte. Die holte er bei diesen Exkursionen im Überfluß aus seinem Netz, und Pujols, dem immer ein Krabbenbein aus dem Mund hing, hustete, kaute und lutschte unentwegt, während wir uns abmühten, die Fische aus dem Netz zu fummeln. Als wir fertig waren, war mindestens ein Viertel des Fangs von diesem Herausklauben so beschädigt, daß sie für den Handel nicht mehr in Frage kamen, und ich konnte mir davon so viele nehmen, wie ich wollte. Die Fische kamen mit Sebastians Calamares in die Eistruhe der Großmutter.

Die zwei Wochen mit den Netzen waren nicht ohne Risiko. Es war eine Zeit, in der die Zivilgardisten ihre Schikanen zu verstärken beschlossen hatten. Alle Boote waren daraufhin überprüft worden, ob nicht die alten atheistischen Namen durch die absichtlich dünne Schicht der Übermalung durchschienen, und der eine oder andere starrköpfige Ketzer, der wieder Augen oder gar Sterne am Bug seines Bootes aufgemalt hatte, wurde zur Casa Cuartel bestellt und bekam eine offizielle Abmahnung. Obwohl ich mir eine Lizenz zum Fischen besorgt hatte, galt immer noch das Gesetz, daß Boote nur mit ihrer eingetragenen Besatzung auslaufen durften. Das Boot von Pujols war wegen seiner Größe ein Grenzfall, aber um sicher zu gehen, gab Pujols jedem der Gardisten ein Kilo Fisch, und von da an schauten sie einfach weg.

Zu Rosas Fest erschien etwa ein Halbdutzend Fischer mit ihren Familien, handverlesen von der Großmutter. Eingeladen wurde nur, wer Kinder mitbrachte, und ich hatte den Verdacht, daß etliche nur gekommen waren, weil sie eine Einladung nicht auszuschlagen gewagt hatten, die in Wirklichkeit ein Befehl war. Angeführt von der Großmutter, die ihr Schwarzes gegen eine seltsame kapuzenförmige Tracht, ähnlich den San-Benitos der Inquisitionsopfer, vertauscht hatte, traten wir in das kleine abgeschirmte Anwesen ein. Nervöse Blicke hin und her. Einige Bedenken über Rosas Zustand waren laut geworden, und wir waren nicht sicher, was uns erwartete, aber alle waren entschlossen, das beste zum Gelingen des Festes beizutragen. Carmela hieß uns in ihrem flaschengrünen Pullover und Rock und mit der Handtasche willkommen, die sie aber gleich darauf wegwarf. Sie hatte ihr Gesicht derart zu einem Lächeln entstellt, daß sie kaum wiederzuerkennen war.

Ein Klapptisch, zusammen mit den Zwergenstühlen Gemeindeeigentum, war aufgeschlagen worden. Wir nahmen verlegen Platz, und Carmela ging herum und reichte Krüge mit Palo. Ein Geruch von köstlichem Essen kam aus dem Bootshaus, und der süße, klebrige Likör begann seine Wirkung zu tun. Die Männer, nicht gewohnt, von was anderem zu sprechen, waren beim Thema Fischen. Die Frauen schlürften ihren Palo, leckten sich nach jedem Schluck genießerisch die Lippen und schwatzten mit hohen Stimmen über die Vorkommnisse ihres beschränkten Lebens. Die Kinder faßten allmählich Zutrauen, wagten sich weiter von den Eltern weg und begannen, die Kuriositäten zu beäugen, die bei Carmela herumlagen – leere Flaschen, alte Latschen, Farbdosen, trocknende Maiskolben, Schildkrötenmuscheln und Pfauenfedern. Sie hüteten sich aber, in die Reichweite der Ziege zu kommen, die hinten am Zaun angebunden war und sie mit entzündeten Augen betrachtete, während sie an den strähnigen Wollflocken kaute, die sie aus ihrem eigenen Fell verloren hatte.

Jetzt war der Augenblick für Rosas Erscheinen gekommen. Carmela war stikum in den Rauch und Mief des Bootshauses eingetaucht und machte nun zusammen mit Rosa einen theatralischen Auftritt. Carmela hielt, als sie den Steg herabkamen, Rosa an einem Arm fest umklammert. Rosa stolperte fürchterlich, und unter dem formlosen Hängerkleidchen krümmte und krampfte sich ihr Körper. Sie schlenkerte mit dem freien Arm; nicht, wie ein irritierter Zeuge hätte denken können, in einer Geste des Zorns, sondern einfach nur, um das Gleichgewicht zu halten. Sie schien in jeder Hinsicht schlimmer dran als beim letzten Mal, da ich sie gesehen hatte, und beim Anblick der Kinder begann sie vor Aufregung zu schreien. Vom Nahen dieser Erscheinung geängstigt, ließen die Kinder alles stehen und liegen und flüchteten sich in den Schutz ihrer Eltern.

Rosa riß sich los, flatterte und schwankte umher, dann stürzte sie hin. Carmela zog sie wieder auf die Füße, und zwei Fischer gingen zu ihr hin. Einen Augenblick sah Rosa zu uns her, die Qual brach aus ihrem lippenlosen Mund, und aus den großen reinen Augen rannen die Tränen. »Sie möchte mit den Kindern spielen«, bat Carmela. »Sagt ihnen, sie sollen kommen und mit ihr spielen. Sie brauchen keine Angst zu haben.«

Die Kinder hielten sich beiseite, auf dem Sprung wegzurennen, während Rosa getröstet und beruhigt schließlich zu einem Gestell wie ein behelfsmäßiger Rollstuhl halb geführt und halb getragen wurde, an dem sie mit einem einzigen Strang selbstgedrehten Hanfs festgeschnallt wurde. »Es ist nur die übergroße Aufregung. Wenn sie allein ist, ihr glaubt nicht, wie anders sie dann ist. Sie spricht so gut wie ich. Es ist das reinste Wunder.«

Sie trug das Essen auf, das, obwohl auch diesmal nicht definierbar, vorzüglich war. Rosa tat noch einen kurzen gutturalen Aufschrei und war dann still. Die Gäste aßen, tranken, genossen, und die Kinder faßten wieder soweit Mut, daß sie den Tisch verließen und ihr geliebtes Ringelringelrosenkranz-Spiel begannen.

Da aber gab es für Rosa kein Halten mehr. Ein paar Minuten schaute sie noch in dumpfem Schweigen zu, dann riß sie sich mit jähem Kreischen los, schlenkerte mit den Armen und kämpfte sich taumelnd zu den Spielenden hin. Aber ihr Weg führte sie direkt in den Pfad der Ziege. Carmela, die am andern Ende des Tisches saß, war zu weit ab, um sie rechtzeitig zu erreichen, und die Attacke der Ziege riß das Mädchen glatt von den Beinen.

Die Frauen trugen sie ins Bootshaus, wo das Geräusch

ihres Schluchzens bald schwächer wurde. Kurz darauf kamen sie zurück und sagten, sie sei eingeschlafen. Die Gäste tranken ihren Wein aus und gingen. Carmela band die Ziege los und ließ sie auf dem Klippengras weiden.

Am nächsten Tag war Carmela voller Dankbarkeit für meine Gaben. Zum erstenmal bedankte sie sich für etwas, das sie geschenkt bekommen hatte. Rosa, so versicherte sie mir, spräche immerzu noch von dem Fest, es sei das Schönste, was sie je erlebt habe.

15

Am 18. August kamen die Zivilgardisten auf einer ihrer sinistren Extratouren zu mir und fragten, ob ich in den letzten zwei Tagen irgendwelches Fleisch gekauft hätte. Ich versicherte ihnen, schon seit mindestens einer Woche kein Fleisch gegessen zu haben. Nachdem sie in der Küche flüchtig ein bißchen herumgeschnüffelt hatten, zogen sie ab. Diese Szene wiederholte sich in mehreren Häusern im Dorf, und als sich herumsprach, sie hätten eine Zeitlang damit zugebracht, den Dorfladen zu filzen, schwirrten die Gerüchte.

Am nächsten Tag kam Don Alberto mit einer seltsamen Geschichte an. Der Schlächter, Mayans, ein intelligenter, verschlagener Analphabet, hatte sich an ihn gewandt und seinen Rat wegen eines trüben Geschäfts erbeten, in das er verwickelt worden war. Mayans hatte ihm berichtet, ein Mann auf einer abgelegenen Farm habe ihm einen Stier zum Schlachten angeboten. Alle Tiere waren theoretisch registriert und konnten nur mit Genehmigung geschlachtet werden, aber Don Alberto wußte, daß solche Schwarzschlachtungen gang und gäbe waren, und er stimmte Mayans zu, daß jeder andere Schlachter das auch tun würde, was er getan hatte, nämlich sich den Stier anzusehen und, falls er nicht gerade entsetzlich krank war, einen Preis auszumachen. Mayans war überrascht, daß sein Angebot sofort akzeptiert worden war. Dann stellte der Bauer aber die komische Bedingung, daß er das Tier selbst schlachten wolle und Mayans mit seinem Lieferwagen irgendwann am

Nachmittag des 16. August vorbeikommen und den toten Stier abholen solle.

Am 16. August, nachmittags um vier, fuhr Mayans vor und fand den Stier, an einen Pfahl gebunden, tot im Hof. Der Körper war noch warm, aber bei näherer Untersuchung sah er, daß der Kopf schwere Verbrennungen aufwies, ja, daß dem Tier die Augen ausgebrannt worden waren. An diesem Punkt zeigten seine zwei Helfer Anzeichen von Ekel und Unruhe, und er sagte ihnen, sie sollten zum Wagen gehen und dort warten, bis er den Bauern ausgefragt hätte.

Der nun erzählte ihm, daß ein Fremder auf dem Hof erschienen sei und ihm eine Riesensumme dafür geboten habe, diesen Stier schlachten zu dürfen, wobei der Bauer das Fleisch behalten und damit tun könne, was er wollte. Man einigte sich, daß, wenn ein prompter Abnehmer für das tote Tier gefunden werden könne, die Schlachtung am nächsten Tag vor sich gehen könne; und pünktlich um 12 Uhr am 16. August, nachdem der Bauer mit Mayans gesprochen hatte, erschien der Mann in Begleitung eines zweiten Fremden, der ein langes, flaches Objekt, in Papier gewickelt, bei sich hatte. Der Bauer sagte, es sei alles bereit. Er band den Stier an den Pfahl an, der Mann händigte ihm die versprochene Summe aus und sagte ihm, er solle einen kleinen Spaziergang machen und in einer Stunde wiederkommen.

Er ging auch weg, versteckte sich aber, als die Männer ihm den Rücken gekehrt hatten, in einem Bewässerungsgraben, um zu sehen, was nun passieren würde. Ein Bambusstrauch behinderte seine Sicht, aber er konnte sehen, wie der Stier herumsprang und Rauch aufstieg, als habe man Feuer gemacht. Und der Stier brüllte wie wild. Als der Bauer dachte, eine Stunde sei vorbei, ging er zurück, fand das Tier am Boden, und einer der Männer löste gerade so etwas wie eine schwarze Maske von dessen Kopf ab. Und es roch nach verbrannten Fell- und Hautfetzen. Er fragte die Männer, was sie gemacht hätten, und der erste sagte: »So töten wir die Stiere in unserem Land.« Die Männer schenkten ihm einen Brandy ein. Sein Eindruck war, daß die beiden schon schwer getrunken hatten.

Je länger Mayans über den Handel nachdachte, um so weniger gefiel er ihm, und er sagte Don Alberto, am liebsten hätte er ihn gleich an Ort und Stelle fallenlassen. Bei näherem Nachdenken habe er sich gesagt, daß er schon zu tief drinstecke. Er hatte sich vor kurzem mit einem seiner Männer gestritten und fürchtete, der würde ihm, wenn er könnte, einen Strick daraus drehen. Also rief er die beiden zu sich und sagte ihnen, sie sollten das Fell abziehen, das Fleisch in Stücke schneiden und es in den Wagen laden. Dann schafften sie das Fleisch zu einem Mittelsmann, der alles nahm, wenn der Preis stimmte, und Mayans warf den Kopf auf eine Müllkippe. Er hatte seine zwei Helfer mit Fleischstücken bestochen, doch nun war ihm klar, so Mayans zu Don Alberto, daß einer von ihnen zur Polizei gegangen war, vielleicht sogar alle beide.

Aber warum sollte es irgendein Problem mit der Polizei geben? fragte Don Alberto. Schwarzschlachtungen, das wußte doch jeder, kamen dauernd vor und niemand profitierte mehr davon als die Polizei.

Mayans gab zu, daß die Ortsgardisten zu oft bei ihm an der Hintertür auftauchten, um sich Extrahappen zu holen, als daß sie ihm in dieser Hinsicht Schwierigkeiten machen könnten.

»Was aber war dann sein Problem?«

Gerüchte, hatte Mayans gesagt – die Möglichkeit, daß er ins Gerede komme, weil er sich möglicherweise an einer Hexerei beteiligt hatte. Die meisten seiner Kunden waren abergläubisch. Und dies hier konnte sein Geschäft ruinieren. Könnte sogar in die Zeitung kommen, und dann käme die Guardia Civil aus Gerona über ihn wie eine Ladung Ziegel.

»Ich habe ihm gesagt, es gebe keinen Grund zur Sorge«, berichtete Don Alberto. »Während er sich über all diesen Hokuspokus ausließ, habe ich zwei und zwei zusammengezählt. Ich fragte ihn, ob er sich an irgendwas sonst erinnern könnte, das der Bauer über die beiden Fremden erzählt hatte, und er antwortete, er habe ihren komischen Akzent, wie Aragonesen, erwähnt. Damit war die Sache klar, denn ich erinnerte mich, daß der 16. August in Aragonien als St. Rochus-Fest gefeiert wird. In Villanueva de Giloca wird dann eine ziemlich berühmte Zeremonie abgehalten, zu der auch ein Stieropfer gehört. Um die Mittagszeit. Wahrscheinlich kamen die beiden aus jener Gegend.«

»Sie versengen den Stier, bis er stirbt?«

»Das ist ein altehrwürdiger Brauch. Unser Freund hat sich auch noch erinnern können, daß einer der beiden Fremden während des Brandes Dudelsack spielte, was ebenfalls zur Tradition gehört. Man befestigt Pechkugeln zwischen den Hörnern und zündet sie an, so daß nur das Gehirn beschädigt wird. Die Sache mit der eisernen Maske soll den Prozeß verlängern. Je länger es dauert, desto besser. Ich habe Mayans gesagt, daß er, wenn sie ihn nicht wegen Handels mit schwarzgeschlachtetem Fleisch belangen, die Sache vergessen kann.«

»Und Tierquälerei spielt keine Rolle?«

»Das würde man nicht als Quälerei ansehen. Es ist ein ganz altes Fest, von Staat und Kirche anerkannt und gebilligt. Der Stier wird vom Priester gesegnet, ehe man ihn tötet. Ich kann mir nicht vorstellen, daß irgend jemand einen Wirbel daraus macht, wenn zwei Leute aus Villanueva, die zur Fiesta nicht zu Hause sein können, ihre kleine private Feierstunde abhalten. Das einzige, womit man sie drankriegen könnte, wäre eine Übertretung der Lizenzbestimmungen.«

16

Mit dem Jahr ging es schnell bergab. Und noch immer derselbe Teufelskreis, daß die Boote weniger seetüchtig wurden und die Ausrüstung mehr und mehr Verschleiß zeigte, und daß die Fischer mit ihrem kaputten Gerät nicht genug verdienten, um es instand setzen zu können. Im August war das Fest Mariä Himmelfahrt vorbereitet und gefeiert worden, ohne daß der Curandero sich hätte blicken lassen. Man munkelte, daß er an den Spätfolgen seiner schweren Mißhandlungen gestorben sei. Das bedeutete, daß die Dorfbewohner von Sort mit ihrem jährlichen Packen rechtlicher und familiärer Probleme allein gelassen wurden, während die Frauen von Farol, die ihren Vorrat an Verhütungsmitteln nicht aufstocken konnten und zu anderen Methoden kein Zutrauen hatten, dazu übergingen, ihren Männern den Beischlaf in den Siestastunden zu verweigern. Der Fischfang erlitt einen weiteren Rückschlag. Ohne die Führung des Curandero wußten die Fischer kaum, wie sie beim Aufspüren des Thunfischs vorgehen sollten. Durch puren Zufall stießen sie auf einige kleine Schwärme, aber die Ausbeute war nicht einmal halb so groß wie im Vorjahr.

Don Alberto hatte über die Routine der örtlichen Fiestas Klage geführt. Dieses Jahr nun mußte er der Tatsache ins Auge sehen, daß die Fiesta von Sort am Ende war. In Farol würde die Abendpromenade zur Sa Cova, wie gewohnt, vonstatten gehen, aber, so wußte Sebastians Elvira zu berichten, die Seewallfahrt mußte vermutlich ausfallen, weil sich keine Kandidatin für die Hauptrolle hatte finden lassen. Als Sebastian das erwähnte, fügte er noch ein privates Vorkommnis an, das ihn, wie er gestand, sehr deprimiert hatte. Rein zufällig war er beim Durchblättern eines Stapels alter Nummern der *Vanguardia*, aus denen die Todesanzeigen schon herausgeschnitten waren, auf eine Notiz über den tragischen Tod von Enrique gestoßen, der beim Versuch, die Pyrenäengrenze zu überqueren, im letzten April erschossen worden war. »Grenzposten im Kampf gegen Banditen« hieß die Überschrift. Enrique und drei Genossen hätten den Übertritt bei Nacht versucht und waren in einen Hinterhalt geraten. Ab und zu, hatte Sebastian damals gesagt, müsse die Polizei auch mal so tun, als ob sie zuschlage.

Während Farol allmählich seine Identität zu verlieren begann, wuchs Mugas Macht immer weiter. Er brachte die Touristenprogramme auf den neuesten Stand, fest entschlossen, den Fremden ein spanisches Traumland zu bieten, eine kitschige Carmen-Kulisse, in die die Realität von Armut und Arbeit so weit hineinpaßte, wie sie pittoresk war.

Und trotz Don Albertos Bemühungen, in der Planungsbehörde Fäden zu ziehen, hatte Muga alle bürokratischen Hürden beim Ausbau der Seepromenade genommen, hielt allerdings auch in der Frage der Ausgestaltung buchstabengetreu Wort. Wie versprochen, machte er nicht den Versuch, Bäume anzupflanzen oder Beete anzulegen, und die Strandmauer wurde ohne mittelalterlichen Schnickschnack gebaut. Sechs Bronzelampen im modernen quadratischen Stil wurden an plump wirkenden Betonständern aufgehängt. Sie verbreiteten bei Dunkelheit ein vibrierendes bläuliches Licht und zogen alle möglichen geflügelten Insekten ebenso an wie Nachtvögel, die in großer Zahl mit ihnen kollidierten und für die unten lauernden Katzen ein wahres Manna wurden.

Die Fischer konnten partout nicht verstehen, warum ein Mann von Mugas Intelligenz so bar jeden Geschmacks sein konnte. In der Vereinbarung zwischen Muga und dem Dorf war selbstverständlich kein Wort darüber enthalten, welche Farbe die Straße haben sollte, und die Fischer wollten vor Entsetzen ihren Augen nicht trauen, als Mugas Arbeiter säckeweise imitierte Marmorsteinchen in schrillen, sich beißenden Farben ausschütteten und sie in den noch weichen Beton der Straßenoberfläche drückten. »Ich muß dir gestehen«, sagte mein Nachbar Juan, »wenn ich auf diese Straße hinausschaue, ist mir als wenn ich etwas Unverdauliches gegessen hätte.«

Der Effekt von Mugas Aufräumaktion war tödlich. Das alte hübsche Gerümpel am Strand hatte seine eigene Bedeutung, Lebhaftigkeit, ja Anmut gehabt. Es war eine geradezu geistvolle Sammlung von Ankerspillen, Rippen verfallener Boote, von salzzerfressenen, fast durchsichtigen Galgen und Rahmen, auf denen einst der Fisch getrocknet worden war, von sandpolierten Skulpturen halbversunkenen Treibholzes, die allesamt das Bühnenbild ausmachten, vor dem die Rituale des Meeres sich so viele Generationen lang abgespielt hatten – und dies alles wurde nun auf einen Schlag beseitigt. Muga, der Hohepriester jener Standardisierung und Monotonie, die uns erwartete, war von Leidenschaft für die bloße Mache besessen. Zwar waren die Türmchen und Schießscharten verworfen worden, aber ehe die Dörfler wußten, wie ihnen geschah, hatte er ein Café in maurischem Stil mit einer Kuppel und hufeisenförmigen Toren zu bauen begonnen, das am Ende der Straße, nur 50 Meter von Carmelas Bootshaus entfernt, entstand. Die Fischer gingen zum Alkalden, der Muga um eine Erklärung bat. Muga zeigte sich erstaunt über den ganzen Wirbel. Man erwartete schließlich Touristen, und Touristen erwarteten in Spanien maurische Cafés. Um dem Alkalden den Wind aus den Segeln zu nehmen, sagte er, er wolle das Café dem Dorf schenken. Der Alkalde fragte ihn, ob er denn das Land erworben habe, auf dem es gebaut wurde, und Muga sagte, es liege, wie die Straße, auf Gemeindegrund. Ob das Café als Profitunternehmen betrieben werden solle, fragte der Alkalde. Muga hatte die Antwort parat und sein finsteres Lächeln dazu: Jeglicher Profit werde der Gemeinde zufallen. Er wolle eine Stiftung gründen, erklärte er, werde selbst Mitglied sein, und hoffe, daß der Alkalde nichts dagegen habe, als zweiter dieser Stiftung anzugehören.

Muga hielt nun den Zeitpunkt für eine größere Konfrontation für gekommen und beauftragte den Alkalden, ein Treffen mit den fünf maßgebenden Fischern zu arrangieren, auf dem er Vorschläge machen wolle, wie das Dorf vor dem drohenden Ruin zu retten sei. Das Treffen fand in der Bar statt, und da fast alle Männer des Dorfes daran teilnahmen, fand niemand etwas dabei, daß auch ich hinging.

Muga fragte die Männer, ob sie sich Gedanken darüber gemacht hätten, was sie im kommenden Winter erwartete, und Simon, der eine Art Wortführer, aber von den andern Fischern gewarnt worden war, er solle sich von Muga nicht über den Tisch ziehen lassen, sagte, es sei noch zu früh, dazu was zu sagen. Sie hätten ein Gutteil des Jahres damit zugebracht, eines der vom großen Sturm beschädigten Boote wieder instand zu setzen und hofften, es noch zur

Zeit der herbstlichen Sardinensaison wieder flott zu bekommen.

»Wenn es eine gibt«, sagte Muga. Er hatte sein übliches Hauruck-Gehabe fallen lassen und sich zu einer verbindlichen Gangart entschlossen. Und die Fischer hatten die Stumpen akzeptiert, die er ihnen anbot.

Simon sagte ihm, man sei allgemein der Ansicht, daß der Zyklus schlechter Jahre zu Ende gehe. Diese Meinung ging nur auf die Voraussagen des Curandero und seiner Tarotkarten zurück, aber Muga, der das wohl wußte, hütete sich, allzuviel Skepsis zu zeigen. »Ihr habt den Thunfisch verloren«, sagte er. »Was, wenn auch die Sardinen nicht kommen? Wie lange haltet ihr das durch?«

»Wir leben von unserem Fett«, sagte Simon. »Sind wir gewohnt. Wir brauchen keine fünf Mahlzeiten am Tag. Wir legen uns, wenn's sein muß, alle einen Monat oder auch zwei ins Bett. Es heißt, wer schläft, braucht nicht zu essen.« Es gab ein Grummeln der Zustimmung von den andern Fischern.

Muga hatte sich mit der Ökonomie des Fischfangs beschäftigt und verstand nun genau so viel davon wie die Fischer selbst. Er fragte, was der Durchschnittsfang eines großen Bootes auf dem Markt brächte.

Die Fischer waren sich nicht einig, und es gab ein langes Hin und Her, ehe die grobe Schätzung von 300 Peseten Zustimmung fand.

»Durch wie viele Leute geteilt?«

»Fünf.«

»Sechzig Peseten pro Mann, wirklich?« sagte Muga.

Also nein, ganz so nicht, warf einer ein, weil noch kleinere Beträge an die eine oder andere Witwe zu zahlen seien, die Anteile an den Booten hätte, ebenso an den oder die Besitzer der Netze. In zwei Fällen mußten auch die Motoren gewartet werden, und die Männer, die das täten, erwarteten auch ein paar Peseten.

»Kommen wir zu einer Nettosumme«, sagte Muga. »Wie sähe die aus? 35 Peseten, kommt das hin?«

Es gab eine weitere Diskussion, aber dann wurden 35 Peseten als realistisch akzeptiert.

»Und dafür«, sagte Muga, »leistet ihr acht Stunden harte Arbeit, zwei, um die Netze auszulegen, zwei, um sie einzuholen, und vier, um die Fische aus dem Netz zu klauben und zu verpacken. Von der Zeit, die fürs Netzeflicken draufgeht, vor allem, wenn die Delphine dran waren, will ich gar nicht reden. In Palamós machen sie mit den Touristen eine zwei- oder dreistündige Rundfahrt und kriegen 1000 Peseten dafür. Ganz schöner Unterschied, was?«

Leere Gesichter in der Runde. Niemand wußte was zu sagen.

»Könnt ihr so einen Vorschlag denn ablehnen?« fragte Muga.

»Erst einmal, wir sind Fischer«, sagte Simon, »zweitens haben wir hier keine Touristen. Also was soll's?«

Muga berichtete dann, daß am 25. August französische und deutsche Touristen eintreffen würden und daß alle Zimmer in seinem Hotel ausgebucht seien. »Das ist eure Chance«, sagte er. »Ihr könnt 1000 Peseten verlangen, wenn ihr eine Gruppe zu einer der Buchten fahrt. Warum wollt ihr euch mit Sardinen plagen? Warum mit Thunfisch?«

Die Mienen der Fischer zeigten, daß sie entsetzt waren. Mugas Vorschlag kam ihnen unmoralisch, fast unsittlich vor. Sie hatten vielleicht eine übertriebene Vorstellung von ihrer eigenen Würde und der ihres Gewerbes und fühlten sich den knausrigen und unterwürfigen Bauern ebenso haushoch überlegen wie einem geschmacklosen und lächerlichen Bourgeois vom Schlage Mugas, mit dem sie nun zu tun hatten. Was Muga ihnen da zumutete, begehrten sie auf, sei eine Beleidigung nicht nur für sie selbst, sondern auch für das Meer.

»Ihr braucht euch nicht gleich zu entscheiden«, sagte Muga. »Überlegt es euch in Ruhe.«

»Wir brauchen keine Bedenkzeit«, sagte Simon, »die Sache kommt nicht in Frage.«

»Ihr wißt ja«, sagte Muga, »ich bin nicht fürs Hin- und Herreden. Ich frag euch in drei Tagen noch mal. Wenn ihr bis dahin eure Meinung geändert habt, schön und gut. Andernfalls miete ich mir ein Boot in Palamos und bringe es her. Was soll ich mich aufregen. Mir ist es egal, ob sich die Sache so oder so regelt. Ich will euch doch nur helfen.«

Bei seinem Bemühen, Unterhaltung für die erwarteten Touristen zu organisieren, geriet Muga in dieselben Schwierigkeiten wie Don Alberto mit seiner gescheiterten Kampagne, die alljährliche Fiesta zu beleben; doch während Don Alberto sich leicht entmutigen ließ, war Muga mächtig und ausdauernd. Er trieb eine umherziehende Zigeunerfamilie mit einem dressierten Bären auf. Das arme Tier war – wie alle diese Bären – abgerichtet worden, indem man es zu einer bestimmten Melodie viele Male über eine Fläche erhitzter Steine getrieben hatte, so daß es, wann immer später dieses Lied ertönte, zum Gaudium der Leute in einer grotesken und gequälten Weise hopste und sprang. Muga war sich nicht sicher, ob sich der Bär am Ende als Attraktion erweisen würde, doch stellte sich heraus, daß einer der Jungen Gitarre spielen konnte, und er fragte den Alkalden, ob er nicht in seiner Bar auftreten könne. Der Alkalde wollte erst nichts davon wissen, bis Muga ihn mit dem Versprechen einer Lieferung guten Alicante-Weins herumkriegte. Man einigte sich darauf, daß es keine Musik vor 10 Uhr abends geben dürfe, wenn alle Männer des Ortes entweder in den Booten oder in den Betten waren.

Mugas nächste Tat war, den Alkalden unter Hinweis auf das Gesetz gegen unzüchtige Darstellungen zu zwingen, die Seejungfrau mit einem Vorhang zu verhüllen. Mit diesen Vorkehrungen, so sagte er sich wohl, würde die Bar akzeptabler für die Urlauber werden, von denen zwölf im Brisas del Mar wohnen sollten und die übrigen in den kalifornischen Chalets auf seinem Grundstück, an denen die Bauarbeiter Tag und Nacht schafften, um sie noch rechtzeitig fertigzustellen.

Just in dieser Zeit gab es im Haushalt der Großmutter Krawall, weil Sebastians Elvira mitteilte, daß sie eine Stellung als Zimmermädchen in Mugas Hotel angenommen habe. Sebastian, eingeschüchtert von der Großmutter, die ihm höhnisch vorwarf, ihre Tochter aus dem Haus und zur Arbeit zu treiben, wagte seiner Frau nur stillschweigende Unterstützung zu bieten. Sein Lohn, vom Staat festgesetzt, betrug jetzt 28 Peseten pro Tag, wogegen Muga jedem, der in seine Dienste trat, mindestens 50 Peseten zahlte. Es gab heftige Szenen im Dorf, als auch noch zwei andere Frauen, mit zitternden Nerven und herausgeputzt wie zu einer Taufe, sich zu ähnlichen Diensten aufmachten. Als Simons Frau ihm sagte, daß sie sich bereit erklärt habe, für Muga zu kochen, und zwar zum bis dahin unerhörten Lohn von 75 Peseten am Tag, sagte Simon, dann werde er auswandern, verließ das Haus und blieb 24 Stunden lang fort. Keiner der Männer von Farol wollte irgend etwas mit Muga und seinem Projekt zu tun haben, also holte er sich seine Leute, Gärtner, Handlanger und dergleichen, aus Sort.

Die zwölf französischen Touristen kamen am 25. mit dem Bus aus Perpignan an, und die Gruppe der Deutschen wurde am folgenden Tag vom Bahnhof in Figueras abgeholt. In Farol waren sie Gegenstand lebhaften Interesses. Die Dorfbewohner sagten mir, sie seien vor allem von der Lautstärke der Fremden, von ihren übertriebenen Gesten und der Nachlässigkeit ihrer Kleidung überrascht. Sie schienen sich lieb Kind machen zu wollen und gaben großzügige Trinkgelder. Der Alkalde und sein trotteliger junger Helfer waren entgeistert, als eine Schar von ihnen, denen sie in der Bar Getränke serviert hatten, Trinkgeld daließen, und das Geld lag immer noch auf dem Tisch, als sie am nächsten Tag wiederkamen. Eher aus Höflichkeit fanden sich die jungen Fischer zusammen und stiefelten den fremden Damen nach – die meist sehr schlicht waren –, wenn sie durch die Straße spazierten, und die Damen kicherten etwas verlegen, auch wenn ihnen die Aufmerksamkeit durchaus gefiel.

Für die Einweihung seines Hotels hatte Muga Phantasie bewiesen. In Töpfen am Rande der Veranda hatte er Wein gepflanzt, und die hübschen, dekorativen Blätter rankten sich an einer Art Pergola hoch, von der kleine Glühbirnen herabhingen. Nach dem Essen gab es Musik aus dem Lautsprecher. Das meiste davon war das geistlose Gedudel der Nachkriegszeit, als die Spanier ihren Charakter als musikalische Nation zu verlieren begannen, aber das ganze war bei den Ausländern dennoch ein riesiger Erfolg. Die mechanisch hingeklimperten Paso dobles und der betrunkene bärenschindende Gitarrist in der Bar war genau das Spanien, das sie zu finden gehofft hatten.

Muga hatte ihre Mentalität und ihre Sehnsüchte ziemlich genau eingeschätzt, aber da er trotz allem modernen Firlefanz ein Spanier blieb, mußte er noch dazulernen. Der Blick über die rankenden Reben und das Glitzern der

Lämpchen hinweg ging genau auf das häßliche Haus, das Cabezas im Laufe seines Lebens eigenhändig gebaut hatte. Und an einem Ende der Veranda gab es eine weitere begrenzte Sicht, nämlich durch die alte Mauer mit ihrer Ecke für die Pferdekastration. Die Leute von Farol hatten keine Pferde, aber die aus Sort wurden hier behandelt, weil der Kastrator lieber in einer Hütte mit Blick auf das Meer lebte. Pferdekastration war eine langwierige und knifflige Angelegenheit, wobei der eigentlichen Operation ein genaues Beschneiden mit dem Rasiermesser folgen mußte, und Muga, als er kurz nach der Ankunft der Touristen von seiner Veranda herübersah und, wie man doch annehmen konnte, die Perfektion eines in seinem Gewerbe anerkannten Meisters bewunderte, sah sich plötzlich umringt von entsetzten und protestierenden Gästen. Die Fremden, so vertraute er später dem Alkalden an, müßten offenbar vor den Tatsachen des Lebens geschützt werden. Noch am selben Tag wurde die Wand niedergerissen, der Kastrator mit 5000 Peseten abgefunden: Er solle sich trollen und für seine Operationen einen anderen Platz suchen.

Muga unternahm alles, was er konnte, um seinen Gästen eine schöne Urlaubszeit zu garantieren. Innerhalb weniger Tage arrangierte er ein Galasouper unter freiem Himmel, für das er Tische in der Straße vor dem Hotel aufstellte. Das kam bei den Dorfleuten schlecht an, die durch Tradition und Temperament gegen alles waren, was, wie in diesem Fall, ordinärer Angeberei auch nur nahekam. Muga sorgte für ein Überangebot an Essen, Champagner floß in Strömen (in Wahrheit war es nichts als süßer Wein, den man mit Kohlensäure vollgepumpt hatte). Zuviel falscher Champagner und zu viel schwerer Kognak führten zu einem Gelärme, das bis tief in die Nacht andauerte. Auch wenn es zu der Zeit keinen krassen Mangel in Farol gab, hatten etliche Leute doch nicht genug zu essen, und es empörte sie, mitanzusehen, wie große Mengen an Eßbarem, das sie sich niemals würden leisten können, jetzt an die herumlungernden Katzen verfüttert oder gar am Ende des Festes in die Mülltonnen geworfen wurden.

Der Alkalde gab Muga, so gut er konnte, zu verstehen, daß die Dorfbewohner etwas dagegen hatten, wie afrikanische Eingeborene behandelt zu werden. Vor allem wollten sie bei ihrer Arbeit oder in ihren häuslichen Verrichtungen nicht von Kameras belästigt werden, die man ihnen vor die Nase hielt. Er ließ ihn auch wissen, daß es sie kränkte, wenn man ihnen fürs Fotografiertwerden Geld anbot. Aber am kitzligsten war die Frage der Strandregeln. Muga versprach, Notizen auszuhängen und seine Gäste zu bitten, nicht mit Lederschuhen in die Boote einzusteigen. Aber etwas gegen das Urinieren am Strand oder im Meer könne er schlecht in diese Hinweise hineinschreiben, meinte Muga.

Don Alberto trug halbherzig sogar etwas zur folkloristischen Aufmöbelung bei, indem er eine Gruppe aus Figueras einlud, die Sardanatänze vorführen sollte. Da Farol nichts mit denen zu tun haben wollte, fand die Darbietung an einem Sonntagmorgen auf dem kleinen Platz in Sort statt. Die Sardana galt als Nationaltanz Kataloniens, aber Don Alberto war unzufrieden, weil sie erst um 1890 erfunden worden und auf dem Lande kaum bekannt und eher das Hobby von Stenotypistinnen und Verkäufern in den Städten geworden sei. Die Sache war denn auch kein überwältigender Erfolg. Die Touristen hatten Spaß am Tanz, machten viele Fotos, und ließen sich auch gern ein paar der einfachen Tanzschritte zeigen. Was aber einige von ihnen verstörte, war die Gegenwart von Hunden, die sich im letzten Stadium des Verhungerns dahinschleppten, und aus mangelnder Vorkehrung gab es einen unappetitlichen Augenblick, als der Maultiertreiber, nur wenige Meter entfernt, seinem Tier erlaubte, sich am gewohnten Ort wie üblich zu erleichtern. Es war in diesem Moment, daß sich ein französischer Tourist zu Don Alberto hinüberbeugte, erst in die Richtung der Tänzer, dann auf den Esel und die Hunde zeigte und lachend sagte: »Die Mythen und die Realität, wie?«

Muga machte seine Drohung war, mietete in Palamós ein Boot, und die Besatzung brachte es nach Farol und nahm die Touristen zu einem Strandpicknick auf. Vier Mitglieder der Reisegruppe hatten sich bei einem Spaziergang durch den verwüsteten Korkwald verirrt, und als sie zum Strand kamen, war das Boot schon weg. Mehrere Dorfbewohner versammelten sich voller Anteilnahme und erörterten das Malheur. Trotz der Weigerung der Fischer, ihre Boote für die Fremden zur Verfügung zu stellen, war man sich einig, daß etwas getan werden müsse. Einem jungen Fischer namens Jordan, der dazukam und für den Rest des Tages absolut nichts vorhatte, wurde gut zugeredet, er sollte doch in diesem Fall eine Ausnahme machen und die vier zum verabredeten Strand rudern. Es war eine lange Tour, und die zwei französischen Paare zeigten sich überaus erkenntlich. Sie bestanden darauf, ihre Lunchpakete mit Jordan zu teilen, und er griff zu, weil es sonst unhöflich ausgesehen hätte. Später ging es um die Frage der Entlohnung. Jordan weigerte sich, Geld zu nehmen, aber die Franzosen waren beharrlich, und am Ende gab er nach und akzeptierte 100 Peseten. Dieser Umstand brachte die anderen Fischer, denen er es erzählte, sehr auf; nun stünde alles auf Messers Schneide. Am selben Abend ertappte der Alkalde seinen jungen Helfer dabei, wie er 10 Peseten Trinkgeld einsteckte. »Von mir hat er bisher 20 Peseten pro Tag bekommen«, sagte der Alkalde, »was kann man da erwarten.«

Nachdem sie ihre Touristen zurückgebracht hatten, kamen die drei Bootsleute aus Palamós auf ein Glas in die Bar und gaben eine Runde für die dort sitzenden Fischer aus. Sie entschuldigten sich für ihre Einmischung in den lokalen Konflikt, aber abgesehen davon hielten sie ihr Verhalten für einwandfrei. »Ist ja nicht so, als gäben wir die Fischerei jetzt auf«, sagten sie. »Nachts fahren wir raus wie immer und legen die Netze aus. Macht das Leben zwar schwerer, bringt aber auch mehr Geld rein. Ihr solltet euch das auch überlegen.«

Die Faroler Männer nickten höflich, doch kaum hatten die fremden Fischer das Lokal verlassen, gingen sie wieder zu ihren Privatgesprächen und zum Versemachen über. Diesen späteren Sitzungen schien nun ein Grad von Dekadenz innezuwohnen. Früher hatte jeder Tag auf See sein Abenteuer gezeitigt. Jetzt gab es Erlebnisse kleineren Stils, und die spontanen Wortwechsel in Blankversen verdankten sich eher satirischer als epischer Inspiration. Die Fischer machten sich über die Touristen lustig, die sie mit einer Reihe lächerlicher Erlebnisse versorgten. Die Männer waren allzuoft schlampig und betrunken, während die Frauen im allgemeinen zu überkandidelt und zu gewöhnlich erschienen, wie dieses ungalante Fragment belegt:

Chicas nos vienen a visita',
Ricas son, plata tienen,
(Pero) Aunque la mona se vista de seda
Mona es, y mona queda.

(Mädchen kommen hier zu Besuch
Alle reich, und alle mit Geld.
Doch die Äffin, in Seide gehüllt,
Ist eine Äffin, und Äffin bleibt für immer.)

Für die Gäste kam die Zeit der Abreise. Zur Überraschung der Dorfbewohner stellte sich heraus, daß zwei von ihnen dableiben wollten. Es war ein junges deutsches Paar, von dem man bis dahin wenig gesehen hatte und das sich von Strandspaziergängen und Extras wie Mugas Galadiner und dem Sardana in Sort ferngehalten hatte. Sie waren beide Anfang zwanzig und ein auffallend gutaussehendes Paar. Die Frau, Mitzi, besaß eine Art von blasser, insichgekehrter, präraphaelitischer Schönheit, die den Fischern die Sprache verschlug. Ich saß eines Abends in der Bar mit ihnen an einem Tisch, und wir wechselten ein paar Worte auf Spanisch. Das Mädchen sagte wenig und lächelte kaum. Sie war mit der Gabe der Entrücktheit fast allzusehr gesegnet – etwas, was die Spanier sehr bewunderten. Meinem persönlichen Geschmack kamen die Lebhaftigkeit und die Anmut von Sa Cordovesa und Maria Cabritas mehr entgegen. Das Mädchen ließ ihre Finger durch die feine Seide ihres Haares gleiten, und ihre Augen wanderten hin und her, um ihre Umgebung in sich aufzunehmen, wie die eines indischen Tänzers. Klaus, der Ehemann oder Freund – ich habe das nie herausbekommen –, beobachtete sie unentwegt. Um diese Zeit begann gerade der Zigeunergitarrist sein Gezupfe, und am Ende jedes Stücks klatschte Klaus zweimal. Kurz vor Mitternacht erhob sich das Paar und glitt davon.

Sie hatten offenbar geplant, in Spanien zu bleiben, denn sie hatten ein Zelt bei sich. Das bauten sie an einem dreieckigen Stückchen Strand zwischen Felsen etwa drei Kilometer vom Dorf auf und ließen sich dort auf ein Leben ein, das die Dorfleute – die wohl noch nie von Camping gehört hatten – mit äußerster Neugierde erfüllte. Um diese Zeit waren die meisten der jungen Fischer schon in Mitzi verliebt und von eifersüchtigem Haß auf Klaus erfüllt. Einige von ihnen lungerten sogar an der Küste dort herum oder im Gehölz in der Nähe des Zelts, in der Hoffnung, gelegentlich einen Blick auf das Familienleben der beiden zu erhaschen. Der Alkalde machte in einer Diskussion mit den Fischerältesten keinen Hehl daraus, daß dies ein unmöglicher Zustand sei, obwohl er auch nicht wüßte, was dagegen zu tun sei. Mit seinen Worten: So etwas brachte die jungen Männer auf schlechte Gedanken. Die allgemeine Meinung war, daß die beiden wohl knapp bei Kasse waren. Ab und zu kamen sie mal ins Dorf, saßen schweigend in der Bar herum und tranken zu zweit einen Palo. Wenn die Fischer ihnen einen Drink ausgeben wollten, schüttelten sie den Kopf, etwas Fisch aber nahmen sie dankbar an. In der Nähe der Küste gab es mehrere einsame Bauernhäuser, und es sprach sich herum, daß sie dort gelegentlich hingingen, um Essen zu kaufen. Die Bauern, die ja immer vor Einsamkeit und Langeweile starben, waren natürlich überglücklich über neue Gesichter gewesen und hatten, so wurde vermutet, den beiden so gut wie nichts abgenommen für das, was sie so zu bieten hatten.

Die beiden Zivilgardisten, Schulter an Schulter, mit umgehängten Gewehren, gingen fast jeden Tag im Dorf und in der Umgebung Streife, und wann immer sie am Zelt der Deutschen vorbeikamen, machten sie dort Halt und wechselten ein paar Worte. Einmal verwarnten sie das Mädchen, daß sie keinen zweiteiligen Badeanzug tragen dürfe.

Etwa eine Woche nach dem Aufbau des Zeltes beschlossen sie, die Visa der beiden Deutschen zu kontrollieren. Nur das Mädchen war da, sie schauten in ihren Paß, und sagten ihr, sie würden am nächsten Tag wiederkommen, um den Mann zu überprüfen. Am nächsten Tag keine Spur von Klaus. Mitzi, keineswegs beunruhigt, sagte, er sei seit anderthalb Tagen weg und habe seinen Paß mitgenommen. Sie ließ sie ins Zelt ein, und sie durchsuchten es. Sie zeigte ihnen den Rucksack von Klaus mit seinen Sachen, eine

Brieftasche mit Familienfotos und ein paar Peseten, die ihm gehörten, wie sie sagte. Sie berichtete, daß Klaus irgendwann in der vorigen Nacht aufgestanden und hinausgeschlüpft sei, sie hatte gedacht, um zu pinkeln. Sie sei wieder eingeschlafen, in der Nacht aufgewacht, und er sei nicht dagewesen. Ob sie denn überrascht gewesen sei, wurde sie gefragt. Ziemlich überrascht, sagte sie. Aber nicht wirklich beunruhigt? Nein, nicht wirklich beunruhigt. Bei Klaus konnte man nie wissen. Ob sie damit rechnete, daß er zurückkäme? Vielleicht. Spanier sind tapfere, aber gefühlvolle Menschen. Die Gardisten sagten später dem Alkalden, sie hätten nie vorher eine solche Seelenruhe erlebt. Ob sie sich gestritten hätten? fragten die Gardisten. Nein, sagte sie, sie hätten sich nie gestritten. Ab und zu eine Reiberei. Aber nie mehr. Später erzählte sie, sie könne sich erinnern, Stimmen gehört zu haben in der Nacht, als Klaus rausgegangen sei, aber es könne auch ein Traum gewesen sein.

Die Zivilgardisten wiesen Mitzi an, ihre Sachen zu pakken und wieder ins Dorf zu ziehen, was sie auch tat, und Muga, der noch nie die Augen von ihr lassen konnte, brachte sie gratis in seinem Hotel unter. Dann wurde eine Suche in der hügeligen Gegend um die Campingstelle in Gang gesetzt, und etliche Freiwillige leisteten den Gardisten Unterstützung. Niemand wußte recht, nach was man eigentlich suchte. Den Gardisten schienen Spuren interessant, die darauf hindeuteten, daß vor kurzem ein Boot an Land gezogen worden war, und in dem dichten Pinien- und Wacholdergesträuch jenseits des Strandes wurden ein paar bedeutungslose Stoffetzen gefunden, sonst nichts.

Einige Tage später kam dann ein höherer Sergeant der Guardia Civil aus Figueras, um Mitzi weitere Fragen zu stellen. Sie gingen zusammen zu der Strandstelle, und er machte eine Skizze, um seinen Bericht zu illustrieren. Die

Polizei hatte wohl Sorge, daß ein Verbrechen vorlag, aber der Sergeant schloß das aus. Er händigte Mitzi ihren Paß wieder aus, und am nächsten Tag brachte Muga sie nach Figueras, wo sie den Zug zurück nach Hause nehmen sollte.

Später in der Woche hatte Muga Namenstag, zu dessen Feier er dem Dorf ein Faß Alicante-Wein spendierte, dessen Verteilung er dem Alkalden überließ. Der Wein war körperreich und aromatisch mit einem leichten Mandelaroma. So etwas hatten die Fischer, die an dicken, unangenehmen Palo gewöhnt waren und an den Beinah-Essig, der in Sort produziert wurde, noch nie getrunken. Jede Familie bekam einen Liter, und alle Barbesucher wurden an diesem großen Tag freigehalten. Die Fischerältesten und ein paar ihrer charaktervollen Anhänger verschmähten Mugas Gabe, aber viele vom Fußvolk ließen sich überreden, und eine ganze Anzahl junger Männer war noch vor Schluß der Feier volltrunken.

Ein oder zwei Tage später machte ein seltsames Gerücht die Runde im Dorf: daß Mitzi in der Nacht, als Klaus verschwand, Opfer einer Vergewaltigung geworden sei. Aufs äußerste beunruhigt, und um irgendwelcher Aktion durch die Polizei zuvorzukommen, suchte der Alkalde nach der Quelle – einem jungen Mann namens Tiberio Lara, der bis dahin nur aufgefallen war, weil er der erste Dorfjunge war, dem die Großmutter einen Namen verpaßt hatte; die war zur Zeit seiner Geburt eine Bewunderin des Kaisers Tiberius gewesen.

Der Alkalde schickte nach Tiberio und befragte ihn, und nachdem er mit der Guardia Civil gedroht hatte, kam die Geschichte heraus. Tiberio erzählte dem Alkalden, daß er sich am Abend von Mugas Fest in der Bar mit Cabezas Sohn Pedro habe vollaufen lassen. Pedro wurde wegen seiner Anhänglichkeit an seinen Vater nur Hijito de Papá (Papasöhnchen) genannt. Er war ein neunzehnjähriger Stromer, der lieber auf Geld verzichtete als daß er Arbeit annahm. Sonst konnte er sich keinen Wein leisten, und so brachten ihn schon zwei Glas von dem Freigetränk aus der Balance. Als er in die Nacht hinaustorkelte, hatte sich Pedro vor Tiberio des Überfalls gerühmt und erzählt, er habe drei Nächte im Gehölz gehockt und das Zelt beobachtet, bis schließlich, wie er vermutet habe, das Mädchen mit einer Fackel herausgekommen sei. Er habe sein Gesicht mit einem Schal maskiert, sei ihr gefolgt und habe sie vergewaltigt. Doch danach sei sie nicht, wie er gedacht hatte, aufgesprungen und weggelaufen; da habe er sie, ohne Gegenwehr, zum zweitenmal genommen. Als sie so dalagen, zwischen den Wacholderbüschen, schien ihnen eine Fackel ins Gesicht. Pedro sprang auf und stand Klaus gegenüber. Er zog sein Messer, und Klaus sagte: »Tu mir nichts. Du kannst sie haben. Sie gehört dir.«

Der Alkalde fand die Geschichte zuerst unwahrscheinlich, eine typische Teenager-Phantasie von Tiberio, die aus Verklemmtheit kam. Er fühlte sich immerhin verpflichtet, Lara senior zu befragen, einen Mann, von dem es hieß, daß er seine Familie wie ein biblischer Patriarch regiere, und der, als er kam, einen geborgten Hut trug, sein Sohn zwei Schritte hinter ihm. »Euer Ehren, wenn Sie glauben, was dieser Bengel da gesagt hat, dann können Sie gleich alles glauben«, sagte Lara. »Er ist Hysteriker und ein Lügner.« Der Alkalde ließ eine Bibel bringen und hieß Tiberio, sie in die rechte Hand zu nehmen und einen Eid darauf zu leisten. Tiberio brach sofort zusammen und zog seine Aussage zurück, er habe das nur aus Langeweile erzählt und weil er sich habe wichtig machen wollen. Sein Vater schlug ihm mit dem Handrücken ins Gesicht, und sie gingen wieder heim.

Zu der Zeit war ich schon ziemlich gut befreundet mit dem Alkalden. Eine typisch mediterrane Beziehung hatte sich entwickelt, bei der wir uns gegenseitig in vielen kleinen Dingen aushelfen konnten, und er zog mich häufig ins Vertrauen. Es schien, als habe er noch einmal über den Fall nachgedacht und argwöhnte nun, daß Tiberio am Ende doch die Wahrheit gesagt haben könnte, aber durch den alten Lara völlig verängstigt gewesen sei. Wir lebten in einer seltsamen Welt, sagte er, aber was auch immer geschehen war, seiner Meinung nach sei es aus und vorbei. Wie die meisten Männer in seiner Position verlangte er nicht mehr, als in Ruhe gelassen zu werden, er neigte dazu, schlafende Hunde nicht zu wecken. Und was sollte schon herauskommen, wenn er Hijito de Papa befragte? Er hatte sich ja bemüht, die Ausbreitung eines gefährlichen Gerüchts zu verhindern und die Polizei fernzuhalten. Jetzt hoffte er, daß die Angelegenheit im Sande verlief.

Aber er vertraute mir an, daß Hijito de Papa einer der zahlreichen Liebhaber sowohl von Sa Cordovesa wie von Maria Cabritas gewesen sei. Andererseits sei der ein stiller Junge, unaufdringlich und gern allein. Wir tauschten bedeutungsvolle Blicke, als der warnende Schatten von Barros auf uns fiel und der Alkalde zitierte: »Ich mißtraue den Menschen, die schweigen, und den Hunden, die nicht bellen.« Er schenkte jedem von uns ein Glas von dem Alicante-Wein ein. »Sprechen wir von was anderem. Ich hab so schon genug um die Ohren.«

17

Der Rest des Jahres lief ab wie befürchtet. Die umfangreichen Reparaturarbeiten an einem der großen Boote, die der Oktobersturm des Vorjahres zerstört hatte, waren abgeschlossen worden, jedoch nicht rechtzeitig für den Sardinenfang im Herbst, der, wie erwartet, nur einen mageren Ertrag gebracht hatte. Auch die Bogaschwärme wurden jetzt dünner, und gewisse Fischarten, die in früheren Jahren häufig vorkamen, blieben ganz aus. Die Übergriffe der Amateurfischer aus Sort waren inzwischen alltäglich. Sie fingen wenig, störten aber die Fische auf wie beispielsweise die Rotbarben, die sich in langsamer und fast wiederkäuender Weise von Mikroorganismen im seichten Wasser ernährten und jetzt aus den Gewässern vertrieben wurden. Es kam auch vor, daß Netze geplündert, Fische von stehenden Angeln genommen oder aus den *Vivéros* gestohlen wurden, in denen sie lebend in Meereswasser aufbewahrt wurden. Solche Vorfälle führten zu mehreren Zusammenstößen, und einmal mußte die Guardia Civil einschreiten.

In jenem Jahr gab es keine Hochzeit, statt dessen begann ein Exodus kräftiger junger Männer. Einer wanderte nach Argentinien aus, ein anderer heuerte auf einem Fischdampfer an, der im Atlantik auf Fang ging, zwei weitere zogen nach Palamós und schlossen sich dort, so vermutete man, einer Zigarettenschmugglerflottille an.

Es trafen noch zwei ausländische Touristengruppen ein, die zweite so groß, daß das Hotel und der Anbau belegt waren und die übrigen in den beiden Korkvillen untergebracht werden mußten, die man in aller Eile hergerichtet hatte. Alle mußten die bewährten Attraktionen über sich ergehen lassen: das Galadiner, den folkloristischen Ausflug nach Sort und die Küstenfahrten. Das offizielle Boot aus Palamós wurde diesmal von örtlichen Fischern unterstützt, die den Boykott nicht mitmachten, weshalb sie von den übrigen später heftig angegriffen wurden.

Aus dem Nebeneinander der Touristen und der Dorfbevölkerung ergab sich ein kleines soziales Problem, denn die eine oder andere der alleinreisenden fremden Frauen schien nur zu bereit, sich mit den jungen Fischern einzulassen. Als Tiberio Lara in der Bar mit einer Französin erschien, die vermutlich doppelt so alt war wie er, bediente der Alkalde die Frau, weigerte sich aber, Tiberios Bestellung entgegenzunehmen.

Ganz allmählich paßte sich das Dorf den Bedürfnissen der Fremden an, wie mein Nachbar Juan zu seiner Verblüffung feststellte. Juan fischte am liebsten im tiefen Wasser und hatte sich ein paar besondere Techniken zugelegt, die ihm das ermöglichten. Die Fische, die er fing – darunter *Pollas* und *Mollas*, eine spanische Spezialität –, waren für ihr festes, wohlschmeckendes Fleisch bekannt, sahen allerdings etwas grotesk aus. Als ich in meinem ersten Jahr mit Juan hinausfuhr, hatten wir nie genug davon fangen können, um auch nur den einheimischen Bedarf zu decken, aber am Ende des zweiten Jahres gab ihm die Großmutter den Rat, seine Fischmethoden zu ändern und sich auf schöner aussehende Fische zu konzentrieren. Wie Doraden, Glattbutte und Brassen, die man in flacherem Wasser fischte. Denn alles, was Juan fing, ging jetzt über die Großmutter in Mugas Küche, und dessen Gäste schätzten das Aussehen höher als den Geschmack. Für Mugas dritte Reisegruppe wurde von der Atlantikküste Seehecht antransportiert, der im Vergleich zum Mittelmeerfisch fade schmeckt.

Solche Veränderungen in Farol – meist zum schlechteren hin – hatten ihre Parallele in einer größeren Umwälzung in Sort.

Für Pablo Fons war die Welt zusammengebrochen, nachdem sein weibischer jüngster Sohn nach Figueras abgehauen war, wo er als Bardame arbeitete, bis ihn die Polizei wegen Tragens von Frauenkleidern verhaftete. Der Schock hatte eine leichte Herzattacke zur Folge, und danach entschloß sich Fons, den Rest seines Landbesitzes auch noch an Muga abzustoßen und eine einfache Arbeit anzunehmen: Es ging um die Ausschachtung und Vertiefung von Brunnen mit Dynamit, und darauf verstand er sich.

Inzwischen hatte Muga herausgefunden, daß auch einige der kleinen Bauern auf eigenem Boden saßen: kärgliches Land, von dem sie ihr Leben fristeten. Als er anfing, Druck zu machen, waren die meisten froh, zu verkaufen und sich juristischen Schlamassel zu ersparen. Muga, der stets die sanfte Tour der Gewalt vorzog, versprach, die gesetzlichen Dinge zu regeln, und zahlte einen guten Preis. Wenn sich ergab, daß sein neuerworbenes Land von alten Wegerechten, die vor Gericht keinen Bestand mehr gehabt hätten, durchkreuzt wurde, fuhr er mit seinen Traktoren einfach darüber hinweg, und nahm so weitere Parzellen von Bauern in Besitz, die ihre Äcker nicht mehr bebauen konnten, weil sie gar nicht mehr hinkamen. Muga setzte Kunstdünger ein, ließ Wasser aus den Bergen herabpumpen und den Boden bewässern, der normalerweise zwischen März und November nicht einen einzigen Regentropfen abbekam. Er baute ausschließlich Kartoffeln an, an denen ein dringender und weltweiter Bedarf bestand. Waren die Kartoffeln gerodet, folgte Weizen – Hartweizen, für den Export nach Italien, wo er für die Pasta gebraucht wurde. Viele der kleinen Bauern, die kein eigenes Land mehr hatten, arbeiteten jetzt für Muga. Bisher hatten sie sich von Reis, Bohnen und Maisbrei ernährt. Sie fragten Muga, was sie denn in Zukunft essen sollten – doch nicht etwa Kartoffeln? Muga sagte ihnen, sie könnten das selbst entscheiden. Er habe vor, in Farol einen Laden zu eröffnen, in dem sie alle möglichen Lebensmittel in Dosen finden könnten: Fleisch, Fisch, Gemüse, Suppen, alles, was sie sich nur vorstellen könnten. Die Zeiten seien vorbei, in denen ein Mensch das, was er aß, erst anbauen mußte. Eine glänzende Zukunft stand ihnen bevor.

Don Alberto wollte eine neue Gegenoffensive starten, zu der er sich Don Ignacio und die ultra-konservativen Fischerältesten von Farol als Verbündete auserkor.

Don Ignacio hatte es Muga nie verziehen, daß dieser sich in der Frage der Messezeiten so stur gezeigt und ihn damit um seine archäologischen Wochenendausflüge gebracht hatte. Er war sich mit Don Alberto einig, daß die ausländischen Einflüsse im großen und ganzen fatal waren. In wenigen Wochen, hatte er mir geklagt, seien die Geldverhältnisse auf den Kopf gestellt worden. Die Frauen, die bei Muga die Fußböden scheuerten oder Bettwäsche wuschen, verdienten mehr, als geübte und aufopferungsvolle Fischer, die ihre besten Jahre dem strapaziösen Beruf gewidmet hatten. Don Ignacio war der Ansicht, daß die Lockerheit der Fremden von Leuten mißverstanden würde, die so etwas nie vorher erlebt hatten und nun zu Überheblichkeit und Respektlosigkeit verführt wurden. Schon formierte sich eine kleine Gruppe von Mitläufern, etwa vom Schlage eines Tiberio Lara, die die Besucher mit einer Art herablassender Kumpelhaftigkeit behandelten. Don Ignacio gab zu, daß beide Seiten es an Würde und Zurückhaltung fehlen ließen, und daß die französischen und deutschen Urlauber, die nach Farol kamen, sich zu Hause wohl auch etwas gesetzter benähmen.

Diese Ansicht wurde von den Fischerältesten stark unterstützt, und sie sagten zu, alles in ihrer Macht Stehende zu tun, um Mugas Kampagne Einhalt zu gebieten, und sich auch darum zu kümmern, daß er mit so schrecklichen Mißgriffen wie dem pseudomaurischen Café nicht durchkäme, welches kürzlich mit einer lauten, feuchtfröhlichen Party, die halbe Nacht lang, für die Touristen und die Mugasche Sippschaft eingeweiht worden war. Die Fischer versprachen auch wirksame Maßnahmen gegen die wachsende Zahl ihrer Sprößlinge, die, unter welchem Vorwand auch immer, das Embargo durchbrochen und Fremde in ihren Booten mitgenommen hatten. Außerdem müsse man dem Boot aus Palamos die Fahrt nach Farol verbieten.

Don Alberto war nach unserer anstrengenden Reise nach Pedro Maurique einige Tage nicht auf dem Posten gewesen, hatte sich inzwischen aber wieder erholt und brachte nun voller Kampfeseifer seine Levis in Gang. Er fuhr hin und herum, um neue Unterstützung für seine Kampagne zu mobilisieren. Die Großmutter, die längst wußte, wo neuerdings die Musik spielte, brachte nicht mehr als ein lauwarmes Wohlwollen zustande, und der Alkalde war zwar ganz auf seiner Seite, jedoch entschlossen, nichts zu tun. Zum ersten Mal nahm Don Alberto, der sonst immer draußen vor der Bar seinen Wein trank und in den Todesanzeigen blätterte, den Vorhang vor der Seejungfrau wahr, und er war wütend: »Die Wahrheit ist leider«, sagte der Alkalde, »ich bin diesem Mann auf Gedeih und Verderb ausgeliefert. Ich muß irgendwie mit dem Strom schwimmen.«

Zum letzten Mal besuchte ich Don Alberto in seinem Haus, um für dieses Jahr Abschied zu nehmen, und kam zufällig dazu, als ihn die sieben Landarbeiter, die bis dahin mit ihm durch dick und dünn gegangen waren, aufsuchten, um ein Problem mit ihm zu bereden.

Wir waren auf dem Dach und genossen die kristallene Schönheit eines Tages, der in sanfter Schwebe zwischen Sommer und Herbst lag. Die Sonne hatte die letzten Stoppeln von Don Albertos Land weggetrocknet und die Erde mit einer schwachen Patina, wie Rost, bedeckt, in die ein paar Details, eine Pferdetränke, ein Zaunstück, eine Brunneneinfassung, mit äußerster Deutlichkeit eingraviert waren. Wir hätten fast die Blätter aus einem Baum in einem Kilometer Entfernung zählen können und das knochentrockene Klicken eines Wasserrades, das von einem Esel gedreht wurde, hörte sich tief im Ohr wie das feierliche Ticktack einer altväterlichen Standuhr an. Auf halber Höhe markierte eine scharfe Linie die Grenze zu den schwarzen und konturlosen Äckern Mugas, die gerade erst gepflügt worden waren.

Wir sahen die sieben Tagelöhner, im Gänsemarsch wie die Indianer, den Weg entlang kommen. Die Szene war so scharf belichtet, daß man geradezu die Maserung des Holzbalkens erkennen konnte, den der Hund, den sie bei sich hatten, hinter sich herzerrte. Wir gingen die Treppe in den Hauptraum hinunter. Don Albertos alte Freundin spielte gerade La Violetera auf dem Grammophon, und er bedeutete ihr, zur Tür zu gehen. »Ich fürchte, ihr Kopf läßt sie langsam im Stich«, sagte Don Alberto betrübt. Und obwohl die Schwalben längst ihre Nester auf den Balken und Simsen aufgegeben hatten, flogen sie immer noch ein und aus durch ein Gitter, das offen blieb, solange sie noch da waren. Jemand rief »Ave María purísima« am Tor, und einen Augenblick später wurden die Leute eingelassen.

Sie bauten sich in einer Reihe zwischen den Schwalbenhäufchen auf und drehten die Hüte in ihren Händen. Sie hatten wulstige, sensible, wetterfeste Gesichter, und unter der Verdruckstheit und Unterwürfigkeit ihrer Mienen spürte ich eine verborgene Feindseligkeit, die mich an Giovanni Vergas sizilianische Bauern erinnerte, wie sie, die Sicheln in der Hand, zu einer Jacquerie (einem Aufstand) bereit schienen.

»Nun, was gibt's?« fragte Don Alberto.

»Wir möchten über Don Jaime mit Ihnen reden«, sagte einer der Bauern.

»Ihr meint Muga? Was ist mit ihm?«

»Er hat uns gebeten, bei ihm auszuhelfen.«

»Mit anderen Worten: für ihn zu arbeiten. Ihr arbeitet doch aber für mich.«

»Um diese Jahreszeit gibt's nicht mehr viel zu tun.«

»Aber das ist doch eine schöne Sache, wenn ihr trotzdem bezahlt werdet. Was sollt ihr denn bei Muga machen?«

»Er möchte, daß wir ein paar Bäume fällen. Damit er dort pflügen kann.«

»Meine lieben Freunde«, sagte Don Alberto, »steht doch nicht so förmlich rum.« Sein Lächeln erinnerte an das eines Schädels. »Setzt eure Hüte auf und nehmt Platz. In dieser Welt wird jeder von seinem Interesse beherrscht, und ich denke, bei euch ist das nicht anders. Nur sagt mir eins: Was gedenkt ihr zu essen, wenn ihr euch zu Tisch setzt?«

Die Tagelöhner saßen unbehaglich auf der Kante der thronähnlichen Stühle. »Brot und Bohnen. Sonntags Reis«, meinten sie einträchtig.

»Ich ernähre euch, ja?«

»Ja, Herr. Das stimmt.«

»Wenn ihr bei Muga arbeitet, werdet ihr Kühe essen, die vor zehn Jahren getötet wurden und dann in eine Dose kamen. Ich sagte getötet, aber vielleicht sind sie auch an einer Krankheit gestorben. Wie findet ihr das?«

»Nicht gut, Euer Ehren, wenn das wirklich wahr ist.«

»Natürlich ist das wahr. Sagt mir noch was. Wie verbringt ihr die meiste Zeit des Winters?«

»Wir verschlafen ihn, Herr.«

»Natürlich tut ihr das, genau wie ich. Wir haben ein Sprichwort: ›Dezember – Feuer und Bett‹. Ihr steht doch nur auf, um zu essen und um euch zu erleichtern, aber ich bezahle euch immer weiter. Arbeitet bei Muga – und ihr werdet merken, daß ihr jeden Tag bis zu zwölf Stunden arbeitet, Frühling, Sommer, Herbst und Winter. Vielleicht habt ihr schon gehört, daß er seinen Leuten die Siesta gestrichen hat. Und wie findet ihr das, wenn eure Schwestern oder eure Töchter Hosen tragen?«

»Wir finden es überhaupt nicht gut, Herr.«

»Wenn sie in Mugas Hotel arbeiten, müssen sie. Soll die Männer, mit denen sie zusammenarbeiten müssen, daran hindern, ihnen unter die Röcke zu gucken. Was der wirkliche Grund ist, überlasse ich eurer Phantasie. Wenn ihr bei Muga eine Arbeit annehmt, kriegt er auch eure Frauen in die Fänge. Mein Rat an euch ist: laßt sie zu Hause.«

»Aber das wollen wir doch auch.«

»Ich habe für die Zukunft große Dinge vor. Etwas, worüber ich jetzt noch nicht reden möchte, aber überlaßt es mir. Wir werden miteinander neue Höhen erstürmen. Das Gesetz, wie ihr wißt, gestattet mir nicht, euch mehr als 19 Peseten am Tag zu bezahlen, aber ich werde es schon irgendwie zu umgehen wissen und eure Löhne auf 25 erhöhen. Wäre damit alles klar?«

Sie tauschten Blicke untereinander, und es kam ein halbherziges Brummeln der Zustimmung. Die Tagelöhner erhoben sich, Don Alberto wischte ihren Dank beiseite und schob sie aus der Tür. Es war eine Art Sieg, aber ich sah weitere Schlachten kommen.

Als ich abreiste, begleitete Sebastian mich im Taxi nach Figueras. Wir taten unser Bestes, es uns nicht zu schwer werden zu lassen und machten ein paar Witze über die Tücken des Abschiednehmens. Es war Zeit für einen Schnelldurchgang der Erinnerungen, für die unsere Fischfangexkursionen so viel Stoff lieferten. Wir hatten so viele Fische miteinander gefangen, und wir vermuteten, daß in den nächsten Jahren nur noch wenige Leute die Chance haben würden zu erleben, was das Meer uns an seinen einsamen Küsten gezeigt hatte, die wohl noch so unberührt dalagen wie zu Zeiten des Odysseus. Der Höhepunkt war der große *escarmalan*-Fischzug im Frühjahr gewesen, und wir verabredeten, daß wir das im kommenden Jahr wiederholen wollten.

Seit jener denkwürdigen Episode, sagte Sebastian, mache das Leben einfach nicht mehr so viel Spaß. Das Abenteuer hatte eine zu hohe Maßlatte für den Rest des Jahres gesetzt. Seine Arbeit war langweilig geworden, weil sie viel Geduld von ihm verlangte, aber nur wenig Geschick. Er baute jetzt Chalets für einen Bauunternehmer, die als Fertigteile geliefert wurden, soundsoviel Türen, soviel Fenster, soviel Badezimmereinrichtungen, alle identisch, nur noch zusammenzusetzen. Das erzeugte eine fuchsig machende Langeweile, die völlig verschieden war von der besänftigenden Monotonie, der anmutigen Entrückung des Geistes, die man beim Calamares-Fischen verspürte, seiner immer noch liebsten Freizeitbeschäftigung.

Wir kamen durch ein Waldstück mit Bäumen, die ihre Rinde wie Schlangenhaut abwarfen und darunter weißes, ausgelaugtes Holz sehen ließen. Etwas später kam die gefährliche Biegung um eine flache Schlucht herum, die die Großgrundbesitzer einst mit Dynamit zugesprengt hatten, um Leute von außen fernzuhalten. Jetzt wurde sie zum zweiten Male in zwei Jahren erweitert, war mit einem

Warnschild gekennzeichnet, schwarz-weiß gestreifte Betonblöcke markierten den Fahrbahnrand.

Wir sprachen vom Wandel und von der Zukunft. Trotz all seiner Anstrengungen war Sebastian immer noch genauso schlimm dran wie bisher. Elvira hatte ihre Arbeit im Hotel aufgegeben, nachdem sich ein Deutscher hinter ihr in das Zimmer geschlichen hatte, in dem sie gerade das Bett machte, mit einem Hundert-Peseten-Schein gewedelt und dazu eindeutige Gesten gemacht hatte. Der Vorfall hatte einen größeren Krach mit der Großmutter ausgelöst, die mitangesehen hatte, wie Elvira heulend nach Hause kam, und ihm nun (wieder einmal) Impotenz und Unfruchtbarkeit und die Neigung vorwarf, von den unmoralischen Einkünften seiner Frau zu leben.

Und doch war es für Sebastian bei so unsicheren Zukunftsaussichten unmöglich, der Großmutter zu entkommen. Alle Bauleute wurden von einem Unternehmer beschäftigt, der die tariflichen Löhne zahlte. Wenn Sebastian aus der ökonomischen Zwangsjacke ausbrechen wollte, mußte er den Beruf wechseln, und dazu, deutete er an, sei er bereit. Es war eine große Entscheidung für ihn, doch er wollte in diesem Stadium nichts weiter darüber sagen. Er versprach mir, zu schreiben und mich auf dem laufenden zu halten.

Er sei vorsichtig optimistisch, sagte er. Das schlimme Jahr liege hinter uns. Schlechter könne es nicht mehr kommen, und die allgemeine Meinung sei, jetzt gehe es aufwärts. Elvira werde bestimmt nicht mehr ins Hotel zurückgehen, aber er habe nichts dagegen, wenn sie die Wäsche übernehme, wie es der Hausmeister ihr angeboten habe. – Die meisten Fischer waren der Ansicht, daß das nächste Jahr das erste eines Zyklus von guten Jahren sein werde, und sie erwarteten es mit Zuversicht, da nun das zweite der drei beschädigten Boote instand gesetzt und beim Sardinenfang im März einsatzfähig war. Er vermutete, daß die schlechte Laune der Großmutter in der letzten Zeit von den nachlassenden Fischverkäufen herrührte und jeder spürbare Anstieg der Fangerträge das Leben für sie alle wieder leichter machen werde. Erneut kam die Rede auf die Möglichkeit eines Berufswechsels, wieder blieb er vage. Sollte sich irgend etwas in dieser Richtung tun, sagte er, werde er es so einrichten, daß er sich im April ein oder zwei Wochen freinehmen könne. Er hoffte, daß wir wieder zusammen *escarmalans* fischen gehen könnten.

Und in dieser bemüht aufgekratzten Stimmung verabschiedeten wir uns für dieses Jahr. Die Tranvía kam, mit einer Stunde Verspätung, krachend über die Weichen in den Bahnhof von Figueras, vollgestopft mit stillenden Müttern, nässenden Kindern und Bauern mit Hühnern in Weidenkörben. Der Zug wurde gleich von Händlern gestürmt, die Lose, Sandwichs und Sodawasser in der Farbe verdünnten Blutes verkauften. Aus jedem Fenster des Zuges hingen zwanzig oder dreißig Köpfe, und Hände wurden ausgestreckt, als griffen sie nach der Erlösung. Die Hälfte der Leute, die den Bahnsteig bevölkerten, wollte gar nicht mitreisen, sondern stand einfach nur da, um die Züge ankommen und wegfahren zu sehen und mit Reisenden Bekanntschaften zu schließen, die im nächsten Augenblick, bei der Abfahrt des Zuges, schon wieder beendet waren.

Dies war Spanien, wie ich es kannte und zu akzeptieren gelernt hatte, ebenso wie ich Sebastian kennen und schätzen gelernt hatte, der in so vieler Hinsicht das Land seiner Geburt repräsentierte: ein dünner Mann mit einem kühnen, aber melancholischen Blick und einem Kopf voller poetischer Ideen; ein passiver aber erfolgreicher Widerständler gegen die Despoten, der von wenig mehr als Luft lebte und keine anderen Ansprüche an die Zukunft stellte, als daß sie ein wenig besser aussähe als die Gegenwart.

Der Schaffner, eine riesige Uhr in der Hand, trat auf uns zu. »Tut mir leid, Sie zu stören, wir müssen weiter. Will ja keinen zurücklassen.«

Ich stieg ein, kämpfte mich zu einem Abteil durch und weiter bis ans Fenster, um zu winken.

»Also dann, bis nächstes Jahr.«

»So Gott will.«

»Natürlich will er.« Wir hatten schon die Angewohnheit der Großmutter übernommen, der Entscheidung des lieben Gottes vorzugreifen. Die Bauern warteten darauf, daß ich mich hinsetzte und sie mir ihr Essen in den Mund stopfen konnten.

Die dritte Saison

1

Der Winter brachte nur einen kurzen Schrieb von Sebastian, in dem er erwähnte, er habe seine Arbeit gewechselt, Genaueres stand nicht drin. Auch von unserem geplanten *escarmalan*-Fischzug war nicht die Rede, also nahm ich an, daß er, vielleicht wegen Überlastung, die Idee hatte fallenlassen.

Am Ende des Sommers hatte ich die Bekanntschaft eines gutsituierten spanischen Urlaubers in Farol gemacht, der am Harpunenfang interessiert war, mehr allerdings noch an archäologischer Unterwassererkundung, und mit ihm verbrachte ich einige Wochen der neuen Saison in der Gegend von Ampurias – nur ein paar Kilometer von Don Ignacios Jagdgründen entfernt –, wo wir eine große Menge römischer Tonscherben fanden, doch nichts von Bedeutung. Später unternahmen wir eine Fahrt nach Espardell und Espalmador, zwei Inseln in der Nähe von Ibiza, aber zu weit ab für die dortigen Fischer, wo noch riesige Heilbutte zu sehen waren, die im flachen Wasser, nur wenige Meter vom Strand, ungestört herumlungerten.

Es war schon Anfang Juni, als ich nach Farol zurückkehrte, wo mir sofort klar wurde, welche drastischen Veränderungen es gegeben hatte. Die Großmutter empfing mich mit unverminderter Freundlichkeit, aber wie das Dorf hatte auch sie sich verändert. War sie früher langsam und gesetzt gewesen, so war sie nun wirbelig. Die würdige witwenschwarze Tracht war jetzt einer praktischen Kombination aus Rock und Pullover gewichen, das spröde graue Haar war rücksichtslos gekappt und entblößte noch mehr von der knochigen Dürre des Nackens. Zu meiner Verblüffung bemerkte ich, daß auch das letzte Tabu des Dorfes gebrochen war, denn sie trug schwarze Lederschuhe mit protzigen Schnallen.

Sie hatte mir mein Zimmer freigehalten, sagte aber, ich könne mich glücklich schätzen, weil Farol zum erstenmal das erleben werde, was sie eine Hochsaison nannte. Für die Monate Juli und August habe man die Preise erhöht, aber es sei praktisch überhaupt kein Zimmer mehr zu bekommen. Ein Reiseagent, der, wo er ging und stand, eine Aktentasche bei sich hatte und die ersten getönten Brillengläser trug, die es in Farol zu sehen gab, hatte sich im Dorf festgesetzt, auf der Suche nach Quartiermöglichkeiten Haus für Haus abgeklappert und 15 Peseten pro Tag und Zimmer geboten, egal, ob Gäste kamen oder nicht. Es war eine Offerte, die die Leute schlecht ablehnen konnten, zumal nach dem erneuten und katastrophalen Ausbleiben der Sardinen im März.

Der Agent hatte darauf bestanden, daß jedes Haus, das sich am Beherbergungsprogramm beteiligen wollte, in einem wichtigen Punkt dafür gerüstet sein müsse. Abtritte, die aus nichts als einem Loch im Boden bestanden und den beiden Fliesen mit dem Sohlenmuster für die passende Position, waren passé, und richtige Toiletten das Gebot der Stunde. Die Großmutter führte mich in das Kabüffchen, wo ihre dekorativen Blumenfliesen herausgerissen und, in Erwartung meines Nachfolgers, durch das Standardmodell des Bauunternehmers ersetzt worden waren. Sie zog die Spülung, sah auf den Wasserwirbel hinab und nickte in ruhigem Stolz. »Genau das richtige«, sagte sie, »wenn man ausruhen und über das Leben im allgemeinen nachdenken will. Hygienisch würde ich es nicht nennen.«

Carmela gebe es auch noch, sagte sie, aber sie sei anderweitig zu sehr beschäftigt, um mir groß helfen zu können. Die Großmutter deutete an, daß Carmela eine Quelle für fertiggekochtes Essen aufgetan habe, und zweifelte nicht daran, daß wir ohne weiteres zu einem Arrangement mit ihr kommen könnten. Falls nicht, gebe es einen Stand neben der Kirche, der *perros calientes* verkaufe. Dem entnahm ich, daß der Hot Dog nun auch in Spanien seinen Siegeszug angetreten hatte. Außerdem, sagte die Großmutter, *hamburguesas* – beides köstlich. Jedenfalls brauchte man nicht Angst vorm Verhungern zu haben. Meine Katze, so informierte sie mich, sei seltsamerweise verschwunden, und wenn ich eine neue wollte, müßte ich sie füttern, da das Dorf aufgeräumt worden und nicht das geringste Fitzchen eßbaren Abfalls mehr zu finden sei, ein hartes Los für das Schwein Mercedes.

Ihr eigener Handel, sagte mir die Großmutter, habe sich mit dem Fischfang erledigt und sie müsse sich deshalb nach was anderem umsehen. Sie hoffte auf die Genehmigung zum Anbau eines weiteren Zimmers und zeigte mir leicht geniert die Pläne. Es war offensichtlich, daß das Aufstocken eines Plattenbauwürfels den natürlichen, ungeplanten Charme des Gebäudes zerstören und es zu einem Fleck in der Landschaft machen würde. Der Agent stieß sich an der Schmucklosigkeit der Häuser von Farol und wollte wenigstens etwas Wohnlichkeit etablieren, indem er darauf bestand, daß in jedem Urlauberzimmer ein gerahmtes Bild aufgehängt wurde, das man aus einem Stapel in seinem Büro aussuchen konnte, etwa das Londoner Parlamentsgebäude, Eiffelturm, Markusplatz und das Chateau Chinon.

Ihre allerletzte Neuigkeit war, daß Sebastian und Elvira ausgezogen waren. Sie brachte mir das mit einer Mischung aus Bitterkeit und Erleichterung bei, ehe sie mit einem schwachen Grinsen und einem plötzlichen Griff ihrer kräftigen Hände an den Bauch andeutete, daß Elvira schwanger war.

Sie führte mich zu Sebastians neuer Wirkungsstätte. Inzwischen war ich auf alles gefaßt, und so war es keine große Überraschung, ihn am Empfangstisch des Hotels Brisas del Mar zu sehen, damit beschäftigt, Rechnungszettel von einem Spike zu nehmen und das, was draufstand, in ein Buch zu übertragen. Es war etwa 10 Uhr vormittags, also Stunden, bevor das Restaurant aufmachte; einen Augenblick lang nahm Sebastian meine Gegenwart nicht wahr, und als er dann aufschaute und mich bemerkte, schien er bestürzt. Er sprang auf, und wir umarmten uns. Er trug schwarze Hosen und eine schwarze Fliege und sah zugleich draufgängerisch und schüchtern aus. Körperlich schien er in besserer Verfassung als bei unserem letzten Zusammensein; er hatte zugenommen, war aber immer noch dünn und hatte leichte Schatten unter den Augen.

Wir setzten uns, und er erzählte mir, als säße er im Beichtstuhl, wie es zu seiner Kapitulation gekommen war. »Es war schon vor deiner Abreise, aber ich wollte noch nicht davon reden. Der Ober, der früher hier arbeitete, war ein alter Bekannter aus Figueras, und ich habe ihn mal vertreten, als er krank wurde. Weißt du, wieviel sie mir auf dem Bau bezahlt haben? 28 Peseten für acht Stunden. Und hier, jedesmal wenn man eine Gruppe bedient hat, bekam man bis zu 20 Peseten. Und das Trinkgeld einfach liegenzulassen war gar nicht möglich, da es in einen gemeinsamen Topf geht. Der andere Kellner sagte: Wenn du deinen Anteil nicht willst, bitteschön, dann nehm ich ihn. Was sollte ich also machen? Dies Jahr ist mein Bekannter an Tuberkulose erkrankt, konnte die Stellung nicht mehr antreten, und da haben sie mich gefragt.«

»Und bist du glücklich? Das ist doch die Hauptsache.«

»Ja, schon. Man muß einfach nur aufhören, immer auf

seine Würde zu pochen. Wenigstens sind wir der Großmutter entronnen. Wir wohnen in einem der Chalets und konnten uns da ein paar Zimmer einrichten. Man kann nicht alles haben. Ich vermisse das Fischen. Keine Zeit mehr dafür. Ich fange morgens um acht mit den Rechnungen an, und wir hören nicht vor Mitternacht auf. Nur das ewige Lächeln habe ich satt. Dauernd mußt du die Leute anlächeln. Im Preis mit inbegriffen – kleiner Scherz von uns. Wir kriegen pro Lächeln eine Peseta, und fünf, wenn wir sagen: Guten Abend, die Dame, guten Abend, der Herr, schön, Sie wieder zu sehen. Wenn eine Gruppe ein Essen für mehr als 25 Peseten pro Mann bestellt, dürfen wir einen Drink aufs Haus ausgeben, was das Trinkgeld meist um weitere 10 Peseten anhebt. Man kann schon sagen, wir haben uns verkauft.«

»Laß uns von was Schönerem reden«, sagte ich. »Letzte Woche war ich in Espalmador. Man glaubt nicht, daß es so was gibt. Das Wasser so klar, daß man Schwindelanfälle kriegt. Als wenn man durch Luft schwimmt. Was macht das Tauchen bei dir?«

»Letzten September habe ich achtzehn Meter geschafft. Seither habe ich's nicht mehr probiert.«

»In Espalmador gibt es in etwa fünfzehn Meter Tiefe einen flachen Felsengrund, mit tiefen Rinnen im Stein und Tausenden von Fischen in diesen Rinnen. Kein Sand. Kein Gras. Nur dicke große Fische, einer hinter dem andern, dicht an dicht, die durch diese Korridore schwimmen. Ich hab meinen Augen nicht getraut. Und das Komische war dieses Schwindelgefühl, das von der Klarheit des Wassers kam. Als ob man auf einer hohen Mauer spaziert. Mir war wirklich schwindlig, und das hörte erst auf, als ein großer Fisch kam und mich anstarrte.

Er griff nach meiner Hand. »Da müssen wir zusammen hin. Das ist beschlossene Sache. Ich hatte mich nämlich sowieso schon entschieden. Wollte diesen Job ohnehin aufgeben. Aber es kommen ein paar große Ausgaben auf mich zu. Elvira kriegt ein Kind.«

»Ich weiß. Hat mir die Großmutter gerade erzählt.«

»Sowie wir das hinter uns haben, bin ich frei. Vielleicht könnten wir ja im Herbst nach Espalmador fahren.«

»Würden sie dich denn hier über Winter beschäftigen?«

»Ja.«

»Dann wäre es ein Fehler, in diesem Jahr zu kündigen. Laß uns realistisch sein. Du kannst dir das gar nicht leisten.«

»Also schön, bin ich realistisch. Ich arbeite bis April durch, zahle alles ab, lege ein bißchen was zurück. Und dann bin ich mein eigener Herr. Und wir fahren nach Espalmador, ja?«

»Unbedingt.«

»Also abgemacht. Fest versprochen. Im April, ja?«

»Im April. Klare Sache.«

Er war plötzlich hingerissen von der eigenen Begeisterung. Wie durch ein Wunder waren die Schatten unter seinen Augen weg. Ich hatte es sogar geschafft, mich selbst davon zu überzeugen, daß er meinte, was er sagte.

Ein paar Fremde saßen in der Bar, mit den lauten Stimmen und den ausladenden Gesten, die man den Südländern, meist zu unrecht, nachsagt. Einer der Gäste trank aus einem Porón, einem Gefäß, das es bis dahin in Farol nicht gegeben hatte. Auf dem Regal hinter der neuen Theke gab es eine Vielzahl von Flaschen, und die alten geflickten Stühle mit ihren zerbrochenen Rückenlehnen, die draußen in der Sonne so wunderbare Schatten warfen, waren durch neue mit einem grobkörnigen Kunstlederbezug ersetzt. Die Seejungfrau war verschwunden, desgleichen die Fischer, und der dümmliche, kichernde Junge, der immer in der Bar ausgeholfen hatte, war einem scharfblikkenden, nichtlächelnden Kellner gewichen, den ich nie vorher gesehen hatte. Die Preise hatten sich gegenüber dem Vorjahr verdreifacht.

In diesem Augenblick kam der junge Mann aus dem Dorf herein, der mit dem Imitationstalent, vor allem für das Jaulen sich paarender Katzen. Die ursprüngliche Darbietung war bei den Touristen nicht gut angekommen, darum hatte er sich das Glucken eines Huhns beigebracht, und zwar so überzeugend, daß er fast nie ohne ein Gefolge junger Hähne war, von denen ihm jetzt einer in die Bar folgte. Er schien höchst willkommen, denn er wurde mit Rufen und Einladungen zum Mittrinken begrüßt, aber ich merkte, daß der Alkalde weniger erfreut war, ihn hier zu sehen.

Der Alkalde kam mit zwei Gläsern zu mir herüber, die er heimlich aus dem Alicante-Faß gefüllt hatte. »Muga muß als Lebensbedingung akzeptiert werden«, sagte er. »Als etwas, mit dem man sich abfinden muß. Am ehesten kann man ihn noch bändigen, wenn man mit ihm gemeinsame Sache macht. Wenn man sich mit ihm anlegt, ist man erledigt. Er hat mir ein Angebot gemacht: Hier ist mein Geld, nimm mich als Partner auf, oder ich mache dir Konkurrenz. Was hätten Sie getan? Ich hätte doch keine fünf Minuten überlebt. Indem ich Ja gesagt und ihm 49 Prozent Anteile überlassen habe, hab ich wenigstens noch ein bißchen was zu sagen. Zum Beispiel, daß wir hier anständiges Zeug verkaufen. Haben Sie Sebastian gesehen?«

»Ich komme gerade vom Hotel.«

»Will Ihnen mal erzählen, wie sie es drüben machen. Sie kaufen faßweise Wein aus Rückständen, aus dem Abschaum, wenn Sie so wollen, anderthalb Peseten der Liter, füllen ihn in Flaschen mit tollen Etiketten und verkaufen ihn für zwanzig. Dasselbe beim Kognak. Auf dem Etikett steht Jaime Primero, aber weder Sie noch ich würden den Fusel trinken.«

»Weiß Sebastian davon?«

»Natürlich weiß er das. Er muß seine Anweisungen befolgen. Im Restaurant servieren sie Haifisch in Sauce und nennen es Seehecht.«

»Er hat mir gesagt, er wolle nach diesem Jahr aufhören.«

»Aber Sebastian wohnt doch in einem Muga-Haus. Was stellen Sie sich vor, wie lange es dauert, bis er alle seine Schulden bei ihm abbezahlt hat? Wenn Sie nächstes Jahr wiederkommen, finden Sie ihn noch genau da, wo er jetzt ist. Und später dann? Nun, das ist eine andere Geschichte. Ich habe meine eigenen Theorien über das, was passieren wird – aber im Moment sitzt er in der Falle. Je mehr Geld Sebastian verdient, um so eher kann er Muga bezahlen, und das schnelle Geld verdient er nur, wenn er bei Mugas Trickserien mitzieht. Der zahlt sogar eine Provision für all den schlechten Schnaps, den sie für ihn an den Mann bringen, und Sebastian könnte es nicht einmal ablehnen, wenn er wollte.«

Ein jäher Streit war zwischen ein paar Deutschen ausgebrochen, die sich in einer hinteren Ecke der Bar hatten vollaufen lassen. Einer der Männer sprang auf und brüllte, seine Freunde erhoben sich, hielten ihm die Arme fest und zerrten ihn auf seinen Platz zurück. Einer prompten Versöhnung folgten Gelächter und dringende Rufe nach mehr Vino.

»Wie kommen Sie mit denen zurecht?« fragte ich, denn ich wußte, daß der Alkalde nicht allzu gesellig war.

»Ich konzentriere mich auf Mathematikaufgaben. Das lenkt ab. Manche von denen sind dauernd besoffen. Die Frauen noch schlimmer als die Männer – wie die Tiere. Würde man nicht glauben, wenn man sie so sieht, oder?«

»Machen sie Ihnen viel Ärger?«

»Hier drinnen nicht. Ich meine auch jetzt nicht das Trinken. Unser Problem ist, wie sie hinter den Dorfjungs her sind. Der Nachtportier im Hotel versorgt sie. Erinnern Sie sich an Tiberio Lara? Mit dem hatte ich doch letztes Jahr schon Probleme. Macht sich immer an die Weiber ran. Heißt, er sei ungewöhnlich gut ausgestattet und habe überdurchschnittliche Ausdauer. Man hat mir sogar gesagt, daß der Hotelmensch, der die Preise macht, 25 Peseten an Lara abführt. Letztes Jahr waren es noch 4, wenn man irgendeine alte Französin bediente. Alles wird teurer. Ich bin mir nicht sicher, ob ich nicht doch die Polizei einschalten sollte. Geht mir irgendwie gegen die Ehre. Doch was solls überhaupt? Wenn nicht Lara, dann irgendein anderer.«

Einer der Deutschen schnippte mit den Fingern, und der Kellner mit dem scharfen Auge sprang hin, nahm das Geld entgegen und zählte das Wechselgeld ab. Er zögerte erwartungsvoll, während der Alkalde mit der Zunge schnalzte, dann schob er die auf dem Tisch liegenden Münzen mit der einen Hand in die andere, behielt dabei eine abwesende, fast verächtliche Miene. »Sehen Sie«, sagte der Alkalde, »er nimmt nicht nur das Geld als etwas, das ihm zusteht, er denkt nicht einmal an Dank. Daran kann man unseren moralischen Verfall ermessen. Obwohl wir inzwischen von diesen Leuten leben, können wir sie nicht ausstehen. Und warum nicht? Weil wir das hassen, was sie mit uns machen. Ich habe nur einen Trost.«

»Und der wäre?«

»Daß es nicht so bleibt. Ist wie eine Art Krankheit, eine Infektion. Früher litten wir unter der Pest. Jetzt leiden wir unter den Touristen. Aber wie jede Krankheit stirbt auch die am Ende aus. Wir haben diese Leute ein Jahr lang bei uns, und sie infizieren uns. Nächstes Jahr wird es wieder besser – ich habe gehört, die Buchungen sollen um fünfzig

Prozent zurückgegangen sein. Und übernächstes Jahr ist alles vergessen. Aus und vorbei. Selbst für Muga ist das nur eine vorübergehende Marotte – so wie die Schweinezucht. In einem Jahr oder in zweien hat er die Nase voll und sucht sich eine neue Attraktion. Die gehen alle weg, und wir sind wieder da, wo wir vorher waren. Wissen Sie, was mir vorschwebt?«

»Alles hier in der Bar wieder so zu machen, wie es mal war, eh das losging, vermute ich?«

»Sie können Gedanken lesen«, sagte der Alkalde. »Und den Rest meines Lebens in Frieden zu leben.«

»Wo ist die Seejungfrau?« fragte ich.

»Ganz sorgfältig verstaut«, sagte der Alkalde. »Ich kümmere mich um sie, seien Sie unbesorgt. Wenn Muga eines Tages auftaucht und sagt, er zieht sich zurück, ist die Seejungfrau wieder da und bleibt da.«

2

Um diese Zeit gab es in Farol genau so viele Touristen wie Einheimische. Die meisten waren Franzosen, aber es gab auch etliche Deutsche und Skandinavier, und auch die ersten Engländer waren gekommen. Sie hatten von allen Gästen die lautesten Stimmen und das auffälligste Benehmen, und trotz der unermüdlichen, eifrigen Betriebsamkeit all jener Dorfleute, die mit ihnen in Berührung kamen, hielten sie weiter an ihrem Glauben fest, daß die Spanier der Trägheit und dem Schlaf verfallen seien. Sämtliche Touristenquartiere waren belegt; die Arbeiter schachteten bereits die Baugruben für zwei weitere Hotels aus. Nach sieben Uhr abends war es unmöglich, noch einen Platz in der Bar oder in der maurischen Protzerei am Ende der Seepromenade zu bekommen. Eine dritte Bar, mit Restaurantbetrieb, sollte im alten Bootshaus eröffnet werden, aus dem, wie ich herausfand, Carmela vertrieben worden war. Und die Hotelveranda war, trotz des wenig verlockenden Blicks auf Cabezas Haus und den Abfall drumherum, allabendlich voller Gäste, die bis in die frühen Morgenstunden hinein tanzten.

Muga kümmerte sich um seine Touristen wie eine Glukke um ihre Küken. Er öffnete ihnen alle Türen und gab jeder ihrer Launen nach. Eine Anzahl kleinkarierter spanischer Vorschriften über das Benehmen in der Öffentlichkeit war noch gültig, doch Muga setzte sie eigenmächtig außer Kraft. Es war verboten, sich im Freien zu umarmen oder zu küssen, aber im zweiten Touristenjahr konnte man nicht bei Mondschein ausgehen, ohne Paaren zu begegnen, die sich in den Winkeln und Ecken des Dorfes und bei oder gar in den Booten am Strand umschlungen hielten. Ein offizieller Sittenwächter in Zivil kam sogar mit einem Zentimeterband an, um eine Polizeikampagne gegen schulterfreie Kleider durchzusetzen – Muga wurde ihn bald los. 1950 war es einem männlichen Touristen theoretisch immer noch nicht erlaubt, in Shorts herumzulaufen, außer er band sich Taschentücher über die Knie; aber Muga ließ einen Zivil-Gardisten, der darauf bestehen wollte, in eine andere Gegend versetzen. Im selben Jahr wurde ein Mädchen aus dem Ort in eine von Nonnen geführte Besserungsanstalt gesteckt, weil sie einen Bikini getragen hatte, aber die Fremden konnten tragen, was sie wollten und sich am Strand sogar entkleiden, obwohl das Schauspiel dann Scharen entgeisterter Leute anzog.

Im Strandbereich war Don Jaime der Alleinherrscher, nachdem er allen Widerstand gebrochen hatte. Die schmalen Breschen, die sich schon im letzten Herbst in den Verteidigungslinien der Fischer geöffnet hatten, waren breiter geworden, bis schließlich die Front ganz zusammenbrach. Jetzt konnte man fast alle Boote mieten. Einige Touristen hatten sich sogar darüber beschwert, daß der Einstieg in die Boote vom steilen Strand aus zu mühselig sei und man sich dabei dauernd naß machte, so wurden auf Mugas Drängen hin Regierungsgelder, die der Ankurbelung des Tourismus dienten, für den Bau eines Anlegestegs locker gemacht, an dem die Boote vertaut werden konnten. Von allen Neuerungen war diese den Fischern am ärgerlichsten, und sie erörterten mit wahrer Wonne die Wahrscheinlichkeit, daß der Steg vom nächsten großen Sturm, der nach aller Erfahrung in zwei Jahren fällig war, weggefegt werden würde.

Ein Anbau des alten Schlachthauses war auf Mugas

Kosten umgebaut worden und diente jetzt den Fischern als Kneipe. Hier besprach ich mit Simon die seltsame Situation, in der sich die Fischer befanden. Simon, der Überlebende des Sturms vom Januar 1922, der sich nach allgemeiner Ansicht bei all den Widrigkeiten einen Rest seiner glückbringenden Kraft bewahrt hatte, sagte, der eigentliche Feind dieses Lebens sei die Langeweile. Man machte nun Bootstouren zu Picknicks an der Küste oder zu Punkten, von denen man glaubte, die würden die Touristen interessieren; aber alles waren Stellen, die den Fischern nichts bedeuteten. Ein paar Vorkommnisse waren zum Lachen. Einige Touristen wollten unbedingt auf einer Insel abgesetzt werden und wurden dann von den ausgehungerten und kannibalisierten Hunden angefallen, die die Leute aus Sort dort ausgesetzt hatten. Ein Mädchen war im Schlüpfer baden gegangen und am Po von einer Qualle verbrannt worden. »Und nehmt ihr sie mit zur berühmten Höhle?« fragte ich. Simon überlegte und nickt dann. »Sie nennen es jetzt Sa Gruta Azul«, sagte er. »Die Touristen wollen da wegen der Farbe des Wassers hin. Ich war noch nicht da, und werd's auch nicht, aber die anderen tun es. Allein schon die Idee macht mir Gänsehaut.«

»Wird denn überhaupt noch gefischt?«

»Mehr so symbolisch«, sagte Simon. Nur noch, um sich zu beweisen, daß sie immer noch Fischer seien. Die Leute aus Palamós hätten das beste aus der Sache gemacht, die seien jetzt doppelt aktiv; aber in Farol habe das mit der Abstimmung zwischen Touristen und Fischen nicht geklappt.

Aber auf längere Sicht, beharrte er, sei das, was jetzt lief, nur eine vorübergehende, unbedeutende Phase. Schließlich seien sie Fischer, stammten ab von Generationen von Fischern und seefahrenden Altvorderen, und das würden sie auch bleiben. Durch die unvorhersehbare Laune der Natur seien sie aus der Bahn geworfen worden, aber am

Ende würde sich das Blatt auch wieder wenden. Und bis dahin nähmen sie das leichte Geld von den Fremden, doch nur als Mittel zu einem ehrenhaften Zweck. Alle seien sich darin einig, daß der Geldsegen in die Zukunft investiert werden müsse, in den Ankauf neuen Geräts, die Instandsetzung der alten Motoren und die wichtigen Reparaturen an den letzten der drei vom Sturm zerschlagenen Boote. Alle teilten sie die Zuversicht, daß die kleine Fischfangarmada, neu ausgerüstet dank der fremden Wohltaten, in verjüngter Form wieder auslaufen und – so nannten sie es – »das Meer überwältigen« und ihm große Beute an Fisch entreißen würde, jene sagenhaften Fänge, die zu erwarten seien, wenn die Schwärme erst wieder heimkehrten.

Carmela traf ich beim Schlächter; ich fand mich neben ihr in der Schlange. Sie trug ihr flaschengrünes Kostüm mit der Handtasche, und ich sah mit Erstaunen, daß sie ein Botenmädchen bei sich hatte, das die Netze schleppte, in denen sie ihre vielen Einkäufe versenkte. Der Laden hatte eine tolle Verschönerungskur hinter sich. Keine Blutspritzer mehr, keine Blumen in Marmeladendosen, keine kunstvolle Dekoration der Innereien, keine mit Bändchen verzierten Kaldaunen und keine abgetrennten Tierköpfe auf Rüschenservietten. Der Laden war so unpersönlich wie ein Finanzamt. Die Kunden kamen auch nicht mehr mit heimlichen Päckchen angeschlichen, um die Schlächtersfrau zu bestechen, sondern warteten brav in der Schlange, bis ein lustloser junger Mann, im Chirurgenkittel und mit gepflegten Händen, die Ware aus dem Kühlraum holte. Der vertraute Geruch von Fleisch war durch den eines parfümierten Desinfektionsmittels ersetzt, das sich Floralia nannte.

Wir verließen den Laden zusammen, und Carmela berichtete. Sie war jetzt Köchin im Brisas del Mar, und was aus dem Bootshaus geworden war, könne ich ja selber sehen; sie hätte da während der Wintermonate ohnehin nicht bleiben können. Sie hatte ein eigenes Zimmer mit fließend Wasser und eine Hilfe für die Drecksarbeit in der Küche. Aber die Arbeit machte ihr trotzdem keinen Spaß. Es gab zwei Probleme: einmal, daß das Essen so fade sein mußte, damit es den fremden Gaumen schmeckte, und zum anderen das Wegzaubern unansehnlicher Zutaten, um sie appetitlich aussehen zu lassen. Das zweite Problem war natürlich das leichtere.

Das kleine Mädchen schleppte sich neben uns mit den zweifelhaften Netzladungen ab, während sich Carmela weiter über die blöden Leute ausließ, für die sie kochen mußte. »Bei Ihnen, Sir, war's doch so: Sie haben es wenigstens probiert, und Sie haben nicht gleich aufgegeben. Schlimmstenfalls haben Sie die Augen zugemacht, aber trotzdem weitergegessen. Ich dachte immer, alle Fremden mögen ein stark gewürztes Essen. Jetzt möchte ich mal wissen, wie ich ein Innereienragout kochen soll, wenn es heißt: Keine Kräuter, kein Knoblauch, ha?« Die Ausländer im Hotel, sagte sie, seien Unmenschen, die reinsten Tiere, ohne allen Anstand. Es mache sie wütend, wenn das Essen zurückging, weil es nicht heiß genug wär, oder weil irgendwas aus der Sauce aufgetaucht war, das ihnen nicht geheuer schien. Aber wenn das passiere, strafe sie den Sünder dadurch, daß sie ihm vor dem erneuten Servieren in den Teller spucke; und sollte sich die Reklamation wiederholen, rufe sie zum Spucken noch eins der Mädchen hinzu.

Aber sie hatte auch gute Nachrichten, vor allem, was Rosa betraf. Deren ständige Besserung setze alle, die sie sähen, in Erstaunen. Ob sie denn auch im Hotel wohne, fragte ich.

Nun ja, das wäre nicht gegangen. Aber sie hätten eine für alle Beteiligten bessere Lösung gefunden. Rosa war in einem Heim untergebracht, das kein richtiges Heim war, sondern ein Sanatorium mit allen Einrichtungen für ihre Behandlung. Was Besseres hätte gar nicht passieren können. Herr Muga, die Großzügigkeit in Person, bezahle alles, und er habe dafür gesorgt, daß jemand sie alle vierzehn Tage nach Figueras zu ihr hinüberfahre.

»Und kann sie denn jetzt richtig gehen?«

»Bis auf ein kleines Hinken, mehr nicht. Sonst ist alles in Ordnung bis auf ein kleines Problem mit den Zähnen, das aber nicht weiter auffällt. Der Arzt sagte mir, sie sei in mancher Hinsicht überdurchschnittlich intelligent.«

»Kommt sie bald heim?«

»Noch ein Jahr. Höchstens anderthalb. Die Zeit rast ja. Ich sag Ihnen, Sir, wenn Sie Rosa wieder zu sehen bekommen, dann am Arm ihres ersten Freundes. Ich knie vor Gott, so ein Wunder ist das.«

Mir fiel die Ziege ein. »Was ist mit der Ziege?«

»Die Ziege? Na, das ist eher traurig. Bei aller Freundlichkeit von Herrn Muga, aber die Ziege konnten wir ihm nicht auch noch antun, und dann haben wir ein paar Freunde eingeladen und sie zum St. Firminstag verputzt. Sie fehlt uns allen, aber was sollte man tun? Schade, daß Sie nicht dabeisein konnten, Sir.«

Niemand konnte mir irgend etwas über Don Alberto sagen, also stiefelte ich durch die Felder zu seinem Haus, um ihn zu suchen. Die Fensterläden waren geschlossen, Spatzen nisteten zwischen Holz und Glas, und es gab keine Antwort auf das »Ave María purísima«, das ich mit lautester Stimme durch die breite Spalte rief, die zwischen den beiden nicht mehr zusammenpassenden Flügeltüren klaffte. Keiner der Tagelöhner war zu sehen, und mir fielen die riesigen Disteln auf, die sich rundherum ausgebreitet hatten.

Zurück machte ich den kleinen Umweg über das Hundedorf und fand, daß es aussah wie eine alte Filmkulisse der amerikanischen Dustbowl, dieser Staubwüste, in der man *Früchte des Zorns* hätte drehen können. Sort war plötzlich zermürbt, ausgelaugt, nutzlos dem Verfall preisgegeben. Die Tore hingen schief, die Türen waren vernagelt. Von den Dächern waren Ziegel herabgefallen und auf der steinharten, grauen Erde zu rosa Fragmenten zerschmettert. Ein paar staubwedelähnliche Hühner suchten in uralten Abfällen verzweifelt nach Nahrung, aber von den Hunden war nichts zu sehen. Die Bar war geschlossen, desgleichen die Kirche, jeweils mit einem entsprechenden Zettel an der Tür. Gewaltige Stapel penibel geschichteten Holzes – alles, was von den Eichen übrig war – reichten bis über die niedrigen Häuser, und Phantomgebilde aus Wind und Sand bewegten sich durch die leere Straße hin und her.

Ein Mann tauchte aus dem Nichts auf, angetan mit einer Art Militärjacke, Texasstiefeln und einem großen Hut, unter dem er einen blauen Augenschirm trug, wie manche Journalisten, die im grellen Licht arbeiten müssen.

Er kam auf mich zu, streckte mir die Hand hin. »Julio Baeza, zu Ihren Diensten. Ich bin die Nummer eins bei Don Jaime Muga. Kann ich Ihnen irgendwie helfen?« Seine Stimme hatte einen leichten transatlantischen Einschlag, und er hatte sich vom *Ceceo* befreit – dem berühmten spanischen Lispeln. Ein Spanier also, der lieber wie ein Südamerikaner klang und aussah.

»Gehört denn das Dorf jetzt Don Jaime?« fragte ich.

»Was davon übrig ist«, sagte er. Er kräuselte seine Lippe zu einem Lächeln gutmütiger Verachtung.

»Und alle diese Häuser stehen leer?«

»Sagen wir so: Sie gehören keinem mehr.«

»Der Alkalde ist nicht zufällig hier?«

»Der ist weg. Dies gilt nicht mehr als Gemeinde.«

»Sind denn alle weg?«

»Nicht alle«, sagte der falsche Südamerikaner. »Der eine oder andere der Alten wollte nicht mehr weg, und wir haben ihn gelassen. Die übrigen haben wir auf der Modellfarm untergebracht. Gleich hinter dem Hügel. Tolle Sache. Wir nennen sie El Porvenir.«

Die Zukunft, übersetzte ich mir. Ein schöner Name.

»Kann sie Ihnen zeigen, wenn Sie sich umschauen wollen.«

Ich sah El Porvenir vor meinem geistigen Auge, und das reichte mir.

»Aber trotzdem, vielen Dank«, sagte ich. »Ich muß mich auf den Heimweg machen.«

Der einzige, der doch gewiß etwas von Don Alberto wissen mußte, war Don Ignacio; der war früher am Tag, als ich bei ihm vorbeischaute, nicht zu Hause gewesen. Jetzt traf ich ihn in der Kirche, und wir gingen zum Haus hinüber. Es schien nicht mehr so wichtig in Farol, nicht mit dem Pfarrer gesehen zu werden. Seine Bedienerin brachte Gläser mit Rancio, und die Katzen, schon wacklig auf den Beinen, folgten ihr auf dem Fuße. Ein oder zwei neue Stücke waren auf der Anrichte ausgestellt, die Don Ignacio zum Reinigen und Restaurieren seiner archäologischen Fundstücke benutzte: ein geschwärztes Stück Leder – einst Teil eines Gürtels, sagte Don Ignacio – und ein richtiger Schatz in der Form eines kleinen korrodierten Löffels. Es schien, daß Muga in der Frage der Messestunden nachgegeben hatte, jedenfalls so weit, daß jemand für Don Ignacio einspringen durfte, wenn er die Vergangenheit aus der salzigen Wüste von Ampurias herausbuddelte.

Don Alberto, berichtete Don Ignacio, hatte seine greise Freundin nach Madrid zurückgebracht, wo sie, so hatte sie angekündigt, zu sterben wünschte. Die Umstände ihres Aufbruchs waren einigermaßen dramatisch gewesen. Don

Alberto war nach Figueras gefahren, um dort vor einer Versammlung erzkonservativer Großgrundbesitzer zu sprechen, die entschlossen waren, jeder Art von Fortschritt und Entwicklung einen Riegel vorzuschieben, vor allem aber dem Ausufern des Tourismus – als Gloria, die seit mindestens zwanzig Jahren nicht mehr in der Öffentlichkeit erschienen war, aus dem Hause ging. Sie spazierte die drei Kilometer nach Sort, setzte sich dort auf den kleinen Platz und bestellte ein Getränk, von dem niemand je etwas gehört hatte, gab sich dann aber mit dem unvermeidlichen Palo zufrieden. Ihre Erscheinung rief Verwunderung und bei den kleinen Kindern sogar Angst hervor, denn sie hatte ein purpurrotes Seidenkleid an und trug eine Menge Schmuck und, obwohl sie kaum noch Haare hatte, ein Diadem; Gesicht, Arme und Hände waren dick mit grellweißem Puder getüncht.

Der Name Gloria, auf eine Greisin angewandt, die ich immer nur in der Ecke über ihr Grammophon gebeugt gesehen hatte, war wie ein Schock. Don Alberto hatte sie immer – selbst wenn er Englisch sprach – La Vieja, die Alte, genannt. Wie alt war sie? Don Ignacio sagte achtzig, vielleicht fünfundachtzig. Nachdem sie den Palo getrunken habe, erzählte er, habe sich die Frage der Bezahlung gestellt. Sie hatte kein Geld bei sich, bot aber dem Mann in der Bar einen Rubinring an. Jemand holte den Alkalden, und der kam eilig an und stellte sich vor. Einer wollte sogar beobachtet haben, er habe vor ihr ein Knie gebeugt, aber von dieser Version wollte Don Ignacio nichts wissen. Der Alkalde bat sie in sein Haus, wo sie den Ziegen die Hand gab. Danach ging sie durchs Dorf, während die Kinder ihr in sicherem Abstand folgten, und pflückte Blumen in den Gärten.

Als Don Alberto heimkehrte, wartete sie mit einem Strauß Rosen im Arm auf ihn. »Alberto«, sagte sie, »ich bin diesen Ort leid und habe beschlossen, nach Madrid zurückzukehren. Bitte, bring mich hin.«

»Aber gern, meine Liebe«, sagte er zu ihr. »Nur, was sollen wir dort machen?«

»Ich will sterben«, sagte sie, »was du tust, ist deine Sache.«

»Ich habe sie noch zum Bahnhof gebracht«, sage Don Ignacio.

»Sie trug einen Hut mit Federn von der Art, wie sie Frauen zur Zeit von Königin Victoria in Ascot getragen haben müssen. Kurz ehe sie abfuhren, drückte sie mir noch ein Päckchen in die Hand. Nehmen Sie's und bauen Sie Ihre Kirche wieder auf, sagte sie mir. Es waren russische Staatsanleihen aus der Zarenzeit. 1916 hätten wir mit all diesen Tausenden von Rubeln die Kirche zweimal neu bauen können. Sie soll ja in ihrer Jugend eine Schönheit gewesen sein und geistreich dazu. Ich hab mal ein Porträt von ihr in Madrid gesehen. Sie soll sogar eine kurze Affäre mit dem König gehabt haben. Sic transit gloria mundi«, sagte er. Ich hoffte, daß er es nicht als Wortspiel meinte.

3

Allmählich paßte sich Farol der Gegenwart der Fremden an und tat sein Bestes, die Stammesriten eines anderen Menschenschlags zu akzeptieren und eine Art heiliger Ruhe gegenüber den unablässigen Anschlägen der Ausländer auf seine eigenen Tabus zu kultivieren. Die Polizei rief ihre Sittenwächter in Zivil mit den Maßbändern zurück und wies die unteren Ränge an, wegzusehen, wenn eine Frau einen zu tiefen Ausschnitt oder einen zu hohen Rockschlitz trug. Bald gab es ein Gesetz für die Fremden, und eins für die Armen. Im allgemeinen beschränkte sich die Kommunikation immer noch auf Gesten, Lächeln und Stirnrunzeln, und jede Seite blieb der anderen ein Rätsel, machte die nötigen Zugeständnisse, und so kam man noch am besten miteinander aus.

Muga, der die Grenzen seines Imperiums ständig erweiterte, machte einen großen Schritt vowärts, als er zu einem sehr niedrigen Preis 12 000 Quadratmeter Land zwischen seinem Hotel und dem Meer kaufte, das wohl schnell im Wert steigen würde. Es war ein lange als Müllkippe benutztes Terrain, auf dem auch noch die Relikte einer alten Korkverarbeitungsfabrik standen; jetzt war es überwuchert mit Purpurwinden und bot unzähligen Katzen Zuflucht. Niemand in Farol hatte eine Ahnung, wem dieses Land gehörte, aber Muga spürte die Besitzer, ein altes Geschwisterpaar, in Figueras auf, wohin die Familie vor etwa fünfzig Jahren gezogen war. Die beiden waren überrascht zu hören, daß sie Grundbesitzer seien, und da sie aus Verhältnissen kamen, in denen die Vorstellung von Zahlen über 100 eher verschwommen ist, waren sie völlig außerstande, eine Summe von 50 000 Peseten, die Muga ihnen bot, zu begreifen. Das Problem war also, ihnen Reichtum nicht in mathematischer Abstraktion, sondern real faßlich zu machen, und Muga löste es, indem er sich von seiner Bank 2500 nagelneue 25-Peseta-Scheine geben ließ und dann den Boden des Zimmers, das das alte Paar bewohnte, mit mehreren Lagen davon pflasterte. Das Angebot wurde denn auch rasch akzeptiert; Bulldozer fuhren auf, um das Gelände vom Müll zu befreien, und binnen eines Monats wurden die Pläne zum Bau eines weiteren Hotels mit Swimming Pool und einem Ladenkomplex eingereicht.

Muga besaß oder kontrollierte nun etwa zwei Drittel von Farol, und er konnte über das Leben von neun unter zehn Einwohnern bestimmen. Sein einziger eklatanter Fehlschlag war gewesen, daß es ihm nicht gelungen war, Cabezas gräßliches Haus zu erwerben und abzureißen. Dieses plumpe, barackenähnliche Gebäude wurde inmitten der Verschönerungsorgie immer mehr zum Schandfleck. Noch dazu hatte Cabezas in seiner infantilen Art den Zigeunern mit ihrem Bären Unterschlupf gewährt; und der Blick auf Cabezas Hof und die seltsamen Dressurversuche löste nicht gerade Begeisterung bei den Hotelgästen aus, ebensowenig wie die krächzenden Gesänge, die von dort bis tief in die Nacht herübertönten.

Zu Mugas Bestürzung wurden seine Baupläne abgelehnt. Jemand hatte Beschwerde eingelegt mit der Begründung, daß sie einer jüngst erlassenen Bestimmung zuwiderliefen, nach der im Küstenbereich kein Gebäude von mehr als zwei Stockwerken errichtet werden dürfe, wenn es einem bestehenden Wohnhaus den Blick aufs Meer verwehrte. Muga war noch verblüffter, als sich herausstellte, daß der Beschwerdeführer eben jener vermeintlich beschränkte Cabezas war und es sich um dessen Haus handelte.

Ende August gab es eine weitere erstaunliche Neuigkeit: Mitzi war wieder da, solo, untergebracht in Mugas Hotel, und ein, zwei Tage später beobachtete ich sie, wie sie blaß, in Goldsandalen und weißem Kleid, am Stand herumspazierte. Aus der Ferne folgten ihr alle Augen, und eine kleine Gruppe junger Fischer, die jetzt meist nichts zu tun hatten, stiefelte etwa fünfzig Meter hinter ihr her. Es gab Gerüchte, daß Muga auf dem Weg nach Reno sei, um sich scheiden zu lassen, und sie gebeten habe, ihn dorthin zu begleiten. Der Alkalde versicherte mir, daß da nichts dran sei. Er hatte sie nach ihrer Rückkehr begrüßt, sie gefragt, wo Klaus wäre, und hatte einen kalten, aber durchdringenden Blick bekommen nebst der Antwort: »Ich weiß nicht.« Sie war eine, sagte der Alkalde, die immer das sagte, was ihr zuerst in den Sinn kam. Dem Empfangschef im Hotel sollte sie auf die gleiche Frage erwidert haben: »Glaube nicht, daß wir ihn wiedersehen.« Es habe eine merkwürdige Wirkung, wenn man mit ihr spreche, sagte der Alkalde. Hänge irgendwie mit ihren Augen zusammen. Als er das Gefühl zu beschreiben versuchte, gebrauchte er das Wort *conjurado*, beschwörend. Auch die Zivilgardisten hatten mit ihr zu reden versucht, und denen erzählte sie, daß Klaus bei ihr in Deutschland wieder aufgetaucht, ein paar Tage bei ihr geblieben sei; dann hätten sie sich für immer getrennt.

Mitzi blieb völlig für sich, mied alle Geselligkeiten und Ausflüge, das Galadiner, die Sardanas in Sort, Grillabende und Bootsfahrten. Sie hatte sich eine Sammlung verwahrloster Katzenkinder zugelegt, und manchmal sah man sie, mit den Tieren in einer Umhängetasche, wie sie leichtfüßig, dicht am Wasser, über den Strand ging, entweder morgens, ehe die Touristen sich in Stellung brachten, oder abends, nachdem sie den Strand geräumt hatten.

Jede Annäherung eines Mannes wurde vehement zurückgewiesen. Als Pujols ihr anbot, sie zu einer verschwiegenen Bucht zu fahren, brachte sie ihn mit einem Blick zum Schweigen. Wenn einer der Jungen, die unentwegt hinter ihr herliefen, ihr dabei zu nahe kam, drehte sie sich plötzlich um und beschimpfte ihn auf Deutsch: »Du bist ein Arschloch!«, was aber eher wie eine Feststellung klang. Wo immer sie mit ihrer Tasche voller kleiner quiekender Kätzchen vorbeikam, tauchten Gesichter in den Fenstern auf, drehten sich Köpfe nach ihr um. Ihre Wirkung aufs Dorf war fast hypnotisch. Nach meinem Eindruck war sie ein bißchen dumm, und ihre Ausstrahlung schien mir eher von einem unbändigen Selbstvertrauen herzurühren.

Am Sonntag nach ihrer Ankunft kam es zu einer jähen Eskalation des einheimischen Interesses an der Affäre Mitzi. Irgend etwas sollte passiert sein oder passieren, aber noch gab es keine genauen Auskünfte inmitten des halblauten Konzerts aus Gemunkel und Hörensagen. Am Sonntagabend fand ich mich an meinem Stammplatz draußen vor der Bar des Alkalden ein, bestellte einen Palo und sah dem Beginn der Promenade zu. Die meisten Fremden waren noch auf ihren diversen Ausflügen unterwegs, und es war jene nostalgische Stunde, da Farol kurz wieder in seine Vergangenheit eintauchte. Die Promenade begann, wie üblich, ganz beiläufig und formlos, mit den Gruppen der Jugendlichen, die sich in Bewegung setzten und dahinschlenderten, und des dauerte eine halbe Stunde, ehe die Großmutter und die Frau des Schlächters auf der Szene erschienen, wie Matadore in der Arena nach dem Vorspiel mit der Capa, und das ernsthafte Geschäft beginnen konnte.

Fast sofort fiel mir der weiße Blitz von Mitzis griechischem Kleid ins Auge, und dann sah man sie zusammen mit Cabezas Sohn Pedro ankommen. Die Leute hinter dem

Paar waren zurückgeblieben, und durch diese Distanzierung hatten Mitzi und Pedro die Dorfbühne für sich allein.

Ich hatte mich nie groß für Pedro »Papasöhnchen« interessiert, aber jetzt nahm ich ihn näher in Augenschein. Er war auf einfältige Weise gutaussehend, mit dicken Lippen, lockigem Haar und einem leeren Gesichtsausdruck, der genau zu dem von Mitzi paßte. Das Paar ging vorbei, starr geradeaus blickend, und ohne ein Wort oder einen Blick zu wechseln. An der Kirche kehrten sie um, gingen noch einmal die ganze Straße zurück, über die sich eine Art Bann gelegt hatte, und verschwanden. Irgend jemand ging Cabezas holen, doch als er kam, waren sie schon weg.

Am nächsten Morgen verließen Mitzi und Pedro Farol mit unbekanntem Ziel. Tiberio Lara, Pedros einziger Freund, begleitete Cabezas – der Trauerkleidung trug – zum Alkalden, vor dem er eine Erklärung über die Umstände dieses Aufbruchs abgeben wollte. Cabezas berichtete ihm von einem erhitzten und irgendwie einseitigen Wortwechsel mit seinem Sohn am Abend zuvor, bei dem er ihm vorgeworfen hatte, sich mit einer ausländischen Hure eingelassen zu haben, die noch dazu wegen des mysteriösen Verschwindens von Klaus in schiefem Licht stehe. Auf die Frage, was er zu tun gedenke, antwortete Pedro seinem Vater, daß er weggehe – wohin, wisse er nicht. Cabezas beschwor ihn – »Wie kannst du irgendwohin gehen ohne Geld? Ich kann dir kein Geld geben. Ich hab nur das Haus, und es gehört dir. Ich hole den Anwalt und überschreibe es dir morgen.« Pedro sagte, er werde in jedem Fall mit Mitzi weggehen, und da er das Haus nicht mitnehmen könne, wolle er es nicht. Nur die Gitarre nehme er mit. Cabezas erzählte dem Alkalden, die Zigeuner hätten ihm das Gitarrespielen beigebracht und ihn damit völlig durcheinander gebracht. Alles, was Tiberio Lara noch hinzufügen konnte, war, daß Pedro ihm gesagt habe, die Deutsche sei seinetwegen zurückgekommen und daß sie zusammen weggehen und nie mehr voneinander lassen wollten.

Nach dieser Erklärung fragte Cabezas, der auf den Alkalden einen ruhigen und resignierten Eindruck machte, ob bei ihm ein Feuer brenne, und der Alkalde nahm ihn mit in die Küche, wo ein paar Holzkohlenstückchen in der üblichen *cocina económica* unter einem Topf glühten.

Cabezas fragte, ob der Alkalde was dagegen habe, wenn er ein paar persönliche Papiere verbrenne, und der verneinte, keineswegs. Er nahm den Topf vom Feuer. Cabezas holte eine Anzahl von Dokumenten aus seiner Tasche, darunter seine Geburtsurkunde, seinen Trauschein und seinen letzten Willen, und verbrannte eins nach dem anderen. Der Alkalde brachte ihm ein Glas Kognak, aber er stieß es zurück. »Nun, das war's«, sagte er, als alles verbrannt war. »Jetzt bin ich offiziell gestorben.«

»Nicht ganz«, sagte der Alkalde, »aber ich habe das Gefühl, du bringst uns in Schwierigkeiten. Was sollen wir denn mit dem Haus machen, wenn du nicht mehr da bist?«

»Was Sie wollen«, sagte Cabezas, »ich brauche es nicht mehr. Ich habe dreißig Jahre in einer Höhle gelebt und hab mich an dies hier nicht richtig gewöhnt. Im Sommer zu heiß, im Winter zu kalt. Ich glaub, ich bin besser aufgehoben da, wo ich herkam.«

4

Ich ließ mich für eine Weile wieder aufs Fischen ein, aber es war keine so ausgedehnte, abwechslungsreiche und lohnende Unternehmung mehr wie früher. Da inzwischen so viele meiner Freunde anderweitig beschäftigt waren, zog ich oft allein mit der Harpune los, ein strapaziöses Unterfangen, weil ich vom Strand aus weit zu einer geeigneten Meeresstelle schwimmen mußte und weil es schwer war, wenn man doch einmal, und selten genug, einen ordentlichen Fisch gefangen hatte, ihn an Land zu bringen. Trotzdem war ständiges Schwimmen und Tauchen wichtig für mich, um in Form zu bleiben. Im Vergleich zu einigen Spaniern, die jetzt, in meiner dritten Saison, immer häufiger unter den Urlaubern vertreten waren, war ich nicht mehr als ein Durchschnittstaucher. Manche von ihnen konnten ohne Tauchgerät leicht eine Tiefe von zwanzig Metern erreichen, einzelne sogar noch mehr, während mir, als ich eines Tages bei der Verfolgung eines herrlichen Heilbuttexemplars mein Limit von fünfzehn Metern zu überschreiten versuchte, das Trommelfell platzte.

Es war dieses Mißgeschick, das zu meiner ersten Begegnung mit dem fröhlichen und lebhaften Dr. Verführung führte. Auch für ihn hatte sich viel getan seit den Tagen, als etwa eine jüngere Frau, die seines Rates bedurfte, ihre Mutter zu ihm zu schicken pflegte, die, bevor sie ihren Rock hob und sich auf der ominösen Liege ausstreckte, zu ihm sagte: »Tut mir leid, aber Sie müssen mit einem Blick auf *meine* Eingeweide vorliebnehmen. Ich sag

Ihnen, wo es ihr weh tut, und Sie erklären mir, was dagegen zu tun ist.«

Seit damals hatte der Arzt ein Vermögen mit den Magenproblemen und den Sonnenbränden der Urlauber gemacht und einen Teil davon für einen Fortbildungskurs in Barcelona aufgewandt, der ihm jetzt erlaubte, ein Schild mit der Aufschrift *Especialidad En Venéreas, Sífilis, Vías Urinarias* aufzuhängen. Es war eher eine Sache des Prestiges, denn es kam kaum vor, daß Leute ihre Geschlechtskrankheiten ausgerechnet im Urlaub auskurierten; aber es beeindruckte die Einheimischen, die ihn im Besitz von Geheimnissen wähnten, aus denen er eine Art unheimlicher Kraft bezog. Und so wenig man an der Existenz eines Spitals La Merced in Barcelona zweifelte, wo man Todkranke, um sie von ihrem Leiden zu erlösen, mit dem Kopfkissen erstickte, so fest war man davon überzeugt, daß Dr. Verführung sie noch hätte retten können.

Der Arzt empfing mich in dem als Erstehilfestation dienenden Plattenanbau an das fensterlose Bauernhaus in Sort, in dem er wohnte. Er hüpfte umher wie ein kleines Kätzchen, stieß eine Einkaufstasche beiseite, aus der zwischen anderen Dingen ein Hühnerkopf mit geschlossenen Augen heraushing, nahm ein paar blutige Wattebäusche zwischen die Fingerspitzen und warf sie in den Papierkorb, ehe er sich meinem Fall zuwandte. Er leuchtete mir ins Ohr und war entzückt von dem, was er dort sah. Ein etwa zehnjähriger Junge saß in einem Stuhl und hielt sich stöhnend den Unterleib. Er war hergeschickt worden, um sich ein Mittel gegen seine Bauchschmerzen geben zu lassen. Der Arzt rief ihn heran, gab ihm das Auriskop und ließ ihn mein kaputtes Ohr inspizieren. Das war eine wirksame Psychotherapie, das Stöhnen des Kindes ging sofort in Ausrufe des Erstaunens und Entzückens über, und kurz darauf machte sich der Kleine pfeifend davon.

Obwohl wir nie vorher miteinander gesprochen hatten, wußte der Arzt alles über mich, behandelte mich wie einen alten Freund und ließ sich, da man am Ohr ohnehin nichts machen könne, auf eine Plauderei über unser gemeinsames Faible für die Lokalereignisse ein. Wir seien doch wie Stanley und Livingstone, sagte er, die sich im tiefsten Afrika träfen, bei den Pygmäen und solchen Leuten, die immer noch Gottesurteile fällten und glaubten, sie könnten sich in Leoparden verwandeln.

»Die bringen es fertig, aus eigenem Willen zu sterben.«

»Davon habe ich auch gehört«, sagte ich.

»Ich erzähl Ihnen von dem Fall eines Mannes, der das gerade macht. Ein Kerl namens Cabezas. In diesem Haus hier wurde er geboren. Nach dem Kummer mit seinem Sohn hat er beschlossen, nicht weiterzuleben. Die Nachbarn baten mich, nach ihm zu schauen, aber er wollte nicht mit mir sprechen. Also stirbt er jetzt. Nicht an einer medizinisch faßbaren Krankheit – es sei denn, ein gebrochenes Herz gehörte dazu. Ich gebe ihm höchstens noch einen Monat. Haben Sie Pablo Fons gekannt?«

»Don Alberto hat mich letztes Jahr mal zu ihm mitgenommen«, sagte ich. »Ein großer Familienmensch.«

»Ich habe am Montag seinen Totenschein ausgestellt«, sagte der Arzt. »Das ist etwas, was nur hier passieren kann.«

»Er war doch so ein Trumm von Mann, daß man denkt, der müsse ewig leben. An was ist er gestorben?«

»Seine Frau hat ihn abgemurkst. Er hat sie wie ein Tier behandelt, sie hat es hingenommen und auf ihren Augenblick gewartet. Sie war eine Nymphomanin, und er sperrte sie jede Nacht in ein Nebengebäude ein, zwanzig Jahre lang. Sie können mir diese Geschichte glauben. Sie wissen, daß Fons alles verloren hatte?«

»Ich wußte, daß Muga die Farm übernommen hat.«

»Er mußte sich Arbeit suchen und hat dann Brunnen gesprengt. Mit Dynamit. Gefährliche Arbeit, aber gut bezahlt. Sie ging immer mit und trug ihm das Gerät.«

»Und hat ihn dann in den Brunnen gestoßen, nehme ich an. Die übliche Geschichte.«

»Nein, sie hat ihm einen Dynamitstab hinterhergeworfen, als er unten arbeitete. So wird erzählt. Aber solche Sachen lassen sich nie beweisen.«

»Was haben Sie als Todesursache notiert?«

Der Arzt breitete seine Hände aus und zwinkerte mit den Augen. »Unfalltod«, sagte er. »Die Polizei will mit solchen Grenzfällen ohnehin nichts zu schaffen haben. Kann man ihr nicht verdenken.«

Abgesehen von den Ausfahrten der großen Boote, die mehr Symbolwert hatten und den Fischern den Glauben an ihre wahre Bestimmung und Berufung stärken sollten, gab es kaum noch Fischfang. Nur ein paar ausgefuchste Spezialisten waren übrig, die allein oder zu zweit loszogen, Männer wie mein Nachbar Juan und der krabbenkauende Pujols – mit dem ich von da an zusammenarbeitete. Sie fischten nicht nur wegen des Unterhalts, sondern waren besessen und begeistert von ihrem Beruf und den vielen Fertigkeiten, die er erforderte. Wenn sie genug hatten von der Routinearbeit mit den Palangren oder Netzen, nahmen sie sich Zeit für ein paar Tage mit dem Raï, oder sie fischten nachts, illegal, mit dem Dreizack und einer Fackel. Wenn ich sie bei solchen Fahrten begleitete, lernte ich etwas, fing nichts, hatte aber vollen Anteil an ihrer Begeisterung.

Juan und Pujols waren Abenteurer, voller Neugier. Sie hätten sich damit begnügen können, immer nur zwei Meilen hinauszurudern und dann dort zu fischen, aber irgend etwas lockte sie weiter hinaus ins tiefere und unbekannte Wasser, wo man reiche Überraschungen beschert bekam, wenn auch kaum welche mit Verkaufswert. Das Meer hatte seine Sierras, seine Schluchten und seine großen Wasserscheiden, und Juan und Pujols entdeckten seine Geographie genauso wie ihre Vorfahren neue Kontinente entdeckt hatten; sie spürten mit ihren Netzen und Haken großen Tiefen nach, und ihre Gabe, über die Tiefseeungeheuer, die sie gelegentlich heraufholten, zu staunen, war unerschöpflich.

Mit dieser Art zu fischen war nie viel Geld zu machen, und jetzt erst recht nicht. Bestimmte Fische (wie die Großmutter ja klargemacht hatte) waren mit Tabus belegt – darunter so unschuldige wie Rochen in allen Varianten und Aale – und um keinen Preis zu verkaufen, und in Farol galt als ungenießbar, was nicht einzuordnen war. Viele der Fische, die Juan und Pujols auf diesen Ausfahrten fingen, fielen unter dieses Verdikt – seltsame, glubschäugige, bösblickende Kreaturen, manche mit Köpfen, die wie die Kühler der allerersten Automobile aussahen, Geschöpfe, die schon vor Millionen Jahren ans Ende ihrer Evolutionsreise gekommen waren und sich nun einer Felsspalte am Grunde des Ozeans in fast völliger Dunkelheit vollkommen angepaßt hatten. Das Fleisch eines solchen Fisches, der einem Druck ausgesetzt war, durch den selbst die Holzteile in Pujols Netzen zermalmt oder verbogen wurden, war fast unglaublich zäh, ergab aber eine delikate Suppe, wie ich durch Carmela wußte, die ja keinerlei Hemmungen in bezug auf Eßbares kannte.

Pujols war froh über meine Gesellschaft und meine Hilfe, weil sein Bruder einer von denen war, die sich in Palamós einer Schmugglerflotte angeschlossen hatten, und er sein großes Netz nicht allein handhaben konnte. Die jüngsten Veränderungen in den Lebensumständen des Dorfes hatten für Pujol auch ihr Gutes. Seine Diät aus rohen Krabben, die ihm ursprünglich der Curandero verordnet hatte, weil der an eine Tuberkulose bei ihm glaubte, hatte den Nebeneffekt – so sah es jedenfalls Pujols –, seine Libido zu steigern und, nach dem Ausfall von Sa Cordovesa und Maria Cabritas, entsprechend seinen Frust. Nun, da so viele umtriebige und einzelreisende Damen aus dem Norden kamen, sahen die Dinge schon wieder günstiger aus. Obwohl dürr wie ein Skelett und hohlbrüstig, war Pujols doch ein imposanter Mann, und kurz nach meiner Ankunft hatte sich ein Verhältnis mit einer üppigen Schwedin ergeben, die ihn auf mehreren Fahrten zu abgelegenen Buchten begleitete.

Während er mir von seinen Erfolgen erzählte, griff er in seine Tasche, holte ein Krabbenbein hervor und begann zu kauen, aber im nächsten Moment, von einem Hustenanfall geschüttelt, bespuckte er uns beide mit dessen Krümeln.

»Machst du das auch, wenn du mit ihr zusammen bist?« fragte ich ihn, als Pujols das verlorengegangene Stück durch ein neues ersetzte. »Ich meine, dieses Krabbenkauen?«

»Wieso? Sollte ich nicht?«

»Kenne sich einer mit Frauen aus«, sagte ich. »Sie können seltsame Wesen sein.«

»Sie hat nichts dagegen«, sagte Pujols. »Ich habe ihr erklärt, ich muß es aus gesundheitlichen Gründen essen, und sie hatte vollstes Verständnis. Die fremden Damen scheinen sich mit körperlichen Bedürfnissen gut auszukennen.«

5

Jeden Morgen um halb sieben stellte der Alkalde ein paar Tische für die Frühaufsteher hinaus, und wie üblich war ich eine Viertelstunde später auf meinem Platz für die köstliche Verbindung eines Kaffees aus besten, frischgemahlenen Schwarzmarktbohnen mit dem unberührten Morgengaumen.

Die ersten Herbsttage hatten der Umgebung ihre Farbe wiedergegeben, hatten das graublasse Funkeln des Strandes mit weichen gelben Glanzlichtern befeuert und das Purpur der Boote neu belebt. Auf der Oberfläche des Meeres trieben grüne und blaue Farbmedaillons, die die Sonne nicht mehr wegzublenden vermochte – Anzeichen von Algen oder Wasserwirbeln in der Tiefe.

Der Kaffee kam und entfaltete sein Aroma gegenüber dem Geruch Farols, dem von brackigem Abwasser. Die alten Stühle, die morgens für Stammgäste wie mich herausgestellt wurden, warfen ihre dünnen, edlen Schatten auf die Straße. Ein paar Dorfbewohner tauchten auf, aber sie gingen und redeten noch sacht, wie von der Nachwirkung des Schlafs gedämpft. Die Kanarienkäfige wurden herausgehängt, jeder mit einem Baldachin aus geflochtenem Gras bedeckt. Die Strandgegend war jetzt am frühen Morgen ruhiger als noch vor einiger Zeit. Vor einem Jahr wäre um diese Stunde Maria Cabritas vorbeigekommen und hätte ihre Ziegen mit einem ihrer vielen Schirme zur dürren Weide auf den Klippenausläufern getrieben. Vor einem Jahr wären nun die Boote hereingekommen und die Netze zum

Flicken auf dem Strand ausgebreitet worden. Jetzt schliefen die Fischer durch die nutzlosen Nächte, und ihre Arbeit am Tage, sagten sie, beraube sie des Körperrhythmus aus Erschöpfung und Erholung, an den sie gewöhnt waren. An diesem Morgen fiel mir auch zum erstenmal auf, daß es weit weniger Katzen als früher gab, und ich erinnerte mich an das fatale Gerücht, daß nachts Todeskommandos unterwegs seien.

Um Viertel nach sieben schlug die Kirchenglocke sechsmal. Ein paar Minuten später sah ich Don Ignacio aus einem Seitentürchen hinauskommen und gehen, nachdem er für diesen Tag seine Pflicht getan hatte. Es folgte ein kurzes Intervall aus Schweigen, das nur vom Knirschen der von der Tide bewegten Kiesel angereichert war, dann hörte ich das unverkennbare Knattern von Don Albertos Levis, und im nächsten Moment, als er am anderen Ende der Straße um die Ecke bog, kam er in Sicht, höchst riskant über die Maschine gebeugt, die von weitem wie ein Spielzeug aussah.

Er hielt ein paar Meter entfernt, stieg ab, hob das Motorrad auf den Ständer und kam zu mir an den Tisch. »Dachte ich mir, daß ich Sie hier treffe«, sagte er. »Ich bin gestern angekommen.« Wie immer, wenn er gerade von der Maschine gestiegen war, zitterte er noch von den Vibrationen ihres maroden Zweitaktmotors, war aber in guter Verfassung.

»Was gibt's Neues von Gloria, Don Alberto?«

Der Alkalde brachte ihm den Kaffee, Don Alberto nahm einen Schluck und hinterließ einen kleinen kräftigen Abdruck am Rand der Tasse. Dann arrangierte er Tasse, Untertasse und Löffel neu, wie um seine morgendlichen Gedanken besser ordnen zu können.

»Wir sind nach Madrid gegangen.«

»Ich weiß.«

»Es war ihre Idee, aber sie erwies sich als Erfolg. Hat uns geradezu aufleben lassen. Ich bin ja fast umgekommen in diesem Haus. Und sie auch. Kennen Sie Madrid?«

»Nein, leider nicht.«

»Sie sollten dorthin. Darf man sich nicht entgehen lassen. Eine andere Luft. Ein anderes Klima. Andere Menschen. Es ist ein zivilisierter Ort, wo man ein Glas Wein trinken und guter Musik lauschen kann. Madrid erfrischt die Seele. Es hat uns über alle Maßen gut getan.«

»Don Ignacio erwähnte, daß Gloria nicht ganz auf dem Posten gewesen sei. Ich nehme an, es geht ihr wieder gut.«

»Nein, sie ist letzten Monat gestorben. Wir waren einen Abend ausgegangen in die Stadt, und auf dem Heimweg im Taxi hatte sie einen Herzanfall.«

»Das tut mir leid«, sagte ich, »das tut mir sehr leid.«

»Sie war ziemlich nebendran, als wir hier wegfuhren, aber sie blühte auf, sobald wir dort waren. Es war einfach so, daß wir des Guten zuviel getan haben. Man neigt dazu, seine Kräfte zu überschätzen. Aber es war nicht die schlechteste Art zu gehen.«

Ich nickte und stellte mir mit Grauen die schreckliche Last vor, die die langen dunklen Jahre des Wartens auf den Tod für die alte Frau bedeutet haben mußten.

»Ich hätte nie geglaubt, daß La Vieja diese Welt je verlassen würde«, sagte Don Alberto. »Es war schwer für mich, mit der Tatsache fertig zu werden, daß sie nicht mehr da ist. Es ließ mich auch für mein Leben Bilanz ziehen und eine Entscheidung darüber treffen, was wesentlich ist und was nicht. Zum Beispiel all dieses Land, das mir gehört. Ich bin doch nur Treuhänder. Ich *besitze* es doch nicht wirklich. Wie könnte irgend jemand Berge, Flüsse, Bäume besitzen? Wenn überhaupt, besitzt es mich. Ich beschloß, daß es an der Zeit wäre, diese Leute, um die ich mich fast ein Leben lang gekümmert habe, auf die eigenen Füße zu stellen.

Sollen sie doch die Verantwortung übernehmen, sagte ich mir. Und ich traf auf der Stelle eine Entscheidung. Erinnern Sie sich noch an die sieben Tagelöhner, die zu mir kamen, als Sie gerade zu Besuch waren?«

»Selbstverständlich.«

»Das waren die, dachte ich, die zu mir gehalten haben. Warum das Land nicht ihnen übergeben? Sie wären doch vielleicht genauso glücklich, es zu haben, wie ich, es loszuwerden. Ich suchte einen der besten Anwälte Madrids auf, um mit ihm zu besprechen, wie man so etwas abwikkelt, und wir haben die Sache in die Wege geleitet. Sie würden staunen, wenn ich Ihnen erzählte, wie schwierig es ist, als Landbesitzer abzudanken. Sind Sie in den letzten Monaten mal zufällig an meinem Haus vorbeigekommen?«

»Ich bin vor ein paar Wochen dagewesen, um zu sehen, ob nicht irgendwer Nachricht von Ihnen hat. Aber es schien nicht allzuviel dort loszusein.«

»War auch nicht«, sagte Don Alberto. »Ich hatte einen Verwalter beauftragt, nach dem Rechten zu sehen, doch er ist gar nicht erst hingegangen. Meine Tagelöhner verlangten weiter ihre Löhne fürs Roden und Gräbenbauen, fürs Pflügen, Säen, fürs Beschneiden und Spritzen der Reben, und der Verwalter bezahlte sie. Er bezahlte Saatgut, das nicht gesät wurde, eine Pumpe für einen Brunnen, der längst trocken war, und die Veterinärbehandlung von Tieren, die ich nie besessen habe. Die müssen jede Kuh in der Provinz geimpft und das mir auf die Rechnung gesetzt haben.«

»Mit anderen Worten: Man hat Sie hintergangen?«

»Aus irgendwelchen Gründen hatten es sich meine Leute in den Kopf gesetzt, daß ich nicht mehr zurückkäme. Womöglich hat ihnen das jemand eingeredet. Ich kam gerade dazu, als zwei von ihnen in aller Eile eins der Nebengebäude abrissen und die Steine wegkarren wollten. Als ich sie fragte, was das solle, sagten sie: Das Ding fällt doch sowieso gleich zusammen.«

»Und was werden Sie unternehmen?«

»Nichts«, sagte er, »und das wissen die auch. Korruption ist für die Armen nicht so selbstverständlich wie für die Reichen. Die Leute hier in der Gegend sind immer grausam, gemein und streitsüchtig gewesen, aber sie waren nie korrupt, bis sie sich an denen ein Beispiel nahmen, die sie für beispielhaft hielten. Heute gibt es Korruption überall, wo man nur hinguckt. Man atmet sie mit der Luft ein. Sie ist auch nichts mehr, worüber man nur flüstert. Sie ist akzeptiert. Respektabel. Wie kann ich meinen Tagelöhnern den Betrug an mir vorwerfen, wenn Betrug ein allgemein anerkanntes Gesellschaftsspiel geworden ist? Im Augenblick ernten sie Kartoffeln bei Muga, und ich stehe mit zweihundert *caballerías* Land da, die ich nicht will und die ich niemandem geben kann.«

»Sie könnten einen neuen Anfang machen. In Figueras Landarbeiter anheuern und Maschinen einsetzen.«

»Das fiele mir nicht im Traum ein«, sagte Don Alberto. »Ich laß es lieber laufen. Als meine Vorfahren von diesem Land Besitz ergriffen, egal mit welchen Mitteln, war es ein wunderschöner Ort. Es dauert vielleicht ein Jahrzehnt, es wieder dazu zu machen, länger noch, weil zu viele Bäume gefällt worden sind – aber es wird wieder schön. Von mir aus können sie es in einen Nationalpark verwandeln, nur Kartoffeln soll nie jemand darauf anbauen. Als mein Vater noch lebte, gab es wilde Ziegen in den Hügeln. Vielleicht kommen die ja zurück.«

Ein paar verwegene Spatzen landeten auf dem Tisch, und Don Alberto sah mit Rührung zu, wie sie an einer Erbsschote pickten, die er für sie aufgemacht hatte. Plötzlich war der Tag wirklich angebrochen. Der Ladenbesitzer nebenan riegelte seine Tür mit mächtigem Gedröhn von

Eisen auf und trug einen Tisch hinaus mit der Dekoration seines neuesten Artikels, ausgestopften Pyrenäenwieseln, die überall in Spanien für das unwiderstehliche Touristensouvenir gehalten wurden. Jedes Wiesel wurde auf der hölzernen Tischkante fest ausgeklopft, um die winzigen Silberfischmotten aus dem Fell zu entfernen und dann mit einem Draht so an einem auf der Tischplatte festgenagelten Ast befestigt, daß es in einer besonders charakteristischen aggressiven Haltung dastand. Links von uns nahm die Schlächtersfrau die Läden von einem Schaufenster mit Plastikferkeln, kleinen hygienischen Kunstkörpern, bei denen man mit roter Farbe eine Kehlenwunde simuliert hatte. Jemand hatte ihr empfohlen, die Aufschrift auf ihrem Laden – *Carnicería* – zu ändern, um sie für die Fremden verständlicher zu machen, und ihr Schild hieß jetzt *Carnage.* Juans Francesca radelte auf einem nagelneuen Fahrrad vorbei, das mit allem erdenklichen Zubehör ausgestattet war; auch ihr Gesicht war, schien mir, von neuer Initiative geprägt und geschärft. Da sie in Figueras zur Schule gegangen war, konnte sie als einzige im Dorf außer dem Alkalden ein bißchen rechnen und war nun als Buchhalterin für die diversen Geschäfte Mugas tätig. Gleich nach ihr kam Sebastian. Er blieb stehen, gab uns die Hand, setzte sich auf einen Schluck Kaffee, stand wieder auf und zog mich mit sich und ein paar Schritten beiseite, damit Don Alberto uns nicht hören konnte. »Ich brauche deinen Rat«, sagte er. »Man hat mich aufgefordert, einen Vertrag zu unterschreiben.«

»Was soll das heißen?«

»Für ein Jahr, vom 1. September an gerechnet. Kommt unseren Plänen in die Quere. Muga sagt, er habe Geld in unsere Ausbildung investiert, und er möchte sichergehen, daß es sich auszahlt.«

»Du könntest aber nein sagen, nehme ich an.«

»Dann lande ich wieder bei 28 Peseten am Tag. Im Moment habe ich durchschnittlich 150. Die Möbel sind noch nicht abbezahlt, und wenn wir das Chalet räumen müssen, wissen wir nicht, wohin.«

»Dann hast du keine Wahl. Du mußt unterschreiben.«

»Das seh ich auch so«, sagte Sebastian. »Ich wollte nur mit jemandem reden. Noch ein Jahr. Ist, als müsse man eine Gefängnisstrafe absitzen.«

Ich klopfte ihm auf die Schulter. »Dann fahren wir eben im übernächsten Jahr nach Espalmador. Die Fische laufen uns nicht weg.«

»Meinst du wirklich?«

»Aber klar«, sagte ich.

»Dann kann man sich doch auf etwas freuen.«

Er schwieg einen Augenblick und wir hörten das süße, feierliche Tuten eines Muschelhorns, das in der Ferne zweimal ertönte.

»Da kommt einer mit Fisch«, sagte Sebastian. »Das habe ich schon seit Wochen nicht mehr gehört.«

»Geben sie dir denn gar nicht frei?« fragte ich.

»Sonntagnachmittag, wenn ich drum bitte.«

»Dann laß uns doch Calamares fischen gehen«, sagte ich, »und von den alten Zeiten reden.«

Wir schlugen uns gegenseitig auf die Schulter, Sebastian stürmte davon und wäre fast mit Don Ignacio zusammengestoßen, der eilig auf uns zukam. Er und Don Alberto hatten am Abend vorher zusammengesessen und sich in Gespräche vornehmlich über die Vergangenheit vertieft, aber der herrliche Morgen führte sie jetzt in die Gegenwart zurück. Und Barros war auch für die neue Haltung gut, zu der sie sich beide durchgerungen hatten. »Zwinge mich nicht, Leuten Gehör zu schenken, die sagen, das Gestern sei besser als das Heute«, sagte Don Alberto, und Ignacio nickte zustimmend.

»Ist Ihnen je der Gedanke gekommen, daß wir Dinosaurier sind?« fragte Don Alberto. »Wesen aus der Vergangenheit? Sollten wir denn so tief von Vorurteilen durchtränkt sein, daß wir die Tugend nicht akzeptieren können, die in jeglicher Veränderung steckt?«

Don Ignacio lächelte. »Wenn Sie und ich nicht mehr da sind, werden die Leute vielleicht dies als goldenes Zeitalter ansehen. Wie Barros sagt: Warum von Wahrheit oder Lüge sprechen? Es hängt alles von der Farbe des Glases ab, durch das wir es betrachten. Ich muß mich entschuldigen, daß ich wieder einen Ketzer zitiere.«

Wir hatten unsere Stühle so gedreht, daß das Dorf und seine barbarischen Neuerungen im Rücken lagen. Der Blick hinaus aufs Meer war noch genauso wie an jedem anderen schönen Herbsttag, voll vom Zauber des Lichts und der Dinge, dem Glanz in den Felsen, der wie Feuer schien, den buschigen Schärpen aus Morgendunst in den Pinien und dem langsamen bleiernen Gewoge des Wassers gegen den grauen Strand. »Da kommt Juan mit seinem Boot«, sagte Don Alberto. »Laßt uns gehen und sehen, was er gefangen hat.«

Don Ignacio erhob sich, um mit uns zu gehen, dann setzte er sich bedauernd wieder hin. »Ich habe ganz vergessen, daß ich nicht gern gesehen bin«, sagte er. »Aber erzählen Sie mir dann.«

Don Alberto und ich gingen zum Strand hinunter. Als wir die Hürden von Mugas Straße und Mauer genommen hatten, hatte Juan sein Boot schon aus dem Wasser gezogen und seinen Fang ausgeräumt. Er schaute auf und winkte. »Du bist heute morgen nicht dagewesen«, sagte er zu mir.

»Tut mir leid. Habe verschlafen. Ich komme morgen.«

Die Fische wurden wie feinziselierte wässrige Juwelen in den flachen Körben ausgebreitet. Er hatte sie mit seinem

Abenteurergeist in großer Tiefe, in einem Wasserloch, wie er sagte, gefangen. Ihre Farben waren intensiv und leuchtend, im tiefsten Blau, Gelb und Rot. Sie hatten mürrische gequälte Mienen und Köpfe wie Hunde und Stiere. Die Augen, vom Druck der Tiefe erlöst, sprangen ungeheuer hervor, und ein paar Münder gingen mit einem dünnen Rinnsal schwarzen Blutes noch auf und zu.

»Kann man leider nicht mehr verkaufen«, sagte Juan. »Die Fremden laufen schon beim bloßen Anblick weg.«

»Und was machen Sie mit ihnen?« fragte Don Alberto.

»Ich verschenk sie an meine Freunde. Bedienen Sie sich.«

»Danke, aber ich esse sehr wenig. Aber warum fischen Sie weiter, wenn es sich doch gar nicht lohnt?«

»Ich muß in Übung bleiben für bessere Zeiten. Die werden kommen«, sagte Juan.

Ein paar Minuten später leisteten wir Don Ignacio wieder Gesellschaft, und Don Alberto erstattete Bericht. »Als er von den guten Zeiten sprach, die kommen sollen, mußte ich an mich halten, um ihm nicht zu sagen: Mach das Beste draus, dies *sind* die guten Zeiten.«

»Ich bin froh, daß Sie's nicht getan haben«, sagte der Priester. »Manchmal ist es notwendig, an Dinge zu glauben, die absurd sind. Wenn eine Illusion stirbt, wird eine Hoffnung geboren. Er hat soviel Recht auf seine Hoffnung, wie wir auf unsere Resignation.«

Zu dieser Ausgabe

insel taschenbuch 2624: Der Text des vorliegenden Bandes folgt der Ausgabe: Norman Lewis, Die Stimmen des alten Meeres. Roman. Aus dem Englischen von Dieter Hildebrandt. Mit einem Vorwort von Cees Nooteboom. Originaltitel: Voices of the Old Sea. Umschlagabbildung: Trobitzsch, ZEFA.

Literarische Reisebegleiter im insel taschenbuch Eine Auswahl

Athen
Ein literarisches Porträt
Hg. Paul Ludwig Völzing
it 2505. 536 Seiten

Budapest
Ein literarisches Porträt
Hg. Wilhelm Droste, Susanne Scherrer und Kristin Schwamm
Mit Fotografien
it 1801. 283 Seiten

Dublin
Ein literarisches Porträt
Hg. Elsemarie Maletzke
Mit Abbildungen
it 1870. 385 Seiten

Granada
Ein literarisches Porträt
Hg. Nina Koidl
Mit Fotografien
it 2635. 200 Seiten

Lissabon
Ein Städte-Lesebuch
Hg. Ellen Heinemann
it 2106. 390 Seiten

NF 31/1/5.00

London
Elf literarische Spaziergänge
Hg. Harald Raykowski
it 2554. 272 Seiten

Madrid
Ein literarisches Porträt
Hg. Elke Wehr. Mit Abbildungen
it 1981. 272 Seiten

Venedig
Der literarische Führer
Hg. Doris und Arnold E. Maurer
Mit Fotografien
it 1413. 188 Seiten

Das Engadin
Porträt einer Landschaft
Hg. Susanne Gretter. Mit Fotografien
it 2199. 280 Seiten

Dietmar Grieser
Große historische Straßen
Von der Via Appia bis zur Avus
Eine kunsthistorische Spurensuche
Mit Fotografien
it 1974. 130 Seiten

Dietmar Grieser
Im Rosengarten
Eine literarische Spurensuche in Südtirol
Mit Abbildungen
it 2509. 245 Seiten

NF 31/2/5.00

Dietmar Grieser
Nachsommertraum im Salzkammergut
Eine literarische Spurensuche
Mit Abbildungen
it 1848. 262 Seiten

Victor Hehn
Olive, Wein und Feige
Kulturhistorische Skizzen
Mit Abbildungen
Hg. Klaus von See
und Gabriele Seidel-Leimbach
it 1427. 152 Seiten

Günter Kollert
Der Gesang des Meeres
Die portugiesischen Entdeckungsfahrten
als Mythos der Neuzeit
it 2614. 320 Seiten

Mit Rilke durch die Provence
Hg. Irina Frowen. Mit Fotografien
it 2148. 126 Seiten

Toskana
Ein literarisches Landschaftsbild
Hg. Andreas Beyer
Mit Fotografien
it 926. 265 Seiten

NF 31/3/5.00

Mit Fontane durch
England und Schottland
Hg. Otto Drude. Mit Fotografien
it 2222. 194 Seiten

Mit Fontane durch
Frankreich und Flandern
Hg. Otto Drude
Mit farbigen Fotografien
it 2647. 128 Seiten
(August 2000)

Georg Forster
Reise um die Welt
Hg. und Nachwort Gerhard Steiner
it 757. 1039 Seiten

Hermann Hesse
Tessin. Betrachtungen, Gedichte
und Aquarelle des Autors
Hg. und Nachwort: Volker Michels
it 1494. 314 Seiten

Mit Hermann Hesse durch Italien
Ein Reisebegleiter durch Oberitalien
Hg. Volker Michels
it 1120. 215 Seiten

Mit Hermann Hesse reisen
Betrachtungen und Gedichte
Hg. Volker Michels
it 1242. 432 Seiten

NF 31/4/5.00

Erhart Kästner
Griechische Inseln
Aufzeichnungen aus dem Jahre 1944
Nachwort: Heinrich Gremmels
it 118. 166 Seiten

Erhart Kästner
Kreta
Aufzeichnungen aus dem Jahre 1943
Nachwort: Heinrich Gremmels
it 117. 264 Seiten

Erhart Kästner
Ölberge, Weinberge
Ein Griechenland-Buch. Mit Zeichnungen
it 55. 262 Seiten

Erhart Kästner
Die Stundentrommel
vom heiligen Berg Athos
it 56. 325 Seiten

Wolfgang Koeppen
Die Erben von Salamis
oder Die ernsten Griechen
Mit Fotografien
it 2401. 80 Seiten

Kalifornien
Ein Reiselesebuch
Hg. Herbert Genzmer. Mit Fotografien
it 2636. 220 Seiten

NF 31/5/5.00

Harald Keller
Die Kunstlandschaften Italiens
Mit Abbildungen
it 1576. 1110 Seiten

Harry Graf Kessler
Notizen über Mexiko
Hg. Alexander Ritter
Mit Abbildungen
it 2176. 182 Seiten

Wolfgang Koeppen
Reisen nach Frankreich
Mit Fotografien
it 2218. 170 Seiten

Bartolomé de Las Casas
Kurzgefaßter Bericht von der
Verwüstung der Westindischen Länder
Hg. Hans Magnus Enzensberger
Ü: D. W. Andreä
it 553. 153 Seiten

Literarischer Führer durch Italien
Ein Insel-Reise-Lexikon
Hg. Doris und Arnold E. Maurer
Mit Abbildungen
it 1071. 551 Seiten

NF 31/6/5.00

Mallorca
Ein literarisches Porträt
Hg. Sieglinde Oehrlein
Mit Fotografien
it 1931. 197 Seiten

George Sand
Ein Winter auf Mallorca
Ü: Maria Dessauer
it 2102. 220 Seiten

Mexiko
Ein literarisches Porträt
Hg. Roland Motz. Mit Fotografien
it 1985. 280 Seiten

Reisen mit Odysseus
Zu den schönsten Inseln, Küsten und
Stätten des Mittelmeers
Von Ernle Bradford
it 2508. 280 Seiten

Sizilien
Literarisches Landschaftsbild
Hg. Ralf Nestmeyer
Mit Fotografien
it 2637. 220 Seiten

Tunesien
Ein literarische Porträt
Hg. Hans-Ulrich Wagner
Mit Fotografien
it 1802. 214 Seiten

NF 31/7/5.00